Pierre Magnan

Périple d'un cachalot

Denoël

Auteur de nombreux romans, Pierre Magnan a obtenu en 1978 le prix du Quai des Orfèvres pour *Le sang des Atrides*, en 1983 le prix du Meilleur Roman étranger paru en Suède pour *Le commissaire dans la truffière*, en 1984 le prix R.T.L.-Grand Public pour *La maison assassinée* et en 1992 le prix Rotary de la nouvelle pour *Les secrets de Laviolette.*

À la mémoire de Paul Eynard

AVERTISSEMENT

La première version de ce livre a été écrite entre le mois d'octobre 1938 et le mois d'octobre 1940.

En septembre 1938 je descendais à bicyclette du Contadour, plateau situé à mille deux cents mètres d'altitude entre Lure et Ventoux, mais, en dépit de la rébarbative et bien terrestre allure de nos cadastres sans eau et sans verdure, mon âme n'était pas loin de se croire noyée.

C'est que je venais d'assister à une bataille sans merci entre une coquille de noix appelée le Péquod *et un poisson long de trente-deux mètres nommé* Moby Dick. *Les Américains ont le génie des mots gouailleurs pour apprivoiser l'épouvante.*

J'étais percé d'outre en outre comme un saint Sébastien par les flèches que m'avaient décochées méchamment ces adultes de bonne humeur qui m'appelaient Pip (un mousse du Péquod *qui meurt aussi dans le dernier naufrage).*

Quinze jours ! Quinze jours seulement, la tête immergée dans les prodiges de l'imaginaire, allaient m'abreuver d'eau salée à un point tel que les trois cent cinquante autres jours de l'année ordinaire, j'allais les vivre sur cet élan, sur cette poussée, sur cet acquis.

Le Contadour c'était deux choses : le jour et la nuit. Le jour, chacun s'ingéniait à colmater les brèches de la toiture, à rendre le navire à peu près habitable, à rapporter ce qui se mange aux femmes cuisinières. Les fourmis contadouriennes étaient éparpillées partout : grappillant du bois mort, allant ou revenant de la source, écrivant à leur mère, disséquant une couleuvre, faisant tourner un pendule, dessinant dans la poussière l'emplacement de la chevelure d'Andromède, écoutant sur un phonographe à manivelle les Variations Goldberg, *ou bien alors faisant l'amour, au loin, en un bosquet dont le sol tenait de la planche à clous, bref : vaquant à leurs occupations.*

Seuls, deux ermites travaillaient dur au bas-fond d'un pré, sous un poirier censé les abriter du soleil mais qui n'avait plus qu'une seule branche vivante. Ils partaient chaque jour, après avoir mangé la soupe, l'un muni d'une pipe victorieuse, l'autre le mégot collé à la lèvre, mouillé, éteint et méprisant.

L'herbe qui les accueillait était rêche, truffée de piquants, les guêpes humaient de très près leur transpiration. En tordant comme une serpillière tout ce pré carré, on n'en eût pas extrait une seule goutte d'eau. Ils n'avaient cure de tout cela. Deux carnets, deux crayons, un livre et sous le pré carré de leur refuge, l'œil rond, ils voyaient se lever les îles Féroé, l'archipel des Kerguelen et puis le vide, à perte de vue, d'un océan qui n'avait jamais le même nom.

Giono reposait sur le flanc comme Tityre. Lucien Jacques se laissait aller à plat ventre, au fil de la pente, la tête notablement plus basse que le corps. Cet homme n'était jamais aussi heureux que lorsqu'il avait réussi à additionner autour de lui tous les éléments de l'inconfort. Ils installaient le Péquod *entre une fleur d'arnica assoiffée depuis trois mois, un panicaut racorni par la sécheresse, et la tempête et l'océan se donnaient libre cours dans leur tête. Le soleil avait beau taper fort, c'était le disque malade du cinquantième parallèle qui éclairait l'eau glauque, profonde, malveillante. Alors soudain, ayant traversé le rayon terrestre de part en part, un monstre jaillissait du pré carré, blanc comme un mal blanc, énorme, péremptoire, qui arrivait à sortir de l'eau les deux tiers de son corps.*

« Non ! Pas les deux tiers, disait Giono. Peut-être même pas le dixième. Je crois moi que Moby Dick était incommensurablement plus grand que Melville ne l'a imaginé et décrit. Et d'ailleurs décrit ? Suggéré plutôt. Jamais nous n'apercevrons de la baleine blanche que son immensité sans contours. »

« Son immensité sans contours. » Ils revenaient de ce périlleux après-midi, Giono et Lucien Jacques, l'œil toujours rond, le mégot et la pipe pareils à des sextants n'ayant pas varié. Ils jubilaient comme s'ils nous rapportaient un civet de lièvre dans leur carnier. « Cette fois mes petits lapins, on va vous servir de la baleine blanche au dessert. »

Alors commençait la nuit. Il fallait voir ce qu'était en septembre à huit heures du soir l'atmosphère du Contadour. Il n'y avait plus dehors que le vent et le désert. Le ciel plus vaste que tous les océans pouvait servir de nid à des léviathans cent mille fois plus gros que le plus énorme des cachalots. Et nous, trente-cinq cielins (puisqu'il y a des marins !) confinés dans l'habitacle, ayant fait abstraction de, ayant balayé notre vie ordinaire, nous étions enfermés comme en une trompeuse sécurité de cambuse, devant cet âtre de bonnes dimensions, où l'on se voyait à peine à cause de la fumée des pipes.

On savait qu'il existait, autour de cette terre aplatie en une succession de dômes par l'érosion la plus ancienne du monde, des ondulations prétendues immobiles quoique animées d'un autre mouvement mais qui pouvaient rivaliser avec les montagnes d'eau qui fouettent la rencontre de deux océans au sud du cap Horn où le frêle Péquod *naviguait déjà en fantôme.*

La lampe Tito-landi au plafond faisait office de fanal des tempêtes. Il ne fallait pas beaucoup d'imagination pour la voir se cabrer sous un angle de quarante-cinq degrés parce qu'on redescendait éveillés le penchant d'une lame haute de trente mètres qu'on avait escaladée en rêvant.

En 1938, le Contadour n'est pas un plateau aux vagues apparemment plus ou moins figées mais une mer pour naumachies cosmiques. En 1938, la guerre et la paix nous les jetons hors de notre conscience. Tout le Contadour de la rose des vents n'est attentif qu'à une seule chose : l'embarquement de l'équipage patibulaire sur le Péquod, *capitaine Achab. Nous étions tous bien pénétrés de l'idée que le contrat d'Achab prévoyait que nous ne toucherions plus jamais terre et que nous l'accompagnerions aux enfers.*

Le Contadour craquait de vermoulu comme un vaisseau fantôme dans l'étau de l'océan des terres. C'était une sensation mystérieuse pour moi, le Pip de quinze ans, que d'épier les faces des trente ou quarante intellectuels présents, lesquels sous le verbe conjugué de Melville et de Giono soudain se trouvaient emportés ensemble, tels des matelots ignorants sur la houle du cap Nord.

Giono, qui ne traversa jamais que la Manche, avait dans sa parole persuasive de quoi imiter les maëlstroms des cyclones comme s'il en avait subi cent fois les assauts. Celui qui a navigué vingt ans au péril des tempêtes mais qui n'a jamais entendu le terrien Giono raconter l'océan, celui-là ne sait pas ce que c'est que la mer. A la fin, il faisait jaillir, entre la fresque de Lucien Jacques et l'enfumante cheminée, les jets d'eau grandioses que le souffle de Moby Dick chassait hors les vingt mètres cubes de ses poumons de mammifère. Montagnes d'eau contre montagne de chair, nous étions tous maîtrisés par la véritable terreur : celle qui fait mesurer à l'homme sa juste proportion dans l'univers.

J'étais là. Les yeux me sortaient de la tête. Le mufle de Moby Dick turbinait devant moi des quintaux compacts d'eau salée en un ronflement de centrale électrique. J'entendais battre le cuir de ses évents avec le même bruit qu'à la forge des frères Tempier, le soufflet déjà gros comme un corps de taureau. Autour de ces dimensions, j'organisais, j'entrevoyais, je mesurais le corps de ce léviathan. Et j'avais beau, mentalement, prendre du recul à l'infini, je ne parvenais jamais à l'embrasser tout entier du regard ni de l'imagination.

Aussi, plongeant ensuite vers les vallées, tout seul la nuit, sur mon vélo lourd de vingt-cinq kilos et dont la roue arrière était voilée, la peur de rencontrer Moby Dick coincé parmi les étroits des rious secs, entre Banon et Le Revest-des-Brousses, me tenait le cerveau en ébul-

lition. J'étais l'infime Pip à l'humble pensée, l'infime Pip mousse du Péquod, *lequel par malchance avait quinze ans comme moi. Pip dressé sur ses un mètre cinquante devant l'incompréhensible monde et mourant comme tout l'équipage. Je ne parvenais pas à sortir de la peau de ce personnage qui dans le livre lui-même n'a pourtant ni contours ni visage ni consistance.*

Mais, veillant au fond de mon intelligence rudimentaire, construites pour réprimer mon épouvante et somme toute me rassurer, il y avait à la première ligne du récit dit par Giono ces deux phrases magiques dont l'une ne comporte que trois mots et la seconde un seul :

« Je m'appelle Ishmaël. Mettons. »

Les sirènes qui m'ont enjoint de me courber sous la loi de l'écriture imitaient toutes ces appels de trompettes de Jéricho qui annoncent les bouleversements émerveillés devant les grands livres. J'en pleurais de jalousie à l'intérieur de moi-même comme plus tard je pleurerais pour les mêmes raisons sur d'autres phrases qui m'appelleraient à la tâche : « Longtemps, je me suis couché de bonne heure » — « C'était à Mégara » — « Ce prince allant, comme je l'ai dit, à Meudon. »

Tout commença à partir de cette première ligne : « Je m'appelle Ishmaël. Mettons. » Je me heurtais contre Moby Dick en d'insolites situations à tous les coins de rue. Il se mêlait insidieusement à l'apparition de quelques individus irréels comme lui, interdits à sa vue et dont il modifiait le destin.

Est-il besoin de dire qu'à cette époque les lumières de Manosque le soir étaient la complaisance même pour permettre de loger, entre les gouffres d'ombre, le chuchotement lointain d'êtres qui auraient pu exister mais dont la vie avait avorté faute d'une oreille attentive pour l'entendre et la raconter ? Il y avait d'ailleurs parmi ces gouffres, de ruelle en ruelle, certains lieux propices où placer en diagonale la queue d'un cachalot mais aussi quelque verbe un peu trop grand. L'antre du Bébé Fabre, rue d'Aubette (vous pouvez toujours le chercher !) avec son enseigne « occasions », me parut tout de suite convenir à mon dessein brumeux et tout de suite je sentis une cargaison d'odeurs venant de ses entrailles que j'allais pouvoir fleurir de mots et enguirlander de phrases. Je vis aussi surgir au seuil, venant du néant, une blonde inexistante qui n'avait rien à faire ni avec la réalité ni avec mes souvenirs. Elle était simplement blonde, rapide, déterminée. Et elle portait une robe de 1830 comme j'en avais vu au cinéma dans La Cousine Bette. *De là qu'il n'était déjà plus possible de faire vivre cette blonde en une autre époque.*

« Je m'appelle Ishmaël. Mettons. »

Un beau matin de dimanche où les clochers sonnaient et où le laitier appelait ses pratiques à son de trompe, j'allai organiser mon rêve sur la plate-forme du grenier, rue Chacundier. La chaise était modérément dépaillée, la table en provenance de la chambre de mon père quand celui-ci avait seize ans, était modérément bancale. Je m'installai devant la large fenêtre béante et sans vitre de la galerie avec pour tout paysage les murs orbes des austères maisons du quartier en galets de Durance mais que dominait tout un arpent de ciel biffé par des martinets aux cris stridents.

J'avais fauché à l'imprimerie où j'étais apprenti une ramette de papier vert pomme filigrané (F. Guérimand, Voiron Isère). J'écrivais le dimanche matin dans le son des cloches, les annonces du publieur, la trompe du laitier, le cri des ramoneurs. J'écrivais sans ratures, sans repentirs, sans corriger, sans sucer mon porte-plume trempé dans un encrier d'encre violette Baignol et Farjon.

Quand je m'éveillai hors de ce combat de deux ans, j'avais devant moi deux cent quatre-vingts pages couvertes d'écriture. Je contemplais ce tas estomaqué. L'exploit quasi physique que ça représentait pour moi, je le considérais comme une prouesse. A peine si je songeais à la valeur du contenu. « Personne de mon âge, me disais-je, n'a écrit deux cent quatre-vingts pages. Ni Maurice Chevaly ni Pierre Borel ni Paul de Gaudemar ni Bernard Voyenne. » Et pourtant j'étais minable devant cet aréopage d'étudiants et d'écrivains en herbe. Et pourtant je serais mort de honte s'il m'était venu à l'idée d'en parler à qui que ce soit, idée qui ne m'effleura jamais. Le manuscrit était cause de mes transes. Je le changeais de cachette tout le temps comme de l'argent volé, tantôt sous les hardes du grenier, tantôt parmi les gravats de l'écurie, tantôt derrière les bonbonnes, dans la réserve obscure qui servait pour entreposer l'huile des oliviers. Je me défiais surtout de ma sœur Alice dont me guettait inquiète la tendre curiosité.

Peut-on imaginer ce qu'éprouve un jeune homme de dix-sept ans sans aucunes racines intellectuelles voyant devant lui deux cent quatre-vingts pages qu'il vient d'écrire ? J'avais beau me répéter : « qui ne sut se borner ne sut jamais écrire », la pauvreté, la médiocrité étaient tombées de moi et ne m'écrasaient plus, mes amours déçues ne m'encombraient plus le cœur. J'étais saisi d'un vertige de puissance dont je ressens encore plus d'un demi-siècle plus tard les effets dévastateurs et dont —

Dieu merci ! — j'ai été presque tout de suite heureusement puni.

Mais sur le coup c'est à peine si le fait majeur de l'existence d'un homme m'atteignit dans mon ivresse. Pendant que j'écrivais, en effet, la guerre était venue, la guerre me poursuivait, la guerre m'encerclait. Il y avait eu un désastre pour les uns, une victoire pour les autres et des morts sans victoire ni défaite comme s'il en pleuvait.

Alors dormit pendant cinq ans le manuscrit sur papier vert pomme. Ce ne fut qu'en 1947, après la parution de L'Aube insolite, *mon premier roman publié par Julliard sur les instances de Thyde Monnier qui était alors son auteur aux ventes les plus conséquentes, que celle-ci me le fit dactylographier pour le présenter à l'éditeur. La réponse fut sans appel. René Julliard m'écrivit : « C'est le type même du livre raté ».*

Thyde Monnier ne se découragea pas. Il existait en Suisse à cette époque un prix littéraire Charles-Veillon, doté de cinq mille francs suisses. Elle m'y fit concourir. Je n'eus pas le prix mais un mécène qui faisait partie du jury, M. Paul Eynard, éditeur à Rolle, se proposa pour publier le manuscrit si j'y apportais des corrections massives. Je travaillai là-dessus pendant plus d'un an. Le volume parut en Suisse en 1951 alors qu'après quatre échecs successifs, je venais d'abandonner l'aventure littéraire et d'entrer pour me nourrir dans une société alimentaire. L'éditeur en tira trois mille exemplaires et en vendit cinq cents. Ce fut à ma totale indifférence car je ne m'attendais pas à autre chose.

Alors, me dira-t-on, pourquoi ai-je récrit entièrement ce livre de la première à la dernière page ? En 1986, mon amie Maguelonne Morin obtint du cercle de lecture

« Plaisir de lire » à Lausanne dont elle faisait partie qu'on publie une édition de l'ouvrage pour les membres du club, ce qui fut fait. C'est ce volume qui est tombé sous les yeux de mes amis Marie-France et Henry Marcellin, directeur des éditions Denoël, lesquels ont pensé qu'on pouvait de nouveau tenter l'aventure.

Mais alors quand, pour la première fois depuis quarante et un ans, j'ai ouvert ce livre, je me suis dit que je ne pouvais pas, que je ne devais pas le laisser dans cet état. Le demi-siècle qui s'est écoulé depuis que j'ai écrit le mot « fin » sous ces deux cent quatre-vingts pages m'a au moins appris qu'un mystère n'est jamais éclairci. La curiosité de fouiller plus avant dans ces caractères fantoches que j'avais inventés à seize ans dans l'unique but de servir de faire-valoir au cachalot m'a imposé de repartir à leur recherche.

J'ai creusé leurs contours, j'ai souligné leurs aspérités. Encore ne me suis-je pas totalement laissé aller car les ailes d'une autre histoire, de celles que j'écris aujourd'hui, battaient importunément autour de moi tandis que j'écrivais celle-ci.

Je ne sais toujours pas — je ne le sais jamais pour aucun de mes livres — si ce récit méritait l'attention d'un nouveau lecteur. C'est à celui qui ouvrira ce volume qu'il appartient d'en juger.

Tel soir de juillet 1838 un certain Roderlans, antiquaire de province, quitta sa boutique sur la pointe des pieds. Il espérait ainsi tromper la vigilance de sa femme Servane, avec laquelle il vivait mal.

C'était un homme timide, indécis, mais que pourtant la passion dévorait. Après des mois d'amère méditation sur sa condition et de luttes sévères contre ses scrupules, il venait juste de se décider à parler d'amour à l'objet de ses rêves.

Lorsqu'on atteint quarante ans et que l'embonpoint vous guette et vous rattrape, ce n'est pas facile de penser à l'amour. L'habit bleu et les manchettes de dentelle qui prouvent l'homme de qualité ne suffisent pas à vous rassurer pleinement, pas plus que la montre d'or et la chaîne assortie, lesquelles soulignent plutôt vos rondeurs qu'elles ne les effacent. Il faut alors se souvenir que l'on est un des premiers notables de la ville et que, d'ordinaire, l'on marche avec assurance en tête des processions et des enterrements.

Cette assurance, Telmon Roderlans était loin de l'éprouver ce soir-là. Il avait d'abord songé à seller son cheval pour se donner de l'allure mais il s'était vu un jour dans le miroir d'un étang, et l'image qu'il avait conservée de ce risible cavalier le dissuadait pour toujours d'en tirer avantage.

Il sortit donc du jardin par le portillon vert et fut tout étonné que celui-ci ne grinçât pas sur ses gonds comme à l'ordinaire.

La ville, la plaine, le fleuve à l'horizon, étaient devant lui. Tout se fondait dans la lumière blonde des moissons. C'était la fin d'une journée torride. La poussière en nappes traînait sous les arbres, se soulevait au gré du courant d'air, déroulait ses volutes jusqu'aux portes des étables et sous les voûtes des lavoirs obscurs auxquels le canon des fontaines servait de contrebasse.

Roderlans, bourgeois frileux, enregistrait avec peine cette odeur de purin et de fumiers divers qui régnait par les rues déclives de cette ville agricole nommée Terrebelle dont le portail, vestige de fortifications, s'ornait d'une armoirie indéchiffrable. Il songeait que cette odeur désobligeante régnait sur la ville et sur lui comme un quartier de noblesse incongru, qu'elle lui tenait aux semelles comme aux manchettes de sa chemise et qu'elle risquait le moment venu de lui ôter toute audace.

Il s'engagea dans la Grand-Rue qui montait, luisante de tous ses pavés patinés par toutes sortes d'outrages nauséabonds, vers l'église aux ormeaux où les vieillards sur le parvis s'entretenaient du passé.

Par des places désertes et des andrones en baïonnette où s'abritaient de nobles portes, il gagna le côté opposé des remparts. La lice aux tournois transformée en boulevard commandait tout un cirque de collines proches qu'éclairaient en rangs serrés des oliviers bien tenus sur des terrasses pierreuses.

Au pied de ces terrasses, dans un vallon verdoyant, quelques domaines patriciens affrontaient leurs folies à l'abri des frondaisons des tilleuls. Pour y accéder, il fallait d'abord descendre à travers les jardins de Terrebelle par d'étroits sentiers bordés de ruisseaux d'arrosage. Quoiqu'on les eût hérissés de tessons qui dardaient au soleil leurs tranchants meurtriers, les murs de ces jardins étaient très bas et l'on circulait, visible de loin, par les angles et les brusques détours de ces parcelles dessinées autrefois dans les études de tabellions et dont l'extravagance géométrique offrait le reflet du caractère dominant de leurs propriétaires. Ainsi repérable on était presque forcé de contempler la bonne tenue des allées et des massifs et souvent de la maisonnée entière endimanchée sous quelque tonnelle pour un déjeuner d'été. On y recevait ainsi parfois à travers le grillage en clair-obscur des charmilles quelque regard assassin d'une bourgeoise dont il eût été téméraire de conclure qu'il vous était particulièrement destiné.

Pourtant, celui qui passait orgueilleusement impassible, la tête droite et l'esprit ailleurs, devant ces merveilles, n'avait aucun heur de plaire à ses compatriotes. On lui rendait hauteur pour hauteur et silence pour silence.

Au moment de s'engager dans ce dédale de chemins dérobés : « Tu auras encore oublié ton ombrelle ! » se reprocha Roderlans.

Cet homme n'utilisait le présent de l'indicatif qu'avec parcimonie, le jugeant trop chargé d'engagement précis et d'autre part, d'ordinaire, il affrontait ces ruelles fleuries sous l'abri d'un en-cas de lin blanc, sous prétexte de se garantir du soleil.

Cette ombrelle politique lui permettait d'ignorer tout spectacle insolite comme toute gênante rencontre. Il s'était d'ailleurs laissé pousser comme une barbe une solide réputation de distrait perpétuel et son lorgnon de myope achevait heureusement de l'isoler du monde lorsqu'il y trouvait avantage.

Ce personnage dissimulé quoique indécis ne nourrissait que des passions envenimées par le secret et la contrainte et celle qu'il vivait alors lui apportait pour l'instant plus d'inquiétude que de délices.

C'était pour irriter cette passion, l'entretenir de regrets, qu'il empruntait si souvent les sentiers de ces jardins dont la clarté soulignait sans équivoque les frondaisons des secrètes folies.

Car il se trouvait qu'en cette année 1838 l'une de ces folies abritait une cantatrice. Quelle rareté qu'une cantatrice en un lieu aussi éloigné de l'art que cette ville de Terrebelle où l'ennui était une institution et où nul ne chantait jamais, ne fût-ce que par pudeur.

A l'alignement parfait de quelques autres qui murmuraient de tous leurs arbres au pendant du vallon, cette folie ne se dispensait pas d'offrir au passant ses massifs et ses allées à l'abri des mêmes murets dérisoires que ceux des jardins bourgeois.

Roderlans la connaissait bien. C'était la quatrième fois qu'il butait sur ce muret. Fermement résolu pourtant à se déclarer, il s'était les trois fois précédentes retiré en désordre, il avait fui. L'idée que par sa seule volonté il allait provoquer une situation nouvelle avait été au-dessus de ses forces. Jusqu'à l'arrivée de cette cantatrice qui l'occupait étrangement, il s'était mollement laissé glisser au fil de la vie, s'en remettant au seul destin pour arranger ou déranger ses affaires. Il ne décidait jamais de rien. Les décisions, c'était Servane, son épouse, qui les prenait. Ici elle lui faisait cruellement défaut.

Sans doute aurait-il de nouveau battu en retraite si un bien charmant spectacle n'eût captivé son regard. Il crut d'abord, tant la lumière de cet après-midi favorisait l'illusion, qu'une corbeille de fleurs se déplaçait devant lui par quelque caprice de la nature. Un bruit de pluie fine murmurait sur les feuilles. Roderlans marqua l'arrêt au milieu du chemin. Il ôta lentement son chapeau en un geste de déférence contenue. Ce qu'il avait pris pour une corbeille mouvante, c'était simplement la cantatrice qui rafraîchissait ses massifs à l'aide d'un arrosoir bleu de nuit criblé d'étoiles mais auquel elle avait assorti par miracle le dessin de sa robe.

Elle gardait des habitudes de la scène l'art que tout son corps fût en harmonie avec les gestes de sa vie si triviaux fussent-ils. A chacun de ses pas menus, le panier d'osier sur quoi s'étalait sa belle robe grinçait timidement, en une sorte d'appel contenu qui évoquait le miaulement d'une jeune chatte.

La chaleur de l'été l'avait heureusement autorisée à se priver de jupons. Aussi était-ce devant l'adorable vision d'un corps de femme souple campé sur des jambes robustes, trahi en transparence par le soleil oblique du couchant, que Roderlans s'était spontanément découvert.

Il se dit à l'instant qu'en dépit du lorgnon son regard serait trop éloquent s'il manifestait sa présence et d'ailleurs prolonger secrètement les délices de cette aubaine ne manquait pas de charme.

La jardinière absorbée par son travail lui tournait le dos. Roderlans en profita pour la dépasser sans bruit afin de se présenter du côté où le soleil cessait d'être indiscret. Il ne revint sur ses pas que lorsque la robe bleu nuit semée d'étoiles assortie à l'arrosoir ne fut plus à ses yeux qu'un tissu chatoyant mais fâcheusement opaque. Il s'appuya alors des mains contre la murette car, victimes de son émotion contenue, ses jambes flagolaient un peu sous son poids.

— Clorinde ! murmura comme pour lui seul M. Roderlans.

Il ne l'avait jusqu'alors appelée que « madame », mais elle portait aujourd'hui ce prénom de reine tout armuré de pudeur ombrageuse avec un si charmant abandon qu'il crut le moment venu de le lui dédier.

Aussi semblait-il que de ce rôle autrefois assumé, l'âme de Clorinde n'eût jamais relevé. Sur sa peau à peine touchée de lumière et qui paraissait rose, la rougeur de l'indignation ou du courroux ne tardait jamais à s'épanouir. La sensualité de ses lèvres et d'une ou deux fossettes, d'ailleurs mal réparties et d'inégale profondeur qui se creusaient sur ses joues autour de sa bouche ironique, l'autorisait à choisir plutôt l'attitude de la méfiance que l'aménité du sourire.

— Clorinde ! répéta Roderlans.

Il allait manifester sa présence lorsqu'il vit surgir des frondaisons une espèce de duègne couleur d'araignée qui se déplaçait sur le gravillon en un silence étonnant. Elle venait tendre à sa maîtresse un arrosoir de secours. Quand elle aperçut Roderlans sur le chemin elle marqua l'arrêt comme un méchant chien de garde. Ni l'air bénin de ce quadragénaire cossu ni son lorgnon d'ingénu ni son habit bleu roi qui respirait son grand siècle ni même ses amples manchettes de dentelle qui maintenaient coûte que coûte les privilèges disparus ne trouvaient grâce à ses yeux. Eût-il porté bâton et besace qu'elle ne l'eût pas toisé avec plus d'insolence.

« Heureusement, se dit Roderlans, que je me suis écarté du contre-jour ! Cette fée aurait tout de suite compris que je contemplais les jambes de sa maîtresse ! »

— Madame ! dit la duègne sur un ton d'alerte, vous avez du monde !

La dame se retourna vivement. Elle avait le regard glacé de celle qui est désagréablement surprise dans une posture ordinaire. Mais rien ne fut plus délicieux aux yeux de Roderlans que d'affronter ce regard et ces sourcils haut levés qui le courrouçaient. D'ordinaire — dans leurs rencontres parmi le monde — il ne recevait jamais l'éclat de ce regard vert sans détourner le sien mais, ce jour-là, il puisa dans le souvenir de la transparence contemplée tout à l'heure l'audace de l'affronter.

« Je sais de toi, se disait-il, la rondeur de tes fesses ! Et de ce secret tu ne pourras pas me déprendre ! »

Il était persuadé cependant que la duègne aux vêtements couleur d'araignée avait tout de suite imaginé qu'il était arrivé à contre-jour et qu'ainsi il avait pu surprendre la nudité de Clorinde à peine voilée. A cet être parcheminé on avait autrefois volé le sourire mais pour toujours. Elle connaissait Roderlans comme il la connaissait. Personne à Terrebelle n'ignorait rien de son prochain sauf lorsqu'il s'agissait d'une cantatrice venue d'ailleurs.

— Quel bon vent vous amène, mon cher Telmon ?

Clorinde avançait vers Roderlans sa longue main flexible à demi abandonnée pour qu'il posât ses lèvres sur le poignet nu. C'était toujours pour lui un moment de panique. Personne sauf elle ne lui avait jamais demandé cet acte de galante soumission. A chaque fois qu'il s'en acquittait, il entendait ricaner toute cette population rurale de laquelle c'était à peine par la richesse que depuis peu il se distinguait.

Clorinde l'accompagnait de l'autre côté de la murette jusqu'au portillon à claire-voie, vert comme en une opérette et que saluait une grosse clématite bleue. La duègne à l'arrosoir suivait ou précédait. Clorinde ouvrit le portail devant Roderlans avec une révérence de soubrette et un geste gracieux qui le priait d'entrer. Les méandres de l'allée capricieuse conduisaient vers la maison à travers la poussière d'or d'un soleil aux rayons obliques où jouait le pollen des fleurs. Clorinde devançait l'antiquaire vers ce perron théâtral pour lequel précisément il lui était agréable d'habiter cette folie. Roderlans crut qu'il allait être au paradis en suivant à travers la robe de Clorinde les jeux de la lumière et de l'ombre, mais la duègne résolument s'interposa entre sa maîtresse et l'antiquaire.

La maison était claire comme apparaissait la femme qu'elle abritait. Partout y étaient disposés des bouquets très aérés en des vases blancs à lisérés d'or. Roderlans conservait chez lui profusion de tels vases mais c'était en batterie, en bon ordre, au magasin ; de telles fleurs aussi en ses parterres mais elles ne passaient pas le seuil de la maison. Servane, son épouse, ne les aimait que vivantes.

Clorinde l'amena au salon où se dressait une harpe dorée qui habitait déjà les lieux de sa présence éloquente. La crosse où se sublimait dans les rayons du couchant un peu de poussière d'or, figurait un point d'interrogation mal fini quoique énigmatique. Roderlans contemplait cet instrument avec un certain malaise. Il n'avait jamais eu l'idée ni Servane non plus d'en acquérir un pour ses collections. Le piano, sa fille Agnès s'y escrimait quelque peu sous les leçons du chef de l'orphéon mais la harpe parlait musique d'un tout autre ton.

— Assoyez-vous ! pria Clorinde.

Elle parut s'apercevoir à l'instant que la duègne raide comme une sentinelle s'était fichée sur le tapis avec l'intention de n'en pas bouger.

— Vaquez à vos occupations, ma fille !

Et comme ces paroles ne produisaient aucun effet, Clorinde ajouta posément :

— Faudra-t-il que je vous jette à la tête l'un de ces vases ?

La duègne pivota sur ses talons et se retira en bon ordre sans souplesse mais sans ostentation. Clorinde observa un petit silence en la regardant s'éloigner.

— Entre elle et moi c'est la guerre, dit-elle. Elle a l'âme bien trempée mais la mienne est en acier.

— Ah ah ! s'exclama Roderlans, c'est donc Amourdedieu qui vous l'a procurée ?

— Qui me l'a imposée voulez-vous dire ? C'est sa nourrice, paraît-il ! Je vous laisse à penser à sa seule vue de quel lait elle a pu nourrir cet être grossier et mal embouché !

— Que vous m'avez préféré cependant.

— Oh ! Préféré ! Pendant que vous pesiez le pour et le contre — et que d'ailleurs vous le pesez toujours — Amourdedieu m'a couverte d'or !

— Oh ! couverte !

— Mon cher, cette folie vaut ce qu'elle vaut mais c'est Amourdedieu qui m'y héberge.

— Belle hospitalité en vérité pour perdre une réputation ! Il la tient de son oncle l'évêque assermenté et si ces murs pouvaient parler, ils se contenteraient de vomir des flammes d'enfer !

— Hé hé ! Je ne déteste pas ces sortes de flammes ! Il faudra quelque jour que vous me contiez tout du long les aventures de cet évêque !

Elle effleura de sa longue main le genou de Roderlans

— Vous m'aimez toujours ? dit-elle doucement.

Elle lui caressait les lèvres par le seul éclat de ses yeux.

— Comment le savez-vous ?

Clorinde désigna un meuble d'angle où se reflétait l'or de la harpe.

— Certain soir, à nuit noire, de crainte que votre femme ne l'apprenne, vous m'avez fait livrer par votre cocher ce chiffonnier qui vaut bien cent louis. Offre-t-on cent louis à une femme dont on n'espère rien ?

Roderlans se leva en soupirant.

— Vous dérangez ma vie !

— Que ne vous en êtes-vous avisé plus tôt, mon cher Telmon !

— Je réfléchis lentement.

— Cependant lorsque j'ai échoué ici après bien des déboires...

— Des déboires ? De quel ordre ? Vous ne m'en avez jamais rien dit ?

— Nous n'avons jamais, que je sache, tant parlé tous les deux.

Elle se leva à son tour avec agitation pour se diriger vers la croisée dont elle souleva le mystère comme si sur la route ainsi révélée quelqu'un allait apparaître qu'elle attendait depuis longtemps.

— C'était un colonel de la garde impériale ! lança-t-elle comme un défi.

Elle laissa retomber le rideau et se tourna vers son visiteur, toute raidie, comme au garde-à-vous devant un souvenir précis. Ses yeux verts regardaient au-delà de la réalité triviale de ce salon luxueux vers la poussière de quelque chemin furieusement battu par des escadrons désemparés.

— Et qui donc ? s'exclama Roderlans étonné.

— Mes déboires ! souffla Clorinde.

Elle revint s'asseoir sagement domptée sur l'ottomane, seul siège que lui permît sa tournure.

— Il me racontait Waterloo ! soupira-t-elle. Il y avait reçu par le travers du front un coup de sabre qui le rendait hideusement beau ! Il est mort en duel. Et depuis je voyage.

— En duel ! répéta Roderlans accablé.

— En duel ! Et par un Russe qui plus est ! A-t-on idée, je vous le demande, lorsqu'on revient de Waterloo, d'aller se laisser tuer par un Russe, fût-ce en duel ?

— En duel ! s'exclama encore Roderlans.

— En duel ! confirma Clorinde. Ce Russe, il est vrai, qui mesurait près de sept pieds de haut, avait eu le tort de lisser sa moustache sur mon passage.

— C'était un connaisseur, apprécia Roderlans machinalement.

Clorinde fit la moue.

— A peu près comme votre cocher s'y connaît en chiffonniers ! Il fallait le voir celui-là bousculer ce petit meuble qui n'en pouvait mais sur les marches de mon perron ! Ce Russe était tout juste bon à s'agiter cinq ou six heures dans un lit, croyant faire l'amour, en poussant des cris de reître éperonnant sa monture ! Enfin... d'après ce qu'on m'a dit.

Elle se leva de nouveau et joignit les mains, les yeux baissés.

— Avant de partir pour le pré, souffla-t-elle sur

un ton de confidence, mon amant m'a fait jurer de ne plus chanter — jamais ! — si le sort des armes lui était défavorable. Depuis, je me tais !

Elle alla de nouveau lentement guetter derrière les vitres le retour attendu de quelque fantôme. Cette femme charmante était si peu sûre d'elle, en dépit de son grand air, qu'elle pensait devoir toujours s'appuyer sur une ombre d'homme pour conquérir un homme vivant.

Elle ignorait ou peut-être le savait-elle, qu'interposant ainsi entre Roderlans et la lumière sa nudité candide à peine protégée par la transparence d'une soie légère, alors que la gloire oblique du soleil couchant dardait horizontalement à travers les croisées, il ne lui était pas nécessaire d'ajouter à ce spectacle quelque parole pour que l'antiquaire la prît en compassion.

Toutefois, ce qu'elle avait à lui demander — puisque enfin il était venu — lui paraissait de nature à ne se passer d'aucune arme, si déloyale fût-elle. Elle le contemplait qui digérait malaisément cet amant inoubliable. A l'aide de Waterloo, de ce coup de sabre qu'il voyait encore tout sanglant, de ce Russe haut de sept pieds et de cette mort en duel dans les brumes d'un pré trempé de rosée, elle avait ouvert un abîme entre elle et le ventripotent Roderlans, bourgeois de Terrebelle. Aux yeux de cet antiquaire romantique, elle apparaissait lourde comme un diamant par cet amour épique qu'elle lui assenait sans ménagement.

— Et vous l'aimiez au point de ne plus chanter ! soupira-t-il.

— Je n'aime jamais à moitié !

— Ne me dites quand même pas que vous aimez Amourdedieu !

— Non, je ne vous le dis pas. Mais que voulez-vous ? Vous êtes trop calculateur ! Amourdedieu est beaucoup plus spontané que vous !

— Spontané ! ricana Roderlans.

— Mais oui ! Quand je suis descendue de la voiture de poste devant la porte Saunerie, désemparée, pitoyable dans mon dénuement...

Ce « pitoyable dans mon dénuement » lui avait toujours beaucoup servi. Elle le tenait du livret médiocre d'un opéra qu'elle avait chanté à satiété.

— Voiture de poste tant que vous voudrez ! protesta Roderlans. Mais enfin, dès le lendemain, vous fûtes suivie d'un fourgon à quatre chevaux, contenant — c'est Amourdedieu admiratif qui me l'a conté — plusieurs malles, une vingtaine de sacs de voyage et quinze — quinze ! — cartons à chapeaux.

— Les chapeaux en nombre pair portent malheur ! objecta Clorinde. Vous devriez savoir ça. En outre, il en était quatre de grand deuil qui n'ont jamais servi. Je m'épouvantais dans tous les miroirs !

— Peut-être ! Mais si vous appelez ça du dénuement, ma chère Clorinde !

— Je parle du dénuement moral ! Outre que c'est bien beau de ne plus chanter par promesse d'amour mais lorsqu'on a pour mille louis de loyer en retard et des dettes chez sa modiste, il ne reste plus qu'à fuir !

— Etant moi-même créancier attentif, remarqua Roderlans, je doute si cette distance suffira entre votre modiste et vous.

Clorinde fit un joli geste de la main comme pour jeter du sel par-dessus son épaule.

— C'est que vous sous-estimez le pouvoir de Terrebelle, mon cher Telmon ! Me connaissant comme ils me connaissent, jamais ma modiste ni mes huissiers ne m'imagineront en tel lieu. Ils ne sauraient où le trouver d'ailleurs ! Moi-même, vous l'avouerai-je ? Je l'ai piqué au hasard, sur une carte, à l'aide d'une épingle, les yeux fermés !

Telle une cantatrice sur une scène, elle promenait avec aisance la riche nature de son corps voluptueux devant les caprices de la lumière. Roderlans pensait avec envie à ce colonel mort d'un coup de sabre lequel avait un jour serré entre ses mains cette taille de guêpe si émouvante par rapport à la profusion de chair qui la soulignait.

Elle lui jeta un coup d'œil mesuré afin de vérifier l'état où elle espérait l'avoir mis. Le jugeant à point, elle s'avança vers le fauteuil où il était enfoncé. Appuyant les mains sur les accoudoirs, elle pencha son décolleté jusqu'à ce qu'il puisse y plonger le regard mais elle l'en empêchait en le scrutant au fond des yeux. Elle savait le pouvoir de ses prunelles vertes et elle en jouait passionnément.

— Pourquoi, dit-elle, ne m'avoir pas disputée à ce rustre d'Amourdedieu ? Je suis sûre que vous auriez eu plaisir, et moi aussi, à ne nous contraindre en rien tous les deux ?

— Ah ! s'exclama-t-il. Jouons cartes sur table : Amourdedieu est veuf, lui !

— Je vous entends. Et vous, vous êtes en puissance d'épouse ?

— Et je n'ai pas de folie léguée par un oncle évêque.

— Justement ! A propos de folie : voici peut-être une occasion où vous pourriez corriger les hasards du destin.

Elle se recula un peu et lui tendit la main pour l'aider à s'extraire du fauteuil.

— Venez avec moi, dit-elle. Venez voir !

Sans le lâcher, elle l'entraînait sur la terrasse aux portes ouvertes. Elle s'avançait vers la balustrade qu'encensaient les rosiers et les bignonias. Du jardin qu'elle arrosait tout à l'heure montait le parfum tendrement discret des massifs qu'estompait peu à peu l'ombre envahissante. La plaine s'étendait jusqu'aux confins d'une montagne oblongue où s'enlaçait l'oriflamme blanc d'une route poussiéreuse. Une autre route, de l'autre côté de l'horizon, soulignait le fleuve invisible qui faisait de Terrebelle une ville riche. Des rires d'hommes qui s'interpellaient et des cavalcades pressées par les ornières des chemins attestaient que Terrebelle s'apprêtait au repos. Le vent fraîchissait et les grenouilles commençaient à coasser dans les bassins tiédis au soleil de juillet.

Clorinde le doigt tendu désignait au loin une bâtisse cernée de quatre colombiers autour desquels claquaient des draperies de pigeons blancs. Le soleil dans les vitres des fenêtres y allumait un incendie rouge qui paraissait dévorer l'intérieur des murs.

— Tenez ! dit Clorinde. Vous voyez d'ici cette colline couverte de chênes et de cyprès ? Et au pied de cette colline ce domaine qu'on appelle la ferme Louis XIII ?

Roderlans branla du chef.

— Elle appartenait aux chevaliers du Saint-Sépulcre. Elle est tombée entre les mains d'un certain Savouillan pourvoyeur aux armées.

— Eh bien, elle est à vendre. Et je veux l'acheter.

— Vous avez envie de devenir propriétaire ?

— Envie ? Mon cher Telmon, quand je n'aurai plus à montrer au public que les appas qu'offre aujourd'hui la nourrice d'Amourdedieu — ça arrivera — le monde sera sans merci pour moi. Si j'ai une ferme Louis XIII, ceci compensera cela. J'ai vingt-huit ans cette année, mon cher Telmon.

— Chut !

— Soit ! Je ne les accuse pas. Il n'empêche : je dois assurer mes vieux jours. Or, sans doute pour mieux me tenir à merci, ce pingre d'Amourdedieu ne me consent que de parcimonieuses rentes. En tout cas, en ce qui concerne le domaine, il s'y refuse. « Je ne tiens pas à vous savoir libre de moi ! » m'a-t-il dit.

— Il vous a dit ça ?

— Crûment ! s'exclama Clorinde en tapant du pied. Comme si je n'avais pas qu'un seul signe à faire pour me lever une cohorte d'amants !

— Et... Quel est le prix... de cette fantaisie ?

Roderlans prononçait ces mots en se raclant la gorge et en bégayant un peu.

— Quatre mille louis ! Cheptel vif et mort !

Roderlans hocha plusieurs fois la tête sans proférer un mot de plus. Il commença à s'esquiver à reculons hors de la terrasse. Clorinde ne le laissa pas s'échapper.

— Quatre mille louis et je suis à vous ! souffla-t-elle.

Son visage enflammé de passion était à quelques centimètres de celui de Roderlans. Elle lui promettait d'elle tout ce que les plus extravagantes créations du désir peuvent imaginer de pire en la circonstance. Il lisait Waterloo et le coup de sabre et le Russe haut de sept pieds dans les yeux verts de Clorinde et qu'elle lui en céderait sans vergogne l'oubli le jour venu, s'il se pliait à ses fantaisies.

Elle le raccompagna jusqu'au perron et lorsqu'il en eut descendu les marches et qu'il se retourna pour un petit signe d'adieu, il reçut en pleine figure la dernière facétie du soleil ce soir-là, qui lui soulignait, avant de disparaître, sous la robe à étoiles de nuit, tous les détails de ce corps de cantatrice bien propre à distraire son ennui.

« Quatre mille louis ! se dit-il sarcastique. Et pourquoi pas la lune ! »

Mais, précisément, elle était à ce prix.

Quand les gens du quartier d'Aubette où l'on dînait tranquillement toutes fenêtres ouvertes entendirent ce soir- là les trilles d'un harmonica qui scandalisaient le silence vespéral, ils se dirent comme à l'ordinaire :

— Ce sera encore ce pauvre Simon David qui ira siffler sous les fenêtres de sa belle.

Cette curieuse manière d'évacuer le présent, déjà rencontrée chez Roderlans, c'était le style de presque tous les Terrebellois en âge d'être prudents.

Quant au *pauvre*, il était universel. Non seulement après la mort l'on était pour toujours *le pauvre parrain, la pauvre tante Héloïse*, mais l'on était *pauvre* dès ici-bas. Par prudence, l'on vous décernait votre nom sans épithète en votre présence, mais sitôt le dos tourné, vous deveniez le *pauvre*. Seuls certains notables échappaient à cette commisération générale par quelque déférence de loin venue quoique sans aucune assise. Il suffisait d'ailleurs de quelque vicissitude de fortune pour que le *pauvre* vous retombât dessus.

Et il était vrai que sur trois mille habitants que

comptait cette ville, il n'y en avait guère plus de cent qui eussent jamais vu la couleur d'un louis. Encore y avait-il parmi ceux-ci quatre notaires de père en fils, lesquels s'entendaient à escamoter les jaunets en frais de tout acabit.

Pourtant ce n'était jamais de cette pauvreté matérielle qu'il s'agissait mais bien de la misère morale que chacun s'accordait à trouver chez autrui.

A Terrebelle, on se méfiait terriblement du bonheur et de la disposition d'âme que réclame sa pratique. Pourtant, les collines, le vent, le fleuve et l'industrie harmonieuse de métiers bien exercés par des gens qui les aimaient, faisaient de cette ville un nid de félicités. Mais habiter le plus beau paysage du monde n'apporte le bonheur que si l'on a reçu le don de s'en apercevoir. A Terrebelle on s'apitoyait sur quelqu'un qui contemplait le ciel pour autre chose que pour y guetter la pluie. On détournait pudiquement les yeux si quelque imprudent s'arrêtait aux limites d'un jardin dans le seul dessein d'y humer le parfum d'une rose.

Ne parlons pas alors de remettre sur pattes un crapaud malencontreusement retourné sur le dos :

— N'y touche pas, qu'il va te cracher à la figure et que tu deviendras aveugle !

Ni de se pencher sur un chien :

— Ne le caresse pas, qu'il va te mordre !

De même les coquelicots éphémères si captivants pour les mains des bébés n'échappaient pas à la commune horreur du monde :

— Ne t'approche pas des fleurs ! Qu'une abeille va te piquer !

Les grand-mères de Terrebelle étaient aussi lourdes d'interdits que les prés étaient légers de fleurs des champs et les haies de nids d'oiseaux.

Il était advenu, il y avait bien longtemps de cela, qu'un peintre avait planté son chevalet devant les alambics d'automne afin de buriner pour l'éternité les visages des Terrebellois en train de humer l'eau-de-vie nouvelle puis il s'était occupé des lavandières dans le clair-obscur des lavoirs enfoncés sous les voûtes. Le maire en rougissant avait demandé à son conseil l'autorisation d'acheter à ce mort-de-faim une toile ou deux pour l'aider. L'opposition avait alors questionné : « A quoi ça sert un tableau ? » Et cet imparable argument avait renvoyé le peintre à sa faim.

« A quoi ça sert ? » C'était à l'aide de ce strict pragmatisme que Terrebelle jusqu'à ce jour résistait aux idées nouvelles, et les accents du romantisme qui sévissait si fort dans le royaume et depuis si longtemps, ne frappaient ici que sur du bronze mat qui ne résonnait pas sous ses coups. Toute coquetterie, tout élan, tout enthousiasme, qui ne fût pas dicté par la simple ambition y était aussitôt perçu comme une extravagance.

Que dire alors d'un harmonica ! Le *pauvre* dont on affublait Simon David devait beaucoup à son harmonica. Tout le monde avait aussitôt assimilé sa pratique à un dangereux dérangement d'esprit.

Déjà il exerçait un métier qui était aux confins de l'utilité : il vendait des chapeaux sur les foires. Passe pour les chapeaux destinés à parer de la chaleur ou du froid : on lui concédait volontiers les vastes capelines de paille d'Italie des lieuses de gerbes ou les casquettes à oreillettes en poil de bichard des gâteurs de nids de pie, malheureusement le fond de sa carriole abritait aussi de volumineux cartons. Il en tirait chapeau de deuil ou de liesse pour quelque cliente pressée par l'événement et qui n'avait pas eu le temps de passer chez sa modiste. Ceux-ci obligeamment, il les prêtait quelquefois. C'était le temps où, pimpant ou coquin, tout chapeau de femme pouvait être interprété comme une invite.

— Et, disait-on à Terrebelle, tu comprends, en les leur essayant, c'est facile, après, de leur caresser le menton.

Les familles serraient leurs filles sur son passage et ce d'autant plus qu'il était d'une dangereuse laideur. Ses grandes oreilles en forme de paravent se détachaient du crâne. Il avait le cheveu hirsute et son menton quelque peu ravalé, il avait imaginé de l'abscondre sous une barbe drue dont la mode était alors fort réprouvée. Il n'avait de parfaitement impertinent que son nez aquilin que prolongeait son grand front admirablement proportionné à ses yeux d'un bleu vert suivant le temps. Le regard était bon, sans cruauté quoique sans malice.

A part ça on lui livrait passage car il mesurait plus de six pieds de haut et marchait en dansant sur des jambes pourtant torses.

L'oncle Garguille, celui qui à son décès lui avait légué l'harmonica, l'oncle Garguille lui répétait :

— Qu'est-ce que c'est ce métier de vendre des chapeaux ? Fais-toi gendarme ! Avec ta taille tu te fais un grade ! Quel malheur que les grenadiers du Petit Tondu n'existent plus ! Tu en aurais fait un superbe !

— Ah oui ! lui rétorquait Simon. Un superbe mort ! Et pendant ce temps toutes mes pratiques auraient attrapé des coups de soleil ou des coups de froid ! Je préfère vendre des chapeaux, l'oncle ! Trouer la paillasse d'un parce qu'il n'aurait pas le même uniforme, merci ! Ce n'est pas mon fort.

Les solitudes des forêts autour de Terrebelle qu'il parcourait dans sa carriole au pas de son cheval Gamin, lui avaient permis de se forger un caractère amer, sans pitié pour le trompe-l'œil et où l'agitation du monde ne pesait que de peu de poids. En dépit de sa jeunesse il était déjà taciturne et tenait de sa laideur que lui renvoyaient tous les miroirs, sa modestie et le peu d'intérêt qu'il accordait à sa personne.

C'était un homme de vingt ans qui aurait pu continuer à méditer paisiblement sur la mort et sur la beauté s'il n'avait tout récemment surpris les yeux bleus d'Agnès Roderlans. On est prompt à cet âge à se faire accroire. Parce qu'elle détournait son regard avec modestie comme le lui recommandait sa mère, il crut l'avoir troublée et s'en fit des nuits blanches.

Il n'avait jusqu'alors soufflé dans l'harmonica de l'oncle que par la solitude des chemins et pour les seules oreilles du cheval. Il s'était exercé là, pendant les longues traites, à des trilles sublimes. Sa langue agile avait su tirer de cet humble instrument toutes les plaintes de son âme et de ses espoirs sans objet. Lorsqu'il croisa le regard d'Agnès, il crut le moment venu de faire de son harmonica le truchement de sa passion. Un soir, les gens du quartier d'Aubette où le père de Simon avait son magasin, les gens du quartier d'Aubette restèrent la cuiller suspendue entre leur bouche et l'assiette de soupe, tant cette aigre musique qui n'était pas d'église bouleversait leur épaisseur tranquille. Certains se penchèrent aux fenêtres pour renseigner les autres.

— Ce sera le Simon David ! dirent-ils.

— Le David ? Celui qui est tant laid ?

— Oh ! s'exclamèrent les filles. Laid ? On peut pas dire...

En tout cas, il descendait la rue vers les jardins et on eut beau tordre le cou, il disparut sous les tilleuls avec le son de l'instrument.

Un jour, deux jours, trois jours, les trilles pimpants du joyeux harmonica excitèrent l'imagination des gens d'Aubette qui étaient lents à réfléchir. Ils avaient des insomnies dues à la chaleur qui les forçait à ouvrir les croisées sur les jasantes fontaines.

— Pourquoi tu crois qu'il se serait mis tout d'un coup à faire de la musique ce Simon ?

Car il était trop jeune et ne totalisait pas encore assez de malheurs pour avoir droit au *pauvre*. C'était son père qui gardait ce privilège en dépôt.

— Ma foi ! répondait-on sur l'autre oreiller. Ce sera pour se faire remarquer ? Qui saura ?

C'était un désœuvré de Verpierre, faubourg de Terrebelle qui l'avait trahi. Celui-là, parfois, le lundi, il lui prenait fantaisie de venir voir passer la carriole de Simon bâchée de bleu horizon qui prenait la route de La Mort-d'Imbert pour gagner le pays des fours. Il la suivait des yeux telle une grosse campanule bleue et prenait plaisir à lui voir gravir lentement les lacets. Parfois même il se levait de bonne heure pour arriver au col avant elle et distinguer sous la capote cette tête d'homme rêveur, ce qui n'était pas, ici, commun.

Il n'y avait guère à Terrebelle que les désœuvrés pour tirer plaisir de la vue d'autrui. Celui-ci jugea certain jour que la carriole mettait bien du temps à gravir les lacets pour parvenir jusqu'à lui. Il descendit à sa rencontre. Il la trouva abandonnée sur l'aire de Pettavigne où le cheval, en dépit du mors, s'efforçait de brouter le blé qui s'y ressemait chaque année depuis que les derniers propriétaires du lieu étaient morts du choléra.

Le désœuvré entendit gratter au fond du bois. Il s'avança sous le couvert. Il vit Simon qui taraudait l'écorce d'un gros tronc, à l'aide d'un tranchet. Il se dissimula sous l'ombre dense des yeuses pour épier. Lorsqu'il vit enfin Simon reparaître sur l'aire, escalader son siège et relancer l'attelage d'un claquement de langue, il ne se dirigea pourtant pas tout de suite vers l'arbre qui le passionnait, il attendit que derrière la carriole le silence se fût refermé.

Il est délicieusement rare de dénicher l'une de ces fréquentes manifestations de l'amour que sont deux initiales serties par le dessin d'un beau cœur, en sachant *qui* les a gravées dans l'écorce de cet arbre quelconque qui n'en pouvait mais. Cette écorce blessée gardera cependant cette trace, écartelée, boursouflée, méconnaissable sous la pulsation de la sève, des années durant et bientôt des siècles, alors que l'amoureux et l'objet de ses rêves seront pour toujours en poussière au fond d'une tombe et d'ailleurs rarement ensemble.

Simon avait sculpté dans l'écorce ces deux lettres : « A.R. » Dès lors, il avait suffi de placer sous surveillance toutes les A.R. de Terrebelle en âge d'inspirer la passion sans omettre aucune laide ni bancale ni bossue ni cartonnée de petite vérole car l'on savait à Terrebelle comme ailleurs que la compassion pour la laideur fut toujours à la source des plus belles amours. On découvrit onze de ces A.R., tant jeunes que rassises. On guetta sans se concerter et chacun pour soi. En se guidant au son de l'harmonica, on put suivre à la brune, de platane en platane, l'itinéraire de Simon. Ceux qui n'avaient rien à faire et pas de femme au foyer se chargèrent de ce travail pour tous.

Maintenant on savait. Tous les soirs, Simon David défilait sous le jardin de l'antiquaire pour donner la sérénade à Agnès Roderlans. Oh ! Il ne s'arrêtait pas. Peut-être même passait-il en ces lieux plus vite qu'ailleurs et parfois son souffle bafouillait d'émotion dans le pauvre instrument.

On ne pouvait pas venir lui taper sur l'épaule pour lui dire qu'on savait et que, par conséquent, il pouvait demeurer tant qu'il voulait sous les contrevents d'Agnès, d'ailleurs désespérément clos.

Ainsi se faisait à Terrebelle le contrôle de chacun par chacun. Ce qu'on avait appris, on se le disait une bonne fois pour toutes et on se le tenait pour dit. Il n'y avait pas lieu d'y ajouter. L'information tombait dans l'oubli ainsi que le sujet du scandale. On savait c'était tout.

— De tout sûr ce sera encore ce pauvre Simon David qui ira siffler sous les fenêtres de sa belle.

Car ce fut à cette occasion que Simon mérita son titre de *pauvre.* On se doutait bien en effet, à en juger par l'objet de ses rêves, qu'il n'était pas un amant heureux.

Ainsi ce soir-là il défila de son pas dansant, un peu ridicule, un peu pitoyable, mais il ne s'arrêta pas. A peine s'il faisait nuit et la pénombre recelait dans ses embuscades nombre de Terrebellois assis sous les tilleuls pour prendre le serein.

Il s'enfonça *sous les cloches* par la porte du Chacundier et là, il louvoya parmi les andrones en quête du refuge qui l'accueillait chaque soir. Il huma le vent chargé de poussière de blé qui véhiculait une sorte de lumière jusque dans les bas-fonds à écuries où l'on remisait les chevaux et le bétail promis à l'abattage.

Terrebelle ne s'embarrassait pas de poésie pour désigner ses rues. Elles s'appelaient *de la paille, des soues, des ânesses, de l'abattoir, de la tannerie.* Il existait même une *rue des relents* dont nul ne savait qui l'avait ainsi baptisée et son ruisseau qui s'en allait directement au fleuve se nommait le ruisseau des rats pour la quantité qu'il en abritait.

C'était à l'aplomb du rempart dominant ce ruisseau que la maison de la Choise prenait jour autant que faire se peut. L'antre était tapi dans la violine méphitique de ces lieux qui sont à l'ombre pour l'éternité. Là sur les dalles bombées des venelles, les lichens séculaires moisissent sans autre espoir de fleurir que le temps où la ville deviendra ruine après l'avoir longtemps menacé et où, par l'effondrement des murs, le soleil se frayera enfin passage jusqu'à eux.

Le jour, les tanneurs venaient furtivement boire un coup quand le contremaître était occupé ailleurs. Ils laissaient sur leurs traces leur ineffable odeur et le sol parsemé de quantité de ces vers gras que recèlent les peaux avant l'alunage, lesquels se tordaient longtemps sur les carreaux avant que la Choise les balayât pour les offrir aux pêcheurs.

La nuit se rassemblait ici tout ce que la ville comptait de jeunes hommes malheureux et sans argent. Il n'y avait pas de devanture ni d'enseigne. La porte vitrée qui s'ouvrait sur deux marches en contrebas commandait une salle pas plus grande qu'une cuisine de pauvre. Au plafond un fanal de navire grillagé de cuivre paraissait luxueux parmi la misère du mobilier. Là, des bancs et des tables à tréteaux s'alignaient tant bien que mal contre les murs. Le vide du parquet, réservé au poêle, commandait un comptoir de bois dont le tablier ventru offrait au beau milieu un médaillon champêtre où serpentait un ruisseau parmi les saules.

De cet espace restreint qui la cernait la Choise comblait la moitié. Rehaussée sur un plancher invisible, elle surplombait le comptoir de telle sorte que lorsqu'elle se tournait pour saisir un flacon, on voyait les deux tiers de sa personne et c'était toujours un spectacle étonnant car la Choise pesait un quintal. Son aspect n'était d'ailleurs pas plus banal lorsqu'elle se présentait de face. Son visage s'inscrivait sans nuances dans les limites d'un carré. Il lui tenait aux épaules sans qu'on lui vît le cou. Et pourtant, celui-ci était désigné à l'attention de tous par le triple rang d'un collier qui tintait tel un lustre lorsqu'elle se penchait pour servir à boire. Ce collier tirait du fanal des éclats de diamant et la croix qui le soulignait en pendeloque étincelait tel un intersigne miraculeux.

Dès le seuil franchi, l'éclat de cette croix éblouissante sur la poitrine de la Choise vous faisait l'effet d'un phare dans la tempête. Et sitôt qu'un apprenti était embauché pour quelque travail d'enfer, il savait où trouver refuge pour s'en consoler un peu. Le cul encore cuisant des coups de pied reçus en leur journée, deux douzaines peut-être de jeunes ébouriffés par la vie s'entassaient sur les bancs. C'étaient des écharneurs, fartiers, grouillots de puisatiers qu'on envoyait voir en bas si l'air ne tuait pas ; ou alors videurs d'agneaux aux abattoirs, gindres, protes, goujats de maçons, palefreniers des postes, imbéciles de fermes venus des très hautes vallées, orphelins de naissance, bancals et bossus divers, plus quelques-uns fort ordinaires mais portant seulement leur cœur en bandoulière. Ils venaient tous ici exploser de jeunesse, d'envies mal définies et mal imaginées, de désir aussi, mal contenu, d'envoyer les mains partout et sur tout. Las de quêter aux portes des maisons bourgeoises où il n'était pas désiré, le bonheur s'était tapi ici où faire miroiter d'envie ces avides regards.

On ne pouvait pas cependant rêver de la Choise.

Outre que son âge était indécis, sa montagne de chair défiait l'enlacement. L'Auguste Faux, l'homme le plus spirituel du pays, l'avait un jour écrasée sous cette sentence : « Son sein, ce n'est pas une gorge, c'est une esplanade ! »

Mais quand on avait une mère qui vous écartait importunément pour se pencher sur d'autres vagissements ou bien qui n'existait plus, il était bon de venir ici en trouver une qui fût idéale. La Choise avait la dimension d'une poule couveuse sous les ailes de qui on pouvait enfin se blottir pour ignorer le monde.

C'était une mère des misères au vaste poitrail, couverte d'enfants de quinze à vingt ans, mais elle, à cause de tous ces jeunes dont elle était richement dotée et en dépit, disait-on, du fait qu'ils fussent tous misérables, on ne l'appelait pas la pauvre Choise. On disait la Choise, tout simplement. Et l'antre où elle officiait on lui disait le trou. Le trou de la Choise, tout simplement.

Pour quelques liards, à ces sevrés de tendresse, elle préparait des tisanes de rêve destinées à les réveiller ou à les endormir et, s'ils avaient des jours pénibles, leur sommeil en était enchanté. Ces tisanes infusaient dans la soue obscure qui servait de cuisine à la Choise. Elles éclairaient par leurs étranges couleurs le jour de souffrance qui stagnait toujours dans ces fonds. La violette était sinople, le fenouil jaune d'or, le petit chêne zinzolin, le pavot amarante couleur de deuil. Elle les leur apportait fumantes dans des tasses de porcelaine liserées d'or, comme en un riche salon. Elle possédait une caisse entière de ces tasses et n'expliquait pas d'où elle les tenait. Si quelque maladroit en cassait une, elle le jetait dehors sans pitié. Elles étaient, ces tasses, l'occasion de la seule colère qu'elle se permît contre eux. En revanche, il lui arrivait souvent de se détourner très vite pour ne pas leur montrer les larmes que leur aspect lui tirait des yeux.

Son cœur débordait de pitié quand elle les voyait ainsi alignés sur les bancs contre le mur couleur purin, en une fresque du Moyen Age.

Or, suspendue à ce mur sale par un clou, l'antre comptait pour seul ornement une gravure sous verre qui tenait son mystère du mauvais éclairage du lieu et des ravages qu'elle avait subis avant d'échouer là. Il manquait un morceau au verre qui la protégeait et une tache d'humidité depuis longtemps asséchée avait blanchi une partie du dessin qu'il fallait presque deviner. Une légende expliquait la gravure mais la plupart des compagnons ne savaient pas lire, alors ils usaient leurs yeux à détailler l'image. C'était une longue barque pleine d'hommes arc-boutés sur des rames et bardés de cordages qui s'avançait sur les hautes vagues de quelque mer. A l'avant, dominant tous les hommes courbés, un homme debout, orgueilleusement cambré, brandissait une lance qu'il allait projeter. En face de cette lance et de cet homme infime, séparée de lui par un quart à peine de la gravure, il y avait une chose formidable dont l'avant qui s'enfonçait dans la houle rappelait l'étrave d'un navire et qui était empanachée de jets d'eau comme les bassins du marquis d'Autane.

— Qu'est-ce que ce sera, Choise, cette Chose sur l'image ?

— Une baleine.

— Qu'est-ce que ce sera une baleine ?

— Ma foi ! En tout cas ce qu'il y a de sûr, c'est que ça tiendrait pas ici dedans.

— Oïe peut-être !

— Y a pas de peut-être ! Si on te foutait une baleine sur la place des Marchands, tu pourrais plus passer ! Ni d'un côté ni de l'autre !

Ils riaient tous d'un gros rire à cette idée. Ils voyaient tous cette place des Marchands avec son étude de notaire, son épicerie verte et son fabricant de cercueils. Ça en ferait un bruit si on pouvait plus y passer ! Ça couperait la ville en deux !

— Tu sais rire, toi ! disait-on à la Choise.

Mais elle n'en démordait pas.

— Sous le portail du Soubeyran elle passerait pas ! Pas plus que sous celui de la Saunerie !

Ils riaient de plus belle mais ils y pensaient. La baleine peu à peu se dessinait dans chaque tête, différente pour chacun, mais prenant les dimensions qu'il fallait.

— Et par le fait, Choise, pourquoi tu aurais cette baleine chez toi ?

— Ça, disait-elle, vous pouvez toujours courir pour le savoir ! Et puis n'appuyez pas vos doigts sales dessus ! Et puis n'y respirez pas votre fumée dessus que vous allez me l'abîmer !

La misère désœuvrée aiguise l'imagination et fortifie l'intuition. Il n'était pas rare alors que l'un de ces orphelins osât attaquer la Choise de face.

— Et par le fait, Choise, ça aurait pas pu être ton histoire d'homme cette baleine ?

— Vous pouvez toujours courir ! répétait-elle.

Mais parfois, à l'automne, il arrivait que, las des infusions, l'un d'eux réussît à soustraire deux longues pipettes d'eau-de-vie aux bouilleurs de cru du boulevard Mirabeau. C'est alors qu'ils se dressaient verre en main et qu'ils venaient un peu titubants se planter devant la gravure à la baleine. Oh pas tous ! Le plus grand nombre d'entre eux n'avaient aucune imagination, l'alcool n'en donne qu'aux exaltés.

Il fallait déjà des gaillards auxquels la dimension imaginée de la baleine eût donné des envies de grand large et ceux-là n'étaient pas plus de sept dans cet antre. Et c'était déjà beau qu'ils fussent sept à ne pas contempler seulement leur néant. Ils n'étaient pas chiens du reste et des pipettes d'eau-de-vie, la Choise avait eu sa part et y avait fait honneur. Quand ils la devinaient à point ils se rapprochaient du comptoir, ces sept-là, en catimini car elle le leur interdisait d'ordinaire, les préférant tous assis sagement devant les tisanes et les jeux de cartes.

Dans cette approche les Blanquets étaient les plus entreprenants. Ils étaient blancs comme des tommes fraîches. On les avait d'abord appelés les trois Blancs parce qu'ils étaient inséparables puis les Blanquets parce que c'était plus simple.

— On est nés à l'ombre ! disaient-ils en riant sinistrement.

Ils étaient servants de moulins à foulon au fond des enfers de la tannerie Buis Frères. Ils entraient là-dedans à six heures du matin et n'en sortaient qu'à la nuit. Le seul dimanche en plein jour ne suffisait pas à leur redonner couleur. Par cette absence de pigment sur leur peau il semblait que leurs visages n'eussent jamais été achevés. Lorsqu'on n'en rencontrait qu'un seul on supportait sa blancheur spectrale mais s'ils surgissaient tous les trois de front au détour d'une androne la vision était insoutenable. Quand ils émergeaient ensemble hors l'échelle de meunier qui montait des enfers, ne montrant que leurs trois têtes au ras du sol comme décapitées, les mégissières s'égaillaient en piaillant tant ils étaient hideux. Aussi se séparaient-ils rarement. La peur qu'ils provoquaient c'était leur divertissement. Ils en tiraient un sentiment de réconfort. Ils n'étaient pas parents cependant. C'était la soute à foulon qui avait forgé leur ressemblance. Ils avaient des noms communs : Jean Blanc, Jean Laine, Jean Gras, que nul ne leur donnait jamais. C'étaient eux qui se risquaient les premiers vers la Choise lorsqu'ils la jugeaient à point.

— Et par le fait, Choise, demandaient-ils doucement, ça servirait à quoi une baleine ?

— A faire de l'huile pour les lampes. Dans une seule baleine il y a assez d'huile pour faire marcher tous les calens de Terrebelle pendant peut-être dix ans !

— Oïe peut-être !

Ce n'étaient pas les Blanquets qui mettaient ainsi en doute la parole de la Choise, c'était l'Ermete Bozzi qui avait la corpulence d'un sacristain papelard. Celui-là, on ne le voyait jamais arriver. C'était à peine, lorsqu'il ouvrait la porte, si l'on distinguait une ombre tant il était insignifiant.

— C'est pas un homme, c'est une herbe ! disait-on.

— Je suis venu de Coni par les souterrains ! expliquait l'intéressé en clignant de l'œil. Et mon front a raclé les voûtes !

Il se tâtait le sommet du crâne où, à dix- huit ans qu'il avait alors, sa chevelure commençait très loin du front. On savait qu'il avait un père en prison quelque part du côté de Nice. Seuls l'enfant et la mère avaient pu échapper à l'Italie.

Cet Ermete, afin de compenser sa faiblesse diaphane, il découpait posément son pain au vu de tous à l'aide d'un long couteau sicilien à lame flexible qu'il faisait négligemment miroiter chaque fois que de besoin.

Ce soir-là, il se cramponnait au comptoir de crainte que son poids ne fût insuffisant si la Choise décidait de le chasser de là. Il disait :

— Mais par le fait, Choise, ça se trouverait où une baleine ?

L'énorme main en battoir de la Choise se levait dans la direction approximative du reste du monde. Elle balayait d'un grand geste l'espace, désignant au-delà des remparts un point imaginaire de l'univers. Affolée par ses gestes, sa croix pectorale battait la chamade.

— Oh ! disait-elle. Oh ! là-bas ! Au tonnerre de Dieu ! Là où les vagues font trente mètres de haut ! Là où vous irez jamais mes pauvres petits !

— Mais toi, Choise, tu as eu quelqu'un qui y est allé ?

C'était un autre encore qui profitait du rempart des quatre premiers pour s'accouder au comptoir à côté d'eux. C'était un quatrième Jean mais celui-là c'était facile, on ne lui donnait jamais son prénom, on l'appelait Suzanne qui était le surnom de son père.

Ce Suzanne était atteint d'une formidable claudication qui le faisait, lorsqu'il marchait, utiliser les ressources de tout son corps. Jusqu'à sa tête qui participait à l'élan et toutes ses articulations craquaient alors comme les membrures d'un navire sous la tempête. Nonobstant, il marchait toujours plus vite que tout le monde. Quand il se mettait à courir aucun étrange animal n'offrait une ombre plus inquiétante que ce dégingandé mais il n'y avait personne à Terrebelle qui pût le dépasser dans cet exercice. Il arborait une longue figure où l'on ne voyait que les lèvres lippues dont l'indécence hésitait entre la gourmandise et la lubricité.

Il était le seul auquel la Choise interdisait vigoureusement de la toucher jamais, fût-ce du bout des doigts. Il la couvait toujours d'un petit œil lubrique d'amoral inassouvi. Il attendait toujours ses réponses en se pourléchant et ne manquait jamais de la mettre dans l'embarras. Quand il avait obtenu enfin qu'elle rougît telle une pleine lune, il était au comble du bonheur.

Ce soir-là, la voyant bien à point, comme si elle leur eût parlé de sa vie tout du long et qu'il n'y eût plus alors qu'à reprendre là où elle l'avait laissée, il lui dit doucereusement :

— Et auparavant, Choise, cet homme dont vous nous avez tant parlé qu'est-ce qu'il faisait de sa peau ?

Cette question essentielle attirait encore autour du comptoir deux autres comparses qui ne manquaient pas non plus de saillant et qui, jusque-là, rêvaient devant la gravure à la baleine.

Quand on voyait le Nanand Piégut promener sa flasque obésité précoce à travers les ruelles de Terrebelle, on lui cédait le passage instinctivement, sans réfléchir. Le mot « malsain » vous venait à l'esprit ou alors c'était celui de « contagieux ». Cet homme dégoulinait d'humeurs froides. Il en avait le cou farci. Quand il n'était pas perdu de furoncles, sa tête enflait alors comme un potiron. Ce souffre-douleur du mal physique tirait de son abominable aspect une tristesse paralysante qui l'empêchait de travailler. Sa mère le nourrissait en faisant des ménages.

Il était toujours flanqué dans l'ombre de son énormité par un personnage sautillant et inépuisablement heureux qui lui servait de pilote dans le monde et l'encourageait en gouaillant à souffrir sans se plaindre.

C'était le seul de la bande qui fût fluet et sans muscles, mais il était capable de filer comme une flèche et les coups de pied au cul que lui décochaient ses patrons, ils rataient toujours leur but, habitué qu'il était depuis l'enfance à les esquiver dextrement. Le Nanand Piégut était exaspéré par ce suiveur virevoltant qui l'excitait tel un parasite à conserver sa vie inutile. Il le chassait à grands moulinets de bras et coups de pied désordonnés. C'était en vain. Salvatore Moscaallegra, c'était le nom de cet avorton, faisait montre d'une fidélité de roquet.

Pour l'heure, il se glissait entre ses compagnons et venait se camper au premier rang, la tête dépassant à peine du comptoir. La Choise ne le contemplait jamais sans frissonner à cause d'un tic imprévisible qui soudain horrifiait le visage de ce lutin, le rapetissait, le fanait comme une pomme oubliée au cellier et faisait claquer ses oreilles comme celles d'un lapin. Il avait en outre les yeux *pétingous*, c'est-à-dire qu'il ne parvenait jamais à les ouvrir tout grands, collés qu'ils étaient par une humeur matinale qui ne séchait sur les cils qu'au fil des heures.

Dieu a donné aux pauvres la force physique dont en général il tient éloignés les riches afin que tous ses œufs ne soient pas dans le même panier. Ces êtres qui cernaient la Choise, ils étaient tous, sauf Moscaallegra et Ermete Bozzi, monumentaux dans leur étrange hideur tranquille. Pour quelques sous glanés chez des parieurs qui s'ennuyaient, ils se défiaient en une course originale où chacun se chargeait d'un quintal de farine en sac. Pourtant, la Choise eût pu les balayer de son comptoir d'un revers de main comme mouches importunes. Mais elle n'en avait pas envie. L'eau-de-vie rendait son office. Elle lui libérait sa vallée de larmes.

— Ah vous voulez savoir ! s'écriait-elle.

Elle pivotait sur elle-même. Elle décrochait au-dessus de l'étagère à bouteilles une longue barre jusque-là embusquée sous la crasse du plafond bas. Ses bras robustes parvenaient à peine à la contenir, à l'équilibrer. Elle la tenait au-dessus d'elle comme un haltère. Enfin elle la déposait devant les compagnons, à plat sur le comptoir.

C'était une sorte d'espar que terminait une lame courbe. A l'envers de ce tranchant, une autre lame en faucille celle-là était forgée sur la même douille, plus petite mais acérée comme la grande. Le tout était solidement emmanché sur l'espar et les lames luisaient méchamment toutes deux comme prêtes à mordre.

— Qu'est-ce que c'est ? disaient les Blanquets.

— Un harpon, répondait la Choise.

— Et à quoi ça sert ?

— A tuer les baleines.

— Oïe peut-être !

— Y a pas de peut-être. Et ne promenez pas vos mains dessus, vous allez vous couper !

Mais elle, elle caressait le fil de cette lame comme un visage qu'elle aurait aimé. Elle disait à voix basse :

— Mon Fortuné, c'était ça son métier : il aiguisait les harpons. On les lui apportait de partout. Ils étaient peut-être dix dans le monde à savoir faire ça comme il faut. Avant de les rendre, il se rasait la barbe avec, pour contrôler le tranchant. Et puis un jour, on lui en a apporté un que le manche avait pété dans la bête depuis dix ans. C'était un économe qui l'avait apporté, un qui voulait s'en resservir. Il l'avait trouvé dans une baleine qu'il venait de tuer. Il était tout rouillé. Alors, mon promis, il s'est coupé un doigt en manipulant la lame. Elle sentait encore l'odeur de la baleine morte. Vous n'avez jamais senti, vous autres, l'odeur de la baleine morte ? Moi si ! Ce jour-là ! C'est une odeur de malédiction ! Je l'ai encore dans le nez ! Et alors il en est mort mon Fortuné. Ça lui a donné le tétanos. Il est mort dans mes bras. En me mordant l'épaule. Regardez ! Là ! C'est sa marque ! Regardez si c'est pas vrai !

Elle faisait sauter hors du corsage un sein décontenancé de toute prétention érotique par son énormité répandue. Ils pouvaient tous voir, avidement penchés, une cicatrice sur la clavicule de la Choise qui ressemblait à la ruade d'un cheval.

— C'est la marque de sa mâchoire, disait-elle. J'ai hurlé comme une bête !

Par de grands moulinets de bras au-dessus de sa tête elle réintégrait cette moitié de sa poitrine dans l'obscurité du corsage.

— Comme une bête ! répétait-elle.

Elle jetait alentour un regard pathétique.

— Et alors, Choise ? disaient-ils.

Ils débordaient dangereusement au-dessus du comptoir comme s'ils voulaient happer sa chair d'autrefois que parfois elle leur décrivait affriolante.

— Alors je suis restée vierge ! achevait-elle dans un sanglot.

Son buste s'affalait sur le comptoir. La verroterie de son triple collier cascadait sur le bois en un vacarme de tessons concassés. On ne voyait plus, étalée en soleil, que son abondante chevelure noire, brillante comme celle d'une noyée et qui était la seule chose d'elle qui fût assez drue pour rappeler la jeunesse. Elle éclatait en sanglots tant le passé pour elle était encore tout proche.

Alors, leurs laideurs conjuguées se penchaient sur la Choise en une fraternelle compassion. Ils n'osaient pas l'embrasser pour la consoler mais ils la dorlotaient. Ils frottaient leurs joues sales contre les siennes. Ils lui chuchotaient des tendresses comiques. Ils finissaient toujours par la faire rire.

C'était en général à ce moment-là que Simon David faisait son entrée. Il était toujours en retard sur les autres à cause de la carriole qu'il fallait remiser et du cheval qu'il fallait panser.

Il pénétrait sans rien distinguer à cause de la fumée où l'antre baignait. Une odeur d'armoise vous saisissait aux tempes dès l'abord. C'était le seul tabac que permît aux apprentis leur pauvreté. Ils en avaient toujours plein les poches qu'ils allaient récolter au frais sur les berges du ruisseau de Drouille. Ils en bourraient des pipes de roseau soigneusement fignolées et qui se consumaient en quelques semaines, brûlées par l'armoise incandescente. Cette consomption conjuguée de la pipe et du combustible faisait aux compagnons des langues noires et tuméfiées. Parfois, elles leur cuisaient tellement qu'ils les laissaient pendre longuement hors de leur bouche pour les aérer, ce qui n'améliorait pas leur faciès déjà terrible.

Ce soir d'été où Roderlans alla trouver Clorinde, Simon entendit sangloter la Choise sur son comptoir avant de l'apercevoir à travers la fumée. Il l'aimait comme une mère. Il se précipita vers elle, écarta les compagnons résolument.

Grâce à l'harmonica duquel il les berçait, il était devenu pour eux une sorte de chef. Ils le suivaient. Ils admettaient qu'il était plus intelligent qu'eux lui qui savait lire et compter. Il avait même appris cette science à Moscaallegra lequel savait maintenant déchiffrer l'heure au clocher, les enseignes des estaminets et les proclamations royales sur les portes des remises.

— Qu'est-ce que vous lui avez encore fait ? gronda-t- il.

— Rien ! dirent-ils. Rien du tout ! Elle a mal à son passé !

— Vous le lui avez encore fait sortir ?

Il distinguait maintenant le visage hilare de la Choise consolée entre les têtes rapprochées de ses compagnons de misère. Il contempla avec compassion ces huit faces car celle de la Choise n'était pas meilleure, où les sévices de la vie avaient mordu sans pitié.

— Elle nous a encore sorti le harpon ! dirent les Blanquets en désignant l'instrument.

— Venez ! dit Simon. Laissez-la ! Elle ne sera jamais guérie ! Venez ! Je vais vous en jouer une !

Il les installait autour de lui sur les bancs et tous les autres désœuvrés venaient faire cercle autour de lui. Il leur jouait ce qu'il savait, ce qu'il ne savait pas, ce qu'il inventait. Par sa musique il pouvait garder secret son amour pour Agnès et en même temps le proclamer. Il pouvait à loisir manger son harmonica entre sa barbe rare et sa moustache comique pour soupirer son sort à tout le monde.

Mais ce soir-là, il n'était venu chez la Choise que pour attendre la nuit close. Car cet après-midi entre Mane et Saint-Michel où il y avait eu marché, au pas tranquille du cheval, il lui était venu à l'esprit une sérénade douloureuse qu'il jouait et rejouait depuis de crainte de l'oublier. Elle lui paraissait de nature à fléchir le cœur d'Agnès et il avait hâte de la lui faire entendre. Aussi laissa-t-il ses compagnons sur leur faim, dès que dans la lucarne qui donnait sur le faux jour de la ruelle, son image mélancolique lui fut retournée sans ménagement avec le reflet du fanal.

Il sortit des bas quartiers par le portail Saunerie. Il dépassa des jardiniers invisibles qui veillaient sur les arrosages dans les clos odorants de tomates bien mûres.

La maison Roderlans possédait deux façades. Celle qui donnait sur la rue d'Aubette avait été autrefois une chapelle romane. C'était à peine si on l'avait modifiée en la perçant d'un œil-de-bœuf. Après la révolution on avait bafoué les pierres en les crépissant de blanc et sur ce nouvel enduit on avait annoncé *Théâtre de l'Empire*. Quand le théâtre avait fermé ses portes faute de chalands, le père Roderlans avait repris le tout pour une bouchée de pain et il avait fait inscrire en lettres noires cette enseigne provocatrice : *A l'aigle à deux têtes*.

Simon se glissa dans l'androne qui flanquait le bâtiment. Il déboucha sur le boulevard obscur qu'éclairait au loin un quinquet solitaire. Il s'installa sous les ormeaux, sur un sarcophage renversé qui servait de banc depuis toujours. D'ici, il pouvait voir l'envers de la maison Roderlans avec le marronnier du jardin et les bignonias qui cascadaient sur la muraille où s'amorçait un escalier barré d'un portillon vert. Mais, surtout, il voyait la façade claire percée de nombreuses ouvertures comme il convient aux maisons des riches. Un jour il avait vu Agnès paraître à quelqu'une de ces fenêtres.

« C'est celle de sa chambre ! » s'était-il dit.

Depuis ce temps, il contemplait cette croisée comme si elle eût été divine. En dépit de la nuit, il faisait clair de lune, Simon tout heureux distingua que ce soir-là, précisément, Agnès était accoudée sur le bord de cette croisée.

« Elle va m'entendre ! » se dit-il plein d'espoir.

Il embouchait déjà son instrument lorsqu'il vit une ombre se faufiler le long du mur, pousser le battant du portillon vert qui obéit sans grincer. Agnès disparut de la fenêtre en un clin d'œil.

Simon commença d'éprouver un sentiment qu'il ne connaissait pas encore. Il avait souffert de la faim quelquefois, souvent de solitude, rarement d'amour-propre blessé, mais jamais de passion contrariée. Quand apparut au clair de la lune, sur le muret aux bignonias, cette silhouette étrange qui trahit un couple enlacé, il se sut tout de suite plus laid qu'il ne le croyait. Il sut que jamais Agnès ne l'avait honoré d'un regard. Il sut qu'elle en aimait un autre et qu'il ne lui restait plus à lui qu'à aller chercher une mort glorieuse sur quelque champ de bataille.

Sa souffrance dura deux heures. Le clocher du Soubeyran venait de sonner un coup lorsque le couple se sépara. Simon eut la tentation d'aller provoquer son rival sous le mur du jardin. La puissante crainte du ridicule le maintint toutefois solidement arrimé à son sarcophage. Il eut le bonheur de distinguer la silhouette d'Agnès qui fermait ses volets sans faire de bruit. Il lui lança un baiser qu'elle ne pouvait voir.

« Elle ne me connaît pas ! se dit-il. Si elle me connaissait, elle me préférerait à l'autre ! »

L'espoir lui revenait depuis que son rival heureux avait disparu.

« Je vais quand même lui jouer ce que j'ai inventé cet après-midi ! »

Il restait encore, en dépit de la saison avancée, quelques rossignols parmi les ormeaux, auxquels la pariade n'avait pas réussi et qui pleuraient femelle dans les frondaisons. Quand ils entendirent l'harmonica de Simon lamenter sa déconvenue, ils l'accompagnèrent mezza voce sur le même tempo d'amertume.

Simon savait maîtriser le son de son instrument jusqu'à ce que seul l'objet de ses rêves pût l'entendre. C'était encore trop pour Agnès laquelle tapotait du piano et pour qui les sons d'un harmonica ne pouvaient être que du dernier vulgaire. Elle s'était bien confortablement détendue pour pouvoir songer à l'aise à ses amours quand elle entendit cette musique tendre. Elle se retourna sur le flanc avec humeur. Ce bruit énervant l'empêchait de se livrer en songe aux bras solides de son futur mari.

« Ce sera encore cet horrible garçon qui gémira sur lui-même ! se dit-elle. Que le diable l'emporte ! »

Chacun, en cette nuit, rêvait donc à ses amours sauf Roderlans qui arpentait son immense capharnaüm, sous prétexte de l'inventorier mais en réalité pour réfléchir à son affaire.

Debout, mains au dos, il venait de se planter devant la fausse armoire gardienne de sa fortune. Quantité de naufrages futurs qui lui seraient profitables dormaient pour l'instant, inoffensifs sous forme de papier timbré, derrière les portes du coffre noir enchâssé dans l'armoire et que le père Tempier lui avait forgé sur mesure. « Il faudra, se dit Roderlans, que je lui en commande un autre. Je n'avais pas prévu assez grand. »

Il l'ouvrit. Il y avait de tout là-dedans. C'était un bric-à-brac de fortune édifié à coups de calculs tortueux et de judicieuses suppositions. L'étagère du haut contenait en sacs de louis alignés comme sacs de blé les résultats tangibles de ces spéculations. Dessous, dormait en puissance de quoi en augmenter le poids : reçus de sommes prêtées à tant pour cent à de bonnes pratiques solvables mais momentanément gênées ; viagers consentis sur des têtes chenues, jugées à l'estimation de Servane et après conciliabule avec le médecin de famille, inaptes à vivre plus de cinq ans. La plus grande partie toutefois de ces espérances consistait en ces hypothèques abandonnées par des pères désespérés sur des biens de famille que des fils prodigues s'escrimaient à croquer sans vergogne. C'était par ce moyen d'ailleurs que Roderlans s'était offert La Chevillonne, un domaine de quinze hectares agrémenté d'une manière de château autrefois édifié à la hâte et de jets d'eau graciles.

Roderlans soupira et branla du chef. En l'occurrence rien de tout cela ne lui était utile. Servane en connaissait par cœur l'inventaire et le contrôlait souvent. Perplexe, soutenu par le faible espoir de soustraire quelque objet de valeur échappé à l'attention de sa femme, Roderlans alluma un chandelier à sept branches. Les reflets des chandelles scintillèrent dans l'énorme lustre de théâtre qu'on avait hissé au plafond et qui depuis s'y balançait au courant d'air.

L'ombre que l'antiquaire déplaçait dans sa lente recherche se refermait au passage sur les naufrages des bonheurs disparus. Il n'y avait ici nul objet qui n'eût une histoire. C'était une forêt de ces craquements divers qui sont les lamentations des meubles autrefois chéris par des êtres morts. Ils appellent par les nuits de silence à être caressés comme y aspirent les animaux domestiques qui vont sur la tombe des maîtres, essayer de savoir pourquoi la main amie ne s'approche plus pour leur gratter la tête.

Roderlans promenait son épaisse indifférence d'homme nanti et bien portant parmi les cris inaudibles de tous ces meubles jadis témoins d'autres indifférences et d'autres épaisseurs mais que, parfois, une main intuitive caressait au passage sachant reconnaître l'amitié d'un bahut ou de quelque commode. Ici ce n'était qu'un cimetière de meubles : chiffonniers, crédences, bonnetières, morbiers dont les aiguilles marquaient l'heure d'une mort. Les surfaces à reflets supportaient des lanternes, des statues baroques de bois polychrome arrachées aux décombres d'une église. Parfois on avait mis tant de hâte pour faire de la place à de nouveaux arrivages que d'altières commodes avaient leurs galbes tournés contre le mur, comme si on les avait mises au piquet, dans leur senteur de gomme arabique ou de bois de rose. Au pied des piliers romans refroidissaient lentement d'exquises fragilités de boudoir qui n'en revenaient pas encore de n'être plus et pour toujours imprégnées du parfum de quelque distraite marquise.

Mais lorsqu'on n'est âgé que de quarante ans, qu'on est vermeil et cossu dans un habit bleu confortable et que, par surcroît, au gré capricieux de votre souvenir, se promène en robe transparente la femme que l'on convoite, les tristesses des vieux meubles ne vous concernent pas, croit-on, et l'on passe indifférent devant leurs chuchotements inaudibles. On passe sans état d'âme, seulement attentif à la valeur vénale de chaque objet.

— Combien faudrait-il en vendre, soupira Roderlans, pour en tirer quatre mille louis ?

Ces calculs étaient fallacieux : ni meubles ni terres ni louis ne pouvaient sortir de la communauté sans l'assentiment de Servane.

— Quatre mille louis ! répéta Roderlans accablé.

Il errait ainsi, pensif et solitaire, le chandelier haut levé, entre les piliers ronds qui soutenaient la nef. Là-bas, dans la rotonde du chœur qui autrefois abritait l'autel, se dressaient des rayons en demi-cercle lesquels supportaient des kyrielles de livres. Ces livres, il y en avait aussi en vrac et des corbeilles de blanchisseuses en débordaient, qui avaient été versées ici à la mort du vieux Théophraste Roderlans et provenaient, pour la plupart, des dépouilles de couvents malmenés par la Révolution. Les carmes déchaux, pour quelques assignats en avaient vidé de pleins coffres qui tenaient à leur ordre depuis des siècles, mais leurs cellules et leurs greniers faisaient eau de toute part sitôt qu'il pleuvait, les murs s'en allaient par lambeaux. Que faire avec des livres dans ces conditions ? Les frères de Saint-Vincent, de leur côté, en dépit de leur grande érudition s'étaient dépouillés de leur bibliothèque pour avoir du pain. Il n'était pas jusqu'aux filles de Saint-Bernard qui n'eussent aussi proposé leurs charmants petits ouvrages d'un naïf libertinage et tous reliés de veau rose, au vieux Roderlans, dit *le Patiaïré*, parce qu'il achetait régulièrement des peaux de lapin.

Servane professait pour ce fatras le plus grand dédain. Elle en laissait la libre disposition à son mari comme argent de poche. Elle en faisait d'ailleurs le prix à la tête du client.

— Tenez ! disait-elle à Roderlans en lui tendant trois écus. Je vous ai vendu *Le Véritable Emplacement de la Trésorerie Templière* à un homme à mine patibulaire mais naïf. Il en salivait de jubilation !

Elle ne cachait pas sa dérision pour la chose imprimée.

— Votre capharnaüm ! disait-elle.

Et il était vrai que ces volumes en profusion dans leur désordre figuraient assez bien la miniature d'une éruption apocalyptique de tombeaux oubliés. En revanche, il arrivait à Roderlans d'en feuilleter un avec circonspection et, ce soir, il se trouvait bien dans l'état d'âme d'un homme qui a besoin d'un livre.

Longtemps, le chandelier haut levé, l'antiquaire quêta quelque nourriture parmi cette ribambelle. Il tira de l'ombre des à-plats cuivrés ou mordorés ou couleur sang qui annonçaient entre les tranchefiles leur secret en lettres repoussées, inégales parfois ou mal alignées. Son regard défila ainsi sans se laisser séduire devant *Le Grand Albert*, *Le Petit Albert*, *Les Fioretti*, *Le Livre des divines surprises*, *La Somme de saint Thomas*, *Le Nouvel Astrée*, *La Première Héloïse*, *Le Compilatoire des secrets d'alcôve*, d'où l'année de parution et le nom de l'auteur avaient été brûlés au fer rouge lettre par lettre. Rien de tout cela n'offrait d'attrait pour un homme qui avait un urgent besoin de quatre mille louis.

Or, il y avait posé sur le coin d'une table, sans doute par Servane pour allécher le client éventuel, un très gros volume couleur de meuble où se reflétait la lueur droite des chandelles.

Roderlans tout d'abord n'y prêta qu'une médiocre attention. Il était fatigué de sa journée et il s'assit les coudes sur cette table en étouffant un bâillement derrière ses deux mains jointes. Mais dès qu'il fermait les paupières il voyait les hanches charmantes de Clorinde se mouvoir sous la soie transparente de la robe à étoiles bleues. Cette vision comme à portée de la main jointe au bâillement prolongé lui avait rempli les yeux de larmes. A travers cette buée, il vit le reflet des chandelles à l'envers sur le cuir du gros livre. Leur tremblement tirait de l'ombre des lettres que Roderlans eut quelque mal à déchiffrer car elles n'étaient pas communes. Il dut en suivre la gravure signe par signe comme un aveugle. A la fin, il se trouva devant la révélation d'un seul mot qui ne lui apprit rien sur le contenu du volume. Néanmoins, il le relut à haute voix avec un certain plaisir.

— *Cestologie !* annonça-t-il. Qu'est-ce que ça peut bien vouloir dire ça ?

Il ouvrit le volume en toute innocence car jamais le hasard ne lui avait joué aucun tour. Dès quinze ans leurs mères avaient dit :

— Telmon épousera Servane !

Et ça s'était fait. La sérénité des parents y trouvait son compte. Ils avaient les mêmes âmes et les mêmes esprits. Ils avaient, devant les pas de leurs enfants, balayé la route de telle sorte que ceux-ci n'aient jamais besoin d'imagination. De fait ils n'en avaient aucune. La hauteur des étoiles ni l'inquiétude métaphysique ne troublaient leur nonchalance. Le bruit mou des sacs d'or qui s'alignaient peu à peu dans les coffres suffisait à leur assurer un bon sommeil et comme ils descendaient de deux lignées de gens sobres, parcimonieux et raisonnables, la maladie elle-même ne les visitait jamais. Par ailleurs, il n'y avait plus eu de guerre après ce fameux Waterloo qui s'était, depuis le temps, cristallisé en image d'Epinal.

Et quant aux perturbations d'amour, Terrebelle jusqu'à ce jour n'en avait nourri aucune en dépit de quelques allées-venues nocturnes que tout le monde passait sous silence. Il n'existait pas de Terrebelloises d'exception, aucune dont le regard s'élevât au-dessus du berceau de l'héritier, encore que les enfants fussent devenus rares depuis l'abolition du droit d'aînesse, laquelle impliquait le risque d'avoir à partager le bien.

Des roides tournures couleur gris acier des bourgeoises de Terrebelle aucune qui donnât à penser. Les roseurs du visage étaient dues au bon air, le marbre de la peau au tape-cul des sièges sur les jardinières et les boghets. D'autre part si les muscles des bras étaient aussi volumineux, cette race trapue le devait, et tant hommes que femmes, à des siècles de lutte contre les caprices du cheval, à la nécessité de s'arc-bouter sur les mancherons de la charrue pour lui faire éventrer le sol ou encore aux énormes fourchées qui décrivaient leur parabole entre le pré et le sommet de la charrette où l'on entassait le foin.

Les galeries d'ancêtres dans les maisons de notables n'offraient que regards inanimés, méplats énergiques et visages carrés qui sont le truchement ordinaire de la simple avidité. Les ennemis héréditaires — tous les bourgs voisins de moins riche terroir — se consolaient par cette maxime : « A Terrebelle, il n'y a de belle que la terre. »

Quant aux yeux, ils ne voyaient rien et ne voulaient rien voir. Aucun vilain spectacle ne venait les assombrir. D'un choléra récent et qui avait mordu puissamment parmi les familles, celui qui parlait encore trois ans après passait pour un grossier personnage. Terrebelle avait ses pauvres certes, mais, faute de les aimer, elle les fournissait en nourritures consistantes : blé, haricots, pommes de terre et parfois leur procurait quelque liesse populaire clôturée d'un brillant feu d'artifice. Comment dans ces conditions, lorsqu'on est l'émanation de ce monde paisible et qui roule carrosse, se tenir en garde contre le destin ?

Et malgré tout il y avait tant de prudence atavique chez Roderlans que, ayant tiré le livre vers lui, il soulevait comme s'il se fût agi d'un piège le cuir épais de la couverture pour apprendre enfin ce qu'elle dissimulait.

La lueur des chandelles éclaira d'abord une gravure sombre où, sur une plage de sable fin, un énorme poisson était échoué devant un océan déchaîné prêt à l'engloutir bientôt. A côté de ce monstre, minuscule, nu, à genoux, un homme à longue barbe brandissait ses mains jointes vers les volutes menaçantes d'un ciel qui dardait des faisceaux d'éclairs. Sur toute la longueur de la gravure une légende expliquait : « Jonas repentant ayant appelé l'Eternel, rend grâces au ciel d'avoir été vomi sur terre ferme par le Léviathan. »

Roderlans hocha la tête avec commisération et tourna la page. Le feuillet suivant répétait le titre gravé sur la couverture : *Cestologie* assorti de ce commentaire :

« Escrite par le très sçavant sire de Luynes sur toutes espèces de grands poissons connus vulgairement sous le nom de baleines, pour l'instruction des ignorants et l'édification des sçavants. »

Ce livre était abondamment illustré et plaisant dans son caractère. Toutefois Roderlans se demandait pourquoi il le feuilletait au lieu d'aller se coucher car les léviathans étaient pour l'heure le cadet de ses soucis. Il s'obstinait pourtant piquant une phrase çà et là, toujours sceptique, toujours hochant la tête. Il mit longtemps à comprendre qu'à chaque page soulevée, un parfum d'embruns et de varech s'échappait hors des images et des phrases et que chaque fois qu'il mouillait son pouce pour tourner les feuillets, un étrange goût saumâtre lui salait les lèvres.

C'est par de si infimes détails qu'un lecteur s'aperçoit peu à peu qu'il défère à la volonté de l'auteur qui est de lui faire perdre pied hors de la réalité. Et, pour aider à ce sortilège, de par l'immensité de la haute chapelle, les vieux meubles gémissants qui pleuraient après leur passé imitaient les craquements prophétiques de grands navires vermoulus.

Roderlans accompagna donc le sire de Luynes dans sa fascination jusqu'à la page cent soixante où il tomba sur cette rubrique :

« Le cachalot et l'ambre gris. — Nous abordons ici la partie industrieuse de la Cestologie. Il appert en effet que le denticetus, lorsqu'il atteint un âge avancé, nourrit en son sein un cancer parfumé, pesant cent livres environ, d'une matière fort rare et fort recherchée à laquelle on a donné le nom d'ambre gris. »

D'un tapotement pressé sur l'épaule, Servane réveilla Roderlans qui ronflait, la tête abandonnée sur la page cent soixante de la *Cestologie*. Le suif des chandelles mortes avait coulé hors des bobèches sur le noyer de la table, les mouchures encore fumantes empestaient l'atmosphère mais l'oreille de Roderlans collée contre les pages du gros livre percevait pour un instant encore le halètement de la mer. Il cligna des paupières. Là-haut, sous la voûte historiée que nul n'avait jamais nettoyée, par l'œil-de-bœuf dans l'axe du soleil, le clair matin illuminait la sandale géante d'un prophète dont le corps avait disparu pour toujours avec l'enduit qui s'était détaché de la voûte à force d'humidité.

— Ce devait être Jonas, se dit-il.

Il avait du mal à oublier cette histoire de léviathan dont il entendait parler pour la première fois de sa vie. La voix grondeuse de son épouse l'atteignait à peine à travers cette rumeur d'océan qui clapotait encore aux limites sonores du capharnaüm et pourtant elle était de nature, cette voix, à dissiper tous les rêves.

— Vous êtes toujours aussi extravagant, mon cher Telmon ! disait-elle. Non content de faire un gaspillage éhonté de chandelles, vous vous endormez sur des livres au lieu de débrouiller vos comptes !

Roderlans bâilla et mentit :

— Quant à vous, ma chère Servane, vous êtes toujours aussi aimable ! J'ai fait des comptes jusqu'à trois heures de nuit et j'avais besoin de me distraire.

— Et c'est avec ce livre datant de l'Antéchrist que vous prétendez vous détendre ?

— Je m'y instruis. Savez-vous ce que c'est qu'un *Physeter macrocephalus* ?

Servane soupira.

— Ah mon Dieu ! Vous feriez mieux d'apprendre à distinguer un morbier jurassien d'une horloge berrichonne ! Cela vous épargnerait les impairs grossiers, comme l'autre jour par exemple avec le baron Ramberti !

— Petite noblesse d'Empire ! grommela Roderlans.

— Sans doute ! Mais grosse fortune foncière ! Il a un fils, tiens, qui ferait bien mon affaire pour Agnès ! Elle serait baronne !

Malgré ce soupir de regret, Servane ne laissait pas de gratter activement sur la table le suif qui s'y était figé par l'inconséquence de son mari.

C'était une femme dont on ne savait ce qu'elle était avant de se forger un caractère d'acier. A seize ans déjà, elle avait une de ces longues figures brunes qui sont sans espoir de beauté. Roderlans s'était laissé aimer d'elle avec nonchalance. Ils mirent tous deux dix ans à comprendre, lui qu'il n'était sûr d'aucun de ses sentiments et qu'il flottait à la surface du monde au seul gré de ses convoitises, elle qu'elle n'avait espéré qu'un seul homme dans sa vie et que ce n'était pas son mari. Ainsi, frustrée d'absolu, ses lèvres étroites s'étaient habituées à dessiner un rictus de dédain.

Mais finalement Servane était une personne que guidait seule la raison.

Elle était sèche. C'était tout ce que l'on pouvait induire de sa haute taille dépourvue de hanches où s'emmanchait un long cou d'oiseau dominé par cette longue figure que le temps n'avait pas éclaircie. Pour le reste, c'était son secret et l'on pouvait augurer de la réserve qu'elle mettait en toute chose qu'elle l'emporterait outre-tombe. Nul ne saurait jamais pourquoi elle était devenue la raison même. Ses paroles ne plaignaient jamais son sort et s'envolaient rarement au-dessus des éléments matériels qui encombraient sa vie active. Si elle bramait sa solitude c'était dans le silence de son âme. Nul ne l'avait jamais entendue parler d'elle. Ce matin- là :

— Allez repousser la porte sur la devanture ! commanda-t-elle. Il est près de huit heures. Vous savez que nous attendons ce matin le chef décorateur de l'Opéra de Marseille. Vous irez ensuite boire votre café et faire un peu de toilette.

Elle fit claquer ses doigts et ajouta :

— Et faites-moi le plaisir de réclamer à Mme Miane un jabot repassé. Le vôtre a triste allure ce matin.

Tandis que, maigre, roide, ferme et robuste, le sourire éclairant rarement ses traits immobiles, Servane comme chaque jour de sa vie s'abîmait dans les responsabilités quotidiennes, Roderlans lui obéit lentement.

Le soleil d'été brillait au-dessus de la rue d'Aubette. La gorge enveloppée de mousseline blanche et abrité, de si bon matin, sous une ombrelle rose, passa à petits pas le secrétaire de mairie qui lança à Roderlans en guise de bonjour :

— La montagne d'Aiguines aurait le chapeau ce matin ! On pourrait presque dire qu'il irait pleuvoir ! Qu'est-ce que vous en auriez pensé, vous, monsieur Roderlans ?

L'interpellé ne répondit pas tout de suite. Un doigt dubitatif posé en travers des lèvres, il contemplait le portail au bout de la rue comme si ce monument proposait une énigme. Lorsqu'il parla derrière cet index qui lui barrait les lèvres, les mots que crut comprendre le secrétaire de mairie laissèrent celui-ci rêveur.

Le soir, en rentrant chez lui, ce fonctionnaire médita longtemps en silence devant son assiette de fricot. A la fin il n'y tint plus.

— Ce matin, dit-il à sa femme, en saluant M. Roderlans, je lui ai demandé comme d'habitude ce qu'il irait penser du temps. Saurais-tu ce qu'il m'a répondu ?

— Ma foi ! dit l'épouse qui savourait un beignet d'aubergine.

— Quatre mille louis ! lança le secrétaire. C'est ça, j'en mettrais ma main à couper, qu'il m'a censé répondu M. Roderlans. En guise de salut ! Qu'est-ce que tu croiras que ça pourrait cacher, toi ?

L'épouse fit avec sa fourchette brandie plusieurs signes évasifs.

— Ma foi ! répéta-t-elle.

Le fricot était trop succulent pour qu'on le gachât en conversation.

— Mange ! dit-elle. Ça va être froid !

Une sorte d'épouvantail redoutable par sa hauteur et sa maigreur dominait le rempart à balustres qui prolongeait l'orgueilleuse ferme de Saint-Véran, ancien grenier du roi, à laquelle un fermier général avait su autrefois donner un aspect punitif.

C'était le maître des lieux, Philémon Amourdedieu, lequel surveillait montre en main le retour au travail de ses moissonneurs et des lieuses de gerbes.

A une heure moins trois comme chaque jour, quittant sa cuisine fraîche, l'une des deux seules pièces qu'il occupait dans sa forteresse, il s'était campé tête nue, bras croisés, la calvitie rutilante sous le soleil qui flambait, ayant évité soigneusement l'ombre des platanes qui agrémentaient la terrasse.

Ainsi planté tel un drapeau devant l'horizon, il discernait jusqu'au fleuve ses emblavures qu'on mettait bas et les silhouettes noires qui s'y activaient sans relâche, sous les injures encourageantes des valets permanents lesquels pouvaient enfin faire les maîtres. Mais surtout, Amourdedieu savait être distingué de toute part sur sa position éminente, ce qui était essentiel pour qu'on le devinât en état de surveillance.

Amourdedieu ne se lassait jamais de contempler son bien. Son orgueil ne se rassasiait jamais de le trouver si considérable et si étendu.

Son regard circulaire décrivit un arc de cercle depuis le fleuve jusqu'à la ville. La ville qui se contenait aux contours de ses collines serrées autour d'elle comme un corset, elle s'épanchait au contraire vers la plaine en une arrogante opulence.

On eût dit qu'elle s'était éventrée de cette plaine volontairement comme d'un enfant qu'elle eût autrefois porté. Malaisément bercée dans la faucille des remparts cette plaine pourtant échappait à la ville, elle avait coulé d'elle tel un don répandu et ne tenait plus d'elle, dans la blondeur de ses blés, que la blondeur de ses pierres. Une ville qui resplendit ainsi au soleil d'une seule couleur uniforme, c'est celle sous les espèces de quoi les hommes imaginent leur Jérusalem céleste. En dépit de son oncle évêque, Amourdedieu qui n'en avait jamais entendu seulement le nom, la ressentait pourtant comme telle dans son cœur dur.

De cette ville étrangement proche, les vergers et les prairies d'Amourdedieu venaient mourir au pied des remparts. Ils profitaient des surverses des fontaines et des lavoirs. Ils demeuraient verts quand tout brûlait sous l'été. La luzerne y donnait trois récoltes. Les poires élégamment cambrées rosissaient pudiques sous les feuilles dès l'août approchant, là où elles étaient rares, dures et se conservaient bien.

Allons ! La source des félicités n'était pas près de tarir et s'il convenait d'en accepter les bienfaits avec ce front rembruni et cette mine chagrine, c'était afin que nul ne prît pour bonheur ce qui n'était qu'amour du travail acharné.

Perpétuellement sacrant et bougonnant, ce Philémon était l'image même du refus d'exister. Son rictus en point-virgule qui lui tirait le visage vers la gauche, s'était immobilisé dans l'amertume d'un homme qui vient de manger du verjus et dont la mine signifie : « Vous trouvez ça agréable, vous, la vie ? » Les enfants qui s'ébattaient autour des fontaines, lorsqu'ils le contemplaient passer, pouvaient déjà voir sur le faciès de ce quadragénaire ravagé par la peur de perdre, ce que l'avenir leur réservait de tendre s'ils étaient pour vivre. Le curé ébauchait un signe de croix discret sur son passage. « Son nom seul aime Dieu ! » songeait-il. Et comme il était très vieux, il se souvenait avec un frisson des derniers moments, qu'il avait assistés, du grand-père de ce Philémon d'aujourd'hui, lequel avait légué son sobriquet à toute sa descendance.

Cet Amourdedieu d'autrefois était charpentier sans ambition en 1789. Tel jour, il pénétra sous son auvent un personnage qui inspirait dès l'abord une crainte salutaire et si son chapeau était exagérément emplumé, il soulignait en revanche une mine basse à l'excès où les yeux ne voyaient rien ni personne. Ce personnage était absent de la réalité et paraissait vivre dans un rêve mais on sentait qu'il était bien décidé à faire en sorte que son rêve se substituât pour toujours à la réalité. Sans bonjour ni préambule, il dit au grand-père d'Amourdedieu :

— Tu es un charpentier laborieux. Tu as été un compagnon du Devoir émérite. Pour ton chef-d'œuvre tu avais fait ça !

Il déroula devant le charpentier ébahi une gravure qu'il lui mit sous le nez.

— Est-ce vrai ?

— Oui, monsieur, répondit le grand-père d'Amourdedieu. Pendant mon tour de France, je suis entré un jour — pour un panaris — chez un médecin qui avait ça — en petit — sur la table de son salon. Il m'a dit qu'il venait de l'inventer, que ça rendrait de grands services. Il m'a proposé de dessiner son invention et d'en faire mon chef-d'œuvre.

— Nous savons tout cela ! avait interrompu le personnage emplumé. Et appelle-moi citoyen ! Monsieur n'est plus de mise ! L'ignorer peut mener loin !

Il marqua une pause menaçante et la maussaderie pleine de componction de son visage s'accentua à l'extrême.

— Tu as été choisi, reprit-il, volontaire désigné d'office, pour tout le Sud-Est afin de fabriquer cinquante machines semblables à ce dessin. Solides ! Pratiques ! dit-il le doigt levé. Et cinquante ! deux par département, en cas d'avarie !

Sans cesser de se promener de long en large en épongeant l'excès de poudre sur ses joues à l'aide d'une houpette, le personnage à mine basse expliqua au grand-père d'Amourdedieu ce qu'il attendait de lui, combien il serait payé et ce qu'il risquait s'il livrait mal ou avec retard.

— La patrie est en danger ! souligna-t-il. Nos machines ont été construites par des amateurs ! Patriotes certes ! Mais incompétents !

Bref : elles étaient bruyantes, branlantes, grinçantes. Il était arrivé, et pas qu'une seule fois, que le couteau coinçât dans sa coulisse à vingt centimètres du col du patient. Les hurlements de celui-ci avaient ameuté la foule, procurant à la terreur publique des frissons de mauvais aloi. Or les pourvoyeurs de cet ordre, compatible avec aucun autre, entendaient appliquer la peine de mort d'une manière stricte, dans les bornes de la convenance et en tout cas de telle sorte que la cérémonie n'appelât pas le rire, fût-il sinistre. Il fallait donc de bonnes machines travaillant comme des fonctionnaires avec application et sérieux, sans que la dérision, la satire ou le simple esprit gaulois puissent s'y exercer.

Ce fut ainsi que le grand-père d'Amourdedieu reçut cet important marché à livrer sous trois ans. Il prit du monde et s'y mit. Il connut un creux cependant après le 9 thermidor où le gouvernement négligea de le payer. Il fit valoir ses droits. Il alla frapper à de nombreuses portes. On lui permit en compensation de se pourvoir, à prix modique, de quelque bien national et ce fut ainsi que ce charpentier devint propriétaire terrien.

Néanmoins, la mode de la guillotine ne disparut que provisoirement. L'usage en revint bientôt et comme les trois autres pourvoyeurs du territoire, pour s'être récusés trop tôt, avaient été raccourcis par leur ingénieuse machine, le grand-père Amourdedieu demeura seul sur le marché et ses tarifs devinrent prohibitifs à tel point que chaque appareil atteignit le prix d'une pièce de collection. Les commandes particulières affluèrent, venant de sultans, d'éfendis, de voïvodes, lesquels, de par le monde entier, avaient besoin de faire respecter leur ordre, voire, de temps à autre, de faire claquer le couperet sur quelque femme infidèle ou sur quelque pénis d'amant outrecuidant.

Le grand-père Amourdedieu s'enrichit donc. Mais il vieillit. L'Histoire déferla sur Terrebelle comme ailleurs. Les colporteurs apportèrent d'Epinal de fraîches images bleu blanc rouge où se voyaient des paniers à sciure pleins de têtes d'innocents. Le grand-père Amourdedieu reçut de plus en plus lourdement sur ses épaules qui se courbaient, ces têtes déversées comme des melons par tombereaux entiers.

A chaque défaite nouvelle de son corps : dartres chroniques, dents qui tombent, rides qui font le sillon, puis jets d'urine de plus en plus flageolants, puis reins qu'il faut soutenir de la main pour se redresser, la mort qu'il avait jusqu'alors considérée comme une laborieuse complice, la mort lui apparut menaçante, bête et sans fondement.

Il essaya de se prémunir contre elle en croyant farouchement en Dieu. Hélas ! Il ne pouvait plus compter sur son frère l'évêque assermenté. Ce dernier s'était enfui jusqu'à Rome sans rien emporter pour s'y présenter les pieds saignants et s'y étendre en cilice sur les dalles glacées afin d'attirer sur lui les miséricordes divines et papales, exercice en lequel il avait précisément attrapé la mort.

Le grand-père Amourdedieu fit appeler le curé sitôt qu'il sentit sa fin prochaine. Celui-ci atermoya, parlementa, se rendit absent, tant et si bien que lorsqu'il arriva au chevet du malade, celui-ci venait d'expirer. Le curé fut si frappé par son aspect qu'il ne put se tenir de le décrire à ses ouailles :

— Il portait, leur dit-il, les mains serrées autour de son cou comme s'il était engagé dans la lunette d'une guillotine ! Sa bouche était grande ouverte sur un cri de terreur sans nom ! Et dans ce état, il a fallu l'enterrer ! Jamais on n'a pu dégager son cou de ses mains !

Ce fut ainsi qu'Amourdedieu l'aïeul reçut de la sotte commune son sobriquet posthume : « Amourdedieu Tour de cou » et que celui-ci resta attaché à sa descendance.

Celui qui portait aujourd'hui ce sinistre surnom contemplait avec orgueil le domaine gagné par le grand-père en sa coupable industrie mais que le descendant avait su agrandir à force de travail, d'astuce et d'avidité. Sur un arc de cercle qui balayait la plaine, si loin qu'il portât le regard tout était à lui, sauf çà et là quelques parcelles de paysans de la ville irréductibles qui refusaient de lui vendre pour le seul plaisir de se croire indépendants. Ceux-ci ne perdaient rien pour attendre. Ils n'étaient pas de taille. Amourdedieu avait pour les affaires un flair de notaire et la souplesse d'un jeune homme avide.

Par défi, il remonta haut sa *taillole*, geste que Clorinde lui reprochait tant.

Pourtant, il s'était bien essayé lui aussi, seul devant son miroir, à porter l'habit bleu et dentelles aux manchettes. Il avait même fait jaboter autour de son maigre cou une cravate de Malines payée fort cher *Au célibataire élégant*, chez la Marie Garcin.

Cette Marie Garcin en avait fait tomber en son pot, par ce biais, une bonne vingtaine de ces célibataires mais sans les retenir, pour simplement savoir ce que c'était qu'un homme et revenir ensuite à une paisible virginité de façade. Quand elle avait entendu la sonnette tinter sur l'entrée d'Amourdedieu dans sa boutique, elle n'en avait pas cru ses yeux. Une seconde, pas plus, le temps d'éprouver un frisson de terreur, elle avait imaginé que ce veuf venait lui demander sa main. Mais non. Il voulait un jabot, des manchettes, des boutons d'or. Il ne regardait pas au prix. C'était lui-même qui l'avait annoncé.

Elle n'en croyait pas non plus ses oreilles tant la parcimonie d'Amourdedieu faisait fable à Terrebelle.

« Tu diras ce que tu voudras, s'était-elle dit, mais pour moi, il se sera trouvé nez à nez avec quelque particulière. » Elle ne croyait pas, enfin, si bien penser.

Cependant, Amourdedieu déballant ses emplettes et s'en affublant devant son armoire à glace n'avait réussi à tirer de son reflet qu'un long rire à dents jaunes quoique silencieux. Bien vite, il était revenu, le dimanche, à l'habit noir de notaire qu'il traînait depuis son mariage et dont il usait peu. Pourtant elle avait raison la Marie Garcin, il y avait une particulière sous roche, ce qui prouve que l'âme la mieux en garde est impuissante contre les traquenards du destin.

L'apparition de Clorinde certain jour de l'automne dernier au carrefour de la Saunerie où s'arrêtaient les courriers des postes avait réussi à paralyser la méfiance et l'avarice d'Amourdedieu.

Il faut dire que, attablés comme lui à la terrasse du café Guiou où ils se rafraîchissaient, ses compagnons habituels avaient manifesté de tels signes d'admiration en apercevant la cantatrice qu'Amourdedieu n'avait eu aucun mal à se persuader qu'il l'aimait.

Elle ne descendait pourtant guère que d'une voiture tout ordinaire mais, passant la tête à la portière, elle avait toisé ce qu'elle pouvait de la ville avec une telle insolence qu'on eût dit que c'était d'un carrosse qu'elle débarquait. Comme de coutume, au creux des nombreuses dépressions du pavé, fumier de cheval, fumier de vache, fumier de chèvre, plus quelques résidus de tinettes renversées durant leur transport, stagnaient, s'épandaient, fraternisaient, abondamment pailleux, pour couvrir finalement la chaussée d'une couche uniforme. Clorinde en perdition avait hélé de loin.

Alors d'un seul élan, souliers à boucles ou brodequins, les quatre bourgeois de Terrebelle qui prenaient béatement l'air du temps, s'étaient précipités pour la secourir en bousculant leur chaise derrière eux. Il fallait les voir foncer à qui arriverait le premier : Amourdedieu Tour-de-cou,

Roderlans *le Patiaïré*, Auguste Faux dit chu-chu-chu et Bourillon la Foudre, le tonnelier.

Amourdedieu arriva le premier grâce à ses longues enjambées. Il ne vit d'abord par la portière entrebâillée qu'un pied menu chaussé de rose qui dardait hors du montoir, tâtonnait dans le vide, menaçait de se poser, désemparé, sur quelque bouse.

Il y a des femmes qui sans perdre de leur superbe s'y entendent pour paraître naufragées. Clorinde était de cette trempe. Croyant simplement l'aider à mettre pied à terre dans la crotte, Amourdedieu s'était trouvé les bras comblés d'un corps lascif d'où s'échappait une voix suave quoique rompue au commandement, laquelle lui enjoignait de déposer son fardeau sur le trottoir, devant le café Guiou où, assurément, le fumier était un peu moins dense.

Derrière ce saint-sacrement suivait Roderlans arc-bouté sur l'encombrement d'un énorme sac, Auguste Faux empêtré de trois cartons à chapeaux et Bourillon la Foudre courbé sous une malle dont deux palefreniers venaient de lui charger les épaules.

Ces épaves avaient échoué devant la table des commensaux, Amourdedieu tardant un peu, par précaution, à déposer son fardeau à terre. Lorsque enfin il s'y résigna, Clorinde le remercia d'une tape sur l'épaule, à l'aide de son éventail. A peine savait-il qu'il existait au monde cet accessoire libertin si utile pour aguicher un homme et lui signifier qu'on jette son dévolu sur lui.

Il soupira à ce souvenir :

— J'aurais mieux fait de me casser la jambe, ce jour-là !

Il songeait à ces bras enjôleurs, ronds à souhait, à cette haleine de jardin de roses, aux volumes et aux courbes de ce corps lequel, sans crier gare, s'était abandonné à sa force. Abandonné ? Cet abandon avait jeté Amourdedieu pieds et poings liés aux genoux de cette sirène et c'était elle qui le tenait captif. Six mois ! Pendant six mois Clorinde lui avait fait savoir ce que c'était que l'amour. Et puis tout d'un coup plus rien ! Fermée ! Reconduisante !

— Puisqu'il en est ainsi, mon cher Philémon, vous reviendrez lorsque votre humeur sera plus bénigne !

La gourmandise insatisfaite est pire que la faim inassouvie. La belle machine à gagner de l'argent qui régissait jusqu'alors tous les gestes d'Amourdedieu s'était détraquée comme une pendule folle qui ne sait plus marquer aucune heure. A tel point que souvent lorsqu'il s'apprêtait à botter les fesses d'un valet qui feignantait, l'élan lui manquait et il reposait son pied sans force sur le sol.

— Cent mille francs ! gémissait-il.

Il connaissait les affres nouvelles d'un cœur qui bat enfin la chamade. Il contemplait au loin cette joyeuse ferme Louis XIII avec ses drapeaux de pigeons blancs et ses deux cyprès pointus qui peignaient calmement le ciel devant l'horizon.

« Si je lui achète ça à son nom, se disait-il, elle est foutue de m'envoyer paître ! »

C'était un homme qui se rendait justice : il comptait peu sur sa séduction. C'était aussi nouveau pour lui que de rencontrer tel obstacle dont un an auparavant à peine il ignorait jusqu'à la nature. Il avait essayé de parlementer :

— Mais il me semble, avait-il dit, que j'ai de quoi vous contenter ! Il me semble que les preuves de mon... amour (ce mot qu'il prononçait pour la première fois de sa vie passait mal ses lèvres), de mon amour, répéta-t-il fermement, ne vous ont pas manqué !

— Il vous semble ! Il vous semble ! Et à moi que m'en semble-t-il, croyez-vous ?

— C'est le moment de me le dire !

— Je vous le répète de tout mon corps depuis quinze jours déjà : cent mille francs !

Il avait pensé l'affamer. Le mois dernier, il ne lui avait pas versé sa pension. Elle lui avait ri au nez en lui ouvrant toutes grandes les portes de ses dépenses bourrées de victuailles pour la plupart immédiatement négociables.

— Don de mes admirateurs platoniques pour l'instant ! lui avait-elle dit.

Il avait reconnu sur deux jambons de huit kilos qui oscillaient suspendus au plafond, le sceau rouge de Malijean son ami d'enfance ; deux dames-jeannes d'huile d'olive portaient le cachet jaune de son camarade de communion, le moulinier des Naïsses. Et, de proche en proche, toutes sortes de provisions de bouche lui avaient appris qu'il n'était pas un de ses commensaux qui ne se fût mis sur les rangs, *en cas de quelque chose* comme on dit ici. Son boulanger même, le Marius Blanc, lui qui était si *esquiche-pécettes*, fournissait chaque matin Clorinde d'un beau pain bis dans du linge propre et d'un corbeillon de croissants chauds. Tous ces gens-là déposaient ici naïvement leurs offrandes propitiatoires, afin d'inciter quelque vague dieu lare à se pencher avec commisération sur leurs inavouables desseins.

— Les pendards ! grommela Amourdedieu au souvenir de ces mécomptes.

Il avait pensé à la chasser de la folie avec meubles et cartons à chapeaux. Il goûtait un plaisir extrême à l'imaginer au pied du perron, éperdue, s'efforçant de protéger autour d'elle vingt ou trente stères de meubles et bibelots soudain privés de toit. Mais il était à peu près certain et dans ce domaine il se savait d'une formidable intuition que l'argent n'était pas le seul moteur qui fît agir Clorinde. Elle était beaucoup trop arrogante pour ne pas se sentir assurée sur ses arrières. « En quelque veuvage et deux ou trois amants perdus, je la soupçonne d'avoir amassé plus d'héritages que je n'en aurai jamais avec, cependant, un grand-oncle mort évêque et une femme, la pauvre mienne, dont les amandiers tenaient le plateau de Valensole d'un bord à l'autre. Et fille unique ! La pauvre ! Tout le nougat d'Aix et celui de Carpentras venaient de ses amandiers ! »

A ce souvenir conjugal et reconnaissant, Amourdedieu écrasa une maigre larme sur sa face ravinée par les étés torrides. Sous son écorce rugueuse, il abritait en effet une âme sensible quoique aux élans sévèrement réprimés.

Une nouvelle fois, il fut sur le point de courir droit au coffre dissimulé derrière la mangeoire de son reproducteur, camouflé sous un faux mur sali de hideuses toiles d'araignée. Ce coffre il ne l'ouvrait qu'une fois l'an pour y déposer les louis des récoltes vendues. Il lui fallait, à chaque fois, calmer d'abord les ardeurs de l'étalon bleu, Ravaillac, lequel n'admettait que la présence de son maître, encore était-ce à condition que celui-ci se fît d'abord reconnaître par toute une litanie de jurons et de menaces. Il eût fallu le tuer pour accéder au coffre et tuer un étalon bleu n'est pas une mince affaire.

Amourdedieu se voyait très bien en situation, les bras chargés de cinq sacs de mille louis chacun, soit douze kilos d'or et les jetant aux pieds de Clorinde comme un guerrier ses armes avec ces seuls mots :

— Tenez ! La voilà votre ferme Louis XIII. Saoulez-vous-en !

Dix fois il avait écarté l'étalon mal content et fumant des naseaux, dix fois il avait fait le geste d'ouvrir le coffre, dix fois il s'était ravisé sachant que s'il commettait cet acte déchirant, il aurait toujours l'impression de s'être volé lui-même. Dès lors cette blessure d'amour-propre lui poindrait le cœur sitôt qu'il toucherait Clorinde. Et jamais plus il ne pourrait jouir d'elle sans arrière-pensée.

— Il est comme les Grecs de *Lysistrata !* disait en riant sous cape l'Auguste Faux qui avait des lettres en plus de l'esprit. L'amour et l'avarice lui pissent au cul ensemble !

On n'aurait su mieux dire. La nuit, le corps d'Amourdedieu solitaire et dormant soubresautait sous les coups de bâton que se distribuaient les deux parties antagonistes de son âme : celle qui convoitait Clorinde, celle qui défendait les louis. A chaque réveil, rappelé à l'ordre par la rigide exigence matinale de sa riche nature, il happait le vide, croyant tenir Clorinde et il reprenait contact avec la réalité, l'injure à la bouche.

Or ce jour-là, alors que tout rechigné encore par cette épine fichée dans son orgueil, il faisait une dernière fois pour se consoler le large tour d'horizon de son domaine, il repéra en haut des remparts de Terrebelle une silhouette diligente en laquelle il reconnut la Marie Torte sa nourrice. Elle se hâtait vers le portail, disparaissait à son ombre, resurgissait au soleil de la Saunerie. Elle trottait tant qu'elle pouvait. Amourdedieu comprit tout de suite que c'était vers lui qu'elle accourait, et sa hâte signifiait bien qu'elle était porteuse de mauvaises nouvelles. Il put suivre son allure rapide jusqu'à l'allée de sycomores où l'épaisseur des frondaisons la masqua à sa vue mais elle reparut au bout de la terrasse bien plus tôt qu'il ne l'y attendait. Il s'avança à sa rencontre en lui criant :

— Eh bien ? Qu'est-ce qu'il t'arrive encore ?

Elle ne parvint pas jusqu'à lui. Elle s'affala à l'ombre sur un fût de hêtre qui servait de billot au valet de bûches. Elle tenait la bouche grande ouverte comme un poisson hors de l'eau. Ses bras faisaient des moulinets. Il semblait qu'elle criât au secours sans pouvoir l'exprimer. La volaille égaillée s'enfuyait au loin en piaillant tant la servante était semblable à son maître en maigreur redoutable et gestes menaçants.

Amourdedieu savait depuis l'enfance comment traiter l'émotion chez sa nourrice. Il l'agrippa par les épaules et la tint debout devant lui en la secouant comme un prunier.

— Parle, vieille carne ! Qu'est-ce qu'il t'arrive encore ?

Ce traitement fit l'effet escompté. Comme un évier qui se débonde la Marie Torte rendit son oracle :

— Ton ami Roderlans que tu vantes tant ! Il sera venu voir ta cantatrice hier le tantôt ! Avec un jabot propre ! Et des gants blancs !

— C'est pour ça ? dit Amourdedieu en haussant les épaules.

Il la lâcha sans ménagement et elle retomba sur son billot.

— Je le sais, ajouta-t-il. Ils sont en affaire pour quelque clavecin.

La Marie Torte rebondit sur son billot et se redressa cette fois toute seule.

— Ce sera alors un clavecin de pute ! clama-t-elle exaspérée.

Elle avait autrefois sacrifié son propre enfant à ce nourrisson qui se tenait maintenant devant elle, maigre, quadragénaire et mal rasé. Elle avait choisi la dynastie plutôt que sa propre descendance. La mère d'Amourdedieu venait de mourir. L'enfant de la Marie Torte avait attrapé un de ces flux de ventre qui vous menaient au tombeau avant même d'avoir vu une seule fois le ciel. Elle l'avait écarté de son sein pour ne pas contaminer l'héritier des Amourdedieu. L'évêque, quoique assermenté, avait toujours subjugué la Marie Torte. « Et alors, s'était-elle dit. Et ces grands biens ? Qu'est-ce qu'ils deviendront sans héritier ? » L'époque était prodigue de ces cœurs purs. Quant à son propre enfant, nul n'avait jamais su s'il était mort de ce flux ventral ou bien simplement de faim.

Elle avait tenu pour négligeable l'intrusion de l'héritière aux dix mille amandiers dans la vie d'Amourdedieu et d'ailleurs celle-ci rapidement était morte en couches. La Marie Torte lui avait taillé son oraison funèbre dès le lit de mort :

— Même pas capable de nous faire un enfant ! avait-elle grommelé tandis que la pauvre créature expirait.

C'était son obsession depuis, qu'Amourdedieu fît un enfant à quelque jeunesse sans malice et docile, mais il était tellement avare que l'idée de se dépouiller, fût-ce après sa mort, pour sa progéniture le retenait dans l'abstinence. Pour qu'il dérogeât il avait fallu l'amour et l'amour bien commode avec une femme qui se proclamait glorieusement bréhaigne afin que tout le monde en fît son profit.

L'usage stérile que Clorinde faisait d'Amourdedieu entretenait en l'âme de la Marie Torte un scandale permanent fait d'indignation, de révolte, de compassion pour la morale offensée mais aussi d'un vague élan de stupre né du désir que son nourrisson avait fini par déclencher en elle à force de lui dévorer les seins avec un brutal égoïsme ; désir qui ne s'était pas imposé tout de suite pour tel. Prenant d'abord tous les aspects de l'abnégation et du sacrifice d'un bon serviteur envers son maître, il avait mis dix ans, quinze ans à cristalliser jusqu'à lui paraître délectable, exquis, jusqu'à meubler sans partage ses silences et ses nuits. Ce désir trouble, débridé et depuis longtemps sans fondement, s'exaspérait dans les situations luxurieuses où elle imaginait Amourdedieu plongé entre les bras de Clorinde. Il y avait dans toute cette passion enflammée de quoi nourrir une haine solide.

Ce jour-là, elle tenait enfin, croyait-elle, de quoi l'assouvir. Elle agrippa le bras d'Amourdedieu avec une force étonnante pour son âge et son poids, elle l'entraîna impétueusement vers la balustrade. Là, elle désigna de sa main tendue cette ferme Louis XIII qui paraissait dire narquoisement bonjour à tout le monde par les draperies souples de ses nuées de pigeons blancs.

— Regarde ! dit-elle. Ce domaine qui te fait tant chiffrer ! Elle lui a demandé à lui aussi de le lui acheter !

— Combien ? souffla-t-il.

— Quatre mille louis.

— A moi, dit-il d'une voix brisée, elle m'a dit cinq mille...

« Ainsi, songeait-il, elle se vend à Roderlans pour mille louis de moins qu'à moi. Elle l'aime donc ? »

— Elle te fait tourner en bourrique ! insistait la Marie Torte. Elle a au moins trente ans ! Tu perds toute ta belle semence en elle sans avoir profit ! Tu n'as pas honte ? Moi, si tu veux, je t'en apporte une ribambelle ! Des dix-huit ans ! Des seize ans ! Des qui ont le cul aussi dur que ce billot de bois ! Et une par jour ! Et si une tombe enceinte par bonheur, tu l'épouses pour l'enfant. Entre parenthèses, en la traitant comme tu as traité ta femme, tu en as pas pour trois ans avant de la tuer. Tu te retrouves libre comme l'air ! Mais, ajouta-t-elle le doigt levé — avec un héritier !

Amourdedieu souffla avec mépris.

— Je les connais tes culs durs ! Ils sentent le foutre et le fumier de ferme !

— Et elle ? Qu'est-ce qu'elle sent ?

— Le freesia ! murmura Amourdedieu enamouré.

— Ah ! cria la duègne désespérée. Quand tu fais cette tête-là je te bastirais !

Amourdedieu l'écoutait distraitement déblatérer. Il lui suffisait de lui détourner une gifle comme de coutume pour la renvoyer à sa servilité mais il s'abstenait. Il réfléchissait en grommelant :

— Par le fait... Par le fait...

— Ça fait combien de temps, ta pute, qu'elle te tient la dragée haute ?

Amourdedieu fit un geste vague.

— Deux mois, trois mois...

— Et tu supportes ça toi ! La plus grosse tête de Terrebelle !

Amourdedieu se caressait rêveusement les lèvres en faisant la moue.

— Dis-moi un peu, Torte : quand elle lui a mis le parti en main, qu'est-ce qu'il a fait Telmon ?

La Torte haussa les épaules.

— Qu'est-ce que tu crois ? Il a fait comme toi : il a filé comme un capon !

— Parbleu ! s'exclama Amourdedieu.

Il se disait pour se consoler que si lui, Amourdedieu, avait les mains liées par l'avarice, Roderlans les avait aussi par Servane.

— Si tu l'avais vu ! ricana la Torte. Tu sais comme il se regarde toujours le nombril en marchant ?

— Oui. Il compte ses pas !

— Et ben là, il les comptait plus ! On aurait dit qu'on lui boutait le feu aux fesses !

— Parbleu ! Cinq mille louis... annonça rêveusement Amourdedieu.

— Quatre mille, rectifia la Torte. Lui, c'est quatre mille qu'elle lui demande.

— Oui, soupira Amourdedieu, c'est vrai : quatre ! quatre ! répéta-t-il dubitativement.

Il n'avait plus aussi mauvais moral. Une idée germait en lui qui lui peignait la vie sous de plus riantes couleurs. Sans doute lui avait-elle été soufflée entre haut et bas par l'âme de l'oncle évêque assermenté, laquelle devait crépiter encore sous les flammes de l'enfer.

Quand le marquis de Luynes, du bout d'une canne un tant soit peu méprisante, poussa la porte du capharnaüm, Roderlans juché sur un escabeau était en devoir d'épousseter l'aigle à deux têtes qu'un empailleur excentrique avait offert à son père quelque jour. Ce mystérieux personnage, mort depuis, lui avait assuré qu'il s'agissait là de l'original des armes de la Maison d'Autriche et qu'il avait été tiré dans les Dolomites par un mameluk de Napoléon.

Cet aigle servait d'enseigne depuis que le père de Roderlans s'était avisé que la pratique croyait dur comme fer à cette légende et même qu'on venait de fort loin pour s'en esbaudir et le désigner aux enfants. Et comme l'Autriche n'était pas plus tenue en odeur de sainteté à Terrebelle qu'ailleurs, nul n'était fâché qu'on lui eût tué son aigle.

Le vieillard enveloppa du même regard sans tendresse l'aigle et l'épousseteur. C'était un maigre personnage portant haut-de-forme et pantalon à sous-pieds. Il était de mise soignée comme un offenseur partant disputer quelque duel, dont il avait aussi toute la raideur. Sous ses orbites déprimées, sa peau strictement tirée sur les os révélait déjà son *memento mori* comme en transparence. Sans aucun salut préalable, il attaqua tout à trac :

— La dernière fois que j'ai vu cet oiseau de malheur, monsieur, il figurait tout rouge au centre d'un drapeau blanc. Et voici ce que j'en ai fait !

Il fit siffler hors de sa canne une lame étroite et se fendit en direction de l'aigle avec une souplesse et un savoir-faire qui révélaient encore le spadassin de naissance sous le vieillard de qualité.

Roderlans se tenait roide sur son escabeau, se faisant un bouclier de l'aigle et craignant à tout instant de perdre l'équilibre et de venir s'embrocher sur la canne-épée du personnage, laquelle décrivait des cercles rapides comme si elle battait quelque crème infernale.

— Hé là monsieur ! cria-t-il. Je ne suis qu'un pacifique commerçant et non pas un drapeau ! Quant au volatile que vous voyez là il est empaillé depuis si longtemps qu'il en perd ses plumes !

— Il n'a que ce qu'il mérite ! grommela le vieillard qui remit néanmoins son épée au fourreau.

Servane attirée par le vacarme accourait à la rescousse.

— Monsieur ! Qu'est-ce qui me vaut l'honneur ?

Elle avait le port guindé de celles qu'on salue et pour ce qui était de toiser avec son face-à-main, nul ne pouvait lui en remontrer. Dans l'art de signifier aux visiteurs : « Nous ne courons pas après le client », elle n'avait pas son pareil non plus et ses réticences calculées donnaient de la valeur au moindre objet qu'on prétendait lui arracher.

Le vieillard à sa vue joignit les talons et tint soulevé son haut-de-forme durant tout le temps qu'il parla.

— Madame, dit-il, je cherche sans espoir un trésor inestimable. J'ai fait Fronsac, Terreplane, Canteperdrix, la ville des faux témoins, celle des grosses têtes, je suis allé, Dieu me pardonne ! jusqu'en Avignon que les Luynes font profession d'exécrer, depuis que l'un de nos ancêtres y fut rôti vif.

— Diable ! s'exclama Roderlans.

— Oui. Oh c'était une peccadille. Il y avait eu mort d'homme à la suite d'une sombre affaire de pont inachevé... Bref !

— Oui ! C'est cela ! Venons-en au fait, monsieur, s'il vous plaît ! dit Servane. De quoi s'agit-il ?

— D'un livre, madame.

— Un livre ! Oh la la ! Adressez-vous donc à mon époux. Moi, je ne m'inquiète pas des livres !

Elle le planta là d'une pirouette et retourna soigner ses chers meubles de prix. Roderlans méfiant et encore tout ébouriffé par la canne-épée se tenait à distance respectueuse de cet étrange client. Il avait garé sous une table l'aigle à deux têtes afin de le soustraire à la vindicte du visiteur.

— De quel livre s'agit-il ?

— Oh ! Un livre qui ne peut avoir d'intérêt que pour moi, dit le vieillard. Si par hasard vous le possédiez, je suis tout prêt à vous en donner le prix que vous voudrez !

A ces mots, Servane dressa l'oreille et revint tourner autour des deux hommes. Roderlans examina de plus près la redingote noire du vieillard et constata qu'elle virait au verdâtre de l'usure.

« Hélas ! se dit-il. *Le prix que vous voudrez*, c'est un sursaut d'orgueil de sa part. »

— Si vous me dites, questionna-t-il, de quel livre il s'agit, je pourrais peut-être...

— Une somme ! s'exclama le vieillard. La *Cestologie* écrite par mon grand-père de Luynes à la veille de la Révolution.

— Mais, dit Servane, n'est-ce pas ce même livre sur lequel vous vous êtes endormi l'autre matin ?

— Il ne m'en souvient pas !

— J'en offre cent francs sans hésiter ! dit le vieillard.

— Voyons ! insista Servane. Souvenez-vous ! L'autre matin là ! Sur cette table ! Les bobèches débordantes et votre nez dans ce livre !

Roderlans buté hochait la tête avec une moue maussade. Il se souvenait parfaitement. En revanche, il ignorait pourquoi il essayait de faire croire qu'il avait oublié. D'abord, il avait simulé un défaut de mémoire par habitude commerciale, afin de donner au client le temps de surenchérir sur son offre, mais maintenant, il savait, sans l'ombre d'une explication rationnelle, qu'il ne devait pas se dessaisir de ce livre.

— Vous m'avez même demandé, précisa Servane, si je savais ce que c'était qu'un *Physeter macrocephalus !*

Le vieillard tressaillit à ces mots. Il était entré ici comme ailleurs sans aucun espoir. Mais maintenant il était certain de toucher au but. Il affermit instinctivement sa main droite sur le pommeau de sa canne-épée qu'il tenait de la main gauche. Mais il se ravisa. Il y avait bien cinquante ans, hélas, que les choses essentielles ne pouvaient plus s'obtenir des croquants à la pointe de l'épée.

— J'irai jusqu'à cent cinquante ! soupira-t-il.

A ces mots, l'activité fureteuse de Servane décupla alors que Roderlans se fortifiait dans la certitude qu'il ne devait vendre ce livre à aucun prix. Il tenta de refréner l'ardeur de sa femme à le rechercher mais quand Servane était lâchée sur une affaire, elle tenait la piste comme un chien de chasse et bientôt, elle extirpa des rayons où elle s'escrimait l'énorme *Cestologie* qui avait servi d'oreiller à son époux.

— Je savais bien, triomphait-elle, que nous l'avions ! Je crois même — que dis-je je crois ! Je suis sûre ! — qu'un amateur éclairé nous en a offert deux cents francs il n'y a guère !

C'était ça, le génie du commerce. Le vieillard eut un haut-le-corps.

— J'ai dit cent cinquante !

— J'ai dit deux cents ! soutint Servane.

— Est-ce que je pourrais moi aussi dire quelque chose ? pria Roderlans.

— Oui. Mais alors que ce soit bref ! lui conseilla Servane.

— Ça le sera : je ne tiens pas à vendre ce livre.

— Comment vous ne tenez pas !

Servane le foudroyait du regard.

— Je vous ai expliqué, reprit patiemment le vieillard, que ce volume n'offrait d'intérêt que pour moi.

Servane l'appuya.

— Et le prix que vous nous en offrez est parfaitement raisonnable.

Le vieillard ricana :

— Parfaitement raisonnable ! Vous voulez dire qu'il est exorbitant !

— M'en offririez-vous trois cents francs que je ne vous le céderais pas ! répliqua Roderlans.

— Parfait ! C'est votre dernier mot ?

Le vieillard par démangeaison d'habitude avait porté la main à sa canne-épée.

« Tant pis s'il m'embroche comme un poulet ! se dit Roderlans. Je ne lui vendrai pas ce livre ! »

L'entêtement le rendait héroïque.

— C'est votre dernier mot mon cher Telmon ?

Servane proférait cette interrogation sur un ton qui annonçait un orage domestique susceptible de durer fort longtemps. Saisi entre la menace de l'épée et celle de la vindicte conjugale, Roderlans tint bon.

— C'est mon dernier mot !

— Alors adieu monsieur ! J'eusse pu être une bonne pratique pour vous ! dit le vieillard.

Il fit avec sa canne un geste fataliste faute de pouvoir s'en servir plus utilement. Servane tint à le raccompagner jusqu'à la porte pour lui glisser entre haut et bas :

— Venez cet après-midi, je serai seule. Vous l'aurez votre livre ! Il ferait beau voir !

Mais lorsque le client disparu Servane s'avança vers son mari avec un regard peu amène, celui-ci serrait la *Cestologie* sous son bras pour la défendre contre toute attaque. L'odeur que l'autre nuit il avait respirée entre les pages lui rendait ce livre fraternel et il pensait n'en avoir pas encore épuisé toutes les promesses.

— Alors, mon ami, dit Servane, qu'est-ce qui vous prend de refuser deux cents francs d'un volume défraîchi ?

— Vous refusez bien de vendre ce canapé Louis XIV dont on vous offre trois mille louis !

— Vous plaisantez ! C'est votre père lui-même qui m'a fait jurer de ne jamais m'en défaire. « Tous ceux qui le verront, m'a-t-il dit, et à qui vous le refuserez vous achèteront autre chose. » Vous avez été souvent témoin vous-même qu'il ne se trompait pas.

— Il est grandiloquent ! grommela Roderlans. Pour oser s'asseoir là-dessus, il fallait avoir des culs trois fois plus gros que les nôtres.

Quand on attaquait cette vénérable laideur, Servane oubliait tout pour la défendre. Ce canapé, dans sa pompeuse noblesse, imposait une présence muette qui faisait frissonner. On avait l'impression que des ducs à brevet y étaient encore assis pour faire commodément antichambre devant le cabinet du roi. Servane alla flatter de sa main fine le dossier du meuble.

— En plus il a une histoire, dit-elle. Vous n'en avez jamais pris conscience. Il vient de Versailles. Ce sont les Marseillais sans solde, au retour de Valmy, qui se sont payés sur la pièce et l'ont triomphalement transportée sur leurs épaules. Votre grand-père Philémon les a interceptés au pont de

Bonpas et le leur a échangé contre quinze jours de nourriture. Avouez, ajouta-t-elle, qu'une astuce pareille ça vous a une autre utilité qu'un chant de guerre ! Ah çà mais ! s'exclama-t-elle soudain. Mais vous détournez la conversation ! Je vous parlais de ce livre tantôt ! Je vous disais que vous étiez fou d'en avoir refusé dix louis !

— D'abord, ce n'est pas un livre ordinaire. C'est la *Cestologie*. Il m'instruit, je vous l'ai déjà dit. Et puis enfin, il est tout de même inimaginable que je ne puisse disposer de rien ici sans votre permission !

— Ah mon pauvre ami ! Nous serions jolis s'il en était autrement ! Avec votre manque de sens pratique !

A cet instant Roderlans énervé ébrécha contre une table le moustiers en forme de plat à barbe qu'il essuyait machinalement.

— Voilà ! s'exclama Servane. Après avoir dédaigné deux cents francs d'un livre, vous venez d'en casser pour trois cents. Vous pouvez vous féliciter de votre journée.

Roderlans ôta posément son lorgnon et répliqua :

— Si vous n'étiez pas la mère de mon enfant, je vous enverrais volontiers faire foutre !

C'était la première fois de sa vie qu'il usait d'un tel langage à l'égard de sa femme. C'est qu'il avait les yeux du souvenir rivés sur les jambes de Clorinde en transparence l'autre soir devant le soleil couchant et que cette obsession transgressait chez lui toute prudence. Néanmoins, il était épouvanté de son audace et Servane ne l'était pas moins, d'autant qu'elle s'aperçut brusquement qu'Agnès était là tout près qui écoutait leurs éclats de voix avec effroi.

— Agnès ! commanda Servane. Allez donc jusque chez la mère Jean lui recommander de nous apporter le linge ce soir même !

La doucereuse Mme Miane, leur service, qui glissait sans cesse sur de discrètes pantoufles dans les profondeurs du magasin, rapporta plus tard qu'après le départ d'Agnès ce jour-là, les époux se parlèrent à pleine tête, inventoriant tous leurs griefs, jusqu'à l'apparition d'une famille compacte venue choisir un meuble pour quelque cadeau de noces et qu'ensuite ils ne desserrèrent plus les dents jusqu'au soir.

Agnès épouvantée, elle avait le génie de le paraître d'un rien, s'enfuit dans la rue d'Aubette jusqu'à l'échoppe de Mme Jean, la repasseuse des riches qui tenait boutique sur le boulevard, presque sous les canons du grand lavoir où sa fille et ses nièces jouaient du battoir toute la journée.

De l'autre côté de cette voûte, toute bruissante de rires et d'eaux courantes, s'ouvrait la remise d'un bouilleur de cru nommé Jean Berne, lequel avait aussi toujours besoin d'eau pour ses alambics. L'été il distillait la lavande, à l'automne les marcs de raisin. Le reste du temps, il nettoyait les cuivres des cucurbites et des serpentins. C'était un bon métier paisible qui laissait de grands loisirs à l'imagination.

Agnès à qui sa mère recommandait de marcher

les yeux baissés, avait un jour rencontré le regard de Jean Berne alors que celui-ci à plat ventre sur le sol débloquait à grands coups de masse le socle d'un foyer d'alambic. Il gigotait là dans l'effort, imprimant à son torse et à ses jambes, dans la culotte étroite qui le moulait, des mouvements convulsifs et sans grâce mais qui pouvaient donner à penser à quelqu'un qui lisait en cachette — c'était facile au magasin — aussi bien le *Jocelyn* de Lamartine que *La Désobligeante Vie d'Aglaé Dutilleul*, énorme volume déniché dans un fatras d'héritage.

Agnès était une de ces blondes élancées sur qui les hommes se trompent toujours, les poètes les y ont aidés, les croyant sans défense et sans caractère. Tout le monde la trouvait ravissante et rien ne pouvait laisser supposer dans son candide aspect et l'éclat pudique de ses yeux bleus, au demeurant inexpressifs, qu'elle pût inventer des trames secrètes et poignarder dans le dos tout aussi bien qu'un laideron en mal d'amour.

Elle tenait de sa mère une grande taille sans courbes, et son corps de dix-sept ans on ne savait encore s'il se gonflerait un jour d'appas prometteurs, de sorte qu'il ne suggérait rien aux âmes inventives. Il n'était guère que le pauvre Simon David, victime du romantisme sans en avoir jamais entendu prononcer le nom, pour venir sous les fenêtres d'Agnès, y soupirer de l'harmonica.

Elle tenait d'un oncle encore en vie — et c'était pour l'avoir deviné que celui-ci en avait fait sa légataire universelle — le goût des secrets de chacun et la promptitude à les percer à jour.

C'est ainsi qu'elle avait échappé au couvent dès l'âge de quinze ans. Celui des filles de Saint-Bernard jouxtait la propriété de la Chevillonne où ses parents avaient leur folie. Par commodité, en attendant qu'elle fût mariable, on l'avait mise là pour y apprendre les bonnes manières et la broderie. Elle s'y étiolait dans le chuchotement suave des prières et dans l'éclat des chants. Elle commença, par désœuvrement, à observer autour d'elle le jeu des passions. Ces saintes filles pour la plupart n'en avaient aucune autre que celle du Christ et de la benoîte Vierge sa mère où elles s'abîmaient. Quelques-unes cependant en nourrissaient d'implacables dont la flamme était la haine qu'elles se portaient entre elles. Ces passions-là ne troublaient pas l'unité paisible de la communauté car au couvent comme dans le monde la haine n'est jamais bruyante et, pour cette raison, n'est jamais tenue pour objet de scandale, comme si son horreur n'excluait pas du ciel. En revanche, du ciel et de la terre étaient exclus ceux et celles qui s'aimaient. Agnès en repéra deux charmantes qui ne devaient guère avoir plus que son âge. Leurs physionomies chaviraient dans le ravissement mystique plus souvent que celles des autres sœurs converses. Parfois, la roseur de leur teint tournait au cramoisi, et soudain levés vers l'autel, toute pudeur refrénée, leurs regards étincelaient d'une joie profonde, sans les rides du sourire, extasiés. Elle remarqua qu'aux processions, quelquefois, ces deux créatures heureuses faisaient tinter l'une contre l'autre l'alliance qui ornait leurs mains effilées.

La nuit, entre les prières, le silence régnait sur le couvent. Seul un nocturne dans les arbres du cloître y distillait son tendre sanglot. Agnès rampa sur les carreaux du dortoir, terrifiée à l'idée d'être surprise, mais la surveillante était une dormeuse paisible qui ne voyait le mal nulle part. Elle erra par les corridors, simulant le somnambulisme. Elle ne rencontra jamais personne.

Une fois, dix fois, toujours instruite par la joie des deux nonnes, elle s'aventura pour surprendre leur secret. Et une nuit elle entendit. Elle entendit jusqu'au tréfonds d'elle-même et pour toujours cet écoulement de bonheur qui s'échappe des lèvres des amants heureux et des amies heureuses.

Toujours sous couvert de somnambulisme, elle repoussa cette porte qui abritait tant de jubilation et subitement réveillée — dit-elle plus tard à la prieure qui l'entendait — elle vit ce spectacle, auquel, dit-elle, elle ne comprit rien mais qui nonobstant l'horrifia. Elle s'enfuit en hurlant par les corridors, sans oublier de renverser au passage un vase de fleurs qui ornait l'oratoire de saint Bernard. Toute la communauté rejetant ses couettes convergea vers la trublionne en de soyeux frôlements de voiles enfilés à la hâte et que mouillait beaucoup de transpiration car la mâtine courait vite et le couvent était immense. On la rattrapa et la bâillonna de mains miséricordieuses derrière la grille, qui hurlait à la campagne silencieuse son besoin d'être délivrée de ces lieux impurs.

La prieure dubitative qui recueillit sa confession avait pour premier devoir de feindre de n'en pas croire un mot et pour impératif catégorique de renvoyer la trublionne à ses parents avant que ses cris et ses récits eussent éveillé l'imagination des sœurs encore intactes.

Elle fit l'un et l'autre à l'instant. Sur la bédoule du jardinier elle jucha Agnès et dans l'aube sale, tenant elle-même la bride, elle la ramena rue d'Aubette, à *L'Aigle à deux têtes*.

Contrite devant Servane et les yeux baissés, elle courut d'abord à celle-ci pour lui parler à l'oreille rapidement, abritant sa bouche derrière sa main.

— Votre fille a de mauvaises habitudes ! souffla-t-elle.

C'était là l'euphémisme qu'utilisaient les éducateurs pour couvrir toute une diversité de gestes parfaitement naturels sous les espèces de l'horreur et du péché.

Servane eut un haut-le-corps et n'en crut pas un mot. Sa fille, elle l'avait souvent regardée dormir, avait le sommeil le plus merveilleux du monde et d'autre part lui ressemblait beaucoup trop pour ne pas savoir refréner son imagination.

— Bien entendu, dit la prieure, nous avons des remèdes pour traiter de bonne façon cette déviation diabolique de l'Esprit-Saint mais nous répugnons à y recourir eu égard à la qualité de la pécheresse. Aussi préférons-nous vous la rendre. Peut-être qu'à force de bon exemple...

Servane, le visage fermé, avait posé sa main tutélaire sur l'épaule d'Agnès, laquelle s'efforçait d'enfouir son visage dans le maigre espace que lui offraient les salières de Servane. Ce strict amour maternel était cependant sans limites.

— Fort bien ! dit Servane.

Et ce fut tout. La prieure s'en retourna sans rien d'autre à méditer que cette réponse spartiate. Mais Servane séance tenante se mit à tourner le regard vers tous les héritiers en âge du pays. Elle envoya des messages à sa nombreuse famille pour qu'on lui trouvât un parti pour Agnès. C'était difficile. Servane criait à la mésalliance dès lors qu'il s'agissait de moins de cent mille écus ou de trois mille oliviers seulement, de sorte qu'au moment où commence cette histoire nul gendre potable n'apparaissait à l'horizon.

Bien sûr, Servane ne pouvait pas prévoir qu'en enjoignant à sa fille de cheminer les yeux baissés, ce serait en cette modeste attitude qu'Agnès rencontrerait tout de même le diable.

Ce Jean Berne pour lequel s'était enflammée Agnès, c'était un homme cauteleux et prudent qui, en dépit de sa jeunesse robuste, ne marchait jamais vite par calcul et pour se donner plus de poids. Il était pourvu d'un nez en aubergine mi-obscène mi-tristement contrit de n'être pas plus ferme. Célibataire à vingt-cinq ans avec ce nez proverbial, toutes les femmes de Terrebelle en âge de quitter culotte lui avaient été attribuées. Il soutenait vaillamment et d'un air capable cette flatteuse exagération.

Il avait d'assez beaux yeux bleus, quoique globuleux. « Yeux bleus contre yeux bleus, s'était dit Agnès, nos enfants les auront aussi. » Elle n'était pas très satisfaite en revanche de sa démarche vue de dos. « Il avance comme un chimpanzé », se disait-elle. Mais elle imaginait, le voyant ainsi qu'un peu de bestialité est sans doute souhaitable chez un mâle et elle attendait nonchalamment que la nature lui en révélât davantage sur ces mystères de l'amour.

En attendant, elle se gavait de rendez-vous nocturnes sur le parapet du jardin où Jean Berne venait la rejoindre. Elle l'entretenait de leurs enfants futurs et du clair de lune en lui pétrissant la main. Jamais elle ne lui parla de la délicieuse vision qu'elle avait eue, certaine nuit chez les filles de Saint-Bernard.

Quant à lui, il était à l'égard d'Agnès mi-figue mi-raisin. Il voyait certes avec intérêt apparaître au loin les grands biens et les belles espérances dont fille unique, elle rayonnait : le domaine de La Chevillonne, l'héritage de l'oncle Didon pour lequel on la saluait jusqu'à terre bien qu'il ne fût pas encore mort et proclamât qu'il tiendrait jusqu'à cent ans s'il le fallait pour voir enfin le triomphe de la république dont il s'était laissé accroire qu'il l'aimait.

En dépit de ces avantages, Jean Berne ne s'aventurait que sur la pointe des pieds dans cette idylle qui pouvait lui coûter sa liberté. Quand Agnès lui chargeait les bras de son corps parfaitement tranquille, il lui pétrissait pudiquement ses épaules anguleuses et parfois il l'embrassait sur la joue avec toute la chasteté décente qui prépare les grands mariages. Cette vierge ne lui disait rien qui vaille. Il avait à plusieurs reprises examiné ses yeux bleus et les avait jugés peu susceptibles de passion mais assez insondables pour dissimuler longtemps de vastes trames secrètes. Aussi ne sachant s'il avait réellement envie de se livrer au mariage, se gardait-il d'allumer la curiosité chez Agnès. Cela lui était d'autant plus facile qu'il était rarement sans quelque affaire sur le feu, ce qui lui permettait la tiédeur, en dépit du clair de lune et du chant des grenouilles, quand Agnès se blottissait contre lui sur la balustrade du jardin.

Jamais encore Agnès n'avait osé cette action de traverser le boulevard, venant de chez Mme Jean la blanchisseuse pour pénétrer dans l'antre du bouilleur de cru. Jean Berne était en train de compter des estagnons d'essence de spic qu'il devait livrer le soir même. Il respirait la colline torride où pousse cette plante aux feuilles parcimonieuses qui darde hors la terre craquelée de soif quelques rares flèches bleues dont l'ombre du soir éteint vite le parfum. Il était torse nu et voulut se couvrir. Mais Agnès s'était déjà jetée contre lui et l'enlaçait sans arrière-pensée.

— Agnès ! Quelle imprudence !

— Ah ! s'écria-t-elle. J'ai besoin de vous !

Elle ravalait ses sanglots. Elle lui racontait parmi ses hoquets, la scène qui avait éclaté entre ses parents devant elle.

— J'ai cru que mon père allait gifler ma mère !

— Mais ma chère Agnès, il y a des discussions dans tous les foyers !

— Y en aura-t-il aussi dans le nôtre ?

Il admira qu'en son désarroi elle eût assez de présence d'esprit pour sauter ainsi à pieds joints dans l'avenir.

— Non bien sûr !

Elle l'embrassa plus étroitement.

— Qu'est-ce que ça veut dire faire foutre ? gémit-elle.

Il se demandait comment ne pas répondre lorsqu'elle se sépara de lui brutalement, toute droite, l'index pointé vers le tableau noir où, d'ordinaire, l'on inscrivait les rendez-vous avec les clients et le rendement des bouillies.

— Comment se fait-il, dit-elle d'une voix dure, qu'il y ait ici le portrait d'une autre femme que moi ?

— Où ça ? dit Jean Berne éberlué.

Il apprenait à ses dépens qu'une fille qui réfléchit avant d'agir est d'autant plus dangereuse lorsqu'elle obéit à son impulsion. Venant ici bouleversée dans le seul but de se faire consoler, Agnès découvrait sur le tableau noir que désignait son index courroucé un pot-aux-roses dont elle ne soupçonnait certes pas l'existence.

C'était un saisissant portrait de Clorinde peint aux crayons de couleur par Jean Berne lequel comptait s'en repaître tout seul, dans la douleur et le regret, car trop confiant en sa réputation il avait fait le siège de la cantatrice sitôt qu'il l'avait aperçue.

— Mon Dieu ! s'était-elle écriée. Avec votre nez !

Elle hoquetait d'un rire que sa petite main s'efforçait de dissimuler.

Ainsi rebuté, l'amour avait ravagé Jean Berne. Depuis, toute chair lui faisait grise mine. Jusque-là pour s'endormir il comptait sur ses doigts les femmes qui lui avaient ouvert leur lit et leurs bras. A partir du moment où Clorinde lui eut ri au nez, il ne vit plus qu'elle dans ses insomnies, ce qui lui donna le génie de la dessiner au tableau noir. Maintenant elle était là et Agnès la voyait.

— Qui est cette femme ? scanda Agnès théâtralement.

Jean Berne haussa les épaules. Le lent débit de sa parole lui servait dans les circonstances délicates à se ménager un temps de réflexion.

— Comment voulez-vous, dit-il à la fin, que je le sache ? Quelque client sans doute ! Il y en a toujours qui n'ont pas la patience d'attendre. Alors ils tuent le temps comme ils peuvent ! En dessinant.

— Il a fallu de la passion pour dessiner ceci ! s'exclama Agnès.

Elle accentua le mot *ceci* avec tout le mépris dont elle était capable. Elle détaillait chaque trait du dessin en le flairant de près, tel un chien de chasse relevant une piste. Elle se reculait pour mieux juger de l'ensemble.

— Et d'ailleurs, ajouta-t-elle, je suis certaine d'avoir déjà vu cette tête-là quelque part !

Jean Berne à l'instant se félicita de manquer de talent. Heureusement le portrait n'était pas ressemblant car bien sûr Agnès connaissait l'existence de Clorinde. Depuis que le froufrou de ses robes à panier était venu frôler, sans jamais y manquer (elle savait la puissance des choses qui imposent silence), le parvis de Saint-Sauveur tous les dimanches matin, le mystère de Clorinde avait captivé Terrebelle. Elle était le ver dans le fruit qui effarouchait ces esprits prompts à s'alarmer.

Une femme à passé est toujours accusable. On

ne voit jamais rien de clair au fond du passé d'autrui. Avec cette prudence dans la restriction verbale qui caractérisait toutes les conversations à Terrebelle, on se disait et surtout les épouses :

— Pourquoi cette particulière ne serait-elle pas venue continuer ici le train que, de tout sûr, elle aura mené ailleurs ?

Le fait que presque tout de suite elle fût devenue la maîtresse d'Amourdedieu avait rassuré sans convaincre.

— Elle aura été ruinée par quelque gros jeu ! s'était-on dit.

On était loin avec Clorinde de l'amour de Waterloo et du tireur de sabre.

Agnès demeura longtemps à observer cette effigie avec une obstination hargneuse. Jean Berne lui parlait doucement, dans le cou, sans parvenir à la distraire. Il vivait des moments pénibles. De temps à autre Agnès poussait une exclamation d'impatience, toute piaffante de dépit à l'idée de ne pouvoir identifier ce visage charmant, charnu et si passionnément embelli. A chaque fois qu'elle s'exclamait, Jean Berne voyait en un éclair s'enfuir hors de portée le domaine de La Chevillonne et les grands biens de l'oncle Didon.

Il lui fallut jurer en litanie son amour exclusif et faire peine à voir sous les soupçons injustes dont elle l'accablait. A ce prix seulement, elle consentit à s'apaiser, mais il eut le malheur de lui dire pour précipiter son départ :

— Ma chère Agnès, si vos parents vous savent ici, ils vous mettront sous clé !

— Dans ce cas, répliqua-t-elle posément, vous m'enlèverez. Nous ferons les sommations respectueuses et, si elles ne suffisent pas, eh bien nous nous marierons sans consentement.

Cette détermination bien qu'elle n'eût aucun fondement, Agnès étant mineure, fit quand même froid dans le dos au Jean Berne. Les biens de l'oncle lui parurent moins grands. Il sentit glisser autour de sa gorge un licol qu'il n'était pas tout à fait sûr de désirer. Cet état d'esprit dura peu. Bien vite le plateau pencha en faveur d'Agnès.

Elle n'était pas superbe mais ses espérances lui tenaient lieu de beauté et puis parfois, malgré ses réticences, elle laissait échapper quelque flamme instinctive sur laquelle il suffirait peut-être de souffler pour la rendre plus intéressante. Il se promit de faire abstinence pendant quelque temps afin de n'être pas repu lorsqu'il la reverrait. Après tout, depuis six mois qu'ils jouaient aux chastes fiancés tous les deux, il était peut-être temps de changer de registre.

Il courut dès qu'elle eut disparu plonger une éponge dans le bassin d'Aubette. En deux coups de torchon, il essuya les traces effacées de ce portrait amoureux. Alors il contempla à regret le tableau tout noir où Clorinde venait de s'abîmer.

— Quel dommage ! soupira-t-il.

Le soir, au murmure des fontaines, Amourdedieu et Roderlans vinrent s'affaler comme d'ordinaire sous les quinquets de la terrasse, dans les fauteuils du café Guiou. Les ardeurs de la moisson et le travail éreintant qu'elle exigeait avaient vidé les lieux.

A l'époque des moissons, Terrebelle devenait une ville morte. Tous les commerçants de la Grand-Rue fermaient boutique et n'ouvraient plus qu'une heure le matin et le soir à nuit close. Les ruelles aux artisans retrouvaient le silence. Balanciers, tonneliers, bourreliers, forgerons, tanneurs et tapissiers, partaient la faux sur l'épaule, jusqu'à leur bien. Il n'était pas un seul habitant né ici qui n'eût son champ ou son demi-champ de blé. On n'aurait laissé à personne, même si on en avait les moyens, le soin d'aller abattre les épis. Même les clercs de notaire, même le Grivannes l'herboriste, même le docteur Pardigon, ceignaient le ceinturon porteur de la *bane* (corne de bœuf creuse) où baignait *la peïre amouro* (pierre à aiguiser) dans une eau saumâtre couleur de rouille. Simplement ces gens huppés se faisaient suivre par un tâcheron chargé de la faux comme autrefois les chevaliers étaient flanqués d'un écuyer portant l'épée et le blason.

Le soir, on regagnait la maison en se soutenant les reins d'une main, s'aidant de l'autre pour s'appuyer au mur du corridor et s'avancer péniblement vers l'assiette de soupe qui attendait sur la table de la cuisine. Il n'était que de rares gros propriétaires tels Amourdedieu et Roderlans pour faire faire ce travail par des équipes de professionnels, ce qui leur permettait de goûter quelque loisir.

Et c'était toujours un plaisir sans mélange que de se retrouver assis, les reins souples et le dos bien droit, pendant que tout le monde geignait dans les cuisines pour le seul geste de tendre son assiette afin de recevoir son fricot. Longtemps, ce soir-là, côte à côte et méditatifs, le long Amourdedieu et le court Roderlans savourèrent la puissance de leur position sans parler, sans se parler. Chacun savait ce qui bouillait dans la marmite de l'autre et croyait que l'autre l'ignorait.

Autour d'eux un silence religieux régnait, c'est-à-dire qu'une sourde rumeur continue bourdonnait sur la ville. La ville était musicale par toute une sourdine de prières qui lui était propre et qui lui venait de ses couvents aux règles diverses et parfois adultérées mais où n'arrêtaient pas les déambulations des nonnes et des moines. Il y avait des antiennes sacrées toutes les nuits et particulièrement les nuits d'été où cela se passait après procession parmi les roses et les seringas, et le doux murmure de ces complies, souligné par le coassement des grenouilles, enchantait le sommeil des Terrebellois ainsi certains d'être bien vus du ciel.

Il y avait longtemps, des siècles, un millénaire, car elle avait été ville franche avant les Croisades par la bénignité d'un seigneur éclairé, que Terrebelle s'était truffée de tant de couvents qu'au soir venu, l'été, les antiennes chuchotées se substituaient aux cris stridents des martinets enfin silencieux parmi les ormeaux.

Ces couvents étaient au nombre de sept et très gros. Il n'était pas une ruelle, une terrasse, une galerie de grenier qui ne donnât sur le mur orbe d'un couvent. Les couvents étaient les poumons mystiques de Terrebelle. Cette ville qui gagnait de l'argent avait quand même toujours présent à l'esprit qu'elle le faisait en dépit de l'ordre de Dieu et que chacun ici aurait besoin, au jour du Jugement, de solides intercesseurs. Aussi ces communautés y étaient-elles plantureuses comme vitrines de pâtissier. Elles rendaient en actions de grâces tous les bienfaits dont la ville les accablait. La Révolution n'avait pas changé grand-chose à cet état de fait car tous les Terrebellois, athées ou croyants, étaient toujours tombés d'accord sur l'essentiel du dilemme : « Si ça ne fait pas de bien, ça ne peut pas faire de mal. » De sorte que les ordres, d'abord écartés comme les flots de la mer Rouge devant le Peuple élu, s'étaient refermés sur la Révolution après son passage. Depuis trente ans il n'y paraissait plus, à la grande quiétude de tous.

Ainsi mains croisées et se tournant les pouces, à la terrasse de ce café qui dominait la ville, les deux comparses prenaient le frais avec une apparente sérénité. Toute leur personne parlait de réussite et de tranquillité d'âme. En réalité ils étaient anxieux et calculaient à perte de vue. On eût dit deux frères, presque épaule contre épaule dans leur large fauteuil paillé qui gémissait parfois quand ils déplaçaient leur postérieur et leurs regards erraient au loin, un peu au-dessus, pour n'avoir pas à les saluer, des rares Terrebellois qui se hâtaient dans la pénombre. Ils savouraient pourtant le même spectacle au fond de leur imagination troublée : c'était Clorinde promenant ses transparences calculées parmi les massifs du jardin.

L'un, qui n'en jouissait pas, ne laissait pas de s'exagérer les félicités qu'il s'en promettait ; l'autre, qui les avait tenues en main, ne cessait pas de les regretter. Ce jour encore, en dépit du travail qui pressait, il était allé s'humilier en vain devant la cantatrice, en appelant à sa pitié, à sa générosité, s'agenouillant même à ses pieds menus, cause de tout le mal. « Et si la Marie Torte me voyait ! » s'était-il dit pendant cet exercice. En vain. Il n'avait récolté sur sa maigre joue qu'un coup d'éventail badin.

— Cinq mille louis, mon cher ! Qu'est-ce que c'est pour un homme de votre envergure ?

Alors il avait changé d'attitude, frappant du pied tel un mulet, rappelant ses largesses, ses générosités, criant au propriétaire, proférant ces mots irréparables qu'elle lui appartenait, tant et si bien qu'elle l'avait éconduit.

— Prenez garde que je ne revienne pas ! s'était-il écrié.

— Mon cher, cinq mille louis font plus que force ni que rage !

Il avait voulu sortir en claquant la porte quoi qu'il pût en coûter aux superbes vitres flammées de la folie mais elle en avait retenu le battant d'une poigne solide pour lui glisser dans l'ouverture :

— A votre tour : si par hasard vous reveniez craignez de ne plus me trouver ! J'ai l'habitude de fuir les situations scabreuses et suis incomparable pour déménager impromptu. Vous pensez : quinze ans de théâtre !

Ce fut elle alors qui lui claqua la porte au nez.

« Garce ! Salope ! Bougresse ! Pute ! » Ces quatre gros mots différemment alignés, Amourdedieu les proférait depuis qu'il avait été ainsi congédié. Mais s'il était ulcéré, c'était plus encore par le mensonge éhonté de Clorinde que par son obstination à lui refuser son quant-à-soi. Deux fois encore elle avait prononcé le chiffre de cinq mille louis alors qu'il savait pertinemment qu'à Roderlans elle n'en avait demandé que quatre mille.

Il se souvint brusquement que l'objet de cette faveur inqualifiable était là à côté de lui, à deux travers de doigt de son épaule, fraternel, quiet, prospère et gras. Il glissa vers Roderlans un regard de biais, pour juger si quelque supériorité justifiait cette différence de traitement. Cette question le poignait comme une épine lancinante : « Est-ce qu'il vaut vraiment mille louis de moins que moi ? Comment peut-il prétendre à Clorinde avec son ventre replet et sa tête à lorgnon de bon garçon sans malice ? Il n'a jamais rien foutu de ses dix doigts ! » Cet argument lui paraissait de nature à barrer à Roderlans les routes de toutes les félicités. Il n'en croyait ni ses yeux ni les informations de la Marie Torte.

D'autre part, le machiavélique projet qu'il avait conçu pour barrer la route à son rival réclamait du doigté et de la réflexion. Aussi ne savait-il comment amener la conversation sur le sujet qui lui tenait à cœur. De son côté Roderlans s'était à peine soucié des soupçons de Clorinde à l'égard de la Marie Torte. En eût-il tenu compte qu'elle lui eût paru quantité aussi négligeable qu'Amourdedieu lui-même d'ailleurs tant il était préoccupé d'abord par ces quatre mille louis qui lui faisaient cruellement défaut. Aussi fut-ce en toute innocence qu'il soupira cette réflexion :

— Je ne sais pas si tu as remarqué, dit-il de sa voix traînante, combien les propriétés foncières sont hors de prix en ce moment.

« La salope ! songea Amourdedieu. La Marie Torte avait raison : elle lui aura mis le parti en main ! »

Il fit un bref écart de cheval alarmé car il sentait contre lui la chaleur de son commensal et elle lui était désagréable comme s'il eût été avec lui dans le lit de Clorinde. Mais ce n'était pas le moment de donner libre cours à son humeur. « Un caractère ça se refrène », se disait Amourdedieu pourtant peu accoutumé à se contraindre en rien. Le pied lui démangeait cependant et il ne cessait de l'agiter convulsivement sous la table. Toutefois on ne botte pas le cul d'un homme qui pèse sur le marché un poids égal au vôtre. Amourdedieu se borna à soupirer en prononçant ces simples mots :

— Je m'en aperçois tous les jours, dit-il.

La phrase anodine de Roderlans lui permettait d'amorcer son plan et l'ombre tournait à la nuit, qui empêchait les passants de lire sur ses lèvres des mots irréparables.

— Je ne te cacherai pas, dit-il, qu'en ce moment, j'aurais plutôt besoin de cinq mille louis que d'un lit pour me coucher.

— Cinq mille louis ! s'exclama Roderlans.

L'ombre lui était propice. Son exclamation pouvait passer pour de l'étonnement. En réalité c'était un cri de joie.

« A moi, se disait-il, elle ne m'en a demandé que quatre mille ! Elle m'aime donc ! »

Il se tourna presque complètement vers son ami d'enfance pour lui dire :

— Mais pourquoi diable aurais-tu besoin de cinq mille louis ?

Amourdedieu haussa les épaules. En plusieurs nuits de méditation solitaire, il avait eu le temps de fignoler son histoire.

— Le propriétaire de la Ponsonne vient de se tirer un coup de pistolet dans la tête parce que son fils jouait aux cartes et qu'il lui a tout perdu.

— La Ponsonne ? dit Roderlans, c'est près d'Orange ça ?

— Oui. Dans la grave. Un vin superbe. Le domaine est à vendre pour une bouchée de pain. Six hectares de vin des Papes. Dix-huit tonneaux en chêne tout neufs qui venaient à peine d'être livrés. Une récolte sur pied...

— Le tout pour cinq mille louis.

— Six mille ! dit Amourdedieu par amour-propre. Les mille premiers, en me privant de tout, je peux les aligner. Mais le reste...

Il se passa la main sur la pomme d'Adam en faisant mine de se la trancher.

— J'ai trop de frais ! gémit-il. Trente moissonneurs à payer comptant. Et leur nourriture !

— Vends ton blé d'avance ! dit Roderlans paisible et philosophe.

— C'est ça ! Pour y perdre un tiers au moins ! Il faut attendre. Il y a une expédition coloniale sur le feu. L'armée pousse à la roue. Si ça se confirme, en novembre, le blé prendra un ou deux points du quintal.

— Alors attends ! dit Roderlans de bon conseil.

C'était exactement ce que Clorinde avait dit le jour même à Amourdedieu lorsque celui-ci lui avait servi les mêmes arguments pour ne pas puiser dans son capital.

— Alors attendez, mon ami !

— Il y a, dit Amourdedieu, un moulinier d'Aubenas qui a envie de jouer au vigneron. Il va sauter dessus. Non ça ne peut pas attendre.

— Qu'est-ce que tu vas encore te charger d'un souci pareil ! s'exclama Roderlans. Tu ne pourras pas y aller ! Tu seras obligé de tout faire faire ! Tu te feras voler !

— Je veux avoir des ceps de vigne ! grogna Amourdedieu.

Il pensait furieusement à la gorge de Clorinde dont il venait d'évoquer l'éblouissante blancheur.

— Je veux voir, poursuivit-il, bouillir le vin dans les tonneaux. Ici c'est mauvais pour la vigne. C'est juste bon pour le blé et la pomme de terre.

— Eh oui mais que veux-tu ? Puisque tu ne les as pas ces cinq mille louis.

— Eh non ! C'est bien pourquoi je t'en parle !

Roderlans commença à s'agiter sur son fauteuil paillé comme s'il était assis sur une chaufferette.

— C'est bien pourquoi je t'en parle ! répéta Amourdedieu.

Mais il avait affaire à un homme heureux qui savourait encore sa bonne surprise : « A moi elle ne m'a demandé que quatre mille louis ! » se répétait-il. Il était au comble du bien-être. Et c'était par système qu'il se tortillait sur son siège.

— Je t'entends bien ! s'exclama-t-il. Mais moi que veux-tu...

— Enfin ! coupa Amourdedieu. Tu me connais que diable ! A quoi ça servirait alors d'être camarades de communion ? Que tu aies été garçon d'honneur à mon mariage avec ma pauvre défunte ?

Roderlans leva le doigt.

— Servane ! dit-il.

— Quoi Servane ?

— Tu connais ma situation. C'est elle qui tient les cordons de la bourse.

Il n'en avait jamais éprouvé tant d'aise. Amourdedieu haussa les épaules.

— Servane est trop avisée pour refuser un bon placement ! Et j'en suis un. Tiens ! Je vous fais un intérêt de huit si tu veux...

Mais Roderlans ne cessait pas d'être dubitatif et de hocher la tête.

— De neuf tiens ! si tu veux. Et pour te prouver ma confiance, je te signe une hypothèque sur ma terre des Signores qui jouxte La Chevillonne !

A ces mots, Roderlans s'accrocha un peu au guéridon de marbre.

Ah maudit amour ! En leurs nuits paisibles et stériles, il était arrivé bien des fois à Servane et à Roderlans de se faire tendresse en imaginant qu'Amourdedieu leur vendait sa terre des Signores, ce qui aurait fait de La Chevillonne un de ces quadrilatères parfaits dont rêvent tous les insatiables ; ou que, par quelque subterfuge, elle leur tombait toute rôtie entre les bras. Et voici qu'il fallait en refuser l'aubaine parce que l'amour poignait le cœur de Roderlans lequel leva les bras au ciel.

— Parlons pas, Philémon, d'hypothèque ! Entre nous alors ! S'il n'y avait pas Servane... Seulement alors il y a Servane !

Amourdedieu se leva.

— Bon ! dit-il. Je vois que je ne peux pas compter sur toi pour avancer mes affaires. J'irai donc moi-même plaider ma cause auprès de Servane. J'irai dans huit jours, les moissons seront terminées.

Il avait hâte de quitter son ami d'enfance. Il l'avait senti vaciller quand il avait parlé des Signores. Emporté par la passion il avait avancé un pion de trop. Il serait joli si Servane acceptait l'hypothèque ! Il ne voulait absolument pas contribuer au quadrilatère des Roderlans, lui-même souffrait assez que son domaine fût tout biscornu et semblable sur le cadastre à un pantalon rapiécé.

Heureusement, la voix traînante de Roderlans s'élevait dans la nuit :

— Ne lui parle pas, disait-il, des Signores. Ça la fâcherait que tu puisses imaginer que nous n'avons pas confiance. Ce serait le meilleur moyen pour qu'elle refuse.

Il se disait qu'au contraire Servane ne pourrait jamais résister à un pareil argument.

— Entendu ! dit Amourdedieu soulagé. Je ne lui en parlerai pas.

Il tendit la main à Roderlans pour voir si celui-ci aurait le front de la prendre après les paroles qu'en même temps il prononçait :

— J'irai jusqu'à onze ! annonça-t-il. Onze pour cent ! Et ça tu peux le lui dire !

« Onze pour cent ! songea Roderlans atterré. A ça non plus Servane ne pourra pas résister ! »

La nuit à Terrebelle fut pleine de surprises. Agnès ne vint pas au rendez-vous sur le muret du jardin, sous les bignonias bénisseurs où elle aimait à se bercer d'illusions contre son chaste galant. Elle avait calculé que cette absence était le meilleur moyen d'effacer du souvenir de Jean Berne le portrait dessiné au tableau noir de son atelier.

Sa mère lui répétait souvent que ce qui faisait la valeur des écus c'était leur rareté.

« Il prétend toujours, se dit-elle, que je suis la prunelle de ses yeux. Je m'en vais le priver de regard pendant quelques jours, ça lui apprendra à faire des portraits ! »

Jean Berne attendit jusqu'à onze heures de relevée dans les transes les plus vives. La croisée d'Agnès était obscure. Nulle lueur ne perçait à travers les persiennes. Il pensa commettre la folie de grimper par le tuyau de descente pour aller frapper au volet mais l'affaire était périlleuse et risquait de rendre irrémédiable cette bouderie peut-être passagère.

Il y renonça donc mais trop bouleversé pour aller dormir, il songea à profiter de ces temps de moissons, les seuls jours de l'année où, à cause du sommeil des maris écrasés par dix heures de fauchaison et la perspective de recommencer le lendemain, on pouvait utiliser les *taffanari* sans danger. Ces taffanari, c'étaient à l'arrière des maisons bourgeoises des grilles rébarbatives dont la base s'évasait en une sorte de coloquinte à large cambrure destinée à déposer des paniers au frais, hors de portée des chats errants. Ils commandaient des croisées à mi-hauteur entre le sol de la rue et le palier surélevé des maisons. Ils éclairaient en général les dépenses, les cuisines ou les profonds corridors. Ils permettaient de garder l'été les fenêtres ouvertes même la nuit sur le courant d'air. C'était là toute leur utilité.

On ne savait qui, on ne savait quand, avait imaginé d'utiliser ces berceaux pour y faire l'amour à l'insu des maris. Ça réclamait beaucoup de constance de la part des amants car il fallait se suspendre par les bras pendant toute la durée du déduit à de méchants barreaux à section carrée, ce qui faisait reculer bien des braves. La mode en perdurait cependant et il y avait dans tout Terrebelle, à l'ombre des impasses et des courettes, des taffanari aux gigantesques courbes que seules des déesses eussent pu combler, lesquels n'étaient sortis pourtant que de l'imagination de forgerons poètes.

Quoique la tête pleine d'Agnès, mais aussi de Clorinde, Jean Berne sur le pavé sonore se hâtait néanmoins vers le taffanari consolateur.

C'était au plus obscur d'un courtil qui sentait le puits comblé sur d'inavouables profondeurs et le pipi de chat. Jean Berne ne voyait même pas sa main étendue devant lui à la recherche tâtonnante du mur, mais il avait telle habitude des lieux qu'il toucha tout de suite la grille du taffanari. Il s'y suspendit sans effort comme quelqu'un de bien entraîné. Passant la tête entre les fers croisés il siffla mezza voce vers les profondeurs des aîtres. On devait l'attendre en retenant son souffle car aussitôt une porte grinça discrètement au lointain et Jean Berne entendit un pas menu qui trottait vers le taffanari d'amour. Toujours suspendu aux barreaux, la tête à la hauteur du croisillon, il esquissa un large sourire et reçut au même instant à travers la figure le contenu d'un seau d'eau glacée récemment tirée du puits à son intention. Il s'affala sur les pavés, trempé et suffoquant. Alors, une voix suave chuchota dans l'ombre du corridor :

— Va porter ça à ta cantatrice !

Le portrait avait donc fait le tour de Terrebelle et, songea Jean Berne amèrement, même les taffanari cette nuit ne lui seraient pas favorables.

Trempé, l'eau encore clapotant dans le tréfonds de ses culottes où elle tempérait ses ardeurs, il alla se consoler par un peu d'illusion autour de la folie de l'évêque où Clorinde, peut-être, pensait tout de même à lui. C'était un homme qui n'avait pas l'habitude du désespoir, il le souffrait comme une maladie.

Mais alors qu'il levait timidement les yeux vers les volets de Clorinde, aussi dépourvus d'expression que ceux d'Agnès, il vit passer rëveur sous les tilleuls — et comment ce tonitruant et gesticulant personnage pouvait-il jamais avoir l'air rêveur ? — Bourillon la Foudre qui lui aussi épiait ce paradis interdit : la chambre de la cantatrice. Et à peine Bourillon venait-il de s'évanouir sous l'ombre des arbres qu'apparut au clair de lune la silhouette de Roderlans lequel tourné vers la façade charmante de la folie ôtait posément son lorgnon comme pour mieux la contempler.

« A son âge ! » songea Jean Berne ironiquement. Il en voulut à Clorinde d'attirer tant d'amants résolus. « Les sentiers de l'amour sont fort encombrés ! » se dit-il tristement.

Il ne lui restait plus qu'à aller prouver sa fidélité à Agnès en demeurant assis à l'attendre jusqu'au matin s'il le fallait, quitte à attraper la mort sur la pierre froide du mur. Il approchait du cabinet aux bignonias lorsqu'il entendit une musique grêle qui s'efforçait à la sérénade. C'était Simon David qui composait de très belles déclarations à la cruelle Agnès. Jean Berne le reconnut, assis sur son sarcophage, au tromblon haute forme qui lui servait d'enseigne parfois sur les foires et qu'il avait le malheur de trouver seyant.

« Allons ! se dit Jean Berne. Tous les fanfarons d'amour sont dehors cette nuit ! » L'espèce devenait si commune qu'il sentit le désir l'abandonner puisqu'il était si abondamment partagé.

Sur ces passions qui se croisaient et s'exacerbaient planait le mystérieux chuchotis de prières qui montait des cloîtres évasés vers le ciel. Cependant, sous le souffle d'un vent léger, derrière les croisées béantes à cause de la nuit torride, les alcôves résonnaient soudain de cris de souffrance. C'étaient les moissonneurs qui se tournaient sur leurs reins meurtris, ne sachant comment les apprivoiser au sommeil.

Amourdedieu avait dit « dans huit jours ». Il y fut le surlendemain. C'était un lundi. Chaque lundi, Roderlans partait à cheval pour La Chevillonne où il donnait conseil au maçon au sujet d'une gloriette qu'on lui bâtissait à prix d'or. L'adjonction d'une gloriette à leur domaine avait en effet paru à Servane ce comble de l'inutilité qui sied aux fortunes bien assises et les rend populaires aux miséreux.

Le plan d'Amourdedieu était né absolument brut dans son imagination sans nuances. Dès que la Marie Torte lui avait révélé que Roderlans se posait en rival auprès de Clorinde, il s'était dit qu'il y avait là matière à réfléchir. « Si Servane apprend ça, s'était-il dit, elle est foutue de faire fortune à part. Ça le priverait de la moitié de ses aises. Or, je le connais mon Roderlans, c'est un homme qui mange et qui ne boit que du bordeaux. Il aime tenir table ouverte chez Guiou. Pour un peu, il aurait des ambitions politiques. Il dépense pour cent francs par mois de cravate chez la Marie Garcin. La moitié de ses aises perdues, ça le mènerait au tombeau. »

Fort de cette analyse sommaire, Amourdedieu avait imaginé, comme la chose la plus simple du monde, d'emprunter à Roderlans la somme exigée par le caprice de Clorinde quitte, si l'antiquaire le sommait de rembourser sa dette, à le menacer de dévoiler le pot aux roses à Servane. D'après lui, c'était le chemin le plus droit pour obtenir de nouveau Clorinde sans bourse délier. Les avares ont de ces lueurs infaillibles sur le tréfonds de l'âme humaine. Amourdedieu savait avoir affaire à un caractère entier. « Je vais jouer sur le velours, se disait-il. Même la perte de cent mille francs ne fera pas se résigner Servane à voir traîner au prétoire ses secrets d'alcôve. Elle préférera les perdre plutôt que de me poursuivre. Bien sûr j'aurai aussi perdu son amitié. Mais j'aurai sauvé cent mille francs ! »

Il supportait allégrement et sans faiblir la bassesse de ses calculs et ce matin-là, cheminant par les rues bruissantes d'eaux courantes, il voyait le ciel amoureux ouvert devant lui.

L'aigle à deux têtes convenablement étrillé avait repris sa place au-dessus de l'imposte et plongeait son absurde double regard sur le monde d'en bas.

Servane intriguée sur le pas de la porte voyait s'avancer vers elle un Amourdedieu endimanché et chapeau bas. Ils se trouvèrent face à face et seuls, le cœur un peu battant.

Quand ils avaient onze ans tous les deux et jouant aux cachettes, ils s'étaient un jour serré les mains derrière une meule de paille. Ils arboraient déjà ces étroits visages sérieux ni beaux ni laids qui font les êtres raisonnables créés et mis au monde pour gagner de l'argent comme sans y prendre garde et pour le conserver. Déjà, ils s'étaient reconnus. Mais la mère de Servane était tombée roide amoureuse de Roderlans, jeune homme un peu mou que sa ravissante mère enjolivait à plaisir de drap bleu, moustaches frisées, souliers à boucles et jabot de malines. Servane n'avait osé dire non.

Quand ils se virent ainsi face à face dans la pénombre du capharnaüm, ils furent sur le point de se faire la déclaration qu'ils avaient différée étant enfants.

— Il doit y avoir... trente ans, dit Servane, que nous ne nous sommes trouvés seuls tous les deux.

— Oh ! bien ! dit Amourdedieu en hochant la tête. On se voit bien sûr mais...

Non, ils ne se voyaient pas : ni sur le seuil lorsqu'il était arrivé ni dans la lumière bien tempérée qui régnait entre les meubles. Pour se voir, il fallut qu'elle l'invite à rentrer au bureau, où, dit-elle, ils seraient mieux pour causer.

Là, cerné par de l'argent martelé, se dressait un miroir sombre qui tenait tout un panneau. Il avait été arraché aux lambris vermoulus d'un palais vénitien. Ce miroir ambigu comme un clair de lune leur retournait leur image et ce qu'ils n'avaient pu distinguer d'eux tout à l'heure face à face sans le secours d'un truchement, quand leurs cœurs avaient battu l'un pour l'autre, cette glace semblable à la surface d'un marais le leur révélait maintenant crûment, méchamment. Allons ! Ils n'étaient pas faits pour un autre destin qui aurait pu naître entre eux dès l'instant présent. Il ne leur restait plus qu'à se contenter d'être eux-mêmes.

— Je passais, dit Amourdedieu, alors je suis venu vous demander un peu conseil.

— J'en suis flattée, dit Servane, vous auriez dû venir plus souvent...

Elle avait encore envie de laisser parler son cœur quand elle quittait des yeux le reflet d'elle-même que lui présentait le miroir.

— Notez bien... J'en ai touché deux mots à Telmon, mais il m'a renvoyé à vous.

— Il a bien fait ! s'exclama Servane. Il sait que je suis de bon conseil !

En ce peu de répliques, elle avait compris qu'il s'agissait d'argent et, en examinant son vis-à-vis à la dérobée des pieds à la tête, elle comprit aussi qu'il s'agissait d'amour. « C'est un homme déchiré, se dit-elle, voyons un peu ce qu'il va inventer. »

Il était arrivé chargé à bout de bras d'un cabas négligemment balancé comme s'il allait faire des emplettes et qu'il avait déposé à ses pieds. Il en tira deux bouteilles dissimulées sous du papier couleur parme qu'il fit tenir debout sur le grand buvard du secrétaire. Il les démaillota avec précaution.

— S'il n'était pas si tôt dans la matinée, dit-il, je vous convierais bien, ma chère Servane, à goûter ce qui fait l'amertume de mes regrets.

— Du châteauneuf ! s'exclama Servane. Le vin des papes !

— Six hectares ! soupira Amourdedieu. En déshérence ! A portée de la main !

Il lui conta l'histoire qu'il avait imaginée pour Roderlans en l'enjolivant de quelques détails propres, croyait-il, à attendrir l'âme de Servane.

« Comme il invente bien, se disait-elle. Ce serait un bonheur de se laisser abuser par lui ! »

Hélas, par le biais de Mme Miane, sa servante, qui savait tout et déchiffrait sans peine l'âme humaine, Servane était au courant de la partie qui se jouait entre Clorinde et Amourdedieu.

— Et combien coûte cette déshérence ? demanda-t-elle lorsqu'il fut à court d'arguments.

— Cinq mille louis..., souffla Amourdedieu comme un aveu honteux.

Servane laissa s'écouler quelques secondes avant de dire sans émotion :

— Mâtin !

Elle se leva et tourna le dos à son hôte pour aller appeler au pied de l'escalier qui conduisait à l'appartement. Amourdedieu suivait sa démarche majestueuse quoique un peu guindée à travers le magasin. L'idée le traversa mais il ne s'y arrêta pas que peut- être, sous la roideur de ses jupes, Servane dissimulait les mêmes trésors que Clorinde et qu'elle, du moins, n'avait pas besoin d'argent. Mais le refus que lui opposait la cantatrice la rendait comparable à nulle autre et Servane lui parut sans attraits. Celle-ci revenait d'ailleurs, un sourire un peu crispé aux lèvres mais les mains encombrées de deux verres à pied et d'un tire-bouchon.

— Il est moins tôt que vous ne pensez, mon cher Philémon ! Et pour goûter ce capiteux corps du délit il n'y a pas d'heure !

Il vit dans cette invite un encouragement à poursuivre. Ils burent avec tendresse et compétence, perdirent deux minutes à faire des mots sur ce vin capiteux, ayant choqué leurs verres et les yeux dans les yeux. Quand la cérémonie permit quelque pause :

— Et, demanda Servane doucement, ces cinq mille louis vous ne les avez pas ?

— Eh non ! Pas pour le moment ! confessa Amourdedieu. Mais comme je l'ai dit à Telmon, à celui qui me les prêterait, je suis prêt à faire un intérêt de douze.

Servane écarta les mains.

— Malheureusement, dit-elle, nous en ce moment, c'est pareil. Le toit de La Chevillonne prend l'eau, il va falloir le refaire entièrement et...

Amourdedieu vit le ciel se refermer. Il n'y avait personne d'autre à Terrebelle qui puisse disposer d'un coup de cinq mille louis.

— Je suis prêt à faire un intérêt de treize ! s'entendit-il proférer.

— Quatorze ! avança Servane en clappant de la langue sur le bon vin. Treize, ça porte malheur.

Elle l'observait sans pitié qui se tortillait sous l'aiguillon conjugué de l'avarice et de l'amour. Elle lui faisait payer d'un coup le malheur qu'ils ne se fussent pas aimés voici trente ans. Elle se croyait assez forte pour se venger de le savoir en aimer une autre.

— Soit ! dit Amourdedieu. Quatorze !

Il venait de se souvenir opportunément qu'il tenait le moyen de ne jamais rembourser un sou, néanmoins il frissonna à l'énoncé du taux qui, le cas échéant, risquait de le mettre sur la paille.

« Comme il l'aime ! » se dit Servane amèrement. Elle fit de nouveau clapper sa langue sur une dernière gorgée de vin mais, cette fois, elle secoua la tête comme si décidément elle ne le trouvait pas bon.

— Malheureusement, dit-elle, le toit de La Chevillonne...

Amourdedieu qui avait cru happer le bonheur retomba du pinacle qu'il s'efforçait d'atteindre à force de sacrifices. Les piliers de son caractère lui firent soudain défaut. Il était pieds et poings liés devant la vision de Clorinde nue entre ses bras.

« Tant pis pour l'orgueil de Servane, se dit-il, contre quoi Telmon m'a mis en garde. Et tant pis pour ma terre des Signores. Il ne se passera pas un samedi de plus sans que je puisse appuyer mes mains sur les hanches de Clorinde ! »

— Je suis prêt, dit-il, à tous les sacrifices pour goûter un jour à mon vin des papes ! Et voyez-vous, Servane, s'il ne tient qu'à hypothéquer ma terre des Signores qui jouxte La Chevillonne, eh bien j'y consens ! Tant pis !

Elle se mit debout comme hors d'elle, comme si elle allait l'éconduire brutalement.

« — Je suis allé trop loin ! se dit Amourdedieu. Elle a cru que j'imaginais qu'elle ne faisait pas confiance à mon honnêteté ! Roderlans avait raison : son orgueil s'est cabré. »

En vérité, au seul mot de « Signores », Servane s'était jetée en avant comme si cette terre tant convoitée était là, devant elle, prête si elle n'y mettait tout de suite la main dessus à s'envoler comme un papillon.

« A quatorze pour cent, se disait-elle, et avec les folies que sa particulière lui fera encore faire, il ne pourra jamais rembourser. Cinq mille louis pour les Signores, soit. Mais le voici enfin, notre quadrilatère ! »

Elle vit, comme matérialisé sur le cadastre, ce rectangle arrogant que pourrait devenir La Chevillonne.

— Cochon qui s'en dédit ! s'écria-t-elle.

Elle tendit franchement la main à Amourdedieu qui s'en saisit avidement. Clorinde se rapprochait de lui à vue d'œil.

— Mais ! objecta Servane. Donnez-moi huit jours, mon cher Philémon. Le temps de convaincre Telmon et de réunir les fonds.

Elle poussa un petit soupir.

— Cinq mille louis, c'est une somme tout de même.

Allons, ce ne serait pas encore ce samedi que Clorinde ouvrirait ses bras à Amourdedieu.

— Ne tardez pas trop, dit-il d'une petite voix, l'affaire presse.

— Huit jours ! reprocha Servane. Ce n'est pas si long après tout !

Elle lui jeta un bref regard de regret.

— Vous penserez à moi ce temps durant, dit-elle

Le dîner chez les Roderlans était toujours une cérémonie rituelle. A midi on mangeait sur la *banque*, au magasin, comme tous les commerçants de la ville afin de ne pas perdre une seule pratique passant par là par hasard. Mais le soir la nappe était damassée comme les serviettes des convives et Mme Miane, que Servane appelait Augusta, mettait le tablier brodé et le bonnet de soubrette. Le palefrenier se tenait au garde-à-vous dans la pénombre, en gants blancs et gilet rayé jaune et noir, prêt à jouer du tire-bouchon lorsqu'il en était besoin. Ainsi on était dans cette maison rassurés sur l'éternité du bonheur et la légitimité de la fortune. Le silence aussi régnait religieux, la chère toujours délicate méritant cet hommage.

Pourtant, ce soir-là, Agnès chipotait de la fourchette pour écarter de sa volaille les émincés d'une truffe trop persillée à son goût. Elle hésitait à poser la question qui lui brûlait les lèvres, tant sa mère était à cheval sur le principe du silence à table. Mais Agnès était fort en peine à cause du dessin aperçu l'autre jour chez Jean Berne, au tableau noir de l'alambic. A force d'y réfléchir elle croyait bien qu'il s'agissait de cette horrible femme dont s'entretenait la légende par les rues de Terrebelle, de porte à porte, de fenêtre à fenêtre, avec une jubilation scandalisée qui secouait heureusement la torpeur de chacun. Elle n'y tint plus.

— Maman, dit-elle à voix basse et sans lever les yeux de son assiette, à quoi pensez-vous que ça pourrait être utile, une cantatrice ?

Servane, le buste bien droit, porta sa serviette à ses lèvres pour les tamponner. Elle attendit posément d'avoir avalé sa bouchée avant de répondre :

— A rien, ma chère enfant, absolument à rien ! N'en doutez pas !

Roderlans impuissant assista à cette exécution sans mot dire. La robe bleu nuit semée d'étoiles et transparente se balançait pourtant devant son souvenir sur des hanches divines. Son extrême prudence eut toutes les peines du monde à refréner les élans de son âme chevaleresque. Mais il se vengea presque aussitôt.

— Augusta ! commanda-t-il, dès la nappe balayée de ses miettes, apportez-moi donc mon banon !

Il aimait cette sorte de tomme odorante pliée dans des feuilles de châtaignier mais Agnès n'en supportant pas l'odeur, Servane n'autorisait son mari à y goûter que lors des fêtes carillonnées. Le reste du temps, il en mangeait en cachette. Néanmoins ce soir-là, Augusta ne recevant pas de contrordre obéit sans broncher.

— Et l'assiette à fond turquoise ! précisa Roderlans. Vous savez que je ne puis déguster cette pièce de choix que dans cette assiette spéciale !

— Vous pourriez vous dispenser d'infliger cette horreur à votre fille ! reprocha Servane.

— Agnès, ça vous gêne ?

— Pas du tout, père.

Mais elle ne fut pas longtemps stoïque ; le banon levait devant ses yeux trop d'images effarouchantes. Se levant de table, elle s'excusa de devoir regagner sa chambre.

— Ce fromage délicieux était surtout destiné à faire fuir Agnès. Comme vous ne vous décidiez pas à l'envoyer au lit, j'ai employé ce moyen.

— Vous n'avez aucune considération pour votre fille !

— J'ai toutes celles qu'elle mérite mais je préfère la tenir à l'écart de certaines turpitudes. N'est-ce pas votre avis ?

— Je vous entends ! Vous voulez me parler de l'affaire Amourdedieu.

— Nous n'en avons guère eu le temps depuis que vous m'avez appris — oh succinctement ! — qu'il était venu solliciter notre aide.

— Je la lui ai presque promise.

— Fort bien. Mais il s'agit, je crois, de cent mille francs.

— C'est ce qu'il m'a dit vous avoir déjà dit, je crois.

— Sans doute ! Sans doute !

Roderlans choisissait un petit cigare dans son étui.

— Sans doute ! Sans doute ! répéta-t-il encore, penché sur une chandelle pour allumer son cigare. Seulement moi, je ne lui ai rien promis.

— Que voulez-vous, mon cher Telmon, je l'ai vu si désemparé l'autre matin.

— Il excelle à saisir cet air-là !

— C'est notre ami d'enfance et il est très solvable, ne l'oubliez pas !

— Naturellement vous n'avez pas cru à cette histoire de vignoble qu'il m'a, à moi aussi, péniblement racontée ?

— J'y ai d'autant plus facilement cru qu'il m'a apporté deux bouteilles de ce vin des papes qu'il convoite et que nous y avons goûté ensemble.

— Vous n'essayez pas de me dire que vous avez bu deux bouteilles de châteauneuf à dix heures du matin ?

— Une seulement ! L'autre est à votre disposition si vous voulez en tâter.

— Vous m'étonnez de plus en plus ! Je vous ai

connue moins crédule ! Vous n'allez quand même pas me dire que vous coupez dans cette histoire ?

— Hélas non ! Je n'ai plus assez de fraîcheur d'âme.

— Savez-vous pourquoi Philémon a besoin de cent mille francs ?

« A moi, se disait-il comme en leitmotiv, elle ne m'en a demandé que quatre-vingt mille ! »

— Bien sûr que je le sais, répondit Servane. C'est pour offrir une ferme Louis XIII à Mme Clorinde Viguier qui veut jouer à Trianon !

— Qui vous a appris cela ? demanda-t-il désarçonné.

— La rumeur publique. Je l'écoute quelquefois quand j'ai une minute. Ça prouve que la Marie Torte n'est pas aussi discrète qu'elle le prétend ou bien alors que nous avons les mêmes confidentes.

— Et vous accepteriez de prêter la main à cette sordide transaction ?

Elle leva sur lui des yeux soudain lavés de leur fatigue et rajeunis de vingt ans.

— Et que voyez-vous de sordide, mon ami, dans cet amour ?

— Mais il est illégal ! Ils ont quinze ans de différence ! Elle ne l'aime que pour son argent ! Elle l'épuise ! Vous n'allez tout de même pas, après avoir élevé votre enfant dans les principes les plus sacrés, vous poser en défenseur du concubinage ?

Servane attira vers elle sa corbeille à ouvrage et se mit à peloter de la laine, les yeux baissés.

— Les amours illégales, dit-elle, ne sont évidemment pas exemplaires, mais elles peuvent fort bien consoler de la vie ceux qui ont souffert de ses excès.

Telmon ôta son cigare de la bouche et considéra attentivement cette femme qui était la sienne depuis dix-huit ans.

— Amourdedieu et cette... particulière sont libres tous les deux, poursuivit Servane. S'ils sont heureux ensemble, je ne vois pas ce que nous pourrions y trouver à redire. Ils ont probablement assez souffert pour espérer une compensation.

— Mais d'où vous vient, demanda Roderlans étonné, cette intempestive indulgence pour l'amour ?

— De toujours ! Mais depuis que nous nous fréquentons, vous vous êtes toujours contenté de me connaître vaguement, de vous faire une idée de moi d'après mes conversations avec les clients dont il faut bien épouser les idées et les goûts puisque ce sont eux qui payent !

— Eh bien moi ! s'exclama Roderlans. Moi ! Cette histoire me choque ! Moi, je trouve ça immoral !

Mettant de l'emphase dans son indignation, il arpentait le salon en exécutant de larges gestes avec son cigare à bout de bras. Servane l'examinait pardessus ses lunettes danser le pas de la vertu outragée. Elle lui dit :

— Lorsque vous vous promenez sur le tapis de Perse, faites-moi la grâce d'éteindre votre cigare.

Il préféra se rasseoir.

— C'est ça ! Assoyez-vous. Vous serez mieux pour entendre ce que j'ai à vous dire : il m'a offert quatorze pour cent.

Elle n'osa tout de même lui avouer que c'était elle qui avait avancé ce chiffre.

Roderlans se remit debout.

— Quatorze pour cent ! s'exclama-t-il.

— Et, dit-elle, comme je continuais à hésiter, il m'a jeté sa terre des Signores à la figure.

— Les Signores ! souffla Roderlans.

Il s'appuya au pied-droit de la cheminée pour ne pas vaciller. « Il l'aime donc plus que tout au monde ! » se dit-il.

Jusqu'ici il avait considéré Clorinde comme un objet rare dont il se devait de meubler ses souvenirs, mais l'acharnement de son rival à se ruiner pour elle changeait les dimensions de son amour. Cependant il était cruellement déchiré et sans y être préparé, par la nécessité de choisir entre les élans de sa sensualité et son orgueil de propriétaire. S'il prêtait les cinq mille louis à Amourdedieu et que celui-ci ne puisse rembourser en temps utile, Roderlans perdait Clorinde mais il gagnait les Signores. Ce libre choix qui lui était laissé entre l'une et l'autre félicité mettait cet homme sans histoire et naturellement indécis en un cruel embarras. Servane, un pli d'ironie aux lèvres, l'observait se tasser dans son fauteuil sous le poids de ce dilemme. Elle sectionna d'un coup de dent le bout de laine qu'elle tenait entre ses doigts.

— Eh bien ! dit-elle. Le voici donc votre quadrilatère ! Vous avez assez soupiré après cette terre des Signores qui gâchait votre perspective.

— Il n'est pas sûr, avança Roderlans, que Philémon ne puisse nous rembourser l'hypothèque.

— Ça ! dit Servane. D'abord, cette cantatrice lui fera faire bien d'autres folies, n'en doutez pas, et ce sera toujours des folies pécuniaires. D'autre part, nous avons suffisamment de poids sur la place pour infléchir un peu le cours du destin. Rien n'est certain ! Mais il y a de fortes probabilités pour que l'affaire tourne à notre avantage !

Elle repoussa la corbeille à ouvrage et joignit ses doigts en regardant son mari.

— Eh bien, dit-elle, que décidez-vous ?

Il mit longtemps à répondre. Enfin, de sa voix traînante, il prononça :

— Je vais réfléchir. Je vais profondément réfléchir. Très longtemps... Très longtemps... Très longtemps...

Il n'en finissait pas de répéter ces mots en considérant fixement le plat à barbe en moustiers où se reflétaient les chandelles sur la hotte de la cheminée.

Quand Agnès, le dimanche suivant, croisa Clorinde allant à la messe, sous le clair-obscur de l'ombrelle que, de mauvaise grâce, la Marie Torte lui tenait haut levée, ses soupçons se changèrent en certitude. C'était bien cette femme de mauvaise vie dont un amoureux, peut-être transi, avait tracé le portrait de mémoire chez Jean Berne, sur l'ardoise de l'alambic.

On croit communément que les blondes aux yeux bleus sont sans défense contre le destin et que, sans héros pour les tirer de l'étreinte de l'hippogriffe, celui-ci n'en fera qu'une bouchée. On ne se méfie pas d'elles. On leur prête en toute occasion un bras secourable. Elles l'acceptent parfois, timidement. Enfin, il est plus facile à une blonde qu'à une brune de masquer son énergie et de laisser croire qu'elle marche les yeux baissés.

Agnès bénéficiait de la légende qui s'attache aux femmes de sa complexion, mais un seul trait la peindra tout entière : elle mangeait en cachette de ce bon fromage de Banon que son père aimait tant. Bien sûr, étant petite fille elle avait d'abord reculé horrifiée devant les fragrances de ce produit des terres hautes mais en grandissant, quoiqu'elle en fût maintenant friande, il ne lui avait pas paru utile de faire état de ce changement.

Quand on est fille unique, on a tout loisir d'observer ses parents et de façonner son attitude en fonction de leurs principaux défauts. Depuis longtemps Agnès connaissait le secret qui unissait son père et sa mère et qui était qu'ils ne s'aimaient pas. Mais, Dieu merci, sa lucidité pour l'instant ne passait pas ce seuil et il lui était bien entendu impossible de concevoir qu'ils pussent aimer chacun de son côté. C'est là une de ces horreurs que l'égoïsme des enfants a quelque mal à regarder en face. Agnès croyait que l'amour était venu au monde seulement depuis qu'elle l'avait inventé. Aussi ne l'envisageait-elle que pour elle et l'avait-elle confisqué. Comme elle avait par atavisme le sens de la propriété elle croyait que l'amour en était une.

Aussi fut-ce sans état d'âme qu'un beau soir, en robe d'organdi rose, ce qu'elle avait trouvé de plus candide, elle se dirigea résolument vers la folie qui abritait Clorinde.

La Marie Torte qui la vit la première fut frappée par la nouvelle beauté d'Agnès. On eût dit qu'à dix-sept ans elle avait déjà souffert et que la sombre tonalité du malheur avait souligné la mollesse indécise de son visage. Ainsi la jalousie raffermit les traits et donne du caractère. Néanmoins, la duègne ne se fiait pas à ce qu'elle voyait mais à ce que lui suggérait la robe d'organdi rose. Cette candeur ostensible Agnès l'avait affichée pour se désigner expressément à des fées comme la Marie Torte. Celle-ci en effet ne manqua pas de frissonner à l'idée que cette innocente créature allait être exposée à la promiscuité de la sulfureuse Clorinde. Elle étouffa un cri derrière la main qu'elle porta à sa bouche.

— Mon Dieu ! s'exclama-t-elle à voix basse. Que viens-tu faire ici ?

Elle fut suffoquée par la réponse au point de la citer encore dix ans plus tard lorsqu'elle racontait cette histoire.

— Me battre ! dit Agnès avec calme.

Sidérée par cette détermination, la Marie Torte s'écarta pour lui livrer passage sans réfléchir.

Clorinde faisait l'inventaire de ses dépenses pour le cas où Amourdedieu s'obstinerait à vouloir la réduire par la faim.

Quand elle se retourna alertée par la Marie Torte qui s'était exclamé un : « Madame ! » alarmé, elle vit sur son parquet cette fleur rose surgie d'on ne sait où mais qui ne baissait pas le front.

Agnès était une des sept blondes grand teint que comptait Terrebelle. On s'extasiait sur ce blond que d'aucuns prétendaient vénitien sans jamais avoir contemplé cette couleur ni Venise. On en parlait dans les courtils et sur les paliers, en attendant son tour aussi à l'épicerie Gardon ou à la boucherie Bourdin.

On n'aurait su dire quel air de famille enté sur quel détail la faisait identifier spontanément comme la fille de son père. Clorinde la reconnut sur-le-champ sans jamais l'avoir aperçue que de loin.

« Il n'aura quand même pas eu l'audace de me faire faire quelque commission par sa fille ? » se dit-elle.

Une pensée plus tendre lui vint toutefois à l'esprit.

« Ou bien me l'a-t-il envoyée comme un message pathétique. Afin de me dire : Regardez ce que j'étais à son âge. »

Mais il s'agissait là d'une première impression. Clorinde scrutait maintenant chez Agnès la glabelle haute levée qui communiquait sa désapprobation au regard bleu plus glacé que naïf.

« Elle sait tout ce que Terrebelle pense de toi, se dit Clorinde, et elle s'est inventé le regard qui convient pour exprimer le scandale que tu soulèves chez elle. »

Pourtant, ce n'était pas cela encore. Enhardie, entêtée, plutôt jeune que belle, Agnès portait sur ses joues les rougeurs de la colère.

« Elle sera précocement couperosée, se dit encore Clorinde, si elle exprime toujours ainsi le paroxysme de ses sentiments. Tu devrais l'en prévenir. »

Elle avait essuyé le regard d'assez de rivales passionnées pour savoir maintenant que c'était d'amour qu'Agnès venait lui parler.

— Madame ! dit Agnès en inclinant roidement la tête.

« Elle te dit madame mais c'est machinal ! Elle n'en pense pas un mot ! Il ne passe pas ! »

En ses ressources de théâtre, Clorinde conservait la maîtrise absolue de mouvement qui lui permettait de traverser les cinq mètres de parquet comme si elle accourait depuis le fond de la Galerie des Glaces. Cet art l'autorisait à exprimer longuement la joyeuse surprise et tous les signes de l'accueil le plus chaud.

— Que je suis aise de vous voir, ma chère enfant ! On m'a tant parlé de vous ! Mais je suppose vos parents peu désireux de vous voir fréquenter ma maison ?

— Je ne leur ai pas demandé la permission, dit Agnès.

Elle se tourna de trois quarts avec un instinct des convenances que Clorinde admira. Cette dérobade polie l'autorisait à ne pas voir la main que, du plus loin de son avance ravie, la cantatrice lui tendait.

— Je ne suis pas votre amie ! dit Agnès très vite.

— Ah bon ! s'exclama Clorinde feignant la surprise.

— Et si vous avez la bonté de faire sortir la nourrice d'Amourdedieu qui nous espionne, je vous expliquerai pourquoi.

— Oh oh ! dit la duègne. Ça ! tes parents le sauront !

— Sortez ! ordonna Clorinde calmement.

Elle fit de la main le geste de balayer la Marie Torte qui s'en alla le buste raide.

— Remettez-vous ! offrit Clorinde à Agnès. Vous êtes tout érubescente !

— C'est la colère ! s'exclama Agnès.

— Elle nuit à votre teint. Et c'est dommage car vous êtes très belle !

— Non ! cria Agnès. Vous êtes plus belle que moi !

Elle se leva car Clorinde était restée debout ce qui lui conférait un ascendant sur sa visiteuse assise.

— Mais, poursuivit Agnès, votre beauté ira déclinant tandis que la mienne s'épanouira !

— Vous êtes la logique même.

— Non : Je ne suis qu'une fille encore en tutelle ! Mais dites-vous bien que je suis prête à tout pour défendre mon amour.

— Fort bien ! Mais qui songe à vous le prendre ?

— Vous ! Il vous a dessinée sur le tableau noir de son alambic !

— Mon Dieu quelle horreur ! Moi ! En un lieu aussi trivial !

— Vous avez été dans d'autres qui l'étaient au moins autant !

— Oooh ! Si vous continuez sur ce ton, je vais vous faire jeter dehors par la Marie Torte. Elle n'en sera que trop contente ! Essayez donc d'appliquer les principes d'éducation que vous avez certainement reçus.

— Je les observe ! Mais il me paraît plus simple d'aller droit au but. J'ai horreur de la diplomatie. Je joue cartes sur table !

— Ah vous aussi ? Décidément c'est une manie dans votre famille !

Elle se tut mécontente de sa vivacité.

— Quoi ? demanda Agnès désarçonnée.

Clorinde joua de l'éventail qui traînait sur une table et qu'elle venait de déployer. Ce geste lui avait souvent servi pour rompre les chiens, écarter un amant trahi ou faire passer comme une muscade quelque réplique oubliée.

— Ecoutez, ma petite fille, dit-elle, au lieu de proférer des menaces indistinctes et de venir m'insulter chez moi, vous feriez mieux de vous asseoir et de m'expliquer clairement ce que vous avez à me reprocher. Alors ? Quel est l'objet de votre ressentiment ?

— Oh vous le savez bien !

— Je vous assure bien que non ! Exprimez-vous calmement et je vous promets beaucoup de patience.

— Vous n'en aurez pas besoin ! J'ai appris que vous vous faites faire votre portrait par mon fiancé et je vous l'interdis !

— Mais qui est ce fiancé ?

— Jean Berne, le bouilleur de cru.

— Mon Dieu ! s'exclama Clorinde.

Elle se plaqua fermement la main sur la bouche.

— Celui qui..., dit-elle.

Elle n'acheva pas sa phrase. De sa petite main elle esquissa sur son visage le geste d'allonger démesurément son nez et de le grossir exagérément. Elle qui n'avait jamais aimé que des amants aux faciès flamboyants ou tragiques, comment aurait-elle pu imaginer qu'une physionomie comique pût atteindre au même résultat chez une autre ?

— Ne faites pas semblant, dit Agnès, de croire que vous le trouvez laid !

— Mais il n'est pas laid, ma chère enfant ! Il porte à rire !

Pour essayer de lui prouver sa compassion, elle voulut saisir l'avant-bras d'Agnès, laquelle esquiva cette avance avec brusquerie, comme si un reptile tentait de l'approcher. Comme elle trouvait à Jean Berne le plus beau nez du monde, elle ne crut pas un instant qu'on pût le juger inconvenant.

« Elle veut te donner le change, se dit-elle. En réalité, elle l'aime ! »

Cependant le regard de Clorinde fixé sur le front buté d'Agnès se chargeait de pitié de minute en minute.

— Mais comment pouvez-vous ? dit-elle doucement. Mais comment pourrez-vous ? Mais il est impossible que vous soyez à ce point dépourvue de sens du comique ? Enfin ! Vous vous voyez condamnée à faire l'amour en riant tout le temps ?

Quoique la proie de mille appétits qui n'avaient pas encore de nom, Agnès vacilla sous la vision trop précise que cette image lui imposait. Elle se leva et tourna le dos pour s'en aller.

— Si vous faites votre profit de ce que je vais vous dire, reprit Clorinde d'une voix glaciale, vous ne serez pas venue en vain m'importuner. Et vous gagnerez dix ans sur la durée de vos illusions ! Ecoutez-moi bien, Agnès : cet homme a le nez aussi en berne que son nom ! Et vous m'insultez si vous croyez que je peux l'aimer !

— Il a bien fallu pourtant que vous posiez devant lui pour qu'il vous dessine ?

— Sans doute m'a-t-il croquée de mémoire.

Peut-être est-ce ma beauté *déclinante* qui l'aura frappé ? Si cela ne l'innocente pas à vos yeux, moi je ne suis pas responsable ! Je ne puis défendre aux hommes de me regarder !

— Je vous imagine mal, en effet, dans ce rôle.

D'un air de théâtre propre à la mortifier, Clorinde toisa Agnès des pieds à la tête et proféra :

— Mais ma parole ! Mais vous allez finir par me faire trouver quelque attrait au nez de votre amant !

— Ce n'est pas mon amant ! cria Agnès.

— Vous êtes donc doublement courageuse de venir ici me faire l'article pour lui ! D'autre part, vous avez tort de jouer cartes sur table. Supposez que j'aille raconter cette histoire de nez à votre mère.

— Ma mère est au courant ! mentit effrontément Agnès.

— Allons donc ! Un bouilleur de cru ! Il m'étonnerait fort que votre mère se contentât pour vous d'une si pauvre chère ! Non, vous êtes venue sans réfléchir, emportée par la passion. C'est pourquoi je vous excuse en partie.

Elle porta soudain la main gauche à son front comme si Agnès lui donnait la migraine.

— Mais de grâce ! gémit-elle. Maintenant que vous êtes certaine de mon innocence, retirez-vous ! Laissez-moi à mes pensées je vous prie !

Agnès se retrouva éconduite sans autre parole que de bonté et d'apaisement. La porte elle-même se referma sur elle doucement sans révéler chez celle qui la repoussait aucune manifestation d'humeur.

Le cœur d'Agnès battait la chamade. Elle venait pour la première fois de sa vie de faire preuve d'énergie et pensant à Jean Berne, elle se disait : « C'est une vertu de palefrenier ! Jamais je ne lui pardonnerai de m'y avoir contrainte ! »

— Jamais ! Jamais ! cria-t-elle en tapant du pied.

La Marie Torte qui l'entendit s'exclamer en frissonna de plaisir. « Avec celle-là, se dit-elle, la particulière n'a pas fini d'avoir du fil à retordre ! »

Elle alla sur-le-champ rendre compte à Amourdedieu de cette intéressante rencontre. Celui-ci pas plus qu'Agnès ne crut un instant que le nez proverbial de Jean Berne fût un obstacle à la curiosité de Clorinde. D'autant plus qu'en ce moment, par sa propre obstination, elle était privée d'amour. L'anxiété d'Amourdedieu qui avait déjà Roderlans pour objet redoubla en cette occasion. S'il n'avait pas été déjà au-delà de toute maigreur, il eût maigri encore. Les coups de pied au cul se mirent à pleuvoir sur tout un domestique sans défense. A la Marie Torte, elle-même, il en arriva un à l'improviste parce que cette servante dévouée lui représentait pour la centième fois qu'il devait chasser Clorinde de son esprit et se mettre à la recherche de quelque jeunesse féconde.

Agnès, comme Clorinde, se déroba à toute rencontre avec son amoureux et pour achever de le mettre en transes, certain soir que le pauvre Simon jouait de l'harmonica sous ses fenêtres, elle entrebâilla son volet sans bruit, comme une confidence, en le seul soupir d'un gond qui révéla cette connivence à Jean Berne mais pas à Simon David qu'elle savait trop éloigné pour en profiter.

Ce fut le temps aussi où, certaine nuit, Servane

secoua le bras de Roderlans qui venait de gémir : « Quatre mille louis ! » dans son sommeil agité.

— Réveillez-vous mon ami ! Vous êtes en train de faire un cauchemar !

C'était au contraire un rêve doré où la soie d'une robe bleu nuit se confondait avec la soie d'un corps voluptueux. Le réveil seul était douloureux.

Ainsi, sous l'aiguillon de la chair, sauf Servane trop raisonnable pour souffrir, tous les personnages de cette histoire pâtissaient d'amour à qui mieux mieux et ce n'était pas en vain que montaient vers le ciel les appels à miséricorde des couvents à ciel ouvert où chuchotaient les orants hiératiques qui se prétendaient sans passion.

Le jeudi suivant à cinq heures de nuit, Roderlans, lesté d'un sac de voyage en peau de chèvre, se trouva au carrefour de la Saunerie d'où partait la correspondance pour le courrier de Fronsac.

Souligné par les cris stridents des martinets devant les génoises, la ville bourdonnait déjà telle une ruche de cette rumeur des couvents qui reprenait énergie sur le fil du matin.

Ce départ matinal de Roderlans était le fruit d'une conversation entre Servane et ce marquis de Luynes si prompt à dégainer sa canne-épée. Faute de pouvoir lui vendre cette *Cestologie* mise en lieu sûr par son époux, elle avait longuement confessé sa pratique car elle flairait sous le paletot verdâtre l'un de ces hobereaux qui vendent les souvenirs de leur grandeur passée afin de subsister. Celui-ci était assez ruiné pour faire l'article à Servane à propos de tapisseries d'Aubusson racontant l'arrivée à Marseille et le sacre de Marie de Médicis dont les originaux avaient été peints par Rubens.

— Mon trisaïeul d'ailleurs, dit le marquis, tenait Rubens en piètre estime, le jugeant trop luxuriant.

Il avait entreposé avec désinvolture les cartons au fond de ses chais. Une nuit que le fleuve était en crue, nous les avons trouvés baignant dans deux mètres d'eau.

Servane à ces mots avait réprimé une exclamation d'horreur.

— Eh oui ! soupira le marquis. Sinon je ne serais pas là à vous marchander misérablement ces dépouilles opimes.

Il fallait s'assurer, avant de les acheter, si les tapisseries elles-mêmes n'avaient pas quelque jour baigné elles aussi dans quelque cave inondée.

A cinquante lieues à la ronde, partout où la ruine et la décadence minaient les fortunes, Roderlans accourait muni de son sac de voyage. Pour ces sortes d'affaires, Servane le munissait d'instructions détaillées et d'une convenable somme d'argent. Toutefois, il devait lui rendre un compte exact de ses dépenses et les justifier. Aussi, bien que porteur ce jour-là d'un beau matelas de billets, ceci n'avançait en rien son affaire d'amour.

Agnès lui donnait le bras et portait le sac. Elle allait embrasser son père et se retirer lorsque de l'ombre du portail surgit Clorinde majestueuse, suivie de la Marie Torte chargée du bagage. La cantatrice était aussi nette et aussi pimpante que le soir où elle arrosait ses fleurs. Mais cette fois, chaussée de bottes de voyage qui la préservaient des éclaboussures, elle n'avait pas besoin d'être portée et, d'ailleurs, le vent qui soufflait depuis trois jours avait desséché et dispersé le fumier du carrefour.

Il eût été ridicule de feindre ne pas se connaître.

Roderlans s'inclina chapeau bas et Clorinde répondit par un gracieux signe de tête puis elle se tourna lentement vers Agnès. Ses yeux sous le velours des sourcils ne pouvaient s'empêcher, en dépit de l'aversion que celle-ci lui manifestait, de rendre hommage à cette beauté blonde.

— Ma fille, dit Roderlans.

Clorinde laissa planer le silence quelques secondes.

— Nous nous sommes vues, dit-elle. Bonjour, mademoiselle.

— Bonjour, madame, dit Agnès.

« On eût dit deux épées qui se croisaient », dit plus tard la Marie Torte lorsqu'elle racontait cet épisode.

Agnès partie, Roderlans croyait bien partager seul la voiture avec Clorinde et pouvoir ainsi lui parler d'amour, mais Bourillon la Foudre apparut au dernier moment, la bedaine comparable aux tonneaux qu'il cerclait. C'était un compagnon mi-tonnelier mi-marchand de biens. Il ne se séparait jamais d'un portefeuille fait à sa mesure. Il le tenait attaché à sa ceinture par une châtelaine aux maillons épais comme ceux d'une chaîne de bagnard. Cette lourde servitude battait la chamade sur son embonpoint, proclamant à tout instant l'importance du compagnon.

« Tant mieux dans le fond, se dit Roderlans. Il me servira de faire-valoir. »

Serguières le maître de poste maugréa à sa vue :

— Je devrais vous faire payer double place, monsieur Bourillon.

— Pourquoi, Serguières ? Serait-ce à cause de

mon poids ou bien de mon importance sur le marché ?

— Non ! A cause de votre chaîne de portefeuille. Tous les manfators des grands chemins doivent en parler entre eux. Tout beau jour ils vous étendront roide mort, vous et tous vos compagnons de voyage.

— Oïe peut-être ! rigola Bourillon.

S'il était si énorme c'était aussi à cause de deux pistolets à pierre qui lui évasaient les hanches.

— Comme ce serait romantique ! dit Clorinde. Monsieur Roderlans, vous me défendriez n'est-ce pas ?

Il ne pouvait pas lui assurer devant tout le monde qu'il se ferait volontiers tuer pour elle mais il le pensa si fortement qu'elle en rougit de plaisir. Serguières qui rendait la monnaie aux passagers hocha la tête et raconta :

— Il n'y a pas trois mois que la malle de Gap a été attaquée dans la montée de Gyropée. Ils n'ont laissé que des morts et la seule voyageuse du courrier, ils l'ont violée quatre fois avant de l'éventrer. Leur sperme dégoulinait le long de ses boyaux.

Il étalait ces horreurs en regardant Clorinde bien en face.

« C'est ça qu'il voudrait te faire ! se dit-elle. Ma liberté les insulte tous ces esclaves ! »

— Oh quant à ça ! s'exclama-t-elle en riant.

Elle les laissa se méprendre sur le sens de sa phrase. Elle n'allait quand même pas relever ses jupes pour leur montrer ce fourreau en cuir d'alezan qu'un admirateur espagnol lui avait autrefois lui-même ceinturé autour des hanches. Elle appelait cela son « en-cas ». Comme un cilice délicieux ce fourreau lui battait doucement les cuisses lorsqu'elle marchait parmi les hommes. Il contenait une lame bien affilée dont jusque-là Clorinde n'avait eu que rarement l'emploi.

Elle s'installa en reine vis-à-vis les deux hommes. Il lui plaisait de les tenir en haleine. Elle enveloppait Roderlans d'un regard adorable qu'une fossette ironique tempérait cependant au coin de ses lèvres. Il ne fallait quand même pas lui laisser oublier qu'entre elle et lui quatre mille louis étaient toujours pendants. Hélas, le tonneau de Serguières encensait au long de la route les effluves de son chargement. Ça sentait les fromages, les charcuteries, les pieds. Pour comble de bonheur Bourillon la Foudre eut faim presque tout de suite et tira de son carnier de quoi faire bombance. Il offrit de tout à Clorinde et à Roderlans qui étendirent les mains devant eux pour refuser poliment.

Les œufs durs, la florentine, le saucisson d'âne, Bourillon les engloutit avec componction, en mastiquant posément. Il n'en était pas moins attentif à la beauté des choses. Par la fenêtre dont Clorinde avait abaissé la glace, il signalait de la pointe du couteau tel bosquet d'yeuses, nid à bandits de grands chemins, tel gîte aux abondantes hases, telle ferme opulente où l'on battait le blé, tel aspect du ciel où quelques nuages de tailles diverses faisaient l'escargot sur le vent nonchalant.

— Ils vont apprendre à pleuvoir ! dit Bourillon qui prédisait volontiers le temps.

Il y avait longtemps que sous les arômes divers qui l'assaillaient Clorinde n'était plus en état d'apprécier le paysage lorsqu'ils atteignirent l'étape.

— Conduisez-moi loin de ce rustre ! dit-elle. Je sens que je vais défaillir sous ses effluves !

Elle avait oublié apparemment les deux jambons qui se balançaient aux solives de ses dépenses et qui portaient la médaille de Bourillon. Heureusement le tonnelier n'allait pas plus loin. Dévisageant Clorinde à regret, il fit ses adieux en soupirant :

— Je suis devant vos appas, madame, comme l'enfant pauvre devant la vitrine du pâtissier !

Il n'avait pas été trop de ces trois lieues et de ce solide repas pour lui donner loisir d'élaborer ce compliment dans sa forme définitive. Tel quel, croyait-il, il était bien de nature à être longtemps retenu par sa dédicataire. Clorinde éclata de rire.

— Me voici plaisamment transformée en mille-feuille ! dit-elle.

Au loin, par la porte ouverte du relais, pétillait le feu sous le café matinal dont l'arôme arrivait jusqu'au carrefour. Clorinde en toute hâte entraîna Roderlans vers ce havre.

— Mon Dieu ! dit-elle en frissonnant. Comme les hommes sont donc différents les uns des autres !

Roderlans était aux anges et interprétait à son profit cette réflexion.

— Etes-vous toujours décidée, ma chère Clorinde, à me laisser espérer ?

— Rien ne s'y oppose, mon cher Roderlans. Toutefois ne tardez pas trop !

Elle secouait devant lui son index effilé pour le menacer gentiment de son impatience feinte. Roderlans goûtait un certain bonheur dans ce marivaudage mais le but où atteindre lui paraissait bien incertain encore.

— Quatre-vingt mille francs ! soupirait-il à voix basse.

— Le jeu n'en vaut-il pas la chandelle, mon cher Telmon ?

— Oh bien au-delà ! reconnut-il avec ferveur.

A La Garde-de-Dieu, c'était le nom de l'étape, l'auberge de roulage ponctuait le croisement des routes. Deux couvents qui ne payaient pas de mine s'étaient installés non loin d'elle — ou peut-être étaient-ils là bien avant — au ras des prairies à narcisses.

Ils étaient ainsi à portée des nouvelles que se transmettaient les voyageurs de qualité qui défilaient ici venant du monde entier. Ces routes allaient d'Italie en Hollande ou de Madrid jusqu'à la hanse de Lübeck. Il n'était pas rare d'y rencontrer quelque banquier allemand ou quelque armateur d'Amsterdam en sabots et bonnet de Maastricht.

En tout temps et dans toutes les directions, de précieux attelages tout sonnaillants de clochettes d'argent voituraient des prélats qui brassaient entre âme et conscience d'immenses affaires. Ils se drapaient dans le silence et la ténèbre mais parfois l'un d'eux donnait la pièce à quelque servante pour aller frapper à l'huis du plus proche couvent ou du plus éloigné. Il en sortait presque aussitôt quelque petit frère tout noir qui venait s'enquérir. Le prélat le recevait dans sa chambre, les deux pieds sur les chenets de l'âtre et distribuant sur le frère quelque distraite bénédiction. Il était constant qu'après ces entretiens les prières redoublaient dans ces couvents en faveur de quelque utile cause.

L'animation de ce lieu de rencontre où nul ne les connaissait permettait à Roderlans de goûter l'aubaine de cette solitude avec Clorinde. Il pouvait la caresser du regard en toute quiétude mais l'entretien dura peu. Clorinde n'allait pas à Fronsac où allait Roderlans. Elle partait tout simplement se promener à Aix où acheter quelques babioles. Il y avait les mêmes à Terrebelle — et peut-être à meilleur compte — mais il était politique de faire savoir à Amourdedieu qu'on avait les moyens d'aller les chercher beaucoup plus loin et plus chères.

Roderlans l'accompagna jusqu'au courrier qui venait d'arriver et répandait aussitôt une famille effervescente de Terrebellois qui changeaient de voiture pour regagner le pays après toute une journée passée à l'étranger. Ils fonçaient vers la malle de Serguières comme vers leur salut. Elle était pourtant à la bonne franquette, cette diligence toute grinçante. Elle était chargée jusqu'aux cieux de mues à barreaux où piaillaient quantité de poules, mais c'était *leur* voiture et qui allait les ramener à Terrebelle venant d'ailleurs où ils avaient tant souffert car, d'après eux, on souffrait partout au monde sauf à Terrebelle.

Clorinde et Roderlans se dissimulèrent sous une charmille jusqu'à ce que les cinq Terrebellois vociférants se fussent entassés dans l'omnibus de Serguières où enfin, rassurés, ils se tinrent cois.

— Quel dommage ! soupira l'antiquaire.

Car la charmille était un berceau d'ombre propice et Clorinde savait que Roderlans l'aimait.

— Mais, mon cher Telmon, ne regrettez rien, dit-elle, pour vous aussi jusqu'à nouvel ordre, je suis un millefeuille dans la vitrine du pâtissier.

— Hélas ! soupira Roderlans.

La correspondance d'Aix où Clorinde allait prendre place attendait sous un tilleul, comme à l'écart, de crainte de se commettre contre tout ce remue-ménage grossier que les chevaux de roulage brassaient autour de la fontaine dans la cour de l'auberge. C'était une vinaigrette d'un charmant vert pistache qui offrait à peine quatre ou cinq places, lesquelles coûtaient fort cher. Elle était pimpante comme ce matin d'été dont Roderlans eût voulu retarder la marche tant il sentait que dès le départ de Clorinde son éclat allait bientôt faner.

Ils allaient ainsi tous deux, Roderlans retardant la marche, lui dans son habit bleu ciel, elle dans une robe puce qui aurait pu l'éteindre si son port et son allure et l'éclat de sa chair où nulle souffrance n'avait jamais fait que glisser sans l'éroder, avaient pu le permettre.

Ils avaient parcouru la moitié du chemin qui les séparait de la vinaigrette lorsque surgit de l'ombre des platanes un voiturin plein d'arrogance que tirait un cheval noir. Il s'aligna sans bruit sur le courrier d'Aix et le cocher sauta à terre lestement pour ouvrir la portière.

De l'habitacle où il était seul surgit alors un personnage qui exécutait des tours de canne éblouissants tout en jaugeant avec une moue sans indulgence le monde où il allait descendre. Sa canne était un jonc malicieux qui sifflait dans l'air avec beaucoup d'allégresse. Elle s'équilibrait sur un pommeau à tête de sphinx qu'on avait fait briller comme si c'était de l'or. Le cocher du voiturin suivait chargé d'un bagage succinct fait d'un sac et d'un unique chapeau qu'il soutenait avec respect.

L'inconnu, lui, était nu-tête. Ses tempes, soulignées de côtelettes comme c'était la dernière mode à Paris, s'efforçaient, mais en vain, de remédier au caractère poupin du visage.

Avantagé par un habit bronze cannelle en drap léger, c'était un homme à la démarche rapide en dépit de son postérieur important. Il respirait la promptitude au plaisir quelle que fût son attitude. On l'eût dit toujours prêt à faire les mêmes cabrioles qu'il imprimait à sa canne. On sentait que le berceau de ses bras courts eût été bien trop petit pour appréhender toutes les surprises de la vie qu'il eût voulu y serrer. En dépit de quoi il était péremptoire dans toute son allure. Toutefois, il y avait toujours un peu de désarroi au fond de son regard aux aguets et ce qu'il devinait d'autrui et à quoi il se divertissait ne suffisait jamais à le dissiper. C'était du moins ce dont augurait Roderlans, bourgeois paisible et, par surcroît, bonnasse chrétien.

« Il se sent guetté par une mort prochaine, se disait-il, et j'ai tout lieu de croire qu'auparavant il tient à brûler la chandelle par les deux bouts. »

Lorsque le voyageur fut à trois mètres de Clorinde, il interrompit son pas brusquement et sa canne cessa de tournoyer. Il étendit le bras pour immobiliser aussi le cocher qui le suivait.

— Mon chapeau ! dit-il.

Il s'en coiffa ce qui rendit son visage comique. Mais aussitôt il le souleva largement en s'inclinant devant Clorinde.

— Madame, dit-il, je crois que nous nous sommes déjà rencontrés !

— Pas le moins du monde, monsieur ! dit-elle. Si tel était le cas, je m'en souviendrais.

Elle passa son chemin.

« Quelle arrogance ! se dit-elle. Dommage que nos routes se séparent. Voici exactement le type d'homme qu'il m'aurait plu de faire souffrir. Il en aurait certainement tiré profit. »

— Vous le connaissez ? demanda Roderlans.

— Pas le moins du monde ! répéta Clorinde. Mais lui m'aura peut-être vue. Sur quelque scène ! acheva-t-elle sarcastique.

Roderlans demeurait interdit devant cet inconnu. A peine s'aperçut-il que la voiture vert pistache emportait Clorinde laquelle lui faisait avec sa petite main un signe d'au revoir par la portière. Il n'avait d'yeux que pour l'équipage qui avait amené le voyageur. C'était là un homme dont le souvenir s'imposait bien au-delà de sa présence charnelle. Le voiturin dont il s'était extrait tout à l'heure repartait sans bruit comme si le souffle de l'inconnu l'habitait encore. Le cheval élégant dansait sur ses pinces qui ne soulevaient pas la poussière.

On eût dit qu'il avait de l'esprit. On eût dit que ni le cheval ni la voiture bleue n'appartenaient à la terre.

« Voyager en voiturin ! se dit Roderlans. Quelle preuve de goût ! »

Il revint rêveur vers l'auberge. A son corps défendant il avait hâte de revoir cet étranger. Celui-ci tournait en rond devant le feu, frappant dans ses mains et appelant l'hôtesse à cor et à cri. Il avait besoin de toutes sortes de choses et il les énumérait : de se laver les mains, d'uriner, de manger une omelette aux truffes, de boire un vin qui ne fût pas d'ici car, ajouta-t-il, on ne l'y reprendrait plus.

L'hôtesse accourue ne s'occupait plus que de lui, ayant délégué le menu fretin de sa clientèle à ses servantes et ne sachant comment satisfaire à tout.

Roderlans le contemplait avec un étonnement qui tempérait son regret d'avoir quitté Clorinde. Il n'avait jamais de sa vie rencontré telle espèce d'homme. Celui-ci était coquet et, nonobstant sa laideur, paraissait assez vain de sa personne. De dos, avec son gros derrière, il prêtait assez à rire mais sitôt qu'il faisait volte-face son regard et l'aspect de ses joues à fossettes autour de ses lèvres qui sinuaient sur un rictus de dérision vous cinglaient comme un coup de fouet, et l'on oubliait qu'il avait de courtes cuisses et qu'il se dandinait sur elles.

Lorsqu'il vit Roderlans, oubliant l'hôtesse, il s'immobilisa pour l'apostropher.

— Eh bien, monsieur, permettez-moi de vous féliciter. Vous voyagez avec une femme remarquable. Est-ce donc la vôtre ?

— Hélas non ! soupira Roderlans.

— Quel port ! Quel regard ! Quelle physionomie si pleine d'esprit ! Une femme dont on a l'impression qu'on l'a quelque jour, autrefois, serrée dans ses bras !

— Hélas ! répéta Roderlans.

L'inconnu hocha la tête.

— Vous en êtes amoureux, monsieur, dit-il. Est-ce qu'au moins elle vous traite bien ?

En toute autre circonstance, Roderlans se fût redressé d'un pied pour remettre l'insolent à sa place. Mais il se trouvait plein de regret et de mélancolie depuis que la voiture vert pistache avait emporté Clorinde.

— Hélas ! dit-il pour la troisième fois.

L'inconnu esquissa le geste de poser sa main compatissante sur l'épaule de l'antiquaire mais à cet instant un cor de postillon retentit à l'entrée de la cour. En une sorte de trombe qui fit piailler la volaille et hennir les chevaux qui buvaient à la fontaine, le courrier de Grenoble fit irruption devant l'auberge ; lourd, traîné par six chevaux écumants, il était à l'arrêt déjà que le postier de limonière s'époumonait encore méchamment dans le cornet de cuivre.

C'était la première voiture sérieuse qui s'arrêtait ici ce jour-là. Elle était obèse, large et solide. L'équipage tout en drap rouge passé au soleil en gonflait le ventre d'importance, autour des palefreniers qui changeaient les chevaux en toute hâte, ils jouaient à l'impatience et criaient au retard. Il y avait de la mauvaise humeur dans leurs gestes brusques, leurs voix acariâtres, leurs yeux aux pupilles étrécies. C'était que la voiture, ce jour, n'était pas pleine et coûtait plus cher qu'elle ne rapportait. Personne ne descendit du coche ventru et les postillons se mirent à faire l'article pour leur malle comme s'ils offraient une fille de joie, en désignant de leur fouet les ressorts robustes, les roues monumentales, le cuir repoussé des portières, rouges comme les livrées de l'équipage. Mais ils eurent beau faire, ils n'obtinrent rien d'autre de l'assistance que ces deux hommes de belle apparence qui se faisaient des politesses au montoir.

— Nous voyageons donc de conserve, monsieur ? demanda l'inconnu.

— Pressons ! Pressons ! dit le cocher.

— Et votre omelette ? cria l'hôtesse.

Elle l'apportait en toute hâte car une omelette aux truffes (quoique d'été) risquait de ne pas être réclamée de sitôt par quelque richard.

Le voyageur l'expédia en cinq sec à grands coups de fourchette, tout debout, appuyé contre le postillon qui lui tenait le montoir. L'hôtesse lui tendait le gobelet où elle avait mis du vin de Bordeaux. Il l'avala et paya presque en même temps.

Roderlans se trouva projeté sur la banquette de la diligence plus qu'on ne l'invita à y prendre place. La portière claqua sur les deux hommes alors que l'inconnu s'essuyait encore les lèvres du vin qu'il venait de boire.

— Quoique de Bordeaux, monsieur, ce vin était bouchonné ! dit-il.

Il n'y avait au fond de la grande berline que deux dames ennuyées qui avaient fait leur tout l'espace disponible en s'y étalant largement. Elles se garèrent le plus loin possible et avec ostentation de ces deux personnages rubiconds qui paraissaient avoir partie liée. L'inconnu leur accorda un regard de peu d'intérêt, elles n'en manquaient pas cependant, mais les deux hommes étaient encore tout fleuris par le sillage chatoyant dont Clorinde avait éclairé leur mémoire.

Par la transparence des vitres propres, le pays se pavanait paré de tous ses charmes. Des villages juchés sur les hauteurs avaient des clochers à tuiles de céramique verte et jaune qui scintillaient ; des chapelles rogatoires sur des éperons d'ocre rouge attendaient les processions qui n'allaient pas tarder car les pluies se faisaient rares ; des guirlandes de cyprès funèbres s'accordaient nonchalamment aux entassements de nuages qui s'élargissaient dans le ciel bleu. Il faisait beau.

Mais depuis qu'il traversait la Provence, une moue de dédain ne quittait pas les lèvres de cet inconnu distingué. Il avait laissé en Italie son amour des paysages et ne disposait plus que d'une âme moins heureuse pour apprécier ceux d'ici.

Pourtant parfois il avançait sa tête vers la portière et son gros derrière se déplaçait sur le siège. C'était qu'il avait aperçu quelque fermière poupine dans la basse-cour d'une ferme rapidement dépassée. Alors, il parlait pour lui seul :

— Quel dommage ! soupirait-il. Parfois l'on voudrait sauter de voiture et arrêter son destin ici ! Surgir devant l'une de ces créatures qui donnent du blé aux poules sans même prendre conscience qu'elles sont d'une cruelle beauté. Et qui, monsieur, je vous le demande, s'occupe de ces beautés ni même les reconnaît pour telles ?

En prononçant ces mots, tourné vers Roderlans, il le regardait bien en face et lui tenait fermement la cuisse quêtant sa réponse.

— Mais, monsieur, dit Roderlans, leur mari je suppose.

L'inconnu lâcha aussitôt la cuisse de son compagnon.

— Ah leur mari ! s'exclama-t-il dépité. C'est vrai ! Je n'y avais point songé. Mais vous, monsieur, savez-vous seulement, vous souvient-il si votre femme est laide ou jolie ?

Roderlans fut abasourdi par cette question. C'était vrai : savait-il seulement si Servane était laide ou jolie ? Savait-il seulement si *elle aussi* n'était pas atteinte du mal d'amour ? L'inconnu l'obligeait à soutenir son regard et par la suite il en usa souvent ainsi et pourtant, malgré ces multiples occasions de connaître les yeux de cet homme, Roderlans ne put jamais donner un nom à leur couleur.

— Non ! conclut l'inconnu. Vous ne le savez pas ! Et d'ailleurs si vous le saviez vous seriez-vous promené avec cet air de propriétaire au bras de cette altière personne que j'ai sûrement recontrée quelque part ?

Il parut se désintéresser de son compagnon et tira de son gousset un étui étincelant dont il extirpa un petit cigare qu'il alluma avec délices en battant longuement l'amadou. Les deux dames au fond de la malle firent entendre un murmure de scandale mais l'inconnu n'en eut cure.

Roderlans maintenant n'avait d'attention que pour l'étui. Son vieil instinct d'antiquaire venait de s'éveiller.

— Excusez-moi, dit l'inconnu, je vous en aurais bien offert un, mais l'autre soir, à Fronsac, j'ai quasiment épuisé ma provision à cause d'une odeur qui m'incommodait.

— Fronsac ? C'est là que je me rends.

— Eh bien, monsieur, ne descendez pas à l'hostellerie de la Louette ! Ma chambre y dominait le fleuve et son port minuscule et il régnait là une effroyable pestilence !

— Fronsac ? Vous m'étonnez ! C'est la ville des confiseurs. Son port insignifiant n'y reçoit que des oranges.

— Pour le coup, monsieur, il aura reçu autre chose.

Depuis qu'il fumait il s'était quelque peu détourné de son voisin afin de ne pas l'incommoder. Soudain alors il lui renvoya de face une grande bouffée de fumée. Il ôta de sa bouche son cigare italien et il dit :

— Savez-vous, monsieur, ce que c'est qu'un cachalot ?

— Sans doute, monsieur ! Depuis peu mais je le sais ! répondit Roderlans estomaqué.

— Eh bien alors si vous le savez, vous serez à même d'imaginer ce que c'est qu'un cachalot mort ! Il régnait sur cette charogne, monsieur, telle grandiose odeur dont il me souvenait à peine l'avoir respirée autrefois. C'était devant Smolensk, je crois, ou peut- être à Moscou durant l'incendie. Excusez-moi je n'ai pas de mémoire, mais du tout !

— Vous y étiez, monsieur ? demanda Roderlans à demi dressé en dépit du tangage qui secouait la berline.

— Oh modestement, monsieur ! dans les services administratifs de l'Empereur, c'est tout !

— N'importe ! Vous avez participé à cette grande épopée !

— Epopée, monsieur, suffira ! l'adjectif est superflu.

Roderlans négligea cette leçon de style. Depuis qu'il savait Clorinde encore toute dolente par la mort d'un héros de Waterloo, il s'était découvert pour les napoléonides une tendresse déraisonnable. « Moscou, se disait-il transporté, et dans les services administratifs ! de tout sûr l'amant de Clorinde l'a rencontré quelque part ! »

Mais comme c'était un homme qui pouvait courre plusieurs passions à la fois, son attention ne se détournait pas de l'étui à cigares. Pendant tout le temps qu'il parlait, l'inconnu n'avait cessé de jouer avec ce bijou d'homme qui resplendissait en accrochant les rayons du couchant. Roderlans tapota l'objet lorsqu'il le vit à sa portée, d'un doigt de connaisseur.

— Et cet étui, monsieur, cet étui que vous tenez

entre vos mains ! C'est aussi un souvenir de cette époque bénie !

— Vraiment ? demanda l'inconnu.

Il examina l'objet sous toutes ses faces.

— C'est une marquise de Milan qui m'en a fait cadeau.

— Un cadeau royal, monsieur ! Si j'en juge par son jumeau que je connais bien.

— Vous m'en voyez, monsieur, fort étonné.

— Mon métier, monsieur, dit Roderlans en se rengorgeant un peu, me fait approcher bien des secrets ! Sur la tranche tout à fait au bas du glissoir votre étui doit porter l'estampille J.G. n'est-il pas vrai ?

L'étranger eut du mal à vérifier les dires de Roderlans mais il y parvint en présentant au soleil la tranche de l'objet.

— C'est ma foi vrai ! s'exclama-t-il.

C'était le cacochyme baron Ramberti qui avait confié un jour à Roderlans en lui montrant le jumeau de cet étui : « Voyez ce bijou ! Paulette Bonaparte, alors qu'elle n'était encore que veuve Leclerc, en avait commandé deux à l'orfèvre Jean Guilhaume et l'autre elle l'avait confié en langage d'amour à son amant d'alors, avant la bataille d'Ulm où il fut tué. C'est moi qui lui ramenai le corps de cet amant afin qu'elle l'enterrât décemment. Mais le cadavre avait été pillé et l'autre étui avait disparu. Quand elle devint princesse de Guastalla elle me commanda de rechercher l'étui et de le lui rapporter. Mais je ne l'ai jamais retrouvé. Puis elle oublia l'amant et l'étui, puis elle me fit cadeau du sien, puis elle mourut. En souvenir de cette princesse remarquable que j'ai toujours appelée Paulette, monsieur Roderlans, si un jour dans vos pérégrinations, vous me trouviez le pendant de ce souvenir, je suis prêt à vous en payer un bon prix ! »

C'était au tour de l'étranger d'être estomaqué par ce récit.

— Mais, dit-il, monsieur, quelle naturelle façon de raconter une histoire !

— Mais, monsieur, c'est la vérité ! Ce n'est pas une histoire !

— Mon Dieu, monsieur ! La vérité n'est pas essentielle ! Mais est-ce exact ? Ce baron vous a-t-il vraiment dit : « Puis elle oublia l'étui et l'amant. Puis elle mourut » ?

— Ce sont les termes exacts qu'il a employés. Et il n'y a guère longtemps.

L'inconnu considéra sous toutes ses faces l'objet qu'il tenait en main.

— Ainsi donc Pauline Borghèse ! marmonnait-il. Curieux destin ! Curieux destin !

— Je suis tout prêt, dit Roderlans, à vous en offrir un bon prix le cas échéant.

— Un bon prix ? Lequel ?

— Deux cents louis ! avança Roderlans qui avait pensé dire deux cent cinquante mais qui tentait le tout pour le tout.

— Ma foi, monsieur, voyez comme les femmes se ressemblent peu : moi j'ai besoin d'oublier la marquise lombarde qui me remit ce cadeau de rupture en me conseillant d'étudier plutôt les mathématiques que l'amour.

— Monsieur, dit Roderlans, vous m'en voyez navré !

— Ne le soyez pas, monsieur, en dépit de ce conseil je continue à étudier l'amour. Et ces deux cents louis me seront fort utiles dans mes recherches.

Sous l'œil méprisant des deux dames, Roderlans sortit son sac à louis et en compta séance tenante deux piles de cent à l'étranger qui referma la main dessus et les enfouit dans la poche de son habit bronze cannelle.

Sans se départir d'une grande tendresse romantique qui le tenait depuis que son compagnon de voyage avait parlé de Moscou, Roderlans venait de gagner sur celui-ci deux cent cinquante louis et deux cents sur Servane. Celle-ci trouverait plausible qu'il eût payé le bijou quatre cent cinquante louis puisque le baron Ramberti en avait offert cinq cents et non un *bon prix* comme le prudent Roderlans l'avait prétendu devant le vendeur. Ils arrivèrent à Terreplane vers les six heures du soir alors qu'ils étaient devenus les meilleurs amis du monde.

A Terreplane quand tournait bruyamment à grand renfort de cor la malle de Grenoble qui assurait la correspondance de Terrebelle, il se trouvait toujours par tradition quelque désœuvré pour venir se hausser du col à la portière, aux fins de vérifier si quelque croquant de Terrebelle ne s'y trouvait pas isolé, sans défense et facile à insulter car il y avait entre les deux villes un contentieux savamment envenimé depuis longtemps. Tout en s'en défendant mollement Terrebelle en effet briguait la préfecture sous prétexte qu'étant plus riche que Terreplane, elle serait mieux à même de représenter le département dans les assemblées. Terreplane, en revanche, ainsi que le rappelaient souvent ses lavandières en tapant sur leur linge à coups de battoir comme si c'était du Terrebellois, Terreplane *n'avait que ça pour se tenir propre*, c'est-à-dire qu'elle tirait de sa situation de préfecture le plus clair de ses revenus.

Le désœuvré était bien là, mine patibulaire et mal rasé et il encadra bien sa tête à faire peur dans la portière de la malle mais quoiqu'il eût flairé le Terrebellois en la personne de Roderlans, il reconnut aussitôt en lui un notable. Or, à moins qu'une révolution ne vous y autorise, on ne s'attaque pas à un notable, fût-il de Terrebelle, lorsqu'on est un pauvre diable car dessous peut toujours se cacher quelque avocat ou quelque notaire qui criera à l'assassin à la moindre injure et les gendarmes n'épousent pas les querelles de clocher.

Le désœuvré se contenta d'expectorer un mollard qui n'en voulait à personne en particulier et il s'éloigna tout maugréant.

Les cochers furent déférents envers ces deux messieurs qui déployaient tant d'aisance de conversation et dont l'un réussissait d'éblouissants tours de canne. Ils leur tinrent le marchepied servilement courbés et reçurent pour récompense une obole de très haut jetée. Aussi y avait-il de la majesté dans la manière dont Roderlans et l'inconnu mirent pied à terre bien qu'ils fussent perclus, se soutenant l'un l'autre, la tête ballante comme vieux pots entrechoqués.

C'est que ce pays au relief tourmenté offrait des dos-d'âne où les courants de nombreux ruisseaux se creusaient simplement au travers de la chaussée des gués capricieux qui n'épargnaient pas les ressorts des voitures forgés pour ne pas se rompre et non pour adoucir la route aux voyageurs. Après avoir été ainsi secoué de fond en comble comme beurre dans une baratte, il était difficile de descendre de l'une de ces malles en ayant fière allure.

Ce fut pourtant ce que réussirent Roderlans et son compère avec des sourires dégagés alors que les deux dames s'éloignaient à la hâte en réclamant à cor et à cri un bassin où vomir.

— Ma canne ! dit l'étranger.

Il revint vers la voiture pour récupérer l'objet. A Roderlans qui l'attendait il dit au retour :

— Je l'oublie partout ! Aussi ne l'ai-je que depuis huit jours. Elle m'est fort utile : mon adresse à la manœuvrer fait oublier aux femmes que je suis gros !

— J'adore, dit Roderlans, vos tours de canne ! Allons nous rafraîchir et ensuite je vous invite à souper !

Le relais des Rivalles où le courrier venait de les déposer avait tout ce qu'il faut pour faire oublier les vicissitudes de la route. Servantes et patronne, un essaim de jolies femmes, tenaient cette auberge riante où fleurissait le bien-vivre. Sous des tonnelles de rosiers sarmenteux, tout était rose dans ce nid sans souci.

A l'heure dite, après s'être rassurés sur l'état de leurs chambres respectives (elles étaient gaies et fleuraient la lavande), les deux hommes ayant changé de linge se retrouvèrent pour souper ensemble. Ils se firent des amabilités infinies pour savoir qui aurait le dos à l'air du serein ou bien lui ferait face. Ils s'installèrent finalement devant un service choisi rehaussé par du linge blanc. Le vin de Châteauneuf où les bouteilles ont le sceau papal reflétait la flamme droite de la lampe à manchon tant il était obscur à se laisser découvrir, plus noir que rouge, prêt à souligner vaillamment toutes les fortes nourritures dont on le prierait de dominer les excès.

C'était la paix du torride été provençal où la journée avait été rude. Le fleuve clapotait au clair de lune. Parfois sur le chemin de halage apparaissaient en silhouettes des chevaux et des chalands silencieux qui remontaient le courant. Au large scintillaient des radeaux de bois flottants qui s'enroulaient en spirales au gré des tourbillons. Les falots de leurs convoyeurs qui tournaient avec eux composaient dans la pénombre une étrange pavane.

L'heure était propice aux confidences et Roderlans n'avait invité son hôte que dans l'espoir de surmonter sa timidité afin de pouvoir longuement parler de Clorinde. Il était aussi suffisamment sollicité par le remords de lui avoir sous-payé son étui à cigares pour lui offrir un repas royal.

Ils mangèrent longtemps, savamment, avec des commentaires qui révélaient des convives avertis. L'inconnu constamment, avec une infinie tendresse, évoquait l'Italie dont il parlait comme d'une femme qui se serait longtemps refusée et d'ailleurs sa conversation était sans cesse constellée par de beaux prénoms de femmes dont il esquissait à gestes délicats les visages qu'il tirait du passé. Il avait des manchettes presque aussi amples que celles de Roderlans et son jabot foisonnait plus encore. Ils jouaient l'un et l'autre de ces futilités avec ce vain plaisir qui accompagne toujours l'intense joie de vivre.

D'abord la patronne les avait confiés aux mains de deux expertes servantes qui ne les laissaient manquer de rien et qui même les frôlaient assez joliment quoique par inadvertance. Mais lorsqu'elle vit qu'ils se rendaient raison d'une seconde bouteille, elle vint elle-même veiller sur eux.

« Ils vont parler, se dit-elle. Et sur les hommes, même de qualité, je n'en saurai jamais trop. »

— Eh bien, monsieur ! s'exclama l'inconnu. Je vous dis mes amours et vous vous taisez ! Qu'en est-il des vôtres ?

— C'est que, dit Roderlans, je n'ai pas votre facilité à trouver de quoi en dire !

— Facilité ? Vous êtes bel et bon ! L'étui que vous avez en poche, il n'y a pas six semaines que celle qui me l'a tendu avec une dédicace m'a conseillé d'étudier les mathématiques !

— Ah, monsieur, je n'en suis pas là ! soupira Roderlans. Rien n'est encore commencé !

— Ah, monsieur, comme vous êtes heureux !

Alors, à ces mots, Roderlans dépouilla la défroque de bourgeois qui l'habillait depuis sa naissance. Il parla plus longtemps de Clorinde que l'inconnu n'avait parlé de l'Italie. Il lui fit de l'objet de sa flamme un portrait exalté. Il utilisa devant cet étranger des mots qu'il n'employait jamais et par exemple au plus fort de sa confidence, il dit : « je l'aime » à plusieurs reprises.

Quand il en fut au chapitre des quatre mille louis :

— Ah ! la fine mouche ! s'exclama l'inconnu.

Il avait toujours eu un faible coûteux pour les femmes de froid caractère qui savent savourer le plaisir sans pour autant se compromettre jusqu'à pousser des cris de joie. L'histoire de la ferme Louis XIII lui laissait augurer que Clorinde était de cette trempe.

— J'aime votre Clorinde, dit-il en tenant entre ses mains celles de son hôte par-dessus la table. Elle est une œuvre d'art !

Il l'encouragea à poursuivre son siège.

— Hélas ! soupira Roderlans. Je la soupçonne de jouer avec moi comme le chat avec une pelote.

— Vous saurez bien la fourrer de quelques épingles !

Ils parlèrent ainsi d'amour jusqu'à deux heures de nuit. Parfois, ils savouraient certains petits silences qui leur donnaient loisir de percevoir le murmure du fleuve, lequel festonnait en clapotant ses berges herbues. Sur lui retentissait à reprises le doux cri de la hulotte ou le rire dément du butor dans les roselières. Parfois aussi une famille de castors regagnant le logis faisait sillage sous le clair de lune. Les deux hommes écoutaient, regardaient, s'imprégnaient de cette nuit pour s'en souvenir puis ils revenaient à eux et à l'amour.

— Je me servirai de cette femme ! dit soudain l'inconnu.

— Comment ça, monsieur, vous vous en servirez ? questionna Roderlans outré de ce ton.

— Rassurez-vous, monsieur ! dit l'étranger en riant. Je vous laisse sa chair et son enveloppe ! Mais croyez-moi : moi, elle me fera souffrir d'une souffrance que ni vous ni elle ne pouvez soupçonner ! Et en même temps, elle me rendra superbement heureux !

— Mais comment donc, monsieur ! Vous dites ne pas la connaître ?

— Non ! Mais désormais elle va m'habiter !

Les fossettes de son sourire s'épanouissaient de joie. Grâce aux indulgences de la lampe à manchon et aussi à la poignante gaieté qui animait ses traits il était souvent presque beau.

— Vous êtes bien plaisant à écouter ! dit Roderlans en s'efforçant de rire.

Mais il commençait à être inquiet devant cet homme. Il se demandait s'il avait été bien sage de lui confier sa passion.

— Monsieur, dit l'inconnu, je vais vous faire une confidence : pour avoir du pain je suis consul de France mais, pour être heureux, j'écris des romans.

— Vous écrivez des romans ! s'exclama Roderlans qui de sa vie n'en avait lu un seul.

— Pour vous servir, monsieur ! confirma l'inconnu.

Il se leva pour faire une courte révérence bouffonne. Ils parlaient à mi-voix. Ils s'enfonçaient avec délices dans l'amour jusqu'au cou. Ce consul gardait la mémoire de bien des femmes aux étranges caprices, aux étranges prédilections qu'il évoqua à loisir. Roderlans en confidence comparait leurs appas à ceux de Clorinde.

— Ah ! monsieur ! soupira l'étranger. *Il est bien difficile de ne pas s'exagérer les bonheurs dont on ne jouit pas.* Ainsi ne puis-je m'empêcher de vous envier le vôtre. Demain vous contemplerez cette Clorinde qui me force à la réinventer si je veux la revoir.

Pendant qu'ainsi ils se livraient sans vergogne au plaisir de parler d'aimer, l'hôtesse serrait au plus près leurs moindres désirs et les prévenait. Ils n'avaient plus besoin de se verser à boire ni de reprendre du dessert ni de rallumer leurs petits cigares ni de hausser la mèche dans le manchon de la lampe si elle menaçait de s'éteindre. Elle chassait d'autour d'eux les bombyx du mûrier repus d'amour et qui venaient mourir désormais inutiles, les ailes en croix aux abords des assiettes. Et elle faisait tout cela sur la pointe des pieds, sans un heurt, avec une dextérité de funambule.

Une seule fois elle les laissa, la nappe débarrassée sauf de leurs verres et elle revint peu après avec une nouvelle bouteille et un autre verre. La terrasse depuis longtemps était vide de tous ses convives, les servantes étaient allées se coucher, il n'y avait plus aucun bruit au lointain des cuisines. L'hôtesse serra la bouteille entre ses robustes cuisses et tira le bouchon d'un coup sec.

— Celle-là sera pour moi ! annonça-t-elle. Elle a plus de vingt ans mais vous la méritez !

Elle se laissa choir sur le siège à côté de Roderlans. Elle ne quittait pas des yeux l'inconnu aux fossettes moqueuses.

— Pardonnez-moi, dit-elle, de m'asseoir sans y être invitée mais je défaille.

Ils dirent ensemble en se levant tout ce qu'on dit en pareil cas lorsqu'une femme n'est pas repoussante et celle-ci était loin de l'être.

Elle servait à boire avec précaution dans chacun des trois verres.

— Il y a toujours un peu de fond dans un vin de vingt ans, expliquait-elle. Il faut le connaître.

Mais elle accomplissait tous ces gestes sans cesser de dévisager l'inconnu. Ses yeux étaient énormes, son regard véhément, inquisiteur. Une question lui brûlait les lèvres qu'elle finit par poser :

— Où avez-vous appris monsieur à parler d'amour de la sorte ?

— En souffrant, madame.

— Je sais, dit-elle, que c'est inconvenant ce que je fais, mais je sais aussi que je ne vous reverrai de ma vie. Demain vous prendrez la première malle-poste et vous serez mort pour moi. Pour toujours ! ajouta-t-elle.

Roderlans ne sut pas ce qui le poussa à cet instant à prendre congé en toute hâte. Etait-ce la panique de voir soudain se cristalliser devant lui ce qu'ils avaient si bien évoqué mais en toute abstraction tout au long du repas ? Il y avait en effet de quoi être effrayé par l'élan de passion qui soulevait l'hôtesse. Pour lui, depuis que son compagnon s'était tant épanché et l'avait tant aidé à parfaire les contours de son amour, il ne voyait plus que Clorinde auprès et au loin. Il avait assez exacerbé son désir par la parole pour pouvoir en enchanter son sommeil. Et il jugeait que, pour ce qui allait suivre, l'hôtesse mieux que lui pourvoirait à bercer l'ironique tristesse de cet étrange consul de France.

Celui-ci le regarda partir longuement. A travers ce personnage, un peu bref lui aussi, de Roderlans vu de dos qui s'éloignait avec componction, il vit l'adorable Clorinde en filigrane.

« Il a lui aussi, se dit-il, un postérieur sans esprit qu'il s'efforce de faire oublier en marchant lentement. Mais il abrite un rêve de femme que je lui envie. »

Il soupira comme pour lui-même :

— C'est moi qu'elle pouvait aimer...

— Allons allons, dit l'hôtesse doucement, revenez un peu dans notre jardin. Il est deux heures du matin. Nous sommes seuls. C'est le silence. Personne ne sait plus que nous sommes ensemble. L'huile de la lampe est épuisée, elle va s'éteindre. Je vais devoir vous reconduire car dans mes corridors en baïonnette jamais vous ne vous retrouverez tout seul.

Cette hôtesse n'avait pas un visage que l'on grave dans son souvenir mais elle était la femme toute trouvée que la nuit rend attirante comme un mystère, et son corps dans cette heureuse solitude parut à l'étranger le plus charmant du monde.

« *Elle est faite comme un ange*, se dit-il, *si toutefois les anges ont de gros culs.* »

Tout ce qu'il avait espéré se figeait dans son imagination une fois de plus. Et sans doute, une fois de plus, s'en fût-il tenu là. Mais l'hôtesse l'avait en son imagination à elle, solidement réinventé. Ayant effacé un à un les défauts de la physionomie et le ridicule du corps, elle comprit en un éclair que, si bien qu'il en parlât, cet inconnu si captivant devait être, devant l'amour, pareil à un enfant. Alors elle avança la main pour qu'il s'en saisît et se laissât conduire.

— Venez, dit-elle, vous me parlerez d'Italie.

En 1838, d'ordinaire, dès la descente vers son arène qui étageait ses gradins de maisons jusqu'au niveau du fleuve, la ville de Fronsac se signalait par des fragrances où dominaient celles de la frangipane.

On y cassait des amandes amères et princesses devant tous les âtres et durant tout l'hiver pour un liard du kilo. Les aïeules cassaient sans regarder, en papotant, ne s'y prenaient jamais à deux fois, ne donnant qu'un seul coup de marteau par amande, de neuf heures du soir à minuit. A force d'histoires de fantômes, elles abattaient leurs vingt-cinq kilos par soirée. Ça leur faisait un sou chacune. De quoi payer le tabac qu'elles prisaient.

Fronsac était la reine provençale du nougat noir et de la tourte à la frangipane. Les pâtissières avaient des bagues ostentatoires à tous leurs doigts boudinés. Les pâtissiers avaient des équipages et des maîtresses à Aix. Ils gavaient de tourte feuilletée les apprentis sans méfiance jusqu'à ce qu'ils en eussent le ventre ballonné. Au bout de huit jours de ce régime, ils vomissaient sur l'établi à ce seul mot de frangipane qui évoque les danses aguichantes des Espagnoles frivoles.

Fronsac tenait à son parfum qui était sa devanture. Elle fournissait au monde entier le cœur des dragées pour noces et baptêmes. On venait de Marseille, parfois de Nice, pour déguster ses sublimes frangipanes.

Or ce soir-là, vers six heures, lorsque Roderlans débarqua de la malle qui ne faisait halte que le temps de changer les chevaux, il trouva que la ville avait une étrange allure.

L'hostellerie de la Louette où on l'avait débarqué était imprégnée de tristesse et contrastait étrangement avec la gaieté qui régnait la veille au relais des Rivalles.

Cette tristesse d'ailleurs s'accordait bien avec l'humeur de l'antiquaire lequel avait l'âme nostalgique. Le matin même en effet, l'inconnu qui prenait la malle d'Italie lui avait fait ses adieux au marchepied, lui disant qu'il lui devait une nuit divine à laquelle le souvenir de Roderlans serait toujours lié. Il lui avait même offert sa canne, lui enseignant à la hâte les tours qu'il en faisait.

— Vous en jouerez devant Clorinde, lui avait-il dit. Vous ne manquerez pas de lui dire que c'est à moi que vous devez ce raffinement.

Roderlans avait encore l'esprit tout orné par sa conversation avec cet étrange consul.

« Et il écrit des romans ! » se disait-il, tout ébloui, se promettant d'en lire quelqu'un quelque jour. Il n'empêche qu'il larmoyait et reniflait et qu'il usait abondamment de l'un des trois mouchoirs de batiste dont Servane l'avait pourvu. C'est que la veille au soir, avec l'étranger, il avait finalement écopé, à force de politesses, de la mauvaise place au serein sur la terrasse des Rivalles. Il avait donc attrapé l'un de ces rhumes d'été qui profitent du courant d'air pour vous figer la sueur entre les omoplates et la geler sur votre peau. Depuis il mouchait et ses narines étaient imperméables à tout parfum. Et il le regrettait car celui de la frangipane lui rappelait exquisément sa tendre enfance.

Néanmoins en attendant le souper, il alla se montrer sur le cours afin de profiter du bel air. Et là, il assista à ce spectacle curieux de gens qui se tenaient comme lui le mouchoir de batiste contre le visage.

Le premier couple de belles dames qu'il croisa avec leurs aumônières se pinçaient ainsi toutes deux les narines et il crut d'abord qu'elles se gaussaient de son infirmité. Mais non, elles n'avaient pas les yeux moqueurs, une sorte d'angoisse même ombrageait leur regard.

Il dépassa ainsi toute une famille, avec deux enfants poussant des cerceaux lesquels enfonçaient dans leur nez des doigts investigateurs.

Des célibataires qu'il reconnut pour tels à leur air dégagé firent le mur devant lui et il dut s'écarter pour laisser le champ libre à leur arrogant passage. Ils nasillaient tout en parlant. Un marchand d'oublies, le chiffon sale devant la bouche, en omettait de pousser son cri. Il y avait peu de monde aux terrasses de cafés où les gens agitaient eux aussi des mouchoirs blancs comme s'il s'agissait d'un adieu collectif.

« Diable ! se dit Roderlans. Ils seront donc tous enrhumés ! »

C'était un homme qui prenait les choses du monde comme elles viennent et ne se posait que peu de questions.

Le souper était loin devant lui. La ville ainsi à moitié déserte invitait à la flânerie. Le pavé où Roderlans faisait sonner sa canne en s'exerçant de temps à autre aux tours récemment appris était agréable à arpenter. L'antiquaire se laissa envelopper par la vieille ville. Là, dans les rues qu'assombrissait le crépuscule, les habitants furtifs rasaient les murs, le visage enfoui dans des linges plus ou moins vastes comme s'ils épongeaient d'inconsolables chagrins.

Par la venelle en pente d'une étroite androne, Roderlans aboutit enfin sur le petit abri fluvial que s'était autrefois creusé la ville, à l'aplomb du pont sur le fleuve. Le trafic de ce bassin était peu important. Celui-ci servait de havre pour les balancelles qui apportaient ici les fruits des jardins d'Espagne et les épices du Levant qui transitaient par l'Italie. En cageots, en ballots, en fascines, il y en avait des montagnes qui attendaient qu'on vienne les prendre pour les utiliser en confiserie.

Au pourtour de cet espace trois cafés sans terrasse accolaient leur mystère, blafards sous le clair de lune qui venait de révéler que la nuit était enfin tombée. Derrière leurs vitres passées au blanc d'Espagne où végétaient de faibles lampions, beaucoup de consommateurs s'agitaient dont on entendait soudain les éclats de voix lorsque, parfois, l'un d'eux ouvrait la porte.

La lune présente au milieu du ciel commençait à peindre d'une autre réalité les formes immobiles qui jonchaient les abords du fleuve. Les rideaux d'arbres où dominait le peuplier tremble grouillaient de lumières miroitantes que le souffle du vent tirait du mouvement des feuilles sous la lune. Il existait des murailles compactes de cyprès d'Italie plus noirs que le ciel et que la terre, et que la profondeur de leur ombre rendait gigantesques. Le silence régnait sur la nuit en dépit des grillons qui stridulaient un peu partout dans l'herbe. Il faisait ineffablement calme et Roderlans exécutait des tours de canne remarquables tout seul sur le chemin de halage dont les pavés luisaient faiblement.

Sans oser demander son chemin à quiconque il cherchait quelque chose sans se l'avouer. Depuis qu'il avait mis pied à terre devant l'hostellerie, son errance était guidée par une quête inconsciente. Toute l'imagination dont il disposait et que l'inconnu rencontré la veille avait fustigée tendait à découvrir le fabuleux animal dont il lui avait été parlé et qui, selon le consul, se trouvait dans les parages.

« Exhalant l'odeur de Moscou en flammes ! se disait Roderlans alléché. J'en aurai à raconter à Clorinde lorsque je la reverrai ! »

Soudain il tomba en arrêt. Là-bas, à bonne distance du bassin portuaire, les voiles carguées à la diable, laissée au gré du courant et simplement amarrée par une aussière à un tronc mort du rivage, une balancelle génoise jouait au vaisseau fantôme dans le clair de lune. La lucarne de son habitacle se masquait et se démasquait au gré d'un fanal qui grinçait parfois au clapotis du fleuve. Autour de ce navire d'opérette, la grève en pente douce refluait contre un obstacle noir et luisant qui offrait la douceur oblongue d'un coteau familier. Roderlans à pas lents se mit en marche vers la berge pour en savoir un peu plus. A mesure qu'il s'avançait le clair de lune reculait autour de ses pas. Il se déplaçait dans une ombre de plus en plus dense. En revanche, de cette masse énigmatique et nimbée par le reflet lunaire, Roderlans distinguait bien les sillons argentés qui en striaient la surface. Il était au bord de l'eau et ne pouvait aller plus loin mais il comprit soudain que cette falaise abrupte qui l'obligeait à lever la tête pour en distinguer le sommet, c'était le mufle d'un poisson gigantesque. Au milieu de cette tête un œil mort, quoique ouvert et gros comme un cul de bouteille, accrochait un rayon de lune et par lui imitait encore l'éclat de la vie.

— C'est donc ça un cachalot ! s'exclama Roderlans sourdement.

— Bravo ! dit une voix joyeuse derrière lui. Vous au moins, bourgeois, vous n'avez pas le nez d'un artiste !

Roderlans se retourna. Il vit un bancal devant lui dont le visage était entièrement dans l'ombre et qui s'esclaffait sans raison apparente, tous les trois mots.

Il raconta que cette chose était là depuis deux jours, que c'étaient quatre *piacampis* lesquels depuis ne dessoulaient pas, qui l'avaient apportée amarrée à leur balancelle, depuis qui sait quand, dit-il.

Il dit encore que vingt mille kilos de cadavre — et je dis vingt mille c'est peut-être quarante ! — qui s'exaltent au soleil, ça correspond, dans la même situation, à un gros bataillon d'hommes morts à l'ennemi et qu'il convient d'ensevelir séance tenante.

— Mais, dit-il, on peut saisir par les bras et les pieds quelques centaines d'hommes et zou ! on les bascule dans la fosse l'un après l'autre. Tandis qu'un seul cadavre de vingt à trente mille kilos, c'est une autre paire de manches ! Ça exige toute une stratégie qui réclame d'abord l'intervention des autorités.

Or il paraissait qu'à Fronsac depuis la veille les autorités fissent cruellement défaut. Le maire était au lit, les adjoints étaient aux champs. On eût dit d'un gouvernement au lendemain de quelque désastre militaire. Plus personne ne briguait le pouvoir. Il y avait bien de temps à autre un couple de gendarmes qui patrouillaient plutôt pour entretenir le moral de la population que pour aviser à quoi que ce soit. Après avoir efficacement dressé procès-verbal aux piacampis pour transport de marchandises dangereuses, ils s'étaient trouvés curieusement vacants devant l'étendue du désastre. Ils avaient alerté en haut lieu et depuis ils attendaient des ordres. D'ailleurs, ils chevauchaient tous avec le mouchoir réglementaire en étoupe sous les narines.

Voici ce que raconta le bancal à Roderlans en s'étouffant de rire. Il avait l'air — mais son visage était un trou d'ombre — de considérer ce gigantesque cadavre comme un inépuisable sujet de gaieté.

— L'autorité est au café ! dit-il. Les piacampis, ils sont là-bas ! Celui du milieu. Qui a un fanal vert au-dessus de la devanture pour indiquer qu'il est ouvert toute la nuit.

— C'est extraordinaire ! dit Roderlans. Mais où est donc cette pestilence dont m'a parlé ce consul ?

A cet instant les mucosités qui depuis le matin s'amoncelaient dans ses fosses nasales menacèrent de lui couper le souffle. Il trompetta longuement dans son mouchoir. Après quoi il respira largement pour se conforter. C'est alors que la puanteur du cachalot se rua par cette ouverture pour s'imposer à l'odorat de l'antiquaire. Si le bancal ne s'était trouvé là pour le soutenir, sans doute Roderlans fût-il tombé à la renverse. Heureusement l'opercule humide qui lui obstruait les narines se referma avec miséricorde et Roderlans reprit son assiette.

— Ah ah ! ricana le bancal. Je vous aurai donc complimenté trop vite ! Vous aussi, vous avez le nez faible !

— Mais vous-même ? s'étonna Roderlans.

Il lui paraissait incroyable qu'un homme à l'odorat intact pût résister à cette puanteur.

— N'ayez crainte, dit le bancal. A vingt ans j'ai été laissé pour mort à Iéna sur le champ de bataille parmi vingt mille autres qui l'étaient pour de bon ! Cinq jours ! souligna-t-il. Il y avait trois hommes pour enterrer les cadavres. Depuis, celui qui me fera baisser le nez n'est pas encore né !

Il s'esclaffa de plus belle sur son bon mot. Il désigna l'animal du bout d'un bâton un peu méprisant.

— D'ailleurs, dit-il, celui-là, il commence juste à pourrir. Croyez-en ma vieille expérience : il n'y a pas trois jours qu'il est mort !

— Mais pourquoi d'après vous, demanda Roderlans, l'ont-ils amené jusqu'ici ces Italiens ?

— Ma foi ! dit le bancal. Pour le vendre peut-être ?

— Le vendre ? demanda Roderlans. Mais qui...

Soudain il se souvint. Le jour où il s'était endormi la tête sur la *Cestologie*, il venait de lire ceci qui maintenant lui revenait précisément en mémoire : « Il appert en effet que le *Physeter macrocephalus* nourrit en son sein une sorte de cancer parfumé auquel on a donné le nom d'ambre gris, matière fort rare et fort recherchée. »

— Quatre-vingt mille francs ! s'exclama-t-il à voix basse.

— Quoi ? Que dites-vous ? Que faut-il faire ? questionna le bancal prêt à tout à l'énoncé de cette somme.

Il avait planté son bâton dans le limon et il paraissait déjà claudiquer beaucoup moins bas. Roderlans regretta d'avoir pensé tout haut.

— Rien rien ! dit-il. C'était un simple soupir qui m'échappait en passant !

Il se fit indiquer exactement le café où, selon le bancal, les propriétaires de la balancelle s'étaient réfugiés depuis le matin. Il s'achemina vers cette échoppe à la lumière verte. Dans cet antre dont les secrets se camouflaient derrière les vitres passées au blanc d'Espagne, il fallait pénétrer à ses risques et périls, acheter son destin chat en poche.

Roderlans hésita une seconde devant la crasse qui huilait le bec-de-cane. Il considéra avec crainte son habit bleu, ses manchettes amples et ses chaussures brillantes quoiqu'un peu crottées maintenant. Mais quoi, c'était peut-être ici qu'il allait trouver les quatre mille louis lesquels étaient le prix de l'amour de Clorinde.

Il avait raison le bancal : le pouvoir était au café. Quand Roderlans poussa la porte du coupe-gorge enfumé, une quinzaine de désœuvrés, le geste véhément d'une main, le mouchoir à carreaux sous le nez de l'autre, nasillaient leur colère autour de quelques absinthes dont l'heureux parfum s'employait à dissiper l'odeur grandiose de la pourriture.

Ils cernaient de leur poids et de leur masse une table où quatre hommes étaient affalés auxquels on promettait d'aller tout à l'heure frotter la peau contre celle du cachalot, chose qu'on eût peut-être déjà exécutée n'eût été la pestilence dont on regrettait à voix menaçante qu'elle fît reculer. Les quatre hommes véhéments aussi brandissaient comme un passeport le procès-verbal qu'ils avaient acquitté séance tenante. On sentait bien qu'ils avaient payé tout autre chose : les absinthes souvent renouvelées et les quatre verres de pousse-au-crime où ils plongeaient leurs nez empreints de désespoir.

C'étaient des Génois reconnaissables à leurs bonnets rayés en travers comme ceux des forçats et dont les pompons flétris débandaient tristement jusqu'à retomber sur le front de leurs propriétaires alors que jusqu'ici ils étaient censés égayer leurs visages.

L'arrivée de Roderlans en habit bleu provoqua

parmi cette chiourme un silence soudain. L'antiquaire qui n'en menait pas large imagina que tous les yeux étaient fixés sur sa chaîne de montre. Et d'ailleurs, il y eut autour de lui quelques sifflements admiratifs. Il se dit que l'apparition d'une fée n'aurait certes pas subjugué ces êtres plus que la sienne avec son air riche. On lui avait déjà frayé un passage jusqu'au comptoir où l'attendait le patron accoudé, la moustache en bataille mais le mouchoir sous le nez tout de même.

— J'achète ! dit Roderlans.

Il connaissait par cœur la puissance de ce mot. Même si ceux qui l'entendaient ignoraient ce qu'il voulait acheter, l'attention de tous allait être détournée de la chaîne de montre. Après tout, c'était peut-être le bistrot tout entier que ce bourgeois allait s'offrir, avec le patron à l'œil torve et les quinze buveurs d'absinthe et les quatre Génois de malheur pour faire bonne mesure.

Mais, précisément parmi ces Génois, il y en avait un plus éveillé que les autres et qui avait déjà compris l'appel. Il se leva.

— Quanto ? dit-il simplement.

Le couloir humain qui s'était ouvert du côté du patron se referma à l'instant devant Roderlans mais un autre s'ouvrit en revanche vers la table des Génois. Roderlans tira de son gousset une pièce de vingt francs et il ouvrit trois doigts devant le Génois qui le regardait s'avancer. En même temps, il avisa parmi les quinze buveurs une sorte de chef, reconnaissable à sa plus grande taille, à son air plus feignant et à son verbe plus haut.

— Vous parlez italien sûrement ? lui demanda-t-il.

L'autre fit signe que non en détournant la tête.

— Est-ce qu'il y a ici quelqu'un qui parle italien ? insista-t-il.

Non, il n'y avait personne, même pas le patron qui voyait chaque jour débarquer des Génois et des Sardes mais qui n'avait jamais appris leur langue, par amour-propre.

— Bon ! dit Roderlans. Je me débrouillerai tout seul.

On lui fit place. Il s'attabla. Il n'avait pas abaissé ses trois doigts levés mais il remit sa pièce au gousset pour utiliser ceux de l'autre main à se pincer les narines afin de bien préciser ce qu'il voulait acheter.

Le Génois éveillé acquiesça de la tête pour montrer qu'il avait compris. Mais désignant de l'index les trois doigts levés de Roderlans et le gousset où il avait remis la pièce, il éclata d'un large rire muet et fit un signe de dénégation. A son tour, il leva les doigts mais utilisant ses deux mains, il en montra sept bien écartés et résolument. Ce fut au tour de Roderlans de rire et de secouer la tête. Il retrancha le majeur de ses trois doigts levés. Immédiatement le Génois en ajouta un aux siens. Ça faisait huit. On eût dit qu'ils jouaient à *la morra* et autour d'eux les croquants faisaient cercle. Cette pantomime dura deux bonnes minutes. Les spectateurs retenaient leur souffle. Un relent d'ail et de vin sans aveu stagnait dans l'air avec la fumée des pipes. Sur cette odeur toutefois régnait lancinante et souveraine celle du cachalot qui gisait là-bas à moins de cent mètres.

Longtemps le piacampi résista avec six doigts dressés dont il ne démordait pas. Mais Roderlans était un commerçant endurci. Il désigna le procès-verbal étalé sur le marbre. Il fit comprendre en se contorsionnant (à l'aide de la canne du consul qui lui fut là d'un grand secours) que cette contravention ferait des petits, qu'il y en aurait d'autres le lendemain, le surlendemain, les semaines suivantes et qu'il ne fallait pas s'attendre que la puanteur du cachalot diminuât au fil des jours.

Cela dit, il se leva comme pour partir, quatre doigts étalés sur la table et à côté, en petits tas, les quatre pièces de vingt francs qu'il offrait en dernier mot. Il fit le geste de se coudre la bouche et tira sa montre du gousset en indiquant qu'il se faisait tard.

Alors le Génois vaincu prononça en tranchant l'air de la main le mot libérateur qui scellait la transaction.

— Basta ! dit-il.

Et il rafla sur la table les quatre pièces d'or. L'assistance applaudit. Roderlans évalua la compagnie. Ils étaient une vingtaine tout au plus patron compris et les quatre Génois. L'antiquaire avait l'âme politique. Il offrit une tournée générale sous les ovations. Tandis qu'il levait son verre à pastilles plein de ce vin qui osait à peine dire son nom, qu'il flaira mais qu'il se garda de boire, il se dit qu'il venait de faire la bêtise de sa vie et qu'il n'y avait pas une chance pour que le cachalot contînt de l'ambre gris.

Néanmoins, il alla jouer de la canne devant sa

gigantesque acquisition qui rutilait sous la lune Avec une certaine admiration, on le suivit des yeux depuis la porte du coupe-gorge. Il se dirigeait en effet sans broncher vers cette source de pestilence qui tenait tout le monde en respect.

Le bancal le regardait venir, tout noir et le visage tourné à contrelune toujours aussi indéchiffrable. Pourtant il avait des dents blanches qui brillaient de rire.

— Alors ? lui cria-t-il de loin. Vous avez fait la pache ?

— Comment saviez-vous ce que j'avais l'intention de faire ? lui demanda Roderlans éberlué.

— Ah ! s'exclama le bancal. Voilà ! Vous aviez l'allure martiale de quelqu'un qui marche au combat ! Et puis je suis allé risquer un œil au-dessus du blanc d'Espagne.

Roderlans haussa les épaules.

— Vous n'arrivez pas au milieu de la porte !

— Ne vous inquiétez pas, bourgeois ! Je peux voir beaucoup plus loin et beaucoup plus haut que ma taille ! Non, ne me croyez pas, dit-il précipitamment. Je sais simplement où le patron accroche son escabeau !

Il avait vu que Roderlans ôtait avec inquiétude son lorgnon en entendant cette réponse ambiguë et il ne voulait pas l'alarmer.

— Vous avez fait une bonne pache ! dit-il. Vous l'aurez votre ambre gris ! Mais pas tout de suite ! A le voir comme ça, encore intact, il en a bien pour deux mois avant d'être mûr. Il faut, dit-il, que ça coule comme une bécasse de quinze jours !

Roderlans considéra attentivement le visage noyé d'ombre de cet inconnu qui débordait de rires. Il ne vit que l'arête du nez et la glabelle des sourcils qui accrochait un rayon de lune. Mais le bancal tenait à rassurer ce bourgeois plein d'élégance et de quant-à-soi. Sans lui donner le temps de le questionner sur son sens divinatoire, il lui lâcha tout à trac :

— J'ai été palefrenier chez le marquis de Luynes. C'est un homme qui en sait plus sur ces poissons que tous les savants du monde ! Et puis dites-moi, bourgeois, j'ai du bon sens ! Pourquoi un homme de votre condition irait-il s'encombrer d'une charogne qui va — vous n'en doutez pas j'espère ? — lui occasionner plus de désagréments que d'honneur, s'il ne s'agissait pas d'ambre gris ?

Il avait ramassé un galet dans la grave et par jeu il le jetait contre la masse argentée sous la lune. Une rumeur s'enfla sur cette carapace. Les mouches qui y dormaient en attendant le jour pour reprendre leur repas se soulevèrent et retombèrent en une draperie funèbre qui n'en finissait pas de masquer la lune et de gronder sa menace.

— Gare au choléra ! dit le bancal. Toutes ces mouches sont sûrement infectées.

— Vous parlez du marquis de Luynes, dit Roderlans, c'est justement chez lui que je vais.

— Alors gare aux coups d'épée !

— Je sais !

— Non vous ne savez pas ! Pour un oui pour un non il la tire ! Sur le chapitre de l'honneur, le drôle est chatouilleux... en diable ! dit-il en s'esclaffant.

Moi-même bien souvent j'ai dû courir devant lui qui voulait m'embrocher.

— Il ne m'embrochera pas, dit Roderlans. Je lui apporte de bonnes nouvelles et de l'argent.

Il venait de décider qu'il allait offrir au vieillard la *Cestologie* dont maintenant il n'avait plus besoin.

— N'importe ! dit le bancal. Si la canne lui en démange il vous embrochera tout de même. C'est un fou, un fou de famille, son grand-père l'était déjà. Mais c'est un fou grandiose !

— Savez-vous où est sa maison ?

— Sa maison ! s'exclama le bancal. Les Luynes n'ont pas de maison ! Regardez !

Il pivota sur lui-même. Il désignait de son bâton tendu, là-bas, très loin au-dessus d'une boucle du fleuve, sur un tertre au milieu des vignes bien rangées, un château blanc comme un fantôme, énorme, toutes fenêtres illuminées.

— Le marquis reçoit ? demanda Roderlans.

— Reçoit ? Il est pauvre comme Job !

— Mais alors ? toutes ces illuminations ?

Le bancal se pencha vers Roderlans pour lui glisser en confidence :

— Il attend une femme !

— A son âge ! soupira Roderlans.

— Il y a cinquante ans qu'il l'attend.

— Fort bien ! dit Roderlans avec calme. Allons voir cet original.

Il tournait le dos, il s'en allait. Le bancal lui saisit le bras avec beaucoup de force pour son aspect chétif. Roderlans ressentit cette prise avec une sensation désagréable. Il lui semblait qu'une main griffue tirait la manche de son habit.

— Il est toujours d'usage, dit le bancal, lorsqu'on traite avec moi qu'on le fasse avec un peu d'argent.

— J'allais justement me raviser ! dit Roderlans.

Il lui compta cinq ou six pièces mais cette fois elles étaient en bronze.

— Voici ! dit-il. Je vais prendre des dispositions pour la bête. D'ici là ne laissez personne s'en approcher.

Le bancal se tapa sur les cuisses.

— Pour ça ! Elle se défend bien toute seule ! Rien qu'à la respirer de loin, ils pensent tous à leur propre mort.

Il haussa les épaules et acheva sur un ton méprisant :

— Comme si le seul inconvénient de la mort c'en était l'odeur !

Roderlans garda sur les épaules la charge glacée de cette sentence pendant tout le trajet — et il était long — qu'il parcourut pour gagner les abords du château de Luynes.

Le chemin montait à travers les vignes bien tenues : on ne perdait jamais le château de vue et une vaste esplanade ménagée entre les champs de vignes offrait l'amorce d'un monumental entassement de marches vers la terrasse invisible d'ici.

C'était tout un entrelacs d'escaliers pompeux qui n'en finissaient pas de parader de toute leur blancheur. Les uns, de face, haussaient l'édifice à leur sommet, le présentant soit comme une gloire soit comme une menace ; les autres latéraux en encorbellement étaient canalisés par de belles rampes à balustres jetées en rayon vers le ciel et chaque piédestal où l'amorce de chaque volée était ponctué d'un vase ventru à guirlandes de roses. Le vent, la foudre ou quelque autre accident avaient jeté bas certains de ces vases. Nul n'en avait jamais nettoyé les débris, qui jonchaient les girons. L'éventail de ces escaliers se déployait en degrés dont les plus longs atteignaient cinq à six mètres.

On voyait bien qu'on avait espéré attirer sur ces marches des foules en fête et des profusions de livrées chatoyantes aux armes prestigieuses. Elles étaient d'ailleurs comme neuves. Nulle multitude ne les avait jamais foulées.

— De quoi engloutir la fortune d'un honnête bourgeois, se dit Roderlans à voix haute. Le bancal a raison : c'est une famille de fous.

Il toisa l'ensemble des escaliers de haut en bas à plusieurs reprises avant de se risquer à les gravir. Entre les haies de ces balustrades toutes blanches il eut l'impression de visiter un cimetière et il se mit à penser avec tendresse à Servane et à sa fille. Néanmoins, il était pénétré d'importance à l'idée qu'il foulait posément tant de grandeur passée.

Pourtant quatre degrés avant le dernier palier, il s'arrêta vaincu pour s'éponger le front et recouvrer son souffle. Huit volées de quatorze marches soit cent douze marches avaient suffi à l'exténuer. Maintenant le château de Luynes était sous son regard.

On ne savait pas ce que l'architecte avait voulu

imiter deux siècles auparavant. Eclairé par des croisées plus modestes et entièrement refermé sur lui-même pour embrasser le secret d'un cloître, cet édifice aurait pu servir de collège aux jésuites mais il était ouvert : deux ailes courtes flanquaient le corps de logis principal deux fois plus long. L'aile de droite était inachevée. Les murs seuls en étaient debout, sans toiture, et les fenêtres n'avaient jamais reçu d'huisseries. Tout l'intérieur était un trou noir sans aucun plancher. Les pariétaires et les lilas d'Espagne avaient infiltré leurs racines sur deux lézardes menaçantes. La fortune des Luynes, gagnée au service des rois, avait dû s'essouffler et ne plus suffire. Pourtant avant de baisser pavillon, ils avaient eu le temps d'assurer leur étrangeté. Tel qu'il était avec son aile blessée, le château avait fière allure. La terrasse qui le commandait sitôt le dernier escalier franchi étalait son éventail de dalles bombées jusqu'au pied du bâtiment, à quarante mètres de là. Il n'y avait pas un arbre, pas une plante, pas une herbe pour couper la monotonie de cette étendue mais, au beau milieu de l'esplanade, se creusait un bassin ovale peu profond et vide et, dans ce bassin, un cachalot de pierre noire long de quinze mètres était échoué, énigmatique et chargé dans son immobilité d'un insolite élan de vie que le sculpteur lui avait imprimé. Autour de ses évents, des salissures blanches de calcaire témoignaient qu'au temps de la splendeur des Luynes, des jets d'eau devaient en jaillir, auxquels le bassin servait de réceptacle.

Roderlans médita quelques minutes devant ce

monument. Depuis qu'il avait quitté Terrebelle où il croupissait convenablement sur ses rentes, il avait la sensation que les limites de son monde étaient soumises à une expansion infinie bien que la réalité eût toujours la même apparence. Là-haut, pour le conforter dans sa méditation, il voyait briller en un éclat de fête les vingt fenêtres de la façade principale et il pouvait maintenant distinguer les tremblantes flammes de tant de chandelles enfoncées sur des candélabres. Parfois derrière l'une ou l'autre des croisées une ombre passait qui remplaçait un lumignon ou bien en rallumait tel autre qui s'était éteint.

Mais Roderlans était un homme qui savait demeurer de sens rassis en toutes circonstances aussi s'avança-t-il simplement vers la porte vitrée du château qui n'avait rien à voir avec les proportions de l'ensemble, étant à peine grande comme l'une des fenêtres. Les architectes n'ont jamais su donner aux châteaux les portes que ceux-ci méritaient, et celui qui avait dû imaginer à la fois les escaliers, la terrasse et les trois corps de bâtiment, on pouvait concevoir qu'à la fin il se fût effondré sur ce détail infime d'une entrée.

Il existait, sur le côté de cette porte tout ordinaire, la tirette en fil de fer d'une étique sonnette pour maison d'avare sur laquelle Roderlans s'escrima en vain sans attirer personne. En désespoir de cause il appuya sur la cadole et prétendit pousser le vantail. Il comprit alors qu'en dépit de sa chétive apparence cette porte était capable de défendre les lieux toute seule. Elle s'entrebâilla d'abord de quelques centimètres puis elle coinça et Roderlans dut batailler de tout son corps pour en avoir raison. La repousser fut aussi malaisé. L'antiquaire se sentait ridicule dans ce labeur de portefaix. Il était prêt à s'en excuser auprès du marquis lorsque enfin il le verrait. Mais quand il se retourna, l'étrange spectacle qui se présenta à ses yeux lui fit tout oublier.

En dépit de l'août qui sévissait au-dehors, le froid vous saisissait aux aisselles dès le seuil franchi de cette écrasante cage d'escalier qui devait tout à la fois servir de salle de réception, de réfectoire et de sanctuaire. On ne voyait dès l'abord, car il fallait s'habituer à la pénombre, qu'un lustre chétif dont l'énorme tige où il était suspendu témoignait qu'il en avait remplacé un autre sûrement plus important et mieux adapté. Trop léger pour les vents coulis qui le frôlaient au passage il bénissait l'air comme un vaste encensoir.

Bientôt Roderlans s'accoutuma au clair-obscur et il put mieux distinguer les aîtres dont l'espace propice aux échos vibrait au moindre souffle.

La place occupée jadis par des meubles et des tables et aux cimaises par des toiles qui devaient y être accrochées depuis des siècles, avait laissé sur les parquets et les murailles des empreintes qui pleuraient encore leur présence comme autant de balafres sur les traits d'un homme autrefois blessé. Sous les colonnes qui soutenaient l'étage tout un panneau de la pièce était orné par un portulan ténébreux qui devait représenter les cinq parties du monde. Un âtre froid, long de six ou sept mètres, occupait la moitié du panneau d'en face, vis-à-vis l'escalier.

Entre ces deux monuments, la cheminée et l'escalier, se dressait sur un socle le squelette blanc d'ivoire d'un cachalot. Un homme était abîmé en dévotion devant cette idole. Le vent coulis qui agitait le lustre sifflait aussi en sourdine entre les côtes du denticète semblables à la carène d'un navire. On eût dit qu'il s'acharnait sur des haubans en lambeaux. La lumière tremblait sur les dents et la mâchoire du cachalot au lent balancement du lustre.

Le silence, lui, était occupé par un étrange bruit qui s'amplifiait dans l'escalier. C'était celui d'une démarche claudicante qui se rapprochait peu à peu. Roderlans leva les yeux. Il vit apparaître deux jambes en guêtres dont l'une suivait rigide la première qui ployait aisément. Il vit enfin le personnage tout entier. C'était un être chétif qui haussait un flambeau à la hauteur de son visage. Pour le peu qu'il avait pu en distinguer dans le clair-obscur au bord du fleuve, c'était le sosie du jovial bancal qui lui avait donné tout à l'heure tant de coups de coude mais ici il avait l'air maussade et ennuyé.

Roderlans devait être dans l'ombre car le bancal n'en fit aucun cas. Il s'avança vers le personnage en prière et il lui dit :

— Il va être l'heure que je serve monsieur.

Roderlans à ces mots songea avec quelque nostalgie aux illuminations et au faste du relais des Rivalles où hier au soir encore il festoyait avec cet aimable consul.

« Mais baste ! se dit-il. Ce château et ces deux hommes valent bien une bonne chère ! »

Cependant l'homme à genoux devant le cachalot s'était péniblement relevé et l'on avait perçu le craquement de ses jointures. Toutefois, il était bien droit et raide, tel qu'il était apparu, la première fois, à la porte de *L'Aigle à deux têtes*.

Il s'avança tout de suite vers Roderlans la main tendue.

— Je vous attendais, dit-il. Votre épouse m'a prévenu par un paquet de votre visite. J'ai entendu sonner et grincer la porte mais je ne pouvais interrompre mes oraisons.

Roderlans acquiesça du chef mais il garda un prudent silence.

— Ne croyez pas, monsieur, dit le marquis en faisant signe à Roderlans de le suivre, ne croyez pas que j'ai abandonné, si peu que ce soit, la religion de mes aïeux. A travers cet imposant témoignage de la création, c'est toujours le Christ que je prie.

— Sans doute, monsieur ! dit Roderlans. Loin de moi l'idée de vous contredire !

Il avait vu que de nouveau le marquis était armé de cette canne-épée qui lui avait fait tant de peur mais sur laquelle, il est vrai, cette fois il s'appuyait.

— Excusez moi, reprit le marquis, de vous avoir imposé l'ascension de ces escaliers démentiels et la froideur de cette pièce. Je ne suis responsable ni de l'un ni de l'autre. C'est mon aïeul, maréchal de France, le plus illustre des Albert qui espérait offrir au roi les prémices de cette bonbonnière ! Il la fit bâtir ayant eu vent que le roi le visiterait lors de son célèbre tour de France. Las ! le duc de Blacas monta une cabale et ce fut lui qui fut visité. De là notre première ruine !

Il cingla l'air de sa canne-épée.

— Des générations de Luynes sont morts de froid par ces immensités. Il ne leur restait toujours que la ressource d'aller se réchauffer partout où les rois boutaient la guerre !

Ce disant, il précédait Roderlans qui le suivait à distance vers le fond de la pièce, derrière les colonnes. Là, une autre cheminée plus petite pétillait joyeusement d'un beau feu clair. On avait tenté tant bien que mal, avec des tapis et des paravents, de rendre moins glacials ces lieux rébarbatifs. Devant la cheminée, sur deux tréteaux, une table de fortune était dressée. C'était une porte d'écurie encore peinte en bleu charrette et munie de ses gonds. Cela faisait dans la pénombre, devant le portulan, le plus heureux effet.

Courbé sur l'âtre le bancal triste s'affairait pour un chétif fricot qui rissolait doucement. C'étaient quatre harengs saurs aux ouïes déprimées qu'il arrosait de temps à autre à l'aide d'une burette d'huile d'olive.

Le marquis s'attabla sur le banc unique et fit signe à Roderlans de s'y asseoir aussi.

— Ainsi, monsieur, dit-il, vous êtes venu m'acheter mes derniers d'Aubusson ?

— Si cela vous convient, dit Roderlans avec prudence.

Le marquis venait de tirer sa canne-épée pour

piquer adroitement l'un des harengs sur le gril et l'apporter jusqu'à son assiette. Il en usa de même pour un autre qu'il déposa dans celle de Roderlans.

— Si le cœur vous en dit ! offrit-il. Je n'ose dire que je vous invite ! Depuis notre seconde ruine dont je vais vous conter les affres, ici, nous sommes tributaires du vin. Les bonnes années, je rachète un ou deux meubles et je fais rentrer du bois. Les mauvaises, comme celle-ci, je me réchauffe en faisant de l'escrime.

Il se leva, la canne-épée en garde dont il gesticulait adroitement. Au fond de la pénombre, sous le portulan, il y avait un de ces puits à margelle de marbre qui avait sûrement été, à l'origine, le cœur autour duquel s'était construit le premier château. Le marquis se pencha sur cette margelle. Il en tira au bout d'une ficelle un seau à champagne ruisselant qui contenait une bouteille intacte.

— Je fais des échanges, annonça-t-il, avec mon cousin le comte d'Aÿ : il possède quelques arpents de vigne du côté de Reims. A raison d'une bouteille de son vin contre trois des miennes. Ça vous paraît équitable ? Je suppose que vous me rendrez raison ?

Du fouet de son épée, il fit sauter le bouchon et Roderlans se trouva devant une flûte débordant de mousse mais qui se sublimait peu à peu pour laisser place au liquide. Le bancal triste ramassait le bouchon et les éclats de verre.

— A mon âge, dit le marquis, on ne se nourrit plus guère que de champagne et d'un peu de poisson boucané.

— Monsieur, pria Roderlans, je trinquerais plus

volontiers avec vous si vous laissiez au large cette lame dont vous faites partout tant d'usage !

— Pour vous obliger ! grommela le vieillard.

Il la remit au fourreau et alla se débarrasser avec humeur de sa canne dans le porte-parapluie orné de fleurs qui tenait le coin de l'âtre. Ainsi désarmé, il avait l'air tout nu.

— Il y a... très longtemps, dit-il, que nul, sauf les huissiers et les déménageurs, n'a plus franchi ce seuil et que je n'ai plus raconté mon histoire. Avez-vous quelque temps, s'il vous plaît de l'entendre ?

— Toute la nuit ! soupira Roderlans.

La seule vision du hareng saur dans son assiette avait remis son appétit à plus tard, encore qu'il n'en sentît pas le fumet. Il se contenta de tremper ses lèvres dans le champagne de temps à autre.

— Je vous conterai donc et vous comprendrez pourquoi je tenais tant à cette *Cestologie* que vous me refusâtes l'autre jour. J'avais un grand-père, dit-il sans transition. Il s'accrochait en vain à la fortune comme tous les Luynes. Alors, il avait frété un navire corsaire et quand il en eut assez de frôler la corde — il avait pris femme et avait eu mon père — ayant, à courre l'Anglais et l'Espagnol, rétabli ses affaires, soudain un jour il croisa des chasseurs de baleines au septentrion. La chose lui plut, il la trouva rémunératrice. Il embaucha des harponneurs et transforma son corsaire en bateau de pêche. Cinq ans il chevaucha les mers affreuses où glissent les baleines dans les profondeurs. Et puis un jour il en rencontra une que quinze harponneurs ne purent arraisonner. Elle était lardée de trente harpons, dont un dans l'œil, qu'elle bataillait encore. « La mer, disait mon grand-père, n'était plus que couleur de sang. Et puis tout d'un coup elle s'est dressée sur sa queue, sa masse a ascensionné l'air devant le navire. Tout l'équipage était à genoux. Moi j'étais à l'étrave, à plat ventre tâchant de saisir l'une des cordes de harpon et appelant à l'aide. Alors, tandis que la tête du monstre passait à ma hauteur, j'ai vu son œil, le valide, celui qui n'était pas crevé et j'y ai lu une indicible souffrance, la même que j'avais vue chez mon père à son lit de mort. Ce n'était plus un poisson que j'avais devant moi, c'était une âme ! Ça m'a glacé ! La masse du denticète mort est retombée à frôler l'étrave. J'ai interdit aux harponneurs de le dépecer — mais l'épée d'une main et la bourse de l'autre ! — J'ai vu son œil ! s'écriait-il. Et j'ai compris Dieu que je traquais jusqu'ici sans espoir ! J'ai vu son œil ! répétait-il sans cesse, et je continuerai à le voir jusqu'à ma mort ! Jusqu'après ! Comme Caïn dans la tombe ! »

Il racontait ça à ma grand-mère qui fut la première à lui dire qu'il était fou.

« Vous voici bien malade ! lui disait-elle. Vous m'avez avoué et avec quelque coquetterie avoir passé au fil de l'épée vingt et quelques Anglais durant vos années de guerre ! N'avaient-ils pas aussi des yeux ?

— Ils étaient armés ! lui rétorquait-il. Avez-vous jamais vu un cachalot portant des armes ? Et d'ailleurs, lui disait-il, je vous l'ai ramené. »

Elle poussait les hauts cris.

« Oui ! insistait-il. Et vous imaginez avec quel

mal ! Contre mes truands, gens de sac et de corde. Tout mon argent y est passé ! Mais enfin il est là ! »

Et par la fenêtre de la chambre, il lui montrait sa prise en bas, dans l'anse du fleuve avec tous ses harpons qui brillaient au soleil.

« Je lui donnerai une sépulture décente, n'en doutez pas ! Dussé-je pour cela manger la moitié de ma fortune ! »

Ma grand-mère persiflait :

« Elle n'est déjà plus que de moitié ! »

Il fit faire un praticable à travers les vignes dont il gâta quatre ou cinq arpents. A l'aide d'argent, d'une cinquantaine d'hommes forts et de trente chevaux, il fit monter jusque sur la terrasse le cadavre du cachalot. Ma grand- mère avait fait ses malles. Nous avions une maison à Paris rue Saint-Guillaume. Elle y vécut jusqu'à sa mort. Jamais elle ne revint à Luynes.

Pendant ce temps, le cachalot pourrissait. Personne n'achetait plus notre vin. On l'accusait de sentir la charogne. Mon père dont mon grand-père avait exigé qu'il restât, fit l'apprentissage du hareng saur qu'il me légua.

Un an, deux ans, trois ans. Quand le nom du marquis de Luynes était prononcé, les gens, par réflexe, se toquaient le front à grands coups d'index.

Un an, deux ans, trois ans. Le cachalot perdait sa substance autour de lui, qui se répandait sur les dalles de la terrasse. S'il faisait jour, vous pourriez encore en voir les traces. Tous les matins, mon grand-père chaussait ses bottes et il allait s'agenouiller devant cette forme dégoulinante mais qui garda longtemps le reflet du soleil dans son œil unique resté ouvert. Il lui demandait miséricorde à travers les paroles du Christ qu'il confessait à voix haute.

Un an, deux ans, trois ans. Et puis un jour, à force de mistral, de pluie et de chaleur torride, il s'est élevé, hors de cette puanteur insoutenable, une odeur incroyablement suave. Mon grand-père l'a sentie le premier :

« C'est ça ! dit-il. C'est ça que j'attendais ! C'est l'odeur de sainteté ! »

Il fut à jamais impossible de l'en faire démordre. Mais l'odeur était bien là. On se demandait ce qui arrivait. Les pratiques s'aventuraient jusqu'à nos chais — il faut dire très loin dans les graves, au bord d'un bras du fleuve. Ce fut cette année-là que toute trace de chair disparut autour du squelette du denticète que d'ailleurs vous voyez ici !

Il se leva, repoussa son assiette. Sans y être invité Roderlans subjugué suivit le marquis jusqu'à l'énorme carcasse qui emplissait le vide entre la cheminée et la cage du grand escalier.

— Venez, monsieur ! dit le vieillard. Et prêtez-moi votre canne puisque la mienne vous gêne !

Il guida Roderlans jusqu'aux marches du socle sur lequel on avait reconstitué pièce à pièce le squelette du cachalot. Il le fit pénétrer entre les colonnes de deux côtes où ils se glissèrent de front. Là-bas, au beau milieu de ce parquet qui luisait doucement, le marquis montra à Roderlans une sorte de cercueil transparent qui contenait une masse sombre. C'était un bloc noir, oblong et sans arête qui reposait sur l'un de ses pôles et avait la forme d'une sphère aplatie.

— Voici, monsieur, dit le marquis, l'odeur de sainteté ! Mon père me disait qu'à l'origine son volume était de plus du double de celui d'aujourd'hui. Il disait que c'était une matière chatoyante extraordinairement vivante, soyeuse, qui fuyait sous les doigts lorsqu'ils l'ont recueillie sous le crâne du cachalot et qui se moirait parfois d'un frisson animé comme si, en son sein, elle eût encore contenu un cœur qui battait.

— Qu'est-ce que c'est ? demanda Roderlans qui flageolait un peu sur ses jambes.

— De l'ambre gris, monsieur. Mon grand-père quand il l'eut, à l'aide de quatre solides gaillards, installé sur ce piédestal, interdit qu'on y touchât jamais plus. Une nuit mon père en déroba une parcelle et en cachette la porta jusqu'à Avignon pour savoir ce que c'était. Il me raconta qu'il n'avait pas plus tôt ouvert la porte que l'apothicaire tendit vers lui un bras accusateur : « Vous portez de l'ambre gris sur vous ! » Et il lui en dit la valeur.

Mon grand-père fut inflexible : on mourrait de faim à côté de ce trésor mais jamais quiconque ne toucherait à l'odeur de sainteté. Mon père épousa pour avoir du pain une fille laide et peu titrée qui fut ma mère. Nous vécûmes de harengs saurs des années durant à côté de cette fortune impérissable qui embaumait le château et l'embaume encore. Mais vous ne sentez pas, monsieur, ce parfum ?

— J'ai les narines horriblement bouchées ! avoua Roderlans piteusement.

Le marquis hocha la tête.

— Aujourd'hui elle est presque sublimée, dit-il. Ce n'est plus que de la résine. A tel point que parfois je me demande... Mais si elle était telle que mon père la décrivait cette odeur, je vous assure monsieur que votre rhume n'y eût pas résisté.

Il sortit de la carcasse du cachalot, Roderlans derrière lui et revint se saisir dans le porte-parapluie de son indispensable canne-épée.

— Voilà ! dit-il. Mon père mourut avant mon grand-père et ma mère aussi, la sainte créature ! Mais mon grand-père vécut tors et ratatiné jusqu'à plus de quatre-vingt-quinze ans. L'hiver quand la bise soufflait trop froid dans ce grand vide autour de nous, je me levais et disais : « Tant pis ! » Et je me dirigeais vers l'ambre gris pour prélever au moins de quoi acheter un fagot. Alors, si tors qu'il fût, je trouvais mon grand-père debout sur mon chemin et dardant vers moi cette épée sortie de cette canne qu'il m'a léguée.

« Souviens-toi ! me disait-il. Ceci est à Dieu seul ! Souviens-toi de l'œil encore vivant que j'ai vu et que je vois encore : indicible souffrance ! Un œil qui souffre et qui supplie de quelque bête qu'il vienne, que ce soit homme ou animal, il est sacré : c'est qu'il contient Dieu. »

Je l'ai cru. J'ai continué. Je m'agenouille devant le léviathan ! Voilà monsieur, mon histoire ! Est-elle édifiante ?

— Vous ne m'avez pas tout dit, murmura Roderlans en confidence.

— Qu'est-ce à dire ? demanda le vieillard en se redressant d'un pied.

— Vos lumières ! dit Roderlans. Vos croisées illuminées !

— Ça, dit le marquis, c'est mon jardin secret ! Et je vous interdis bien de m'en parler. Mais comment savez-vous ? Qui vous a dit ?

— Mais ! s'exclama Roderlans. Elles s'expriment d'elles-mêmes ! Vous si pauvre ! Tant de chandelle perdue !

A cet instant la voix du bancal se fit entendre, aigre et sans sympathie.

— N'en croyez rien, monsieur le Marquis ! Il aura probablement rencontré mon frère ! Celui-là quelque jour il faudra que nous lui fassions couper la langue !

— Tu ne pourrais plus parler ! dit le marquis sarcastique. Tu sais bien que les jumeaux souffrent et meurent ensemble !

— Si j'en étais sûr, maugréa le bancal, il y a longtemps que je me serais suicidé.

— Ne me parlez plus de lumière ! dit le marquis à Roderlans. Qu'il vous suffise de savoir qu'elles soulignent le regret de ma vie.

Sauf ce secret, ils se parlèrent comme de vieux amis très tard dans la nuit devant l'âtre. A la fin Roderlans osa avancer la main vers le marquis et la lui poser sur la cuisse.

— Cette *Cestologie*, dit-il, à laquelle vous tenez tant, permettez-moi de vous l'offrir.

Ils n'attaquèrent le chapitre des tapisseries que vers trois heures du matin, comme une chose secondaire. L'affaire fut rapidement conclue et ils se quittèrent les meilleurs amis du monde.

Quand Roderlans sortit de ce château, la nuit d'été tiède à souhait le réchauffa de toutes ces ruines moribondes. En bas, loin au bord du fleuve sous le clair de lune, il croyait distinguer, vaguement phosphorescent, le cachalot mort dont il espérait tant.

— Au moins quatre panaux d'ambre gris ! murmurait-il. Quatre panaux ! Plus de cinq cents kilos des Français ! Avec ça, c'est deux fermes Louis XIII que je peux lui offrir !

Il lui sembla entendre glisser des épaules de Clorinde la belle robe semée d'étoiles qu'elle portait le soir où elle se présentait si bien au soleil couchant. Il descendit en maître et en faisant des tours de canne les treize volées de l'escalier.

Le roi n'était pas son cousin.

Quand Roderlans, le jour suivant, regagnant Terrebelle, fit de nouveau étape au relais des Rivalles, il vit d'abord au long de la route, sous les saules d'une fontaine, une silhouette familière à tous les Terrebellois : c'était la carriole à bâche bleue de Simon David. Il en fut tout joyeux. Rencontrer un compatriote, même pauvre, en terre hostile, quoique à vingt lieues de chez soi, c'était toujours réconfortant.

Se doutant bien qu'il ne le trouverait pas au luxueux relais des Rivalles, il alla s'enquérir de lui à l'auberge d'en face, une maison de travers, claudicante semblait-il par l'effet d'un glissement de terrain, où la treille s'était écroulée sur son berceau de fer trop rouillé et où les dalles descellées de la terrasse jouaient à saute-mouton. Roderlans prudent ne se risqua pas au-delà de la porte qui donnait sur un trou noir pouvant dissimuler n'importe quelle chausse-trape. Il héla depuis le rideau de jute.

Un patron volumineux et qui ne voyait sans doute jamais le soleil tant il était d'une molle blancheur vint s'enquérir du vacarme.

— Je cherche Simon David, expliqua Roderlans. Ne l'auriez-vous point vu par hasard ?

— Qui c'est çui-là ? demanda le patron.

— Celui qui a la carriole là-bas ! A côté de la fontaine.

— Ah çui-là ! Il est derrière, dans le jardin. Mais je crois qu'il est occupé.

Roderlans contourna la maison et se trouva, en guise de jardin, dans un courtil poussiéreux et vierge de végétation où toute une basse-cour s'éparpillait en tous sens. La première chose que vit Roderlans fut le chapeau tromblon de Simon David lequel d'ordinaire ne quittait pas sa tête. Il était fiché sur la crosse d'une pompe à eau. En même temps, derrière un muret qu'enjambait un figuier sombre, il entendit des ahans et des coups sourds. Il passa la tête par-dessus l'obstacle.

Il était là Simon David. *Occupé*, comme avait dit le patron, à se colleter avec deux Terreplanais qui devaient l'avoir invité à *sortir dehors* s'il était un homme. Pour l'instant, à deux contre un, la lutte était encore indécise, mais comme toujours dans un défi lancé à deux, il y en a un qui est déterminé et l'autre qui compte à peine, se demandant ce qu'il fait là. Il se reconnaît, celui-ci, à ce qu'il décoche ses coups avec timidité et en tout cas moins précisément que son allié. C'est pourtant celui-ci d'abord qu'il convient de mettre hors de combat car si vous avez le dessous, il sera beaucoup plus prompt que son compère à essayer de vous rendre borgne en vous écrasant la figure à coups de talon.

Roderlans constata avec satisfaction que de celui-là Simon s'était occupé avec lucidité. Il venait de lui érafler le visage d'un coup de chausson dont Roderlans admira la virtuosité. L'autre porta la main à son nez et vit qu'il saignait. La vue de son propre sang appelle toujours l'apitoiement sur soi-même. On éprouve tout de suite le besoin de se faire dorloter lorsqu'on saigne. Simon se retrouva devant un seul adversaire. Le corps à corps dura longtemps, indécis, les injures furent nombreuses, mais le coup de chausson une fois encore fit merveille. Roderlans entendit craquer le cartilage. Le Terreplanais tourna les talons et s'enfuit dans le potager où Simon le poursuivit parmi les choux-fleurs, à coups de pied dans le train avec beaucoup de brio.

« Voici un garçon intelligent et à l'esprit vif ! » se dit Roderlans impressionné. Il se décida à surgir hors de la murette où il s'était accroupi, afin de n'avoir pas à intervenir. Il héla joyeusement Simon :

— Bravo ! lui cria-t-il. Tu es un brave à trois poils ! On est fier d'avoir des gaillards pareils à Terrebelle !

Il suffisait à Simon d'évoquer seulement l'enseigne de *L'Aigle à deux têtes* dans sa baroque monstruosité mangée aux mites, pour y distinguer en filigrane le visage radieux de sa bien-aimée. Aussi peut-on imaginer ce qu'il en était lorsqu'il se trouvait en présence de Roderlans, son père !

Un sourire s'élargit sur sa bouche en passe-boule.

— Oh tiens ! monsieur Roderlans ! s'exclama-t-il.

— Ne reste pas, dit Roderlans en l'entraînant par le bras, dans ce coupe-gorge ! Je les connais les Terreplanais, ils vont revenir à dix pour t'achever ! Je te prends sous ma protection !

Il était assez attentif aux choses de Terrebelle pour savoir que Simon avait, parmi les jeunes, une certaine influence et il ne lui paraissait pas indifférent, puisque l'occasion s'en présentait, de se faire bien voir de lui en vue d'élections futures où l'antiquaire comptait bien devenir premier adjoint.

— Oh ! dit Simon. C'est pas la peine ! J'ai un fouet au timon et j'en sais assez avec un fouet pour éborgner une demi-douzaine de Terreplanais. Je suis réputé dans les foires pour mes tours de fouet ! Mais, dit-il et il hocha la tête, tout beau jour monsieur Roderlans, ça finira mal, cette affaire de préfecture. Il y aura mort d'homme. Vous devriez tout faire pour dissiper le malentendu.

— J'en parlerai au conseil ! assura Roderlans.

Il avait la ferme intention de n'en rien faire. En effet les notables de l'une et l'autre ville avaient bien trop d'intérêt à laisser suppurer l'affaire pour avoir envie de la tirer au clair. Ils se saluaient ces notables, lorsqu'ils se rencontraient, ils banquetaient entre notables, ils mariaient leurs enfants entre eux. Pour l'instant la plaie envenimée se traitait au niveau des jeunes croquants de bas étage, lesquels n'ayant plus la ressource d'aucune guerre où s'occire entretenaient leur nostalgie meurtrière dans ces misérables escarmouches. Le dossier qui dormait depuis très longtemps, on l'activait tantôt à hue, tantôt à dia, au gré des opportunités mais on le tenait toujours savamment sur le feu afin d'exaspérer les champions et les héros de bas étage dont on avait le plus grand besoin pour faire frissonner les populations et les entretenir dans l'idée que la paix ne pouvait pas être de ce monde puisque les hommes se battaient de porte à porte dès qu'ils n'avaient plus d'ennemis lointains à occire.

Roderlans leva la main jusqu'à l'épaule de Simon, qui le dépassait d'une tête, pour la presser chaleureusement.

— J'en parlerai au conseil ! répéta-t-il convaincant. Mais en attendant, va rentrer à l'écurie des Rivalles ton attelage et ton cheval. Je payerai le déduit ! Parce que je les connais les Terreplanais : ils sont fichus de lui couper les jarrets à ton canasson !

Simon secoua la tête et garda ses réflexions pour lui : « S'ils faisaient ça, se disait-il, je foutrais le feu à leur préfecture et ça ils le savent ! » Il obtempéra toutefois, ne voulant pour rien au monde contrarier le père d'Agnès.

— Et après, dit Roderlans, je t'invite à souper ! Tu l'as bien mérité !

Il n'y avait ni populace ni zizanie au relais des Rivalles, rendez-vous du soir des Terreplanais huppés et les coups de chapeau y remplaçaient les coups de poing. Il semblait qu'après la simple traversée des quelques mètres de la route élargie pour y parquer la diligence, le monde eût troqué sa réalité hargneuse contre un aimable pastel aux fraîches couleurs.

L'hôtesse avait petite mine. Elle ne s'était pas encore consolée du départ de ce consul si vivant, lequel avait eu le bonheur de partager sa nuit. Elle en pleurait encore dans le torchon qu'elle promenait sur son bras de table en table, tout en changeant les moutardiers. Elle s'accrocha au bras de Roderlans dès qu'elle le vit.

— Ah ! monsieur ! gémit-elle. Il est parti. Il a mis un doigt sur ses lèvres lorsque je lui ai demandé au moins son prénom. Il ne m'a dit ni adieu ni au revoir ni merci !

Roderlans lui tapota la main pour la consoler.

— N'ayez crainte ! Il vous a emportée avec lui ! Il se souviendra de vous. Un beau jour vous vous reconnaîtrez entre les pages d'un livre, alors que lui, peut-être, sera mort depuis longtemps !

— Ça me fait une belle jambe ! renifla l'hôtesse.

Toutefois lorsqu'elle avisa Simon David flanquant Roderlans, avec son chapeau tromblon, sa taille bien prise, sa mâle laideur et aussi la marque sur l'œil que, tout de même, un poing terreplanais lui avait infligée, sa nostalgie parut s'atténuer quelque peu.

— Ils vous ont bien arrangé ! dit-elle admirative.

La bataille dans la poussière du courtil, à l'auberge qui se dressait de l'autre côté de la route et qu'on appelait auberge du Fourre-tout, cette bataille et ses péripéties avaient déjà fait le bonheur des serveuses qui se chuchotaient entre elles les détails de l'affaire tout en surveillant le service. C'était la première fois de sa vie que Simon David faisait figure de héros.

— Ils m'ont attaqué ! dit-il.

— Oh ! moi vous savez, dit l'hôtesse, je m'en fiche ! Je suis de Fronsac, alors !

Roderlans comprit que son odorat s'était dégagé car il perçut en effet sur l'hôtesse un léger parfum de frangipane. Pendant tout le repas auquel Roderlans avait invité Simon, cette femme charmante demeura maternelle autour d'eux, gaie et vive. Il semblait maintenant que le consul en habit brun cannelle était loin de son souvenir.

Roderlans fit à peu près tous les frais de la conversation car Simon était taciturne et il buvait peu. C'est qu'il s'escrimait à chercher en vain sur les traits débonnaires de son hôte, la vivacité et la finesse de ceux d'Agnès ; quelque sonorité dans la voix traînante du père, de celle cristalline de la fille, si rarement et de si loin entendue. A la seule idée que les mains qui lui passaient la salière avaient peut-être récemment touché le front et les joues d'Agnès, Simon avait envie d'embrasser la salière.

La belle hôtesse pouvait multiplier les signes d'intelligence et les sourires rapides lorsqu'elle réussissait à croiser le regard mort du garçon, elle pouvait lui appuyer ses seins sur le bras lorsqu'elle le servait, celui-ci était plein de son rêve. La réalité n'avait pour lui aucun attrait.

Il était presque muet devant Roderlans parce que chaque fois qu'il lui répondait, il avait envie d'ajouter : « J'aime Agnès. » Aussi touchait-il distraitement au bœuf à la gelée que l'hôtesse avait cuisiné elle-même et qui était son chef-d'œuvre.

« Ingrat ! » se dit-elle les larmes aux yeux. Simon était entré si fort dans son amour qu'elle en était déjà à souffrir de ces infimes détails qui font l'indifférence.

Le lendemain, lorsque rasé de frais et le sac en poil de chèvre tout prêt pour le retour à Terrebelle, Roderlans se présenta devant l'hôtesse, il la découvrit revêche et de poil hérissé. Elle était d'ailleurs très belle ainsi, mieux faite pour la colère que pour la douceur, elle avait l'air d'une lionne outragée. « Elle doit être terrible, se dit-il, lorsqu'elle est inassouvie ! » Elle l'était.

— On m'avait avertie, dit-elle d'une voix coupante, qu'à Terrebelle vous n'aviez que des benêts mais on m'avait caché qu'en plus vous les aviez fait châtrer !

« Elle ne touche pas terre ! se dit Roderlans. Quelle croupe ! Quels charmants petits pieds ! »

Pourtant lui-même demeurait aussi froid devant elle que si elle eût été de marbre.

« Mais aussi, se disait-il, quelle vulgarité ! Quel manque de grâce dans la colère volubile ! Quels gestes saccadés ! En telles circonstances quelle harmonie pourtant chez Clorinde ! Quelle mesure ! Quelle vérité ! Même dans l'art de balancer les fesses elle met plus de sincérité ! »

L'hôtesse c'était la vie. Clorinde c'était le théâtre. Et Roderlans, homme de goût, préférait le théâtre à la vie.

— Eh bien ? demanda-t-il. Que vous a-t-on fait ?

— On ne m'a rien fait ! Mais lui, savez-vous ce qu'il m'a fait ?

Elle brandissait le bras vers les écuries invisibles d'ici où Simon était probablement en train d'atteler.

— Il m'a fermé la porte au nez ! cria-t-elle. A clé ! Parfaitement : à clé !

— Oh ! Il aura eu peur de quelque Terreplanais ! dit Roderlans conciliant.

— Pensez-vous ! C'est de moi qu'il a eu peur ! Je l'ai bien vu quand il montait l'escalier trois à trois — était-il souple l'animal ! — pour m'empêcher de le rattraper !

Ses gros yeux jetaient des éclairs puis soudain ils s'embuaient de larmes.

— Je venais juste, dit-elle, lui porter un bol d'arnica pour lui tamponner son œil. Il l'a tout marron ce matin. Ça m'a fait mal ! Ça m'a fait pitié ! Je me serais juste assise au bord du lit ! Qu'est-ce qu'il croit ? Qu'est-ce qu'il se croit ? Dix ans de plus j'étais sa mère ! Quel mal y aurait-il eu, je vous le demande ?

— Mais aucun ! répondit Roderlans.

« Hélas ! se disait-il, il est loin ce consul en habit brun cannelle sur lequel nous pleurions aussi il n'y a pas douze heures de cela ! »

Il eût voulu courre la poste derrière ce voyageur désinvolte, le rattraper, lui dire : « Vous savez ! Attendez pour la peindre en vos écrits. Elle-même n'a pas achevé encore son propre portrait ! » Et il se disait d'autre part : « J'aurai pris chemin faisant une belle leçon de femme ! Tâchons à ne pas l'oublier ! »

Il était d'excellente humeur. Il avait eu les tapisseries pour deux cent cinquante louis alors que Servane les avait évaluées à quatre cent cinquante, chiffre que bien entendu il lui donnerait pour vrai. Ça faisait toujours tant de gagné pour la ferme Louis XIII, laquelle d'ailleurs ne lui causait plus autant de souci depuis qu'il avait vu ce rocher d'ambre gris chez le marquis.

Quand Simon apparut dans l'ombre bleue de la bâche, tiré par son auvergnat tout sonnaillant de clochettes et le poil lustré d'un récent étrillage, Roderlans le voyant ainsi se dit que l'hôtesse n'avait pas si mauvais goût.

— Monsieur Roderlans, dit Simon mettant pied à terre, je sais que ce n'est pas digne de vous mais Serguières ne passe que dans deux heures, et, si vous vouliez bien monter à côté de moi, vous rentreriez à Terrebelle plus vite et vous économiseriez une pièce de quarante sous.

— Mais comment pas digne de moi ! Mais mon garçon, je ne suis pas tombé de la cuisse de Jupiter ! Et ton cheval a fière allure.

— Il s'appelle Gamin, dit Simon, et je l'aime !

A ce seul mot, l'hôtesse offensée tourna le dos et s'en alla sans dire un mot. Elle avait une chute de reins à la féline, à la fois souple et impérieuse qui lui assurait une démarche royale.

Il fallait être effectivement châtré pour ne pas en éprouver le cuisant regret si l'on avait laissé échapper l'occasion de la sentir glisser, cette chute de reins, ne fût-ce qu'une seule fois entre des mains qui auraient pu alors en garder l'empreinte. Or le regret de Simon ne s'égara jamais de ce côté tandis qu'il aidait Roderlans au montoir. Il était au comble du bonheur : le père d'Agnès pour se hisser dans la carriole s'était appuyé puissamment sur son épaule.

« Châtré ? Non ! se dit Roderlans tant étaient durs les muscles du garçon. Mais amoureux peut-être ? Qui sait ? »

Il se promit de profiter du voyage pour le faire parler. Ils s'en allèrent, le fouet triomphant, sur cette route qui jouait avec les caprices du fleuve et tantôt venait le frôler et tantôt prenait ses distances avec lui qui lui barrait le passage par le dos rébarbatif de quelque arête rocheuse toujours sommée d'un donjon ébréché, au pied de laquelle seul s'était livré passage le chemin de halage.

C'étaient deux hommes contents d'eux-mêmes que l'auvergnat au rythme bien tempéré de son trot de cheval choyé, trimbalait sous cette bâche bleue où ils fumaient avec bonheur ; l'un sa courte pipe qu'il avait creusée à ses moments perdus dans une loupe de bruyère, l'autre les petits cigares achetés à Terreplane, les mêmes que ceux du consul de France, tant Roderlans gardait de cette rencontre un souvenir ineffaçable. Il les tirait d'ailleurs de cet étui en or qu'il faisait souvent miroiter aux yeux de Simon et il serrait aussi entre ses cuisses cette canne dont le voyageur inconnu lui avait appris tant de tours.

Quant à Simon les cahots aidant, sur la banquette de la carriole, le bras de Roderlans touchait le sien parfois, et il se disait que ce bras insignifiant en soi, Agnès devait se trouver très souvent en contact avec lui. Ce sont là petits signes de tendresse qui comptent lorsqu'on est amoureux.

Cependant Roderlans brûlait de connaître la raison pour laquelle Simon avait interdit sa porte à la maternelle hôtesse.

— Elle venait juste, lui dit-il, pour te bassiner l'œil avec un peu d'arnica.

Il posa sa main sur la cuisse du garçon en la triturant un peu par manière de plaisanterie.

— Et puis, dit-il hilare, serait-elle venue pour autre chose ? Heureux gaillard ! Dis, tu l'as bien regardée cette femme ? Passe pour la figure qui d'ailleurs n'est pas si vilaine, mais tout le reste ! Tu en trouveras mon coquin des coquines qui t'offrent ce reste-là !

— Ma foi, dit Simon, je ne l'ai pas beaucoup vue.

Il aurait donné cher pour que Roderlans continuât longtemps à lui serrer familièrement la cuisse, mais en entendant cette réponse l'antiquaire vexé remit la main sur le pommeau de sa canne.

— Tu as tort de montrer tant de dédain ! Elle a oublié pour toi un homme de qualité. Un consul ! dit-il l'index levé. Et qui en a plus dans la tête que tu n'en auras jamais dans les... jambes.

— Ah ! s'exclama Simon la voix blanche. C'est que j'ai fait un vœu, monsieur Roderlans.

— De chasteté ? dit Roderlans abasourdi.

Simon secoua la tête.

— Non. De fidélité.

Roderlans le toisa de côté des pieds à la tête. Il voyait la pomme d'Adam du garçon qui montait et descendait sous l'emprise de l'émotion.

— Tu es amoureux ? demanda-t-il.

— Fou ! Amoureux fou ! C'est ce qu'on dit je crois ? Et sans espoir ! ajouta-t-il la voix chevrotante.

« Il est amoureux de Clorinde ! se dit Roderlans alarmé. A Terrebelle, il n'y a que Clorinde dont on puisse être amoureux fou et sans espoir ! »

Il était très inquiet.

« A lui, se disait-il plein d'amertume, elle ne demandera jamais quatre mille louis ! »

Il se fit violence pour feindre une grivoise curiosité.

— Et quelle est l'heureuse élue ? demanda-t-il à Simon en lui pétrissant de nouveau la cuisse.

Simon garda le silence et fit claquer les rênes sur la croupe de l'auvergnat qui avait la fâcheuse habitude de s'arrêter pour écouter les conversations. Simon reconnaissait ce travers à ce que soudain les oreilles du cheval se faisaient toutes rigides. Il était rare d'ailleurs que ce cheval entendît parler. Le plus souvent, c'étaient les accents de l'harmonica qui berçaient sa somnolence.

— Vous me demandez ça par politesse, monsieur Roderlans, ou bien vous voulez vraiment savoir ?

— Mais non mais non ! Pas par politesse ! Pour que tu te confies à moi ! Depuis trois jours, figure-toi, je m'intéresse profondément aux replis de l'âme humaine.

— Monsieur Roderlans, j'aime Agnès.

— Agnès ? Qui Agnès ? Pas ma fille, tout de même ?

— Si ! Votre fille malheureusement ! Et vous pouvez juger dès lors si l'hôtesse des Rivalles avait de quoi m'intéresser !

— Oh la la ! Oh la la ! fit Roderlans atterré. Ma fille ! Mais ôte-toi vite cette idée de la tête, mon pauvre petit !

— Pourquoi ? se rebiffa Simon. Vous m'avez dit vous-même tout à l'heure que vous n'étiez pas sorti de la cuisse de Jupiter !

— Moi non ! Mais elle oui ! Enfin, c'est ce que sa mère s'imagine. Et si tu la connaissais sa mère, tu abandonnerais tout de suite ton funeste projet !

— Pourquoi, objecta Simon décidé à vider son sac jusqu'au bout, vous abritez-vous derrière votre épouse ? Pourquoi ne me dites-vous pas simplement qu'il vous désobligerait de m'avoir pour gendre ?

— Ça ne me désobligerait pas ! gémit Roderlans.

Il fit décrire à sa canne sous la bâche une arabesque que le consul lui avait enseignée en lui expliquant :

« Lorsque vous exécuterez ce tour, cela voudra signifier à l'interlocuteur qu'il y a un abîme entre votre position et la sienne. Un abîme inexplicable d'ailleurs et qu'en tout cas vous vous refusez à expliquer, mais qu'il doit comprendre de lui-même. »

Mais Simon ne comprenait pas, il insistait :

— Vous n'êtes jamais qu'un marchand comme moi. Je suis sain. Je suis travailleur, j'ai bonne réputation ! Et je serai fidèle ! s'écria-t-il. Vous m'avez vu à l'œuvre ! Et vous pouvez encore me mettre à l'épreuve ! Vous verrez, je suis pauvre mais courageux !

« Oui, songeait Roderlans. Mais tu portes un chapeau tromblon de bandit des grands chemins et tu joues de l'harmonica. Jamais ni Servane ni Agnès ne te pardonneront de jouer de cet instrument vulgaire ! »

Maintenant qu'il se remettait un peu de cette mauvaise surprise, il était nécessaire à Roderlans d'en savoir davantage sur cet amour insensé.

— Agnès, dit-il, est beaucoup trop jeune pour que nous songions à la marier ! Que t'a-t-elle dit au juste ?

— Rien. Elle ne m'a jamais parlé. Si elle m'avait parlé une seule fois, je crois que je me serais évanoui de bonheur.

— A la bonne heure ! s'exclama Roderlans soulagé. En somme tu te l'imagines !

— Je brillerai, dit Simon. A la fin elle m'aimera.

— Mais non mais non ! Tu t'abuses sur ma fille. Elle n'est pas romantique pour deux sous. Elle n'aimera que raisonnablement. Servane a su la forger à son image.

Ignorant l'âme des jeunes gens il comptait décourager Simon en utilisant le génie de la dépréciation qui lui servait tant dans son commerce. Il déprécia Agnès tant qu'il put et sans vergogne.

— Tu ne devrais plus y penser ! conseilla-t-il enfin.

— Vous refusez de me laisser espérer ?

— Je ne refuse pas ! protesta Roderlans.

Il exécuta un nouveau tour de canne explicite.

— Je ne refuse pas ! répéta-t-il. Je te fais simplement remarquer toutes les incompatibilités de ton utopie.

Simon ricana. Il était assez ulcéré pour vider son sac jusqu'au bout.

— Si vous saviez qui elle fréquente, vous en parleriez pour de bon des incompatibilités.

— Qu'est-ce que tu racontes ?

— La vérité. Un soir que je guettais Agnès, je l'ai vue sur la murette du jardin avec un homme.

— La jalousie t'aura aveuglé !

— Je le voudrais bien, soupira Simon. Malheureusement il était assez reconnaissable.

Roderlans gémissait intérieurement. Il avait proclamé imprudemment tout à l'heure, tout à l'enthousiasme de s'être un peu frotté contre cet homme d'exception qui se disait consul que « depuis trois jours, il s'intéressait passionnément à l'âme humaine ». Eh bien voici qu'en la personne de sa fille Agnès, il lui en tombait du ciel une toute rôtie d'âme et qu'il allait pouvoir l'examiner à loisir. Voici qu'Agnès se mettait à vivre. Voici qu'elle entrait elle aussi dans la danse de la passion et de l'hypocrisie. Il allait falloir s'occuper d'elle, contrarier ses intentions, perdre à gronder, à menacer, à sévir peut-être, un temps si précieux pour conquérir Clorinde. A la seule évocation de cette situation, Roderlans posa sa canne en travers de ses genoux et s'épongea le front.

— Qui est cet homme ? demanda-t-il.

— Je l'ignore.

— Comment ! Tu as dit qu'il était assez reconnaissable. Donc tu le connais ?

— Je le connais mais je ne veux pas qu'Agnès me méprise. Le mépris ne pardonne pas. Elle peut oublier que je suis laid mais pas que j'ai l'âme basse.

— Simon ! dit Roderlans solennellement, si tu aimes ma fille, en dépit que ce soit absolument condamnable, tu dois la sauver de cet homme si tu penses qu'il est mauvais. Sinon, c'est toi que ta conscience étouffera !

L'auvergnat parcourut encore un kilomètre sur la dure montée qui précède La Garde-de-Dieu, territoire de Terrebelle. Durant tout ce temps où Simon avait la mine sombre, les deux hommes ne prononcèrent pas une seule parole.

— Alors ? demanda Roderlans à la fin.

Il se voyait arriver à Terrebelle la panique au cœur de ne savoir rien de précis. Simon pendant ce temps s'était résolu à tout dire. « Soyons méchant, se disait-il, puisque tout le monde l'est ! » Il lui suffisait d'un seul geste pour révéler l'identité du suborneur à Roderlans. Il n'avait même pas besoin de parler. Il changea de côté les guides qu'il tenait entre ses doigts et de la main droite ainsi dégagée, il fit le simulacre rapide de s'allonger démesurément le nez.

— Nasole ! cria Roderlans.

Son hurlement coupa net l'élan de l'auvergnat qui s'immobilisa. Il réveilla dans les grands bois alentour des échos feutrés qui se passaient le mot de proche en proche.

— Nasole ! répéta Roderlans atterré.

La légende avait donné ce sobriquet à Jean Berne pour le distinguer de ses semblables moins bien pourvus que lui car il y avait quantité de Berne à Terrebelle où c'était un nom commun.

Ce terrible Nasole était le cauchemar des mères ayant des filles en âge d'amour. Elles savaient hélas, quelques-unes pour y avoir succombé, l'attrait que son appendice nasal pouvait exercer sur des jeunesses sans expérience mais fâcheusement instinctives.

S'étant ainsi bien remémoré tout ce que la rumeur publique attachait à ce surnom maudit, Roderlans n'eut aucune peine à imaginer sa blonde Agnès, gracile et encore peu formée, aux prises avec ce rouquin couvert d'éphélides et qui de plus avait les lèvres gourmandes.

— Nasole ! clama-t-il encore avec des sanglots dans la voix.

— Eh oui ! confirma Simon en un soupir résigné.

Ils ne desserèrent plus les dents jusqu'au carrefour de la Saunerie où Simon vint aider l'antiquaire au montoir. Roderlans resta planté là une bonne minute, l'âme ébouriffée, à regarder disparaître au tournant des Lices Simon qui menait son cheval par la bride.

« On devrait réserver l'amour aux élites ! » se dit Roderlans.

Ça l'indisposait qu'à cette course sauvage tant de gens vulgaires fussent indûment conviés. Il songeait avec tendresse à ce consul si plein de brio que cette hôtesse oublieuse avait osé penser remplacer si vite. Il songeait à Simon tant entiché d'Agnès et qui cependant avec ses jambes torses et son chapeau tromblon ressemblait à un mauvais rêve.

« On devrait faire passer des concours ! » songeait-il. Et soudain l'amère réalité lui emplit le cœur.

— Nasole ! proféra-t-il.

Il était au comble de l'horreur. Le sol de Terrebelle tanguait un peu sous ses pieds. Il omit de répondre au salut de quelques-uns qui le croisèrent et qui par la suite se formalisèrent de son impolitesse. Il n'eut pas trop de toute la longueur de la rue Saunerie pour retrouver ses esprits. Et la première personne qu'il aperçut en débouchant de la rue d'Aubette ce fut Agnès qui sortait de *L'Aigle à deux têtes*. Elle accourait toute joyeuse pour embrasser son père.

« Restons calme ! » se dit Roderlans.

Il fut tout étonné de ne pas trouver différente de l'ordinaire cette peau veloutée qu'Agnès lui tendait à embrasser. Il eut du mal à imaginer que sans doute elle l'offrait ainsi et, mon Dieu, pour quelle autre caresse ! à ce Nasole tant redouté.

Il la regarda, vive et enchantée, lui tourner le dos pour héler sa mère et lui annoncer qu'il était de retour.

« Elle cache avec facilité, se dit-il navré, autant de choses que j'en dissimule moi-même. Elle a l'âme aussi noire que la mienne ! »

— Eh bien ! dit Servane. Je ne vous attendais pas si tôt ! Le courrier a donc de l'avance ? Ça m'étonne de Serguières. D'ordinaire il a plutôt du retard.

— C'est-à-dire, expliqua Roderlans, que j'ai profité de la carriole de ce brave Simon David qui rentrait aussi.

— Mon Dieu ! celui qui est si laid ! gémit Agnès.

Elle observait attentivement son père comme si elle craignait que la laideur ne fût contagieuse.

— La beauté ne se mange pas en salade ! grommela Roderlans.

En songeant au nez de Jean Berne, il avait quelque mal à suivre sa fille dans ses estimations concernant la beauté des hommes.

— En tout cas, dit Servane admirative, ce voyage vous a profité. Et sauf votre jabot qui est bien froissé, vous n'avez plus du tout l'air chafouin ! Mais ma parole ! s'écria-t-elle étonnée. Vous voici avec une canne à présent. Seriez-vous devenu bancal par hasard ?

— Une canne ne sert pas qu'à aider à marcher ! se défendit Roderlans. Et quant à ma bonne mine, sachez que j'ai fait d'excellentes affaires. D'abord... mais allons dîner ! Je meurs de faim. Je vous conterai tout cela par le menu.

Il fut disert, éblouissant même en quelque endroit. (Si le consul m'entendait, se disait-il, il serait content de moi !) Il raconta sa visite au marquis en omettant beaucoup de choses, insistant cependant sur le péril où il s'était cru à cause de la canne-épée toujours en bataille. Il développa les savants arguments par lesquels il avait amené son hôte à lui céder les d'Aubusson pour quatre cent cinquante louis alors qu'en réalité, sous promesse de lui faire cadeau de la *Cestologie*, il les avait eus pour deux cent cinquante.

Il n'omit pas de parler du courage de Simon David aux prises avec deux Terreplanais dont il exagéra la taille, ce qui n'alluma pas une seule lueur d'intérêt dans le regard d'Agnès. Il passa sous silence, en revanche, le fait que chemin faisant, il avait acheté à quatre Génois un cachalot en train de pourrir.

— Et, ajouta-t-il en levant le doigt, tenez-vous bien ! J'ai aussi fait la connaissance d'un consul de France !

Les deux femmes s'exclamèrent.

— En habit vert ? demanda Agnès.

— Non ! concéda Roderlans. Il était en civil. Mais...

Il tira de son gousset l'étui à cigares et le déposa sur la nappe.

— Mais ma parole ! s'écria Servane. C'est l'étui du baron Ramberti !

— Non, son frère ! Si vous avez bonne mémoire, le baron nous offrait cinq cents louis pour cette pièce d'orfèvrerie si nous la retrouvions. Je l'ai eue pour quatre cents ! N'est-ce pas une bonne affaire ?

— Sans doute ! concéda Servane.

Elle n'aimait rien tant que les bénéfices exagérés et celui-ci (quoique amputé de moitié par Roderlans) lui paraissait encore fabuleux.

Elle s'empara de l'étui d'or pour le faire miroiter complaisamment aux facettes du lustre.

— Tiens ! dit-elle. Malheureusement, il y a une inscription.

— Ah bah ! s'exclama Roderlans. Je ne l'avais pas remarquée.

Servane la lui souligna, gravée à l'intérieur du couvercle, en fines lettres penchées.

La Contessina T.
à Stendhal Milanese

déchiffra Roderlans.

— Ne vous inquiétez pas pour ça, dit Servane. Mathieu notre bijoutier saura bien effacer cela.

Cette famille autour de la table avait l'air parfaitement sereine. Roderlans et Servane trinquèrent même autour d'un pauillac 1825. Leur amour commun pour le médoc était leur seul point de jonction.

Pourtant la cauteleuse Mme Miane, service des Roderlans, augura tout de suite que, sans que rien en transparût, de nouveaux rapports se tissaient lentement entre ces trois personnages qu'elle avait sous le nez tous les jours et que, n'ayant rien d'autre à penser qu'à les observer, elle connaissait mieux qu'ils ne se connaissaient eux-mêmes.

Elle savait, bien sûr, que Roderlans briguait la cantatrice. Elle savait qu'Agnès se desséchait d'amour pour Jean Berne. Elle savait que Servane ne s'était jamais consolée de n'avoir pas épousé Amourdedieu. Elle avait bien cru, elle avait bien espéré, l'autre jour, lorsque celui-ci était venu au magasin qu'en dépit de leur âge ils allaient tomber dans les bras l'un de l'autre.

Mais maintenant, elle flairait comme un vieux chien de chasse qu'il y avait anguille sous roche. Le lorgnon de Roderlans brillait avec trop d'insistance lorsqu'il observait sa fille. Il y avait trop d'ironie retenue chez Servane, lorsqu'ils trinquaient. « Est-ce que par hasard ils auraient tous découvert leur pot aux roses ? » se dit-elle.

Elle jubilait à l'idée de tout ce qu'il y aurait à supputer de nouveau le lendemain et les jours suivants, à l'ombre des grands arbres, avec ses consœurs, les dames du Nord, qui tenaient conseil chaise contre chaise sur la placette des Ormeaux.

Comme pour la maintenir en alerte, lorsqu'elle apporta le café au salon, elle entendit Roderlans qui questionnait :

— Dites-moi, Agnès, vous vous couchez de bonne heure le soir ?

— Naturellement papa.

— Quelle question ! Vous le savez bien ! intervint Servane.

— Tous les soirs ? insista-t-il.

— Oui.

— Vous n'allez jamais vous promener dans le jardin ?

— Jamais.

— Voyons, mon cher Telmon ! gronda Servane scandalisée.

— C'est très bien ! Continuez ! conclut Roderlans.

Mais lorsqu'ils furent seuls, Servane demanda :

— Quelle mouche vous a piqué de tourmenter cette enfant avec vos questions déplacées ?

— Il faut bien se renseigner de temps à autre. Nos travaux nous accaparent et je crains que notre fille ne soit un peu trop livrée à elle-même.

— Mais voyons ! Je m'en inquiète moi ! Vous ne vous en êtes seulement jamais aperçu !

« Elle s'en inquiète, elle s'en inquiète ! songea Roderlans avec humeur. Pour s'inquiéter de quelque chose, il faut d'abord pouvoir l'imaginer ! »

Quand la maison retomba dans le silence et qu'il fut seul au magasin, il sortit en retirant le bec-de-cane et contourna tout le pâté de maisons pour se retrouver sur le boulevard devant son propre jardin. A l'ombre des ormeaux, il vit se découper sur le clair de lune la silhouette d'Agnès penchée au-dessus du muret et qui semblait guetter. Lorsqu'elle entendit, comme son père, le pas lent d'un homme, sonore dans la nuit calme, elle se retira vivement et Roderlans vit dans la chambre de sa fille de la lumière qui s'éteignit presque aussitôt.

L'homme passa sous le mur de soutènement du jardin, il poussa la barrière verte.

« C'est pour ça qu'elle ne grince pas, se dit Roderlans. Parbleu ! La mâtine l'aura huilée ! »

Il entendit l'homme grimper l'escalier et à son tour s'asseoir seul sur le muret, entre les bignonias. Il était courbé et humble. Nulle gloriole n'émanait de sa personne. Lorsqu'il se tournait de profil parfois sous le clair de lune, on voyait son triste nez qui brillait.

— Nasole ! s'exclama Roderlans à voix basse.

Le mot devant son imagination était aussi démesuré que l'appendice qu'il stigmatisait. Il hésitait sur la conduite à tenir lorsque Agnès reparaîtrait et que, il en était sûr, elle se jetterait dans les bras du drôle. Le scandale n'est jamais bon dans une ville de quatre mille habitants et il fallait bien peser ses conséquences pour l'établissement d'Agnès. Certaines familles et non des moindres faisaient déjà la fine bouche sur sa grande taille qu'elles jugeaient peu propice à la fécondité, si, en sus, elle traînait un scandale derrière elle, la dot réclamée risquait d'être criante d'injustice.

Roderlans était désorienté. Toutes sortes de tracas se partageaient ses pensées. Le bonheur léger qu'il s'était promis avec Clorinde quand en jouirait-il ? Il y avait tant d'obstacles ! Amourdedieu, Servane, Agnès maintenant. N'y aurait-il jamais moyen de vivre paisiblement ? Le vernis d'âme heureuse gagné dans la rencontre du consul commençait à craquer au contact de la réalité.

Il sursauta. Le clocher de Saint-Sauveur tout de suite suivi par celui du Soubeyran venait de sonner deux heures. Il y avait donc plus de deux heures qu'il tergiversait au pied de cet ormeau où, en dépit de la tiédeur d'août, ses pieds commençaient à froidir mais, dans le même temps, il voyait bien que sur son muret, Nasole était toujours seul. Il fut seul jusqu'à trois heures et demie où Roderlans vaincu par le froid se retira sans bruit, mais Nasole était toujours là, rivé à son muret, le nez interrogateur toujours levé vers la fenêtre rébarbative d'Agnès.

Roderlans était plein de considération pour sa fille. Un amour aussi maître de soi lui parut du meilleur augure pour son établissement. Il en eut même, sans se l'avouer, un peu froid dans le dos.

Il aperçut au lointain, ridicule sous le clair de lune, Simon qui martyrisait son harmonica dans l'espoir d'être entendu d'Agnès.

« Ils sont obstinés comme chats de gouttière ! » se dit-il dégoûté. Il tenait pour vulgaire et déplacée cette quête d'amour auprès de sa propre fille. Il alla se coucher dans la chambre à part qu'il utilisait souvent, sous prétexte de ne pas réveiller Servane mais en réalité pour pouvoir imaginer tout à son aise une autre vie qu'il aurait pu avoir.

A quatre heures, de guerre lasse, Nasole et Simon se retirèrent à leur tour et la cauteleuse Mme Miane, cachée dans la soupente du corbillard dont son mari était le phaéton, put enfin aller goûter un repos bien gagné. Le lendemain, elle allait avoir à en raconter tant et plus à ses amies les dames du Nord.

A huit heures, le lendemain matin, Roderlans fut cueilli à froid par l'apparition du long Serguières qui brandissait deux missives arrivées aux messageries à l'intention de l'antiquaire. Il les annonça d'une voix tonitruante :

— Des nouvelles, monsieur Roderlans !

— Chut ! fit Roderlans. Ma fille et ma femme dorment encore.

C'était faux naturellement. Comme tous les vendredis, Servane préparait son bagage pour La Chevillonne où elle abritait ses vieux parents depuis qu'ils lui avaient fait donation de tout leur avoir. Le palefrenier contenait devant l'écurie du Champ-Cundier le cheval aubère fils de l'étalon d'Amourdedieu, lequel était attelé à un boguet vert bouteille que Servane d'ordinaire conduisait à un train d'enfer. Heureusement, elle était encore à l'étage, emplissant le panier de provisions grâce auquel ses père et mère pouvaient subvenir à leurs besoins aux moindres frais.

Elle renouvelait cette opération toutes les semaines avec une constance filiale digne d'éloge.

Mme Miane disait toutefois que c'était autant de leur capital que durant ce temps ils ne dépensaient pas.

Servane apparut, armée de pied en cap d'une amazone assortie au boguet et d'une capeline contre la poussière des routes qui reléguait son visage au fond d'une ombre où c'était à peine si l'on distinguait les yeux. Elle tenait sous le bras une cravache à estourbir les bœufs qui était son en-cas à elle contre les mauvaises rencontres. Roderlans n'eut que le temps de dissimuler les deux plis sous un presse-papiers. Il avait pu se convaincre que les suscriptions n'émanaient ni de clients ni de fournisseurs éventuels et que, par conséquent, ces plis pouvaient être porteurs de certaines nouvelles dont Servane n'avait pas à connaître.

— Voilà ! dit Servane tout affairée en enfilant ses gants. Je vais visiter mes parents comme tous les vendredis. Je serai là demain. Pour une fois je vous confie Agnès. Ma mère baisse beaucoup, je trouve, et je ne voudrais pas que son état impressionne fâcheusement la jeune imagination d'Agnès.

Roderlans acquiesça.

— Vous avez raison d'en tenir compte. Il me semble en vérité qu'elle l'a de plus en plus vive.

— Veillez bien sur elle ! dit Servane. Et vous-même, ne soyez pas trop distrait !

Sur ces paroles, elle gagna l'autre sortie de *L'Aigle à deux têtes* où le palefrenier contenait à grand-peine le cheval impatient. Sitôt qu'il eut entendu décroître le trot rapide de l'attelage,

Roderlans à la hâte décacheta les paquets qui l'alarmaient tant. Le premier émanait de la préfecture et disait :

« Monsieur,

« de l'enquête diligemment menée par la gendarmerie de Fronsac, aux fins d'élucider l'incident qui mettait en émoi la population paisible de cette ville il appert : 1°) que vous vous êtes rendu acquéreur par le canal de quatre commerçants étrangers d'un poisson de l'espèce dite « cétacée ». 2°) Des constatations des gendarmes sur ledit poisson, il appert que celui-ci est en état de décomposition. 3°) Des interrogatoires des témoins de cette affaire, il ressort deux choses : la première la plus vraisemblable, vu votre profession d'antiquaire, est que vous voulez utiliser cet animal aux fins de taxidermie ; la seconde, vu votre état de propriétaire terrien, est que vous voulez amender les sols avec ces débris organiques.

« Quoi qu'il en soit, vu les graves dangers d'épidémie que fait courir aux populations laborieuses de la région la présence de cette charogne, nous, Préfet, ordonnons que dans le plus bref délai et par tout moyen que vous jugerez bon, vous débarrassiez la ville de Fronsac de ce cadavre qui trouble l'ordre public, faute de quoi il sera procédé sans tarder et à vos frais à son équarrissage. D'autre part, le volume, la taille que représente le corps du délit, vu l'émoi qu'il ne manquerait pas de provoquer parmi les populations, naguère si éprouvées par le choléra, nous interdisons qu'il soit transporté sur toute route, tout pont, à travers tout village, placé sous notre administration. Comptant sur une prompte exécution, etc. »

— Et alors ? dit Roderlans à haute voix. Et alors ? Qu'est-ce qu'il veut que j'en fasse, ce préfet d'opérette ? Il veut que je l'en débarrasse et il m'interdit de le déplacer !

Son inquiétude ne fit que croître lorsqu'il eut ouvert l'autre paquet, scellé d'un cachet de cire où se discernait la couronne d'un marquis.

Roderlans devina que c'était le fou de Fronsac qui écrivait. Il brisa le sceau avec appréhension et lut ce qui suit :

« Monsieur,

« Vous êtes le dernier des Judas. Je viens d'apprendre par mon fidèle serviteur que vous vous êtes rendu coupable d'un crime de violation de sépulture en arrachant la dépouille d'un cachalot à son élément et ceci à des fins mercantiles. Vous m'avez trompé sur vos intentions véritables, vous m'avez tiré les vers du nez à propos de l'ambre gris, dans le seul dessein de vous approprier cette noble matière. Mais j'ai détourné vos coupables projets. Je viens de prendre possession dudit cachalot à l'aide de quatre solides gaillards. C'était d'ailleurs une entreprise aisée car votre gardien avait profité des douze sous de son infâme salaire pour s'enivrer copieusement. Nous n'avons eu qu'à le transporter jusqu'au plus proche roncier où il cuve présentement son vin. J'ai commis avec les quatre gaillards également un moine de mes amis qui doit prier présentement pour l'âme de Léviathan.

« Adieu, Monsieur, si vous repassez par Fronsac faites un large détour car, le cas échéant, il se pourrait bien que vous receviez dans le bas des reins une décharge de fusil à sel, sur la provenance de laquelle je ne vous laisse aucun doute.

« Les deux cents louis, prix des tapisseries d'Aubusson, qu'étant homme d'honneur, je remettrai scrupuleusement à vos livreurs lorsqu'ils se présenteront, seront utilisés pour faire de décentes funérailles au denticète que vous prétendiez si injustement priver de sépulture.

« Je ne vous salue ni ne signe, ne me considérant pas comme votre humble et obéissant serviteur. »

« Mon Dieu ! se dit Roderlans. Il va l'enterrer ! »

Après ces lectures, il ne savait plus où pendre la lumière. Il tourna dans le capharnaüm le jour durant, entre le va-et-vient des pratiques, à la recherche d'une solution, en se rongeant les ongles. Il errait sans but, deux doigts posés sur ses lèvres où la moue s'allongeait. Il n'avait ni faim ni soif ni besoin de lumière tant était grand son désarroi. Au dîner, lasse de l'attendre devant son couvert vide et la mauvaise humeur de Mme Miane qui disait que le rôti serait trop cuit, Agnès descendit au magasin pour s'enquérir des causes de ce retard. Au tournant de l'escalier elle surprit dans la pénombre d'une méchante lampe verte les déambulations de son père qu'elle jugea préoccupé. C'était le moment où Roderlans avait enfin réussi à se formuler la situation dans toute sa complexité, ce pourquoi une journée entière de réflexion n'avait pas été de trop.

« Il faut et il suffit, se disait-il, que je soustraie mon emplette aux équarrisseurs du préfet et aux quatre solides gaillards du marquis et que je la transporte séance tenante jusqu'à la roselière de La Chevillonne où je la laisserai tranquillement pourrir jusqu'à ce que l'ambre gris se détache de la charogne. »

Il se tordit les mains de désespoir en voyant clairement devant lui la taille de son acquisition. « Même si la nuit, se dit-il, m'a un peu exagéré sa taille, elle est tout de même gigantesque ! » A un moment même, il leva les bras au ciel et prononça à haute voix :

— Je ne peux tout de même pas faire ça tout seul !

Agnès qui tournait l'escalier entendit ces paroles et en demeura toute songeuse. Elle l'appela :

— Père ! votre dîner attend ! Mme Miane n'est pas contente !

Roderlans s'approcha du degré et vit sa fille comme en majesté, toute vêtue de bleu, sa main fine posée sur le filigrane ajouré de la rampe en fer forgé. Il la jugea très belle et soudain il se frappa le front.

— Dînez seule, mon enfant ! s'écria-t-il en s'enfuyant. Je mangerai du fromage en rentrant ! J'ai oublié quelque chose d'extrêmement urgent !

Il se donna à peine le temps de se saisir de son chapeau à la patère et de sa canne au porte-parapluies. Dehors c'était une nuit surprenante après la journée torride qui avait pesé sur le pays. Le vent soufflait par les rues de Terrebelle. Sur son support mal scellé, l'aigle à deux têtes trémulait au caprice des rafales. Roderlans se hasardait dans des ruelles coupe-gorge où il n'était peut-être jamais passé. Elles sentaient le fumier, le pipi de chat, le pipi d'homme, un quinquet à chaque carrefour suffisait à peine pour s'y diriger à tâtons.

« Il m'a dit, il m'a bien dit : "Mettez-moi à l'épreuve ! Je suis pauvre mais courageux !" » Parbleu ! Comment n'y avait-il pas pensé plus tôt ? Ce Simon David qui s'était colleté devant lui victorieusement avec deux Terreplanais, voilà l'homme qu'il lui fallait ! Décidé, probablement chevaleresque et en tout cas courageux, et qui avait un mobile pour l'aider : il aimait sa fille ! Depuis que l'antiquaire avait vu Agnès descendre majestueusement l'escalier, il se disait qu'un homme qui pouvait se la figurer ainsi serait capable de renverser tous les obstacles pour l'atteindre.

« Si mes pairs me voyaient dans ces culs-de-sac mal famés où ils ne s'aventurent jamais, ils me jugeraient sévèrement », se dit-il.

Il naviguait maintenant dans le rude arôme des tanneries dont il longeait la rue. Là-bas, au fond de l'impasse, une enseigne de fer rouillée à l'inscription depuis longtemps effacée battait l'air telle une girouette. Il s'avança. Les dalles glissaient sous la graisse transportée par les souliers des tanneurs. Roderlans cheminait appuyé sur sa canne, n'ayant plus envie d'en faire des tours, la main assurée contre la muraille de l'impasse.

Il ne savait pas exactement à quoi s'appliquait le terme *patibulaire*, mais les mines qu'il distingua devant lui en poussant la porte *du trou de la Choise* le lui enseignèrent sur-le-champ. Il imagina tous ces hommes la hart au col dès qu'il les distingua à travers la fumée. Il n'était pas jusqu'à la Choise elle-même, avec son vaste cou quelque peu goitreux qui n'appelât elle aussi la corde de chanvre. D'autant que tous ensemble le regardaient d'un air gourmand, lui, son habit bleu, sa canne ouvragée, ses manchettes à volants. Mais Simon, qui à califourchon sur un banc martyrisait son harmonica, l'avait déjà aperçu. Il bouscula ses compagnons pour accourir plus vite.

— Vous, monsieur Roderlans ! Vous ! Ici !

— Oui, moi, chuchota Roderlans. Viens, j'ai à te parler.

Il trouva plus commode de s'appuyer sur le garçon plutôt que sur sa canne pour éviter la traîtrise des pavés gras.

Il ramena Simon en toute hâte jusqu'au magasin. Mais il savait que comme chaque soir Mme Miane avait retiré le bec-de-cane de la devanture, aussi fit-il passer Simon par l'escalier du jardin.

Agnès guettait à sa fenêtre obscure, volets mi-clos, afin de s'assurer que Jean Berne viendrait bien encore une fois macérer en l'attendant en vain. Elle eut un haut-le-corps en apercevant son père accroché familièrement au bras de Simon lequel sous son chapeau tromblon tenait de l'épouvantail. Elle les vit tous les deux chuchotant s'engouffrer très vite dans le corridor.

Agnès avait prouvé en mainte occasion qu'elle n'avait pas froid aux yeux. Elle brûlait de savoir ce qui se tramait entre son père et ce joueur d'harmonica qui d'ailleurs jouait faux.

Elle ne s'accorda pas le temps de jeter quoi que ce soit sur ses épaules. Son déshabillé, que sa mère avait toujours voulu élégant, suffisait seul à la couvrir. Elle était à peine à quelques mètres derrière les deux hommes lorsque son père au fond du corridor poussa la porte intérieure de la boutique qui grinçait toujours un peu lorsqu'on la refermait. Heureusement Roderlans laissa le battant ouvert et Agnès put se glisser à travers les encombrements du capharnaüm jusqu'aux abords du bureau où Roderlans venait de faire entrer Simon et de remonter la mèche de la lampe.

Ah ! l'intuition ! Les ailes de l'amour ! Le cœur battant plus vite comme aimanté lorsque l'objet de la passion est proche de vous ! Que tout cela est vain alors que dans la réalité on passe sans savoir qu'il est là. Jamais aucun homme n'avait encore approché d'aussi près Agnès en déshabillé que ne le fit ce soir-là Simon David pour la seule fois de sa vie.

Elle était là, tapie dans la pénombre, les pieds nus, à moins de trois mètres de son amoureux transi qui cependant n'en eut jamais conscience. Son parfum même, celui des tiges de lavande fanées que l'on couchait entre les piles de chemises de nuit et même sa propre odeur, qui sait ? devait flotter à mi-hauteur de cette chapelle transformée en boutique et jamais le nez épaté de Simon n'en perçut le moindre effluve.

Roderlans affairé déployait une carte devant son visiteur.

— Simon ! dit-il avec emphase. Simon, tu m'as offert tes services l'autre jour. Simon ! J'ai besoin de toi !

Il lui saisit fermement l'épaule comme si en quelque sorte il l'adoubait.

— Tout ce que vous voudrez, dit Simon avec élan.

— Bon ! dit Roderlans. Bon. Seulement ce que je vais te demander sera difficile et peut-être dangereux.

— Je ne crains rien, dit Simon. Depuis que je fais les routes, j'ai été attaqué peut-être quatre fois. Et chaque fois je m'en suis tiré et vous m'avez vu à l'œuvre l'autre jour avec les Terreplanais.

Roderlans hocha la tête.

— Ici, dit-il, ils seront plus de deux et de l'autre côté il y a le préfet avec tout son tremblement.

— Qu'est-ce que vous avez fait ? demanda Simon.

Roderlans haussa les épaules.

— Oh rien ! dit-il. J'ai acheté un cachalot ! Mort !

— Où ça ? demanda Simon stupidement.

— L'autre jour, à Fronsac. Quand tu m'as rencontré, je venais de faire mon emplette. Tu ne me demandes pas ce que c'est qu'un cachalot ?

— Non, dit Simon. Je crois que je le sais.

Il voyait le mur couleur caca d'oie en bas, chez la Choise, avec sa gravure épinglée et son harpon suspendu comme un emblème au-dessus du comptoir.

— La Choise, dit-il, son fiancé aiguisait les harpons. Elle en a un de cachalot sur une gravure. Ça doit être une bête qui fait entre quinze et dix-huit mètres de long.

Roderlans hocha la tête.

— Le mien, dit-il, doit bien faire dans les vingt mètres, et encore c'était la nuit quand je l'ai vu. Je ne distinguais ni son commencement ni sa fin.

Il mesura du regard par l'embrasure de la porte l'étendue de la chapelle capharnaüm.

— Je ne crois pas, dit-il avec crainte, qu'il tiendrait ici dedans.

— Qu'est-ce que vous voulez en faire ? demanda Simon.

— L'empailler ! répondit Roderlans qui bénit à cet instant l'imagination des gens de Fronsac. Après je l'exposerai à La Chevillonne et je ferai payer pour le montrer. Ça me remboursera la réfection de la toiture qui prend l'eau. Seulement, dit-il, il n'est pas mûr. Il s'en faut d'un mois ou deux et c'est là que j'ai besoin de toi. Tiens ! Lis ça.

Il lui mit sous les yeux la lettre officielle mais pas celle du marquis qui parlait de l'ambre gris. Simon en prit connaissance et la lui rendit.

— Il est comique ce préfet ! Où veut-il qu'on circule ?

— Sur le fleuve, dit Roderlans. Tu comprends maintenant pourquoi ce ne sera pas facile ?

Simon hocha la tête.

— Le fleuve ! s'exclama-t-il. Vous avez de la chance que je sois prêt à vous décrocher la lune.

Il y a trente-cinq lieues de fleuve de Fronsac à La Chevillonne...

— Quarante ! dit Roderlans. Je viens à peine de vérifier sur la carte.

— Il n'y a que le chemin de halage et celui des flotteurs de bois. Si le fleuve n'entre pas en crue c'est faisable avec une quinzaine de chevaux.

— Tant que ça ?

— Hé ! vous avez dit vingt mètres. Vous vous rendez compte du poids que ça fait ? Et il faudra des cordes, des grelins, des espars, est-ce que je sais ? Et puis, il faudra aussi des hommes.

— Beaucoup ?

— Assez. C'est un travail de Romain que vous me demandez là.

Roderlans s'épongea discrètement le front. Elle n'était pas encore dans son lit, Clorinde !

— Ne vous inquiétez pas, dit Simon, les hommes je les aurai.

Il y avait si longtemps que ses amis chez la Choise regardaient avidement cette gravure dont ils regrettaient parfois qu'elle ne fût pas animée.

— Seulement ! Il faudra les payer ces hommes ! Ils se font quinze sous par jour aux tanneries ou ailleurs.

— Oh quinze sous... Je peux même leur en donner vingt !

Il comptait financer l'opération avec ce qu'il avait dissimulé à Servane sur l'achat des d'Aubusson et le porte-cigares du consul. Il médita assez longtemps en frottant sa barbe naissante.

Il commençait à comprendre que son entreprise allait connaître pas mal de traverses.

— Où prendras-tu tes hommes ? demanda-t-il.

— Vous les avez vus chez la Choise. Je leur joue de l'harmonica. Ce sont des malheureux.

Sous la mare de fumée qui végétait dans l'antre de la Choise, dont c'était la première fois qu'il poussait la porte, Roderlans avait en effet entrevu des faciès à faire peur.

— Tu es sûr d'eux ? dit-il.

— Comme de moi-même.

Roderlans se racla le gosier.

— Dis-leur, mais pas de ma part, on ne sait jamais ce que vous réserve la vie, dis-leur que, s'il y avait par-ci par-là quelque coup à donner ou à recevoir, j'accorderais quarante sous supplémentaires à ceux qui t'en montreront les traces. Tu vois, je te fais confiance.

Il poussait son compagnon vers la sortie du bureau, la main paternellement posée sur son épaule.

— Occupe-toi des hommes, dit-il. Moi je m'occupe des chevaux. Dès que je les ai, je passe à ton magasin pour t'avertir et qu'on prenne nos dernières dispositions. Et quant à toi, Simon, si tu me réussis cette affaire, je te récompenserai largement !

— Oh, dit Simon, vous savez bien que l'argent ne m'intéresse pas. Si seulement vous consentiez à me laisser tenter ma chance auprès d'Agnès.

Roderlans se frotta la joue de plus belle. On abordait là un sujet où il se sentait au bord de l'abîme. Mais quoi ! Il fallait bien lui donner quelque espoir à ce garçon. « Un travail de Romain », avait-il dit. La chose ne pouvait s'entreprendre sans un encouragement quelconque.

— Eh bien soit..., grogna-t-il à contrecœur. J'intercéderai pour toi auprès de Servane.

— Vous feriez ça ?

— Oui. Oh n'en escompte pas trop ! C'est une lame, Servane, tu sais ! Enfin, j'userai de mon autorité bien qu'elle soit déjà fort compromise.

— Si vous faites ça, s'exclama Simon transfiguré, je vous apporte le cachalot sur les épaules s'il le faut !

— Doucement ! Doucement ! J'ai dit : j'essayerai.

— Votre parole ?

— Ma parole, soit !

Il avait hâte maintenant de rompre cette conversation où il avait désormais tout à perdre. Il reconduisit adroitement son visiteur jusqu'à la porte du jardin. Simon était du vif-argent.

— Et vous savez, monsieur Roderlans, si vous me donnez Agnès, elle sera heureuse avec moi ! Je ferai tous ses caprices !

— Ne t'emballe pas ! Ne t'emballe pas ! Ce n'est pas encore pour demain. En attendant, demain, occupe-toi du matériel. Tiens ! dit-il, et ça aussi c'est une preuve de confiance : voilà cent francs pour les premiers frais. Je te remettrai le reste au fur et à mesure car je compte bien vous accompagner pour préparer les bivouacs. C'est que... les hommes, passe : ils se débrouillent, mais les chevaux, si tu veux qu'ils travaillent c'est un bourras de foin tous les jours plus un picotin d'avoine pour l'amitié. Allez adieu ! Moi je vais m'occuper des chevaux.

Il regarda Simon se perdre dans l'ombre. Il l'entendit bientôt qui modulait sur son harmonica une petite romance très gaie. Il hocha la tête et regagna lentement le bureau en songeant aux chevaux. Il en avait bien une vingtaine à La Chevillonne dont usait le fermier, mais comment expliquer à celui-ci ce qu'il voulait en faire pour une absence d'au moins quatre jours ? Comment lui avouer que tout devait se faire à l'insu de Servane, alors que le fermier était à l'entière dévotion de celle-ci ? L'idée était impraticable. Mais alors que faire ? En vérité depuis qu'il avait été question de chevaux, Roderlans s'était dit qu'il n'y avait guère que les écuries d'Amourdedieu qui en fussent bien pourvues, puisqu'il en faisait le commerce pour l'armée, mais pour réussir à lui en arracher quinze pour au moins quatre jours, dans l'état actuel de leurs relations, il allait falloir à Roderlans une belle dose d'imagination.

En outre, il y avait les quatre gaillards du marquis, la lettre comminatoire de la préfecture et tant d'argent, tant d'argent à mettre dans cette aventure, sans compter, et c'était peut-être le pire, cette promesse inconsidérée faite à Simon David.

Il se répétait constamment et c'était l'aiguillon suprême : « J'ai quarante ans ! Si je ne me lance pas dans la volupté tout de suite, demain il sera trop tard ! » La rencontre récente de ce consul qui parlait tout le temps de bonheur l'avait aussi fort émoustillé. Pourtant son caractère naturellement nonchalant l'incitait à abandonner la partie. « Tu n'es pas heureux comme ça ? » se disait-il. Mais non, il n'était pas heureux. L'instant d'après il se remémorait la délicieuse transparence de la robe semée d'étoiles que portait Clorinde, ce jour béni où elle arrosait ses fleurs.

Néanmoins le chandelier en main qui penchait un peu et répandait son suif sur le parquet, il vacillait en regagnant le bureau. Il s'appuya au mur. Il murmura :

— Quel souci ! Quel souci !

Et il pensait à Agnès avec l'horrible Nasole. Un secret dont il ne pouvait même pas parler à Servane.

— Redressez votre chandelier, il coule ! dit alors une voix à côté de lui.

Il obéit machinalement et dans les flammes ainsi ravivées, il vit Agnès debout devant la porte du bureau, raide contre le battant et blafarde comme l'une des chandelles qui l'éclairaient.

— Vous n'êtes pas encore couchée ? demanda Roderlans stupidement.

— Je voudrais être morte ! souffla Agnès. J'ai tout entendu.

— Quoi tout ?

— Toute cette conversation avec ce Simon David.

— C'est mal d'écouter aux portes.

— Et de me vendre à cet horrible garçon ! Ça n'est pas mal ça, non ?

— Qu'avez-vous cru comprendre ?

— La vérité. Vous voulez me marier à ce va-nu-pieds ! Mais dites-vous bien que je ne l'épouserai jamais ! Plutôt je me ferai sœur !

— Mais, ma petite Agnès, vous vous inquiétez à tort. Pourquoi voulez-vous que je vous marie à Simon David ?

— Vous le lui avez promis.

— J'ai promis j'ai promis... J'ai promis d'en parler à votre mère. Il y a un monde...

— Ma mère vous lui mentez !

— Agnès, je ne vous permets pas !

— Oui vous lui mentez ! Cette histoire de cachalot vous ne voulez pas qu'elle l'apprenne ! Mais moi, dit-elle, moi je vais lui en parler, moi je vais lui dire tout ce que j'ai entendu !

Elle tourna les talons et se dirigea toute roide vers l'escalier. Pieds nus et en déshabillé, les épaules graciles, elle était encore en formation et on voyait bien que, chez elle, l'enfance commençait à peine à s'éloigner.

Un grand élan d'amour s'empara de Roderlans. Il fut sur le point de se précipiter vers elle, peut-être de se jeter à ses pieds, peut-être d'éclater en sanglots, de lui demander pardon à genoux. Hélas, il savait de source certaine que le pardon ne remonte pas les âges. On a vu très souvent des parents pardonner à leurs enfants mais jamais le contraire ou alors du bout des lèvres. « Ou alors lorsqu'ils sont morts, se disait-il. Agnès n'est fragile que d'aspect, sa force de caractère est inflexible. Elle va parler à sa mère et moi je n'aurai pas Clorinde. Je vieillirai médiocrement avec cette absence au cœur. Que disait-il donc le consul, l'autre soir, tandis que nous dînions ensemble ? *Il est bien difficile de ne pas s'exagérer les bonheurs dont on ne jouit pas.* Et se les exagérer jusqu'à la fin de ses jours. Tristement ! Comme un remords qu'on nourrirait. »

— Non ! cria Roderlans.

Son cri emplit la nef, fut répercuté par l'écho. Agnès s'arrêta net.

— Non ! répéta-t-il. Ou alors moi, je lui parle de Nasole !

Agnès revint vers son père comme si elle était aimantée par lui. Il la regardait venir, docile, à petits pas, tandis qu'il tenait le chandelier haut. Elle était désorientée. Elle ignorait visiblement que Jean Berne assumait ce sobriquet. Roderlans le comprit tout de suite.

— Jean Berne ! dit-il. Vous le voyez sur le mur du jardin ! Peut-être... Ailleurs. Votre mère le sait-elle ? Puisque vous voulez tout lui dire, dites-lui aussi cela !

Agnès se laissa tomber sans force sur la chaise du comptable devant le bureau.

— Je l'aime ! souffla-t-elle.

« Misère de misère ! Elle l'aime ! » se dit Roderlans. Il vit luire devant lui le nez du bouilleur de cru. « Ce n'est pas possible, se dit-il. Et c'est héréditaire ! Son grand-père avait déjà le même. Sur son passage, les lavandières se poussaient du coude : "Gros nez gros bijou !" se disaient-elles. Ce n'est pas possible ! Elle l'aime ! J'embrasserai mes petits-enfants qui risqueront de m'éborgner avec leur nez ! Et leurs enfants ! Et les enfants de leurs enfants ! »

Il était consterné. Mais les bonheurs dont il risquait de ne pas jouir tempéraient cette angoisse. Aussi dit-il à Agnès :

— Eh bien, ma chère Agnès, maintenant, jouons cartes sur table, voulez-vous ?

Il y eut un silence. Un éblouissement traversa le cerveau d'Agnès. Elle se vit chez Clorinde prononçant précisément cette phrase en imitation de son père qui la répétait à satiété aux vendeurs coriaces qui offraient des objets dont ils voulaient trop cher. Elle entendait aussi distinctement Clorinde lui répondre : « Décidément c'est une manie dans votre famille ! » Elle sut alors mais sans l'admettre, sans aller jusqu'au bout de ce que ce secret impliquait, qu'il y avait quelque connivence entre son père et cette femme de mauvaise renommée.

Que de choses entraient, s'engouffraient dans sa vie de dix-sept ans en l'espace d'à peine une heure ! Elle en tremblait de terreur pour l'instant. Et son père ! Son père ! Pilier central de sa sécurité ; être sentencieux, peut-être un peu ridicule, mais droit, raisonnable, sans passion, le voici qui se révélait menteur et fourbe. Voici qu'il lui dérobait sa protection, son abri. Pour la première fois de sa vie Agnès comprit que, quoique fille de riche, elle ne pouvait compter que sur elle-même comme si elle était pauvre.

— Je l'aime ! répéta-t-elle. Et je veux l'épouser !

« Et elle veut l'épouser misère de misère ! » se dit Roderlans accablé.

Il se mit à décrire des cercles autour de la

table tachée d'encre et d'Agnès prostrée sur son siège.

« Si sa mère savait ça ! se dit-il. Elle qui la voit si haut placée ! Elle pour qui même le fils d'un noble d'Empire n'est pas assez convenable ! »

— Soit ! Vous l'aimez ! dit-il enfin. Eh bien ! Quoique je pense que vous commettez une grosse erreur, si ce petit secret de cette nuit reste entre nous, je vous promets, vous entendez bien, regardez-moi dans les yeux ! Je vous promets que vous l'épouserez !

Agnès se tira avec peine d'un abîme de réflexions.

— Comment puis-je vous faire confiance ? Il y a tant de choses que je ne peux pas comprendre... Si vous me donnez votre parole qu'il n'y a rien dans cette histoire qui puisse nuire à la tranquillité de ma mère...

— Rien ! Rien du tout ! Je vous l'assure !

Et c'était vrai : il le pensait. En quoi le fait que, de temps à autre, il allât passer quelques heures dans l'alcôve de Clorinde pouvait-il enlever quoi que ce soit à Servane qui faisait tranquillement, heureusement et en toute félicité, lit à part depuis dix ans ?

— Je vous en donne ma parole ! insista-t-il.

— Soit alors, je me tairais ! renifla Agnès qui pleurait sur sa quiétude perdue.

— Vous êtes toute tremblante, mon enfant, dit Roderlans. Vous allez prendre froid avec vos petits pieds nus. Voulez-vous que je vous les réchauffe comme lorsque vous étiez bébé et que je soufflais dessus ?

Elle eut un sourire triste.

— Nous sommes au mois d'août, papa. La nuit est tiède. C'est dans votre souvenir que j'ai froid aux pieds.

Il la regarda monter l'escalier gracieuse et légère.

— Nasole ! gémit-il encore.

Il se toisa sans trembler dans le miroir glauque de Venise et ne se trouva pas si laid. Il venait de promettre à Agnès qu'elle épouserait Jean Berne et à Simon David qu'il épouserait Agnès. Il n'était pas temps encore d'en éprouver quelque inquiétude et peut-être ne le serait-ce jamais. Il comptait fort sur l'imprécision et les incertitudes des lendemains pour l'aider à échapper aux conséquences de ses serments. C'est ainsi, d'ordinaire, que procèdent les hommes d'âge et d'expérience et, la plupart du temps, l'avenir s'arrange pour leur donner raison. Il se regarda donc dans le miroir et fit le geste de semer du sel par-dessus son épaule. « A chaque jour suffit sa peine », se dit-il.

La matérielle question des chevaux était elle bien autrement préoccupante et là il s'agissait de l'immédiat, ça ne souffrait pas d'atermoiements.

Comme c'était un homme pieux, il lui parut qu'en l'occurrence l'aide de Dieu ne lui serait pas de trop. Il sortit donc encore une fois. La nuit était calme et sereine. On eût dit que tout Terrebelle ronflait à l'unisson.

Roderlans alla incontinent gratter au guichet des carmes déchaux à deux cents pas de là. Au guichetier qui prêtait l'oreille, il formula une demande de prière précise. Après quoi, il glissa par la fente des offrandes deux écus qui firent un bruit d'enfer en tombant dans la sébile de bronze. Une fois assuré de ce viatique, Roderlans alla tranquillement se coucher.

La nuit lui avait porté conseil. Au sujet des quinze percherons nécessaires pour haler le cachalot, il suffisait de les demander à Amourdedieu en lui offrant, en compensation, de lui prêter sans aucun intérêt la moitié de la somme qu'il quémandait. Ainsi serait-il mis au pied du mur et ne pourrait-il refuser. En outre, entre les moissons et les labours, il y avait un temps de morte-terre où Amourdedieu laissait les chevaux aux écuries ou bien allait les montrer en quelque comice tant il en était fier. Il n'en avait donc pas besoin.

Roderlans comptait sur la sagacité de Clorinde et son sens des valeurs pour qu'elle ne se laissât pas abuser par cette demi-soumission. La difficulté c'est qu'il fallait faire admettre à Servane ce revirement intempestif.

Il venait juste de soupirer pour la dixième fois peut- être « quel souci ! » lorsque le cocher, vindicatif parce qu'on l'avait prié d'aller moins vite, déversa littéralement Servane devant *L'Aigle à deux têtes*, le chapeau couvert de poussière et l'en-cas en bataille. Ce vacarme fit sortir Roderlans alors que le boguet disparaissait déjà sous le portail d'Aubette.

— Quel animal ! s'écria Servane. J'ai eu tort de lui céder les rênes. Il a failli nous verser deux fois ! Tout ça parce qu'il est amoureux de la fille de nos fermiers et qu'elle le rebute ! Le diable emporte l'amour ! maugréa-t-elle.

— Vous avez bien raison..., soupira Roderlans.

Il l'aidait à s'épousseter et à se remettre. Elle avait les bras chargés de paquets.

— Tenez ! dit-elle. Mettez-moi donc en lieu sûr ces trois ou quatre écrins. Ce sont les bijoux de ma mère.

— Elle n'est pas morte ? questionna Roderlans.

— Non, mais elle n'en vaut guère mieux. En attendant, je préfère n'induire personne en tentation. Nos fermiers sont scrupuleux mais les bijoux de ma mère sont fort beaux. D'autant que Suzanne, la fille, dont ma mère est la marraine, si vous vous en souvenez, s'en occupe admirablement et la traite comme si c'était sa propre grand-mère.

— Vous craignez donc pour sa vie ? demanda Roderlans.

Servane poussa un petit soupir.

— Vous savez, il n'arrive que ce qui doit arriver ! Et le Dr Parini ne m'a laissé aucun espoir. « A son âge », m'a-t-il dit. Enfin !

Elle fit avec ses gants qu'elle venait de retirer un grand geste fataliste.

— L'ennui, dit-elle, c'est que cela va m'obliger à retourner auprès d'elle jusqu'à l'issue fatale.

— C'est fâcheux en effet, dit Roderlans parce que moi je vais être obligé également de m'absenter car les d'Aubusson sont d'un maniement délicat et il va falloir que je m'occupe personnellement de leur emballage et de leur transport.

— Ma foi ! dit Servane avec un nouveau geste fataliste de ses gants, Augusta est assez au courant pour s'occuper de tout et tenir le magasin ouvert. A l'impossible nul n'est tenu. D'ailleurs, c'est la morte-saison. Nous ne vendons pas beaucoup de meubles en août. Les gens ne se marient pas. Non. Le seul ennui, c'est qu'Agnès va rester seule car je ne veux pour rien au monde la faire vivre dans cette atmosphère d'agonie. Ma mère, dit-elle, commence à sentir mauvais !

— Oh ! s'exclama Roderlans. Ne craignez rien à ce sujet. Agnès a maintenant dix-sept ans et tout porte à croire qu'elle sait fort bien s'occuper d'elle-même !

Agnès justement descendait l'escalier. Elle se jeta littéralement dans les bras de sa mère en gémissant de bonheur. Quand elle fut à l'abri de cette épaule, elle pleura même un peu, ce qui tout de suite alarma Servane.

Roderlans crut bien qu'Agnès n'allait pas tenir le coup et que, d'ici cinq minutes, ils seraient tous les trois en train de laver leur linge sale en famille. Il n'en menait pas large, tournant autour du tendre couple de la mère et de la fille enlacées. Servane caressait les beaux cheveux d'Agnès en la consolant maladroitement car consoler n'était pas son fort.

— Allons allons, mon enfant...

Elle se tourna vers Roderlans.

— L'auriez-vous brusquée ? demanda-t-elle soupçonneuse.

— Moi ? Pas le moins du monde.

— Non non ! dit Agnès précipitamment. C'est la joie ! La joie de vous revoir !

Quand elle s'excusa de devoir monter à sa chambre pour se passer un peu d'eau sur le visage parce qu'elle avait les yeux rougis, Servane se tourna vers Roderlans pour l'examiner avec soin.

— Vous faites une drôle de tête, dit-elle. Vous avez mal dormi ?

— Je n'ai pas dormi du tout !

— Allons donc ! Vous avez un sommeil de bébé !

— Pas quand j'ai des remords !

— Ah ! Expliquez-moi un peu ça, chemin faisant.

Elle se dirigeait vers le bureau où elle défit devant le miroir vénitien son chignon qui avait souffert des secousses de la route. Quand les cheveux de Servane, qui étaient blonds aussi, lui tombèrent sur les épaules, Roderlans s'aperçut que le miroir lui retournait un visage de jeune fille sans défense et d'ailleurs non dénué de charme ni surtout d'esprit. Ce fut l'espace d'un éclair. Le destin ne fait jamais signe deux fois et Roderlans dut se contenter pour continuer à se fourvoyer de ce seul clin d'œil qu'il reçut car aussitôt Servane à coups d'épingle experts se refit ce chignon qui la rechignait toute et tout rentra dans l'ordre.

— Ainsi donc, dit-elle, vous avez des remords ?

— Oui. A propos d'Amourdedieu. Je me

reproche amèrement que nous lui ayons refusé ce prêt qu'il sollicitait.

— Que *vous* lui ayez refusé !

— Il n'est peut-être pas trop tard...

— Sans doute.

— Mais peut-être conviendrait-il de modérer ses folies dans son propre intérêt...

Servane ne répondit mot.

— Dans son propre intérêt, soupira Roderlans, je propose que nous ne lui accordions que la moitié du prêt qu'il réclame. Il se ruinera bien assez tôt.

— C'est une excellente idée ! approuva Servane. Ça ménage l'intérêt et l'amitié. Et puis je vous l'ai dit : un intérêt de quatorze pour cent par les temps qui courent ce n'est pas si commun.

— C'est que... Pour me faire pardonner notre... Enfin ma défiance, je comptais ne pas lui demander d'intérêt.

— Oh oh ! Ce n'est plus de l'amitié cela ! C'est de la philanthropie !

— Les remords, dit Roderlans, ça ne se paye pas !

Quoique se connaissant très bien lui-même, il ne pouvait s'empêcher, de temps à autre, de laisser échapper certain trait de caractère comme s'il était vraiment le personnage qu'il assumait. La sentence faisait partie de ce système. Il était sentencieux à plaisir et sans effort comme un jésuite de bas degré.

— En revanche, dit-il, le doigt levé, s'il me propose l'hypothèque sur sa terre des Signores, je le prends au mot !

— Il va sans dire ! soupira Servane. Mais allez :

je suis bien tranquille ! Comme vous voici disposé, il ne vous la proposera pas.

Il pensa lui dire un mot d'amour pour lui prouver sa reconnaissance.

— Ça ne vous ennuie pas, demanda-t-il humblement, que je change d'avis ?

Elle haussa les épaules.

— Ah ! mon pauvre ami ! Si seulement vous en aviez un d'avis !

Elle n'était en possession que de la moitié de la vérité concernant son mari et, encore qu'elle soupçonnât l'autre, elle ne pouvait le juger que par fragments.

Honteux de ses mensonges mais satisfait que Servane l'ait autorisé, Roderlans se précipita chez son ami d'enfance toute affaire cessante. Il trouva un homme qui se rasait maussadement devant le miroir étoilé qu'il projetait de remplacer depuis dix ans.

— Philémon ! cria Roderlans dès qu'il eut soulevé le rideau de jute de la cuisine. Philémon ! Je t'apporte de bonnes nouvelles !

Il lui annonça tout à trac qu'il lui prêtait la moitié de la somme et qu'il ne lui réclamait pas d'intérêt. Il avait cet air affairé des gens qui vont mentir d'importance. Il parlait vite afin de ne pas donner à son interlocuteur le temps de réfléchir. Et dans le même temps, marchant de long en large devant lui, il l'hypnotisait par quelques-uns de ces tours de canne que le consul lui avait enseignés.

— Avec la moitié, dit-il, tu pourras toujours retenir l'affaire.

Il fit un dernier grand geste avec ses bras et sa canne.

— Hélas ! dit-il. Je n'ai pu pour l'instant obtenir davantage de Servane. Mais elle m'a laissé entendre que d'ici quelques semaines, ou quelques mois, tu pourras compter absolument sur nous.

Il allongea la main pour saisir le bras d'Amourdedieu.

— Elle aussi, dit-il, te tient en très grande estime !

Amourdedieu fut assez heureux pour pouvoir feindre une reconnaissance éperdue et quand Roderlans le vit dans cet état favorable, il en profita pour lui glisser sa requête exorbitante concernant les chevaux.

— J'ai quelques garde-robes à vider vers Fronsac — des gens qui ont eu les yeux plus gros que le ventre — et aussi quelque hôtel particulier. Oh rien de bien étonnant : des pianos, des armoires arlatanes, est-ce que je sais ? Toute une salle d'armes avec armures et râteliers d'arquebuses. Ça pèse le diable tout ça ! J'ai trouvé les chariots mais pas les chevaux.

— Mais quinze ! s'étonna Amourdedieu.

— Il y a des côtes comme tu le sais. Il faudra en ajouter en renfort.

— Mais les tiens ?

— Ils ne sont pas assez forts ! avoua Roderlans en une confession qui lui coûtait mais dont il savait qu'elle serait agréable à Amourdedieu. Mon fermier les nourrit trop bien ! Ils sont feignants et gras !

Il dut quand même argumenter une heure durant et flatter son ami qui entourait ses chevaux d'une tendresse de père. Il lui fallut soutenir la mort dans l'âme que les chevaux d'Amourdedieu valaient mieux que les siens alors qu'il pensait le contraire mais il sentait bien que celui-ci était rétif comme une vieille mule.

— Quatre jours pas plus ! assura Roderlans. Demain je te les fais prendre par Simon David.

— David ! s'exclama Amourdedieu. Le feignant qui joue de l'harmonica ?

— Il s'y entend en chevaux. Et puis pas tant feignant que ça ! L'autre jour je l'ai vu arranger deux Terreplanais de belle façon !

— Alors ! dit Amourdedieu.

Il avait contre Terreplane une dent personnelle. Un marchand d'amandes de là-bas avait mis la clé sous la porte alors qu'il lui devait deux mille francs. Toutefois il était perplexe. Cette histoire de meubles ne le persuadait qu'à moitié. Il savait Roderlans plein d'astuce et de duplicité mais là il était incapable de démêler ce qui se tramait. Il avait failli dire non à tout hasard mais il était alléché par les deux mille cinq cents louis. Il comptait les porter à Clorinde pour preuve de sa bonne volonté et il la savait trop avisée pour ne pas s'en contenter provisoirement.

— De même pour l'hypothèque dont nous avons parlé sur la terre des Signores, appuyait encore Roderlans. C'est bien ce que je t'avais dit : Servane serait outrée si tu nous la proposais !

C'était là son dernier argument. Il le lâchait

avec amertume mais il ne fut pas de trop pour amener Amourdedieu à dire oui du bout des dents.

— A la bonne heure ! s'exclama Roderlans. Pour les chevaux, je te les fais prendre demain matin et pour l'argent tu passes après-demain chez le notaire. La somme sera prête, tu n'auras qu'à signer !

— Après-demain ? dit Amourdedieu déçu. Pas plus tôt ?

— Eh non, que veux-tu ? Il faut le temps de réunir les fonds.

Il s'en fut séance tenante chez Simon David pour lui apprendre l'heureuse issue de l'affaire.

— Tiens-toi prêt demain matin, dit-il. Et avertis tes hommes.

Il lui glissa un sac d'écus dans la main.

— Pour les premiers frais, dit-il. Donne-leur quarante sous d'avance à tes hommes pour les encourager. Et ne t'inquiète pas, je vous suivrai de près.

Le soir même chez la Choise, Simon réunit autour de lui ses acolytes. Il regarda attentivement leurs visages : les trois Blanquets pareillement blêmes, avec des têtes de lune maléfique ; le sacristain Ermete Bozzi avec sa demi-calvitie suspecte comme si on lui avait arraché la moitié de la peau du crâne ; le célèbre Suzanne dit *Rassemblement* que l'on imaginait claudiquant comme un automate, même lorsqu'il était assis, une épaule basse, l'autre trop haute. Depuis la dernière fois qu'ils s'étaient vus, il n'y avait pas une semaine, quelques furoncles nouveaux avaient crevé leurs cratères sur le front et le menton du Nanand Piégut, d'autres avaient séché au contraire, abandonnant sur leurs cicatrices des lambeaux de peau morte comme les dartres d'un lépreux. Moscaallegra lui parut le plus sain de tous. Quoique plus petit que tous les autres, il n'avait guère de hideux que ses paupières collées par l'ophtalmie purulente et son tic qui parfois ravageait son visage comme un tremblement de terre.

— Qu'est-ce que vous diriez, demanda Simon, si je vous montrais un cachalot véritable au lieu d'un sur du papier ?

Ils se penchèrent à lui toucher la tête.

— Qu'est-ce que tu dis ? demanda la Choise.

Elle se tira de derrière son comptoir tenant à la main le torchon et le verre qu'elle était en train d'essuyer. Elle les écarta à coups de ses énormes seins pour se livrer passage.

— Tu as parlé de cachalot ! dit-elle.

— Oui, dit Simon. Tu veux le voir toi aussi ?

— Vivant ? dit la Choise.

— Mort.

— Oh alors !

— Je t'offre ce que j'ai, dit Simon.

Le célèbre Suzanne à la lippe rouge intervint.

— Mais, Choise, dit-il, ton fiancé ne t'avait jamais promis de t'en montrer un vivant ?

— C'est vrai, reconnut la Choise.

— Qu'est-ce que tu veux qu'on fasse d'un cachalot mort ? demanda le Nanand.

— De l'argent, dit Simon. En tout cas si vous

acceptez de travailler, il y a vingt sous par jour à gagner pour chacun.

— Chiche ! s'exclama Suzanne. Moi j'en gagne à peine quinze au moulin des Enfers !

— Moi douze !

— Moi seize !

— Nous trente-cinq ! dirent les Blanquets. Tu nous donnes vingt sous à chacun, ça fait trois francs au lieu de trente-cinq sous !

Ils partageaient la même soupente, le même rasoir, la même serviette de toilette, la même fille de joie abominablement triste, encore était-ce une seule fois par semaine pour tous les trois.

Moscaallegra ne savait parler qu'en criant :

— Moi ! Pour voir un cachalot, même mort, je suis prêt à payer !

— Tais-toi, avorton ! lui intima Suzanne. Tu n'as même pas trois liards au fond de tes poches ! Mort de faim ! Lèche-cul ! Espion !

Moscaallegra lui avait ravi la vedette. Il avait voulu dire lui aussi que pour voir un cachalot il était prêt à payer et lui non plus n'avait pas trois liards au fond de ses poches. D'ailleurs, les trois Blanquets, l'Ermete Bozzi, le Nanand Piégut considéraient le *pétingous* Moscaallegra sévèrement. Eux aussi avaient pensé s'exclamer de la sorte.

— Stropiat ! clama Moscaallegra à l'adresse de Suzanne.

Celui-ci rassembla ses claudications en se levant brusquement. Tout son squelette caracola en cet exercice avec un bruit de cristal concassé. Sa chaise se renversa derrière lui. Il empoigna par le col sale de sa souquenille le minable Moscaallegra en évitant de regarder son tic. Simon allongea un coup de pied dans le tibia de Suzanne, du côté de sa patte folle.

— Assis ! commanda-t-il. Des coups, il y en aura à donner et à recevoir. Et justement, à propos de coups, vous aurez quarante sous de mieux si vous en prenez. A condition ! Que vous m'en montriez les traces !

— Quarante sous ! s'exclamaient-ils en chœur. Par coup ?

— Quand même pas ! dit Simon. Pour tous ceux que vous collectionnerez dans une journée.

— Ça va faire trois francs par jour ! jubilaient les compagnons.

Ils se voyaient déjà provoquant des ennemis encore inconnus, à seule fin de récolter des gnons révélateurs. Ils n'en finissaient pas de hurler de plaisir. Ils ne demandaient même pas à Simon ce qu'il attendait d'eux. Dans leur enthousiasme ils soulevaient la Choise de terre pour la porter en triomphe. A eux sept, ils réussirent en dépit de ses cris à la jucher sur le comptoir.

— Viens avec nous ! pria Simon. Tu nous feras la popote ! Et au moins, une fois dans ta vie, tu en auras vu un de cachalot !

— Et on part quand pour cette merveille ? dirent les Blanquets.

— Demain matin ! Et n'oubliez pas de vous faire un peu propres. On ira d'abord chez Amourdedieu chercher les chevaux.

A ce nom redouté, ils oublièrent de descendre

la Choise de son comptoir où elle criait pourtant qu'elle avait le vertige. Ils se souvenaient tous qu'étant enfants, ils avaient servi de cible aux coups de pied dans le train, la seule chose dont le terrible Tour-de-Cou ne fût pas avare.

— C'est sur lui qu'il faut frapper ? demanda Suzanne plein d'espoir.

— Non, surtout pas, dit Simon. N'oubliez pas : demain matin, ici, dès potron-minet.

Il lui sembla lorsqu'il sortit de l'antre que sa poitrine avait pris de l'ampleur. Il se hâta dans la nuit pour aller faire ses adieux musicaux à l'ingrate Agnès.

La constante du caractère terrebellois c'était de ne faire confiance à personne, jamais, même à ses père et mère. Cette qualité, Agnès la possédait au plus haut degré, aussi n'attacha-t-elle aucune valeur à la parole que Roderlans lui avait donnée de lui faire épouser Jean Berne. « Il l'oubliera, se dit-elle, sitôt que les circonstances lui seront favorables. Il faut que je l'y oblige ! »

Aussi préféra-t-elle s'instruire et dès qu'elle fut seule avec Mme Miane au magasin, elle se mit en quête de la fameuse *Cestologie* dont son père faisait tant de cas. Elle était sûre maintenant que ce livre était la cause de tout.

Roderlans avait commencé à faire le paquet pour l'envoyer au marquis de Luynes, mais depuis la lettre qu'il avait reçue, il avait jugé opportun de différer. Le volume était à l'abandon sur la même table où l'antiquaire s'était endormi dessus certain soir. Agnès n'eut aucun mal à trouver le passage concernant l'ambre gris que son père avait marqué d'un signet.

« C'était donc ça ! se dit-elle. Il est bien naïf mon père ! » Il ne fallait croire personne. Surtout pas cet ancêtre du marquis de Luynes lorsqu'il parlait de l'ambre gris. « Ma mère n'y croirait pas ! » se dit Agnès. Mais ce qu'elle retenait de tout cela, c'était que son père avait besoin d'argent pour lui tout seul, à l'insu de Servane et qu'il avait partie liée avec cette horrible cantatrice qui avait osé lui répondre : « décidément c'est une manie dans votre famille ! » quand Agnès lui avait proposé de jouer cartes sur table. Cette « partie liée », elle s'interdisait de comprendre en quoi elle consistait. On lui avait au moins appris ça au couvent où c'était le mot favori des religieuses lorsque les faits se révélaient d'une clarté trop cruelle.

— Vous devez vous interdire de comprendre ! disaient les sœurs.

Toutefois Agnès craignait bien que cette « partie liée » n'eût quelque rapport avec les cris de joie que proféraient les deux novices la nuit où elle les avait découvertes ensemble. Son père ! Mon Dieu ! Toute seule dans la pénombre elle gardait le visage convulsé sur le tableau insoutenable que son imagination lui présentait. Longtemps, comme si elle assistait à l'acte grandeur nature, elle garda sa petite main en bâillon devant sa bouche pour s'empêcher de pousser un cri d'horreur. Mais bientôt elle se remit et songea que si le motif qui faisait agir son père était si puissant, il n'hésiterait pas, dans le cas où Simon réussirait dans son entreprise, à lui accorder la main de sa fille pour le récompenser.

« Je me tuerai ! » songea tout de suite Agnès. Mais avant d'en arriver là, il fallait connaître au plus vite l'étendue de la machination et aviser au moyen de la faire échouer. « Quand il viendra jouer de l'harmonica sous mes fenêtres, se dit-elle, il me faudra prendre sur moi et descendre tirer les vers du nez à ce Léandre ! » Elle en frissonnait par avance en évoquant sa laideur. Son âme de dix-sept ans, on eût dit qu'elle battait éperdument des ailes tant les événements si rassemblés de ces derniers jours la plongeaient dans le désarroi. Elle n'avait pas fini en effet de songer aux relations entre son père et la cantatrice que le portrait de Clorinde sur le tableau noir de Jean Berne lui sauta à la mémoire. Mon Dieu ! Qu'avait-elle donc cette particulière pour ainsi affoler les hommes ? « Elle a les pieds plats ! » se dit Agnès méchamment. « Elle chante ! » lui répondit son sens critique.

Ce soir-là et pour la première fois depuis qu'elle le punissait en le privant d'elle, Jean Berne n'apparut pas sur le muret du jardin entre les bignonias. Il s'était tout simplement endormi les bras en croix sur un tas de lavandes sèches sitôt le dernier client parti et sans espoir de se réveiller avant le lendemain matin.

La fatigue est une explication à laquelle les gens passionnés ne songent jamais. Il y avait maintenant huit jours que Nasole guettait en vain jusqu'à des cinq heures du matin l'apparition d'Agnès. Et lorsqu'il regagnait le logis, il trouvait devant la porte de l'atelier quelque paysan des collines qui lui apportait un grand chargement de spic ramassé la veille, lequel l'interpellait joyeusement, en homme qui a bien dormi.

Agnès n'imagina rien de tout cela. « Il est avec la cantatrice ! se dit-elle, ou en tout cas, il a envie d'y être, c'est pareil ! Il ne t'aime plus ! » Elle tomba assise sur le tabouret du piano à cette pensée destructrice. Et si grand était devenu son amour en ce paroxysme de désarroi et d'incertitude qu'elle ne vit qu'une solution pour conquérir Jean Berne. Puisqu'il aimait tant les cantatrices il ne restait plus à Agnès qu'à se mettre à chanter. Elle avait, depuis longtemps sans objet sur le piano, une partition toute neuve que son parrain, le républicain, lui avait offerte pour ses dix ans. Cette musique l'avait tout de suite rebutée par sa feinte simplicité.

Ce soir-là, elle s'y mit courageusement. Une fois, deux fois. La mélodie était rétive, elle ne se laissait apprivoiser qu'en rechignant. Il semblait pourtant qu'il n'y eût qu'à se laisser porter par elle, mais Agnès avait une pauvre voix que l'angoisse étouffait. Dix fois elle s'interrompit pour se glisser derrière ses persiennes afin de vérifier que le muret était toujours désert. Ce fut à l'occasion de l'une de ces interruptions que, sans prêter l'oreille, elle entendit au profond de la nuit l'harmonica de Simon qui lui retournait, tendre et léger, l'air qu'elle avait tant de mal à apprivoiser. « Cet imbécile m'écoute ! » se dit-elle. Elle en était outragée, mais elle se souvint alors qu'elle s'était promis de lui tirer les vers du nez.

En dépit de son émoi concernant Jean Berne, elle était toujours la même fille pleine de cette énergie — qu'elle se reprochait comme un vice — qui lui avait permis d'aller affronter Clorinde face à face. Elle se dit que ce ne serait pas plus terrible d'affronter Simon. Elle n'avait pas pour habitude d'écouter sa panique. La décision une fois prise, sa force de caractère lui permettait de l'assumer.

Elle sortit sans bruit dans le couloir. Elle était tout habillée tant son angoisse l'avait empêchée de se coucher. Elle ôta ses chaussures pour passer devant la porte de la chambre où ses parents reposaient, bien qu'elle sût cette précaution inutile. Ils avaient le plus beau sommeil du monde, imperturbable et d'une longueur de temps toujours égale. A six heures, ils s'éveillaient ensemble. Et c'était merveille de voir ces deux êtres qui vivaient en commun si mal leurs journées, s'accorder si bien pour ensevelir leur antagonisme dans le sommeil.

Agnès se trouva dans le jardin. Elle sortit sur le boulevard. Simon n'avait pu rester sur son sarcophage. Sitôt qu'il avait perçu au loin les notes du piano, il s'était instinctivement rapproché et c'est alors qu'il avait entendu chanter Agnès. Les paroles inoubliables, la musique inoubliable, le tout qu'il n'avait jamais entendu de sa vie, il l'engrangea une fois pour toutes dans sa mémoire.

Il était là, planté dans la poussière au pied du mur de soutènement, le visage stupidement tendu vers la croisée de la chambre d'Agnès, épiant sa voix, épiant la musique du piano. N'entendant plus rien, il se risqua à jouer sur son harmonica les premières mesures de ce chant qui lui paraissait si bien convenir à l'image de rêve qu'il se faisait d'elle.

« Dieu qu'il est laid ! » se dit Agnès.

Elle était à dix pas de lui et il ne la voyait pas, ne la sentait pas. Elle s'avança encore, le clair de lune éclatant allongeait son ombre sur la poussière du boulevard. C'était une ombre sans contours, plate comme la lame d'un couteau. Elle traversait en écharpe la poitrine du garçon puis elle s'enroulait autour du tronc d'un tilleul. Agnès se plaça entre le clair de lune et Simon afin qu'il fût totalement dans l'ombre. Elle était maintenant à trois pas de lui. Alors seulement, privé de clair de lune, il se retourna.

Elle s'était munie à toute éventualité de la plume d'oie factice qui ornait son écritoire. Celle-ci s'achevait par un calame d'acier à pointe affilée. Agnès serrait comme une arme cette élégante messagère mieux utilisée autrefois pour assassiner l'amour plutôt que les amants. Il n'empêche qu'elle l'aurait enfoncée dans le cœur de Simon si celui-ci avait fait mine de la toucher.

Il ne risquait pas. Il était au garde-à-vous, toutes ses laideurs rentrées ou tâchant à s'effacer, roide de peur, à genoux de tout son être invisible si, tant bien que mal, son squelette le tenait encore debout.

Agnès fit les trois pas qui la séparaient de lui à la même allure que Clorinde les avait accomplis le jour où celle-ci l'avait reçue. Elle apprenait vite. Elle s'était aussi composé une tête indignée qui ne faisait que trahir son éclat.

— Vous m'importunez ! cria-t-elle. Vous m'empêchez de dormir avec votre harmonica !

— Je le sais bien, murmura Simon.

Il avait instinctivement retiré son chapeau et il ne savait plus qu'en faire non plus que de son harmonica qu'il fourra vivement dans sa poche.

Il était comme un adorateur du soleil, il ne pouvait soutenir en face l'éclat de son astre. Pas une fois, pas une seconde il ne croisa le regard d'Agnès ni ne prononça son nom.

— Je m'en vais, dit-il humblement en tournant les talons.

— Non restez ! commanda Agnès. Je sais tout ! Le cachalot ! L'ambre gris ! Tout !

Simon n'en savait pas tant. Il n'avait jamais entendu parler d'ambre gris avant ce soir. Il ne releva même pas le mot. Peu lui importait. Il était dans le soleil d'Agnès. Si elle avait pu le battre à coups de cravache il aurait été comme un chien battu qui aime quand même son maître.

— Qu'est-ce que mon père vous a commandé ? Qu'est-ce que vous allez faire contre moi ?

La voix d'Agnès était métallique, froide comme celle d'une institutrice mais Simon y trouvait des accents veloutés. Il lui savait un gré infini quels que fussent les mots, de lui adresser la parole.

— Rien contre vous je vous le jure !

C'était à peine s'il entendait sa propre voix. Elle chevrotait au fond de sa gorge. Il ne se remettait pas de deviner Agnès devant lui car il contemplait obstinément ses pieds.

— Un peu de courage ! dit-elle. Qu'est-ce que vous allez entreprendre ?

Il lui raconta alors tout ce qu'il savait, tout ce que Roderlans lui avait ordonné d'accomplir.

— Fort bien ! lui dit-elle lorsqu'il eut terminé. Et que vous a-t-il promis ?

Elle s'apprêtait à le chapitrer d'importance, de manière qu'il n'y revînt plus, sitôt qu'il aurait dit la vérité, mais il mentit.

— Rien, dit-il.

Si Agnès eût été capable de réfléchir, ce seul mot prononcé sans hésitation et qu'elle savait mensonger lui aurait fait mesurer de quel sacrifice et de quelle grandeur d'âme était capable ce minable joueur d'harmonica qui tenait devant elle son chapeau tromblon comme un mendiant. Sans doute lui eût-il paru moins laid. Mais Agnès ne devint capable de méditer que lorsqu'elle eut trente-cinq ans.

— Fort bien ! répéta-t-elle. Mais ne m'importunez plus et cessez d'espérer. J'aime et je suis aimée !

Elle tourna le dos en majesté, à la fois outragée et faisant en sorte, en lui soulignant toutes les ressources de sa beauté, qu'il ne l'oubliât jamais, comme si ça avait de l'importance que quelqu'un que l'on n'aime pas se souvienne de vous ou non et comme s'il était nécessaire au bonheur d'Agnès de bien faire miroiter aux yeux de Simon ce qu'il était en train de perdre.

La plume d'oie immaculée qu'elle serrait entre ses doigts resplendissait au clair de lune de toute sa blancheur. Si les blessures d'amour se voyaient à l'œil nu, elle aurait dû dégouliner du sang de Simon.

Il resta planté au milieu du chemin bien après qu'Agnès eut disparu, le regard toujours errant à sa trace, le chapeau toujours à la main. On dit que l'amour est aveugle ; dans le cas de Simon, il était sourd. Il n'avait retenu d'Agnès que la musique de sa voix et pas du tout le sens de ses paroles. Mieux encore c'était le souvenir de l'air que chantait Agnès bien avant qu'elle apparût que Simon conservait en mémoire.

Il sortit son harmonica et il fit un tour de ville en donnant la sérénade aux insomniaques des rues et des couvents. Il passa ainsi devant la folie de l'évêque où Clorinde reposait mal derrière ses croisées ouvertes sur la nuit d'été, en proie elle aussi à un mal d'amour désolé parce que désormais sans objet. Combien il était pauvre dans le souvenir de Clorinde, cinq ans après sa mort, ce lieutenant de la Grande Armée, combien il avait peu compté sur la terre maintenant qu'il n'y était plus.

La mélodie s'avançait vers elle d'abord à peine audible puis de plus en plus lancinante à mesure qu'elle se rapprochait. Simon n'en connaissait que les bribes qu'il avait pu entendre déchiffrées par Agnès aussi les répétait-il inlassablement ignorant la suite.

Clorinde se dressa sur son séant. « Qui joue, se dit-elle, *Voi che sapete* à Terrebelle ? » Quand elle comprit que le musicien arrivait sous ses fenêtres, elle se précipita pour regarder au-dehors. Sous le mur de la folie, elle vit dans le clair de lune et déjà passant son chemin cet homme au chapeau tromblon et aux jambes torses ridicules qui soufflait dans un harmonica.

« Voici donc comment, se dit Clorinde, le passé revient me chercher. »

A voix basse, debout au milieu de la pièce, elle se prit à fredonner l'air qu'elle venait d'entendre, l'air que deux ans à peine auparavant, en habit de mezzetin, culotte blanche en soie moulante sur l'étonnante cambrure de ses reins, elle poussait devant mille spectateurs médusés, le souffle suspendu au sien et qui allaient la saluer de clameurs d'ici cinq minutes.

Bientôt fredonner ne lui suffit plus. Elle déploya son corps bien droit, le visage et la bouche élancés vers le ciel. Les mains en corbeille ou suppliantes ou tendrement ouvertes en calice pour accepter quelque offrande de chair et laissant échapper au bout de leurs doigts la note exquise que la voix en confidence confiait à l'écho, Clorinde chantait pour le désert de la nuit. Il n'y avait personne sauf elle pour l'entendre. « Je n'ai rien perdu, se dit-elle. Je suis toujours *la Viguieri !* » Elle se recoucha émerveillée.

La nuit d'Agnès n'était pas achevée. Pas plus qu'elle n'avait confiance en son père quand il lui avait affirmé qu'elle épouserait Jean Berne, elle ne crut Simon David lorsqu'il prononça le mot « rien ». Elle savait, elle, que Roderlans ne pourrait pas lui refuser sa fille s'il remplissait sa mission. Il fallait donc traverser les projets de l'un et de l'autre et faire en sorte que le cachalot n'atteignît jamais les berges de La Chevillonne.

Assommé par ses nuits de veille, Jean Berne dormait assis, les bras étendus devant lui, sur la table des dégustations, le nez contre un bouquet de lavande qu'il investissait tout entier. Ce fut dans cet état qu'il entendit qu'on secouait la porte, qu'on l'ébranlait à coups de pied. Il se dressa, réveillé en sursaut. Il accourut, il l'ouvrit, il vit Agnès devant lui. L'aube découpait, roses derrière elle, les montagnes des Alpes.

La présence d'esprit revint à Jean Berne sur-le-champ et il bénit la bienheureuse fatigue qui l'avait terrassé, le dispensant ainsi de découcher par désespoir, de tâcher de noyer son chagrin, comme d'autres dans l'alcool, en allant s'agripper à quelque accueillant *taffanari* dont on ne lui eût pas encore interdit l'accès. Agnès était si prompte à tout deviner qu'il valait mieux ne pas exciter son imagination. Pour l'instant, elle était là, à quatre heures et demie du matin, un peu défaite, un peu hagarde il est vrai, mais plus belle de n'avoir pas été vue depuis huit jours et rehaussée d'un air dramatique qui seyait à sa jeunesse.

La réaction de Jean Berne fut à la fois de frayeur et d'espoir.

— Il est arrivé quelque chose à vos parents ! cria-t-il.

Agnès haussa les épaules.

— Mais non ! Que voulez-vous qu'il arrive à mes parents ? Ils dorment ! Du sommeil des justes ! Non ! s'écria-t-elle. C'est à nous qu'il arrive quelque chose. C'est notre amour qui est menacé !

Elle éclata en sanglots. Il la calma du mieux qu'il put. Quand elle fut en état de parler, elle lui raconta tout.

C'était l'aube. Amourdedieu vérifiait le ciel avec inquiétude pour quelques nuages roses trop tôt apparus. Il vit poindre à l'horizon du chemin une petite troupe dont il ne distinguait que la masse. Il se dit que c'étaient les hommes de Roderlans.

« J'aurais dû, se dit-il, aller hier chez le notaire, c'est pas normal que je lui prête les chevaux avant d'avoir touché l'argent. »

Mais hier avait été une forte journée. Les battages avaient commencé sur les aires et il lui avait fallu présider à la comptée des sacs de blé. Une certaine année il lui en avait disparu deux ou trois à la faveur de la poussière et du remue-ménage.

— Pauvre victime du travail ! dit-il entre ses dents.

C'était de lui qu'il parlait.

Les compagnons chantaient pour se donner du cœur devant Amourdedieu car il n'en était pas un seul qui n'eût écopé de lui le hasard d'un coup de pied au cul, aussi étaient-ils fort circonspects. Les trois Blanquets marchaient au pas comme à l'ordinaire, faisant front, bras dessus, bras dessous, blafards au lever du jour comme ils l'étaient à celui de la lune ; Suzanne, dit Rassemblement, à cause du mal qu'il avait pour ramener à lui à chaque pas ses membres à l'allure dégingandée, se tenait en serre-file, un peu séparé du groupe tant il lui fallait de place pour mouvoir son corps de stropiat ; Ermete Bozzi insérait sa minceur entre Simon David et le Nanand Piégut tout suppurant. Il n'y avait que Moscaallegra pour caracoler en tête, à deux mètres devant les autres et bombant son étroite poitrine offerte aux coups qui tout à l'heure peut-être n'allaient pas manquer de pleuvoir. « Ça ferait toujours quarante sous pour la première journée, se disait-il, et j'éviterais aux autres de les prendre ! » Il était le seul de la bande à avoir la passion du sacrifice.

Quand il vit cette cour des miracles ambulante en grappe devant lui avec ses mines patibulaires, Amourdedieu douta un instant si sous ses dehors de bourgeois tranquille Roderlans ne dissimulait pas un chef de bande. « Ça lui serait facile, se dit-il, de cacher ses rapines au magasin. » Il se demanda avec inquiétude si ses chevaux n'allaient pas servir à quelque recel. Il pensa tous les renvoyer à grands coups de pied dans le train, d'autant que Simon avait gardé son chapeau tromblon sur la tête et qu'arrivé devant Amourdedieu il l'ôta avec déférence en lui tendant un papier. « Voici les hommes dont je t'ai parlé », écrivait Roderlans.

Amourdedieu glissa le billet sans mot dire au fond de sa poche. Il continuait à n'en pas croire ses yeux à considérer les gueux auxquels il allait confier une partie de son capital. Mais c'était un homme qui connaissait la valeur d'un accord tacite. Il entendait ce que Roderlans n'avait pas exprimé : « Je te prête deux mille cinq cents louis et toi tu me prêtes quinze chevaux. » Il n'y avait pas de conditions ni d'objections de part et d'autre.

— Bon ! soupira Amourdedieu.

Il fit signe à Simon de le suivre et il lui ouvrit lui-même la porte des écuries. Les compagnons furent tout de suite ivres de grand large rien qu'à respirer cette atmosphère faite de sueur refroidie et de crottin chaud qui est le propre des riches écuries. Là, dans le silence et la paix, les chevaux achevaient de mastiquer leur foin du matin posément, paisiblement, en un broiement tranquille de meule à blé.

Amourdedieu ouvrit aussi à Simon, avec la même clé, la salle des harnais qui sentait les bottes cirées. Pendant toutes les manœuvres qui s'ensuivirent, il ne quitta pas les compagnons des yeux, campé devant la stalle de l'étalon tant qu'ils n'eurent pas achevé le harnachement. Ils firent tout dans un silence religieux sans un geste ni une parole inutiles, avec un soin d'hommes habitués à souffrir avec les bêtes de la même souffrance. Et d'ailleurs, les chevaux ne marquèrent aucune crainte devant leur hideur, ils se prêtaient docilement à leurs mains expertes qui parfois les effleuraient en connaisseurs soit pour les faire tourner soit pour leur faire pencher la tête.

— Ils seront pomponnés comme des novis ! dit Simon.

Amourdedieu ne répondit pas. Il songeait intensément aux deux mille cinq cents louis de Roderlans. Il songeait aussi qu'il en avait dix fois plus dans la cache sous les briques, derrière la mangeoire de l'étalon et qu'il eût suffi de les prélever pour chasser cette vermine carnavalesque et se dresser devant Roderlans afin de lui jeter ses louis à la figure et le mettre au défi de lui arracher Clorinde. Mais c'était là rêve insensé car il savait aussi que même le canon d'un pistolet sur la tempe il n'aurait pas laissé sortir de sa cachette le moindre sac de louis. Il se connaissait bien. Il s'approuvait d'ailleurs d'être ainsi fait et s'en savait le meilleur gré du monde.

Mais ça ne l'empêchait pas de souffrir. Il vit partir ses chevaux la gorge serrée comme le jour où il avait dû se séparer de l'un d'eux pour l'envoyer à l'équarrissage parce qu'il était trop vieux pour travailler mais néanmoins continuait à manger. Ce sont des choses qu'on fait lorsqu'on est avare mais c'est la mort dans l'âme.

La troupe funambulesque laissa le pavé devant les écuries lavé à grande eau et sans une trace de paille ou de crottin. Amourdedieu longtemps la regarda s'éloigner. Quand le tournant du chemin l'eut soustraite à sa vue, il rentra dans la maison pour mettre du linge propre et, incontinent, il s'achemina plein d'espoir vers l'étude du notaire. Il produisit le billet de Roderlans et n'eut aucune peine — contre nombre de signatures — à obtenir les deux mille cinq cents louis. Toutefois, le notaire l'accompagna jusqu'à la porte l'air mi-figue mi-raisin et lui tendit une main molle. C'est que les notaires ont toujours scrupule à voir s'évader ainsi de leur officine cinquante mille francs même s'ils ne leur appartiennent pas.

La journée se passa en travail acharné. La Marie Torte avait fait dire à Amourdedieu qu'il valait mieux attendre, que madame avait ses nerfs à cause d'une robe dont sa couturière était en train de rater le décolleté. Mais, dès le soir venu, Amourdedieu piaffant d'impatience se présenta à la porte de la folie en tenue irréprochable, le visage passé à la pierre ponce pour le cas où Clorinde ravie lui sauterait au cou.

Il pénétra au salon précédé en grande pompe par la Marie Torte qui hélait impérativement « Madame » à tous les échos. Il avait mis les sacs de louis dans une musette qui lui tirait l'épaule.

Roderlans avait eu raison de faire confiance au sens pratique de Clorinde. Lorsque Amourdedieu eut assené ses sacs sur la table, Clorinde le regarda étonnée. Elle savait ce que c'était qu'un sac de louis, ils se ressemblent tous.

— Et alors ? Et l'autre moitié ? dit-elle.

— Dans huit jours ! promit Amourdedieu. Je vous en donne parole !

— Alors, à dans huit jours ! dit Clorinde.

Et elle lui replaça elle-même les sacs dans la musette.

« Il fallait avoir, dit plus tard la Marie Torte qui n'en revint jamais, l'estomac d'une cantatrice pour voir passer devant soi deux mille cinq cents louis et les laisser repartir sans sourciller ! »

Le crépuscule était bien avancé lorsque Amourdedieu tout alourdi de louis inutiles revint au logis, maussade et rechigné. Mais il faisait néanmoins encore assez jour pour deviner que quelqu'un était assis l'attendant sur le billot à fendre le bois. Quand il fut assez proche il reconnut Nasole qui le regardait narquoisement en suçant un brin de menthe. Celui-là ne dit ni bonjour ni bonsoir. Lorsqu'il jugea Amourdedieu assez proche pour l'entendre il lui lança :

— Votre ami Roderlans est en train de vous berner.

Il rit de ce jeu de mots involontaire sur la racine de son nom.

— Qu'est-ce que tu as à rire comme un imbécile ? Et qui t'a autorisé à te mêler de mes affaires ?

— Oh bon ! dit Jean Berne. Vous avez toujours aussi bon caractère. Ça va je m'en vais. Mais vous le regretterez !

— Reste ! ordonna Amourdedieu. Mais tu ne m'apprends rien, Roderlans je sais ce qu'il mijote. J'ai pas besoin que tu viennes y mettre ton grain de sel.

— Ah bon ! répéta Jean Berne. Mais... vous savez vraiment tout ?

— Oui. Pour l'instant il est loin. A Fronsac. Il est allé chercher un ou deux chargements de meubles. Je lui ai même prêté des chevaux. S'il pouvait, par chemins, prendre une décharge de plomb dans les fesses ou ailleurs, je ne porterai pas le deuil.

Jean Berne branla du chef.

— Nos routes sont peu sûres, dit-il, par les temps qui courent. Et ça pourrait bien lui arriver. Mais... vous lui avez vraiment prêté des chevaux ?

— Loué ! rectifia prudemment Amourdedieu. Prêté je ne suis quand même pas si bête.

— Oh, loué ou prêté, ça valait quand même la peine de vous les emprunter.

— Qu'est-ce que tu veux dire ?

— Si vous me jurez de ne pas me jeter dehors à coups de pied dans le cul, je vais vous l'expliquer.

Il était toujours nonchalamment assis sur ce même billot où, l'autre jour, la Marie Torte contait à son maître la trahison de Clorinde. Amourdedieu en usa de même avec Nasole. Il le souleva de terre et le tint ainsi à dix centimètres de son visage.

— Si tu ne me dis pas à l'instant ce que tu sais, je t'écrase le nez ! proféra-t-il hargneusement.

Il l'eût fait volontiers car, comme tout homme à Terrebelle, la longueur de cet appendice chez Jean Berne l'assombrissait toujours d'une inquiète jalousie.

— Hé là, hé là, cria Nasole. Reposez-moi s'il vous plaît ! C'est vous le couillon ! Pas moi !

Il lui fit de la manière dont Roderlans était en train de l'abuser un tableau vengeur et grandiose. Amourdedieu était atterré. Il tournait autour du billot où Nasole était toujours assis.

— Un cachalot ! proféra Amourdedieu accablé. Et pourri par-dessus le marché ! Mes chevaux vont attraper la peste !

— Oui ! insista Nasole tout jubilant. Et bourré d'ambre gris. Et il se vendra ! Cher ! Et vous pourrez mettre le nom de la violette sur Clorinde ! Et c'est pour traîner ce cachalot jusqu'à La Chevillonne, qu'il vous a emprunté tant de chevaux !

Amourdedieu le regarda l'air mauvais. Il lui fallait absolument tout de suite quelqu'un à molester pour lui faire payer sa propre crédulité. Il reprit Nasole au collet pour le secouer d'importance.

— Et toi ? dit-il. Quel intérêt as-tu pour venir me dire tout ça ? Parle ou je te profonde !

— J'aime Agnès ! hoqueta Jean Berne précipitamment. Roderlans a promis sa main à David s'il lui ramenait le cachalot à La Chevillonne. Il faut que je l'en empêche. J'ai autant d'intérêt que vous dans l'affaire. Mais pour ça, il me faut un cheval et de l'argent !

Amourdedieu le lâcha et leva les bras au ciel :

— Rien ne peut donc se faire sans argent ?

— Rien ! assura Jean Berne. Je ne sais pas ce que je vais faire mais, à un moment ou à un autre, il me faudra payer des hommes. Et moi, vous le savez puisque vous êtes client, dans mon métier on gagne guère !

Il suivit jusqu'à sa cuisine Amourdedieu désemparé et qui se tordait les mains de désespoir.

— Ils ont un jour d'avance ! criait-il. Un jour d'avance !

Il tournait en rond, il ne savait pas où pendre la lumière. La fureur rendait inefficace son célèbre sens des affaires.

— Je les rattraperai ! assura Jean Berne. Mais il faut de l'argent.

Presque machinalement Amourdedieu ouvrit le tiroir d'un buffet et en tira un sac de cinquante écus dont le bruit lui fit mal, lorsqu'il toucha le noyer de la table où il l'avait lancé.

— Qu'est-ce que vous voulez que je fasse de cinquante écus ? protesta Jean Berne. Je vais peut-être risquer ma vie dans l'aventure. Vous ne croyez pas que ça en vaut cent ?

Rageusement Amourdedieu lui jeta presque à la figure un autre sac que Jean Berne intercepta agilement.

— Et un cheval ! dit-il. Et rapide ! Ils ont un jour d'avance.

Il suivit Amourdedieu à l'écurie qui lui sclla lui-même un hongre noir qu'il appela César devant lui.

— Attends ! dit Amourdedieu. Il te faudra aussi ça si tu n'es pas un capon !

D'un autre coffre à harnais il tira un écrin enveloppé dans du linge propre. Il l'ouvrit.

— Tiens ! Prends ça ! dit-il. Sers-t'en en cas de quelque chose et ne dis pas d'où tu les tiens !

C'étaient les pistolets d'arçon que feu l'évêque son oncle gardait toujours à portée. En effet dès prairial an IV le chevalier de la Motte-d'Aigues qui organisait la terreur blanche dans la région, avait fait savoir à cet évêque qu'il aurait sa peau et qu'il la mettrait à sécher sur un étendoir de village, ce qui n'avait pas échu.

Ainsi lesté et l'air capable, Jean Berne piqua des deux sur le chemin suivi le matin même par Simon et sa troupe. Amourdedieu le regarda partir en hochant la tête.

— Qu'est-ce que tu peux attendre, se demanda-t-il à haute voix, d'un homme qui a un nez pareil ! Il va se laisser arrêter par toutes les cacoles de la route !

Il lui fallait à toute force hurler son désespoir et couvrir quelqu'un d'imprécations. Au point où il en était, Clorinde lui parut la mieux placée pour cela.

Il fit chez elle une entrée tonitruante en enfonçant presque la porte. « Il va la tuer ! » songea la Marie Torte, terrifiée et pleine d'espoir. Déjà Clorinde tâtait entre ses cuisses le fourreau du poignard.

Mais non, Amourdedieu ne voulait que hurler. Il ne voulait que menacer Clorinde de sa vindicte si jamais elle lui préférait Roderlans.

— Et qu'il ne remette plus les pieds ici, vous entendez ? Je l'interdis !

Elle le pria de s'expliquer. Ce qu'il fit tant bien

que mal, prolixe et désordonné dans ses explications à cause de la fureur qui l'étouffait.

— Jamais ce cachalot n'atteindra La Chevillonne ! Je vous en donne ma parole ! J'ai jeté sur les traces de ce David un homme qui saura le mettre à la raison. Je dirai aux gendarmes qu'on m'a volé des chevaux ! Il ira en prison. Roderlans ira en prison comme un receleur !

— C'est ça ! dit Clorinde calmement. Et vous, vous irez en enfer du ridicule pour le restant de vos jours !

Comme, tournant tel un ours en cage, il passait à sa portée, elle lui donna sur l'épaule un coup d'éventail badin.

— Personne, dit-elle, ne sait jusqu'à ce jour que vous risquez de porter des cornes. Mais si vous le publiez à cor et à cri tout le monde anticipera là-dessus, je vous le proteste !

Ces fortes et vraies paroles le calmèrent du côté des gendarmes mais il promit à Clorinde que d'une façon ou d'une autre, il aurait la peau de ce traître de Roderlans.

— Vous aurez encore un duel sur la conscience ! cria-t-il.

— C'est ça ! persifla Clorinde. A coups de souliers ferrés !

Elle lui avait déjà ouvert la porte toute grande en la lui désignant. Il s'y engouffra l'écume aux lèvres. Le bruit de ses imprécations mit longtemps à s'estomper sur le boulevard qui s'imprégnait de nuit.

— Torte ! héla Clorinde. Ma chère Torte !

Elle ne l'appelait jamais Marie. Elle avait grande joie à la brocarder avec son patronyme qui la dépeignait noueuse et contournée comme un vieux cep de vigne.

— Madame ? dit Marie rechignée.

— Courez jusque chez Serguières, ordonna Clorinde, retenez-lui pour demain matin à l'aube une vinaigrette, une désobligeante, un voiturin, enfin n'importe quoi ! Pourvu que ça ait des roues et un bon cheval ! L'essentiel c'est que ce soit à l'aube et que ça m'emporte rapidement !

— Vous partez ?

— Je pars !

— Philémon va être furieux !

— Qu'il le soit ! J'ai besoin qu'il le soit ! Qu'il le soit à en crever ! Allez ! Et craignez, puisque vous l'aimez tant votre Philémon, que je ne le revoie jamais !

Elle couvrait de sa feinte indignation le plaisir que lui causerait — tant ici l'ennui l'étouffait depuis qu'elle était guérie de son amour — la vue et l'action des hommes qui s'affronteraient pour elle. D'autre part, il ne lui déplaisait pas, une fois dans sa vie, d'aller voir à quoi ça pouvait bien ressembler un cachalot.

Ils avaient cloué sur les volets du bouchon, les planches en croix utilisées au temps du choléra. Contre la porte ainsi condamnée, ils avaient placé cet écriteau : « Fermé pour cause de départ. » Sur le banc de la carriole bleue, ils avaient juché la Choise à côté de Simon David.

— De là-haut tu verras tout ! lui dirent-ils. Et puisque ton fiancé t'avait promis de te montrer une baleine, à la place, tu la verras avec nous !

— Et tu nous feras la cuisine !

— La cuisine ! s'exclama-t-elle en levant les yeux au ciel.

La carriole de Simon sonnait comme une grosse cloche sous le balan des poêles et des casseroles qu'on y avait entassées. On avait aussi coincé le harpon entre la ridelle et la manivelle du frein.

— Qu'est-ce que vous voulez faire de ça ? dit Suzanne. Les hommes qui s'en servent, ils doivent nous faire trois fois en hauteur et en largeur !

— Mais nous on est trois ! dirent les Blanquets. Et en cas de quelque chose...

Ils se voyaient très bien fonçant tous les trois en cadence, le harpon dardé devant eux.

Tout Terrebelle fut assailli en son réveil par cette cavalcade qui faisait le bruit d'une armée en tirant des étincelles du pavé sous les fers des percherons. Elle couvrit un long moment le fredon des prières autour des cloîtres des couvents.

Simon laissa prendre du champ à la troupe à partir de la Croix-des-Missions.

— Je vous rattraperai à Terreplane, dit-il. Il faut que je finisse de nous équiper. Attendez-moi à l'auberge du Fourre-tout, en face le relais des Rivalles.

Il engagea la carriole dans un chemin creux au long duquel coulait un ruisseau. Une profonde odeur d'automne en dépit de l'août qu'il faisait, vous saisissait dans sa nostalgie sitôt qu'on se trouvait au bord de l'eau. Le courant était rouge avec des traînées d'or. De grandes chevelures rousses s'y déployaient, s'y dénouaient comme si des noyées étaient accrochées là au fond. La Choise frissonna à leur vue.

— Qu'est-ce que c'est ? demanda-t-elle.

— Ne t'inquiète pas, dit Simon. Ce ne sont que des gerbes de chanvre.

Le chanvrier était tordu devant son chevalet où il tressait ses cordes avec un trébuchet à garrot. Il y mettait le cœur d'un bourreau étranglant un condamné, avec des ahans de souffrance et de satisfaction. Ses mains étaient rouges. Sa barbe était éclaboussée de rouge par le chanvre roui.

Il connaissait Simon qui le fournissait en chapeaux d'été et, une fois tous les trois ans, en chapeau de corporation. Il y avait des enfants et des poules qui lui tournaient autour en piaillant chacun à leur manière.

— Salut, petit ! dit-il. Qu'est-ce qu'il y a pour ton service ?

— Combien, demanda Simon, avez-vous de rouleaux de torons à huit duites ?

— Assez pour te pendre ! gouailla le chanvrier. Combien il t'en faut ? Un mètre ?

— Cent, dit Simon. Et je ne sais pas si ça suffira.

Il était soucieux. Son front était barré de rides profondes. En dépit des paroles d'Agnès qui paraissaient pourtant décourageantes, il était sûr qu'elle finirait par l'aimer. « Je vais tant faire ! se disait-il. Je vais tant faire ! Elle finira bien par se rendre... »

— Cent ! s'exclama le chanvrier. Mais dis, tu vois un peu ce que ça peut coûter cent mètres de câble ?

Pour toute réponse, Simon balança devant les yeux du chanvrier l'un des sacs d'écus que Roderlans lui avait remis pour les frais du voyage.

— Mettez-en cent vingt mètres, dit-il, je pense que ça ira.

Rassuré sur le chapitre de l'argent, le chanvrier, tandis qu'il tirait du hangar les rouleaux de corde, ne fut plus qu'une ardente curiosité. Il émit à haute voix toutes sortes de suppositions sur l'usage possible de cette grosse acquisition.

— J'en ai plus tant vendu, dit-il, depuis que ces

messieurs de la mine ont fait creuser ce puits, là-haut, du côté de Biabaud.

Simon lui donnait un coup de main mais il le laissait aller sans répondre. Quand tous les rouleaux de chanvre furent rangés dans la carriole et que l'argent eut changé de main, l'artisan s'agrippa au bras de Simon.

— Ne me laisse pas languir comme ça ! supplia-t-il. Dis-moi ce que tu vas en faire ?

Alors, il vit jaillir la grosse tête de la Choise hors la bâche de la carriole.

— Se pendre ! proféra-t-elle.

Le chanvrier dut se contenter de ça.

Ils remontèrent le chemin creux. La route était devant eux. Simon rendit les rênes au cheval et se mit à parler d'Agnès à la Choise qui ne l'écoutait pas. Elle était toute caparaçonnée de moire noire, robe de gala et chapeau capeline. Une aumônière de veuve en perles noires se balançait à sa ceinture et sa croix et son triple collier roulaient avec un bruit de billes au gré des cahots.

Elle s'exclamait à chaque nouvel aspect du paysage que lui livrait le prochain tournant. Il y avait dix ans, disait-elle, qu'au fond de son trou elle n'avait plus vu le soleil ni l'herbe verte. Une joie naïve éclatait sur sa grosse figure quand, par hasard, on dépassait une fontaine. Elle joignait les mains pour trois vaches tranquilles qui ruminaient, l'œil éteint, au passage des hommes et ne voyant que le ciel.

— Mon Dieu ! s'exclamait la Choise. Que j'ai bien fait de venir !

Ils rejoignirent le gros de la troupe bien avant Terreplane alors que le soleil baissait. En vérité ce fut d'abord sur une émeute poussiéreuse qu'ils vinrent buter, au bout d'une interminable descente serrée entre de hauts canniers et un ruisseau d'arrosage large comme un canal.

C'était un serpent à perte de vue de véhicules et de bétail qui encombraient l'étroite route. Fermant la marche un capricieux troupeau de moutons où se voyaient quelques cornes de chèvres, profitait de l'aubaine pour déborder largement, à l'abri des canniers, sur des prairies qui n'appartenaient pas au berger. Il suivait tête basse une obèse voiture de poste toute ficelée de bagages jusqu'à cinq mètres de haut. Elle oscillait d'un bord à l'autre de la chaussée. Il en dépassait de part et d'autre des bras qui tendaient le poing vers l'avant, des bustes qui se penchaient aux portières jusqu'à la taille au risque de basculer dans le vide. Au-delà de ce véhicule on ne distinguait rien d'autre qu'un nuage de poussière épais comme du brouillard. Il parut à Simon que des cris et des vociférations provenaient de ce nuage en une unanimité insolite. Il tendit les rênes à la Choise.

— Tiens-moi ça ! dit-il. Je vais voir ce qui se passe.

Assurant son chapeau tromblon sur la tête, il remonta au pas de course, sur la berme herbue, le troupeau qui se rangeait sans hâte. C'étaient bien des bras, des bustes et des visages qui dépassaient ainsi hideusement hors des vitres de la malle-poste, les poings tendus vers l'avant. C'étaient des gens hors d'eux qui devaient vociférer depuis une heure et n'en avaient pas leur saoul.

Devant ce véhicule brimbalait une imposante triqueballe chargée d'une montagne de barriques neuves et couronnée par deux individus hilares qui se poussaient du coude en désignant derrière eux la malle et ses énergumènes. Si souvent ces pauvres diables s'étaient fait insulter par de telles carrossées parce qu'ils ne se garaient pas assez vite, que, puisque cette fois ils n'étaient pas responsables, ils éprouvaient un plaisir extrême à entendre tous ces croquants s'égosiller en vain.

Devant la triqueballe cheminait une verdine bourrée d'enfants jusqu'aux fenêtres lesquels s'amusaient beaucoup du tintamarre. Le manouche qui conduisait son cheval par la bride était lui impassible, une fleur aux lèvres.

On pouvait noter encore une charrette toute simple où un paysan jambes pendantes hors les ridelles roulait paisiblement une cigarette en riotant tout en branlant du chef. A ses côtés, juché sur un haut tas de sacs vides comme un empereur en triomphe, un chien de chasse le grelot au cou contemplait la situation avec un bon regard de surprise sous son poil broussailleux.

Enfin, précédant le cheval de cette charrette qui gardait comme ébloui la tête humblement penchée vers le sol, cahotait avec beaucoup de bruits menaçants un personnage devant lequel, d'ordinaire, tout le monde déblayait prestement le terrain pour lui ouvrir la route.

C'était le Courrier de Lyon qui portait son titre

en toutes lettres sur le cul de sa caisse. *La voiture la plus rapide d'Europe.* C'était aussi écrit dessus en cursives anglaises. C'était le Courrier de Lyon en train de prendre du retard. Aussi émanait-il de lui le plus beau concert de mots orduriers que Simon eût entendu depuis longtemps. De nombreuses cannes faisaient la virevolte aux six portières de cette imposante voiture vert et jaune. Des femmes dépoitraillées, en dépit de leur qualité dont témoignaient leurs dentelles de prix, déclinaient des chapelets d'injures à larges bouches obscènes. Leurs chapeaux de grande coiffure qui leur tenaient encore maladroitement aux cheveux, commençaient à sombrer dans le ridicule en prenant de la gîte.

Les six coursiers de la malle piaffaient en pure perte en se poussant du train entre les limonières. Sur eux, les postillons dont les joues éclataient de rouge, s'époumonaient en vain dans leurs cornets, dangereusement enveloppés du sifflement furibond des fouets haut levés par lesquels les cochers en gants blancs prétendaient naïvement faire avancer les affaires.

C'était tout pour ceux qui suivaient. A l'avant, la route était obstruée par les quinze percherons d'Amourdedieu qui faisaient le mur, trois par trois, croupe contre croupe. Ils dépassaient la berme, ils frôlaient le ruisseau. On ne pouvait passer ni à droite ni à gauche, d'autant plus qu'ils balançaient dangereusement l'arrière-train.

Simon se glissa de justesse au niveau de leurs sabots qui battaient en cadence.

C'étaient des percherons solides et placides, conscients de leur puissance et qui ne se laissaient distraire par rien de leur allure ni de leur majesté. Ils n'étaient de trait que par occasion et pour des tractions pondéreuses qui n'autorisaient jamais le galop ni même le trot. Les aigres accents des cornets de postillon, les claquements de fouet, les hennissements de leurs confrères de plaisance, les imprécations hurlées qui les suivaient à la trace n'obtinrent d'eux en réponse que quelques lâchers de crottin qui éclaboussaient la route devant les sabots cirés des coursiers qui tiraient le Courrier de Lyon.

De plus, ils étaient montés ou tenus en longe par six compères bien décidés à rester sourds à toute clameur. C'était la première fois de leur vie qu'ils se trouvaient maîtres de la situation, aussi, perchés très haut sur leurs montures, humaient-ils la vesprée avec délices.

Simon empoigna le collier d'un cheval et se hissa sur lui à la force du poignet. Les compagnons l'acclamèrent mais il leur fit un signe véhément.

— Alors ? cria-t-il. Vous êtes momos ! C'est une révolution que vous cherchez ? Vous voulez avoir les gendarmes au cul ?

Ils firent les innocents. Ils demandèrent ce qu'ils avaient fait. Simon leur désigna la route derrière eux. Ils jurèrent n'avoir rien remarqué. Un chemin se présentait sur la droite qui détachait ses ornières de la route. Simon leur fit signe de s'y engager.

Ils n'y étaient pas plus tôt que la horde hurlante se précipita dans la brèche puis s'arrêta à leur hauteur. Ils virent passer des têtes ignobles qui leur crachaient de loin à la figure, tant hommes que femmes. Certains courageux faisaient mine d'enjamber la portière, la canne vengeresse au poing. Alors, les compagnons mirent pied à terre et s'alignèrent tous les sept au bord du chemin. Quand il était nécessaire, ils n'avaient pas leur pareil pour mettre en valeur tous les terrifiants détails de leur ingrate nature.

Aussi devant tant de hideurs rassemblées et qui ne riaient pas et qui tenaient en main des fouets de rouliers où le manche autant que la lanière pouvaient servir en cas de besoin, si les vaillantes injures ne faiblirent pas, en revanche il n'y eut plus personne pour tenter de sortir des voitures.

Comme de vulgaires fétus, le paysan et sa charrette, le gitan et sa verdine, les deux *marque-mal* et leur triqueballe avaient été eux aussi repoussés vers le fossé par les ordres menaçants de la seconde malle-poste aussi pressée que la première et dont les passagers invectivaient avec la même ardeur. Ces hommes auraient été autant de renforts pour la troupe de Simon s'ils avaient été attaqués. Et d'ailleurs, les deux convoyeurs à mine basse coiffés de bérets à faire de l'ombre étaient déjà descendus de leur triqueballe en se crachant dans les mains. Mais les énergumènes qui agitaient leur canne mesurèrent rapidement le rapport des forces. Ils avaient tous mieux à faire : la malle de Lyon à ne pas se laisser dépasser par celle des Alpes et celle-ci à s'efforcer de faire verser l'autre dans le fossé. Peu importait dans cette gigantesque empoignade l'état dans lequel les chevaux arriveraient. Ils n'appartenaient ni aux équipages ni aux voyageurs.

A grand renfort de cornets et de clochettes, les deux voitures de cauchemar disparurent à l'horizon et la route redevint tranquille, au pas des percherons, du hongre de la verdine, du mulet du paysan et des deux auvergnats de la triqueballe. On se retrouvait entre gens de bonne compagnie capables de se faire des politesses.

Simon ordonna de laisser filer devant les autres travailleurs parce que lui, d'abord, il avait à engueuler sa troupe. Il le fit pendant cinq minutes, en choisissant les mots les plus cinglants qu'il trouva.

— Faites-vous remarquer le moins possible conclut-il, faites-vous minces ! Vous n'êtes déjà que trop voyants rien que par vos trognes !

Cette troupe de mauvais rêve parvint au crépuscule sous les remparts de Terreplane où Simon avait rendez-vous avec Roderlans. Quelques-uns qui virent moutonner au passage l'imposant nuage de poussière qu'elle soulevait, déplorèrent qu'il n'y eût plus ici aucune porte de ville en état d'être fermée. Ces veilleurs reconnurent des Terrebellois à leur allure cauteleuse et, d'ailleurs, ils avaient déjà vu Simon qui parcourait depuis longtemps le pays pour son commerce. Ils firent semblant de croire que cette troupe inquiétante allait s'emparer de la préfecture et l'emporter de force à Terrebelle avec son préfet chamarré de fleurs de lys d'or, ses bureaucrates contemplatifs et distants qui se donnaient du *monsieur de* en cachette du préfet, ses cartons verts mal ficelés sur de lourds secrets de province et sa cave pleine de vins de prestige.

Quelqu'un fit le tour des cabarets de bas étage afin de porter la parole de crainte et faire fermenter la vindicte à coups de pousse-au-crime. Aussi se trouvait-il bien une douzaine de coquins, à l'aube, pour encercler l'auberge du Fourre-tout. Le patron leva devant eux son énorme main pour les empêcher d'approcher et de l'autre il décrocha son fusil, en cas de besoin.

— Ce sont des clients, dit-il. *Hospes sacrosanctus est !* insista-t-il. Des clients ! Vous savez ce que c'est bande de croquants ? Tout à l'heure il est venu un bourgeois qui m'a pris pour eux cinq balles de fourrage ! Vous savez ce que c'est, à l'heure actuelle, cinq balles de fourrage ? Vous savez combien ça coûte, un percheron ? Et il y en a quinze !

Il n'avait pas pu bien sûr remiser les quinze chevaux dans son écurie, du moins put-il y abriter les hommes. Du moment qu'il y avait du négoce dans l'air l'origine des clients lui importait peu. Il n'avait pas à ce point la tripe terreplanaise, étant lui-même piémontais.

La ville de Terreplane et notamment le relais des Rivalles furent ce soir-là le théâtre d'un peu d'animation. Cette grande affaire avait jeté sur les routes des gens avides de défendre leurs intérêts ou leur passion. Roderlans arriva le premier, très préoccupé. Il devait organiser les bivouacs au long du fleuve car si les compagnons à la rigueur pouvaient se suffire à eux-mêmes, il n'en était pas de même des chevaux qui devaient trouver leur picotin à point nommé, sous peine de se coucher au lieu de travailler et il est difficile de persuader un percheron qui se couche. Après avoir fait affaire avec le tenancier du Fourre-tout, Roderlans revenait tout content au relais des Rivalles lorsqu'il vit Agnès devant lui, qui le toisait du haut de sa jument.

— Agnès ! Je vous avais interdit !

— Vous n'êtes plus en état de m'interdire quoi que ce soit ! répliqua Agnès. Je suis venue vous surveiller ! C'est ce que je dirai à ma mère d'ailleurs !

— Quand je songe au soin que j'ai pris à vous faire enseigner l'équitation ! Voici donc comment vous m'en récompensez ! Et où avez-vous pris l'argent, je vous le demande ? Ne comptez pas sur moi pour vous en donner !

Agnès fit un geste insouciant avec ses gants.

— Je suis allée trouver mon parrain Didon. Il était tout heureux de vous jouer ce tour ! Il voulait venir d'ailleurs, lui aussi ! J'ai eu toutes les peines du monde à l'en dissuader !

L'oncle Didon ! Il n'aurait plus manqué, là au milieu, que cet octogénaire tonitruant capable de mettre les pieds dans tous les plats, affichant un gâtisme de politique qui lui laissait intacte son intelligente méchanceté.

— Enfin... Vous êtes là ! soupira Roderlans accablé. Quelle responsabilité va être la mienne !

— Vous n'en avez aucune ! dit Agnès. Si les choses ne vont pas comme je veux, je demanderai à Jean Berne de m'enlever. Nous vous ferons ensuite les sommations respectueuses.

— Respectueuses ! ricana Roderlans.

Ah ! Ils étaient bien difficiles à élever les enfants de ce siècle. Cinquante ans auparavant, il eût suffi d'enfermer Agnès dans quelque couvent, au moins jusqu'à ce que le cachalot fût en lieu sûr à La Chevillonne. Ah ! elle était bien difficile, la conquête de Clorinde.

Il n'avait pas fini d'évoquer cette image qu'une vinaigrette tourna avec brio à l'entrée du relais et que Clorinde en descendit toute fraîche, le pied menu en avant, telle que Roderlans l'avait vue pour la première fois, le jour où elle s'était fait porter par Amourdedieu. Hélas aujourd'hui le terrain était propre et sec et le cocher se précipitait pour tenir le marchepied.

Agnès bien cambrée sur sa monture contemplait le spectacle avec un petit sourire supérieur. La première chose que Clorinde vit en mettant pied à terre ce fut Roderlans interdit devant sa fille.

« Décidément, se dit-elle, cette Agnès ne manque pas d'aplomb ! J'aime les gens de caractère. Voyons un peu comment elle va s'y prendre pour nous mettre des bâtons dans les roues. »

Le fait qu'Agnès fût à cheval devant son père et Clorinde humblement au niveau du sol, conférait à celle-là une supériorité dont elle usait avec plaisir.

— Descendez de cette haquenée ! lui cria Clorinde. C'est bien d'avoir l'air d'une statue équestre mais ça ne doit pas durer plus d'une minute sous peine de tourner au ridicule.

C'était précisément ce qu'Agnès était en train de se dire, mais sa coléreuse chevauchée à bride abattue lui avait tanné les fesses de telle sorte qu'elle n'était pas sûre de descendre avec majesté ni surtout de s'interdire de pousser un cri.

— Eh bien, mon cher Telmon, tendez-lui donc les bras ! dit Clorinde.

— Elle est assez grande pour tout ! grogna Roderlans. Qu'elle se débrouille !

Heureusement il y avait là, qui passait, un colonel de hussards, le dolman rutilant de ses quarante boutons et de ses brandebourgs, le shako pomponnant à hauteur des oreilles de la jument et tout noir et tout rouge et toujours prêt à damner les cœurs. Son sourire se retroussa sur ses dents blanches. Ses grandes mains se tendirent vers cette adorable prise. En dépit de ses fesses cuisantes, Agnès sauta prestement à terre de l'autre côté de l'encolure sans pousser un soupir. De là, sous la tête de la jument, elle rendit avec dérision son sourire au hussard en s'inclinant comiquement.

Clorinde minauda en bouffonnant, de manière à être entendue d'Agnès, mais pas de Roderlans :

— Vous perdez votre temps, mon cher ! dit-elle. Nous avons un amant qui a un grand nez.

Agnès lui jeta un regard meurtrier.

— Eh bien ! dit Clorinde. Puisque nous voici réunis nous pourrions peut-être souper tous les trois ensemble ? En évitant de parler de ce qui fâche, ça pourrait être amusant, non ?

— Soupez avec mon père si ça vous amuse. Moi je n'ai pas faim !

Elle leur tourna le dos à tous les deux et conduisit sa jument vers l'écurie des Rivalles en traînant son portemanteau à bout de bras.

— Puisque, dit Roderlans, c'est ma fille elle-même qui nous y convie...

— Que nenni, mon cher Telmon ! Lorsque nous souperons en tête à tête ce sera que vous aurez réussi dans votre entreprise et que nous pourrons après cela partager la même chambre !

— Et ce n'est pas le cas ?

— Pas encore. Et vous le savez bien. Votre fille d'ailleurs ne sera pas la dernière à vous faire des crocs-en-jambe !

Aussi assista-t-on à ce spectacle navrant — et qui complique toujours le service — des quatre uniques clients de l'hôtel dînant chacun séparément. Agnès avait déclaré qu'elle n'avait pas faim, par défi. En réalité, lorsque l'on a dix-sept ans et vingt lieues de chevauchée sous les fesses, il est bien difficile, fût-ce par amour-propre, de se priver de souper. Elle fit dresser son couvert vis-à-vis de Clorinde afin de pouvoir la défier bien en face.

Clorinde lui souriait d'un grand sourire amène et sans venin. Elle ne parvenait pas à détester Agnès. Elle aurait voulu pouvoir lui dire : « Est-ce que vous vous amusez au moins ? Est-ce que vous êtes capable de comprendre que moi je m'amuse comme une folle ? »

Roderlans navré l'étudiait du coin de l'œil et la trouvait de plus en plus belle. Il craignait aussi, connaissant son passé, qu'elle ne s'entichât de ce colonel de hussards qui s'enivrait au vin des papes avec beaucoup de distinction.

Mais non, ces deux êtres n'échangèrent pas un regard. Le colonel était tout seul avec sa prestance et il faut dire aussi qu'en dépit de l'hôtesse qui jouait autour de lui de son derrière comme d'un éventail, ce hussard avait la mine fort grave des gens rongés par une passion sans espoir.

Quant à Clorinde, elle finit par regarder Agnès sans la voir et son sourire de femme qui s'amuse se figea à la fin sur sa mélancolie. Il y avait un homme qui poignait dans sa vie. Quelqu'un dont elle n'était pas sûre d'avoir jamais remarqué le visage. Quelqu'un qui l'autre soir passait sous ses fenêtres, les jambes torses, la tête ridicule sous ce chapeau tromblon. Quelqu'un qui estropiait avec passion *Voi che sapete* sur un harmonica de foire.

Pendant ce temps, au Fourre-tout, de l'autre côté de la route, Simon faisait la navette avec Moscaallegra pour porter à boire aux chevaux parqués dans un pré.

En revenant avec les seaux vides, attiré par les lumières du relais des Rivalles qui soulignaient les attendrissantes pergolas de roses pompons, Moscaallegra voulut se payer le spectacle des dîneurs bourgeois attablés de l'autre côté de la haie où l'on entendait le bruit des fourchettes. Il avança la tête à travers les seringas et il vit tous ces

Terrebellois de choix qui mastiquaient sans entrain des nourritures délicates. Il s'exclama à voix basse.

— David ! Viens un peu voir !

Simon se pencha à son tour et il vit Agnès de face, à peine à cinq mètres de lui. Lui aussi tout de suite, en dépit du ravissement qui le saisissait, il s'alarma du hussard rouge aux moustaches qui désignaient l'homme bien né. Mais il vit son regard qui lui faisait face. Ce regard contemplait à l'intérieur de soi nombre de morts anciens. Il n'était pas dangereux pour l'amour ce hussard, il n'était dangereux que pour lui-même.

Simon put s'enivrer tout son saoul de la vision d'Agnès. Portant de fois à autre, avec l'ennui bienséant qu'on lui avait enseigné, sa fourchette à sa bouche, elle était lointaine et appliquée. D'abord elle ne but que de l'eau. Mais Simon la vit bientôt s'agiter un peu et appeler l'hôtesse qui revint avec un flacon rouge qu'elle déposa devant la dîneuse, laquelle parut aussitôt moins rébarbative.

« Comment, se disait Clorinde, une fille peut-elle ne pas se connaître à ce point ? Ignorer qu'elle est sensuelle ? Ignorer que jamais elle ne pourra se contenter d'un seul homme ? D'une seule vie ? Comment la préserver de perdre d'abord vingt ans de son existence avant de se révéler à elle-même ? Comment la sauver de ses certitudes ? »

Elle avait simultanément en tête l'image de l'homme au chapeau tromblon (lequel était à dix mètres de là, n'ayant d'yeux que pour Agnès) et l'avenir de cette fille pleine d'orgueil car Clorinde avait horreur du temps gaspillé et Agnès, selon elle, était en train de gaspiller le sien.

Toute cette pantomime tragi-comique entre ces êtres muets : Simon tapi dans sa haie ; le nonchalant Roderlans désolé par la froideur de Clorinde et crucifié sous le regard ironique d'Agnès ; Clorinde en train de guérir d'un amour pour se précipiter dans un autre aussi vain ; Agnès triomphante, maîtresse de son destin et même cet inconnu costumé en colonel de hussards et qui avait l'âme toute noire à cause des morts qu'il portait en lui et de lui seul connus ; tous ces êtres que relayait la patronne, laquelle dansait autour du hussard le pas du désir immédiat ; tous ces êtres en cette posture, en cette situation de leur âme, n'occupaient cette place sous la tonnelle des Rivalles (qui en verrait d'autres) que pour un court instant. Bientôt ils se retireraient, bientôt la nuit ne se souviendrait plus d'eux.

— On dirait des pantins ! résuma Moscaallegra qui s'était accroupi à côté de Simon. Alors c'est çui-là qui nous donne vingt sous par jour ?

Simon acquiesça sans répondre.

— Et c'est celle-là que tu en es amoureux ?

Son bras pointé traversait presque la haie pour désigner Agnès.

Simon hocha la tête de nouveau.

— Hé bé vaï ! dit Moscaallegra.

Il n'acheva pas sa pensée. Il en aurait eu trop à dire.

— Tu aurais meilleur temps avec celle-là !

Il montrait Clorinde dans tout l'éclat de ses vingt-huit ans.

A cet instant, feutré par la poussière de la route, ils entendirent le galop d'un lourd cheval derrière eux. Quand il apparut en pleine lumière ils reconnurent le cavalier. C'était Jean Berne, dit Nasole. Il avait pris du retard. En guise de coursier, Amourdedieu lui avait sellé une happelourde qui guignait l'écurie et ralentissait, croyant deviner la sienne, pour toute porte cochère qui sentait un peu le foin. Il avait dû en chemin jouer souvent des éperons pour l'inciter à faire un peu de route.

— Nasole ! dit Moscaallegra. Qu'est-ce qu'il vient faire celui-là ici ?

— Nous porter préjudice, dit Simon.

— Tout seul ? demanda Moscaallegra incrédule.

Simon hocha la tête.

— Il trouvera du monde, dit-il. Il va arriver avant nous à Fronsac. Va réveiller les autres ! Qu'ils donnent à manger aux chevaux à onze heures. On partira à deux heures. Il faut qu'on soit à Fronsac à l'aube.

— Le Nasole a l'air fourbu, dit Moscaallegra. Lui aussi il va falloir qu'il dorme. Et la bête est fourbue aussi.

Il avait compris à voir le cavalier et la monture, tête basse tous les deux, qu'ils avaient fourni une trop longue traite.

— Tant mieux ! dit Simon, comme ça on a une chance.

Ils parvinrent au petit matin sur les hauteurs qui dominent Fronsac. Ici le soleil horizontal écimait déjà les vergers et les éteules mais en bas au bord du fleuve, à l'ombre des collines, c'était encore une nuit que constellaient les allumes et les flambeaux. Quoique à distance respectueuse, il y avait foule autour du cachalot car il s'était trouvé que le vent tournant avait apporté l'odeur jusqu'aux narines patriciennes de la ville millénaire qui faisait pendant à Fronsac et s'enorgueillissait de ses remparts intacts. Une grande émotion avait aussitôt ameuté tous les désœuvrés des bas quartiers lesquels n'avaient eu qu'à passer le pont pour venir grossir les rangs de ceux de Fronsac.

On distinguait parmi eux quelques grosses bedaines ceintes d'écharpes aux couleurs du royaume qui venaient s'enquérir et bourdonner, capables mais le nez emmitouflé, autour de cette puanteur vers laquelle la populace qui les avait élus les poussait en avant. Aussi tenaient-ils les bras écartés pour ralentir le mouvement et, à l'aide de quelques gardes municipaux hâtivement réveillés, ils avaient réussi à établir une sorte de cordon sanitaire autour du cachalot.

C'était finalement tout un parlement de compétences qui se trouvait rassemblé là, palabrant sous la pression de la foule grondante. Mais ni eux ni la foule ne savaient proprement que décider car toute solution était onéreuse et réclamait quelque sacrifice de la part de ceux qui s'aventureraient plus avant vers la charogne. D'autant que le choléra n'était pas si loin dans les esprits et qu'il convenait de bien réfléchir avant de toucher à quelque chose de pourri.

Les premiers arrivés là avaient été priés de passer au large par les gardiens dont le marquis de Luynes parlait dans sa lettre. Mais quelques solides qu'ils fussent, quatre gaillards ne sauraient résister à une multitude bien déterminée à se débarrasser de ce cadeau pestilentiel. Excités par un moine fou, de leurs amis, qui lui non plus n'avait plaint ni les coups ni les sermons, les gardiens avaient essayé de résister à grand renfort de poing et de bâton. On les avait alors déposés dans le même roncier où ils avaient précipité la veille le bancal ricanant, et bienheureux encore, leur avait-on laissé entendre, que ce ne soit pas dans le fleuve. Il faut dire que la multitude avait été convenablement échauffée par ce bancal ivre de vengeance.

Toute la nuit la foule grondante et de plus en plus dense avait enflammé des flambeaux et des allumes et quelques audacieux étaient même montés dans les grands arbres pour bien éclairer les notables palabreurs afin de les signaler si, par hasard, ils faisaient mine de s'esbigner.

Le rare était que cette foule unanime paraissait porter en terre quelque bienfaiteur de l'humanité tant, chacun avait le nez dans son mouchoir pour étancher son chagrin.

Parmi cette indécise pagaille et alors qu'impuissants les gens les moins passionnés allaient tout de même rentrer chez eux boire une tasse de café, l'arrivée de la cavalerie de Simon fit sensation.

Le poitrail des percherons et leur pas cadencé qui faisait un bruit du diable contre les pavés suffisaient à ouvrir les rangs et à rompre le cordon précaire des notables palabreurs. Sur la plage laissée libre devant le cachalot, où ils s'avançaient irrésistibles, les cavaliers qui les montaient ou les tenaient en longe apparaissaient, toute laideur estompée par le crépuscule, tels des chevaliers providentiels et ce qui leur conférait un maintien surnaturel aux yeux de ceux qui les observaient, c'était qu'à l'insoutenable fétidité du denticète leurs narines ne frémissaient même pas.

On ne pouvait pas savoir que les compagnons étaient tous passés par les enfers des tanneries et que, depuis des années, ils vivaient dans la promiscuité des peaux fraîchement écharnées qu'ils brassaient, secouaient, transportaient, les dorlotant contre leurs joues, ce qui leur poissait les mains et les tabliers en faisant pleuvoir sur leur chevelure des ondées d'asticots gras.

Deux jours de plein air avaient à peine atténué les relents que leurs vêtements conservaient dans leurs plis et dans leurs poches. Pourriture contre pourriture, des gens qui passaient leur vie à proximité des cuves à tanin et des moulins à foulon ne pouvaient avoir l'odorat offensé par la simple puanteur d'une charogne, fût-ce celle d'un cachalot.

Ils poussèrent leur nez dans l'air à la recherche de cette fameuse odeur qui paraissait offusquer tant de monde mais ils ne sentirent rien de suspect. Quant à Simon l'amour d'Agnès occultait tous ses sens.

En revanche la masse du denticète imposa silence à tous. Auparavant, de l'un à l'autre, ils devisaient joyeusement et se lançaient des gaudrioles, notamment depuis qu'ils étaient entrés dans Fronsac où ils avaient vu force belles filles mais farouches semblait-il et qui hâtaient le pas sitôt qu'elles apercevaient les visages de la bande. Ils se tinrent tous serrés ensemble en apercevant la bête et même, Ermete Bozzi retira sa casquette.

Quant à la Choise, l'émerveillement de rencontrer enfin cet animal que son fiancé lui avait tant promis l'empêchait d'éprouver toute autre sensation. En mettant pied à terre hors de la carriole, elle éclata en sanglots et Simon la pressa contre lui.

— Allons, Choise ! Ne pleure pas ! Il y a vingt-cinq ans qu'il est mort ton fiancé !

— C'était hier ! renifla la Choise. Et il m'avait promis de me montrer un cachalot pour notre voyage de noces !

Voir pleurer la Choise était un spectacle que les compagnons ne supportaient pas. Ils vinrent former cercle autour d'elle, lui faire risette, essayant comme pour un bébé de provoquer son rire en contorsionnant de toutes les façons leurs horribles visages. Les Blanquets excellaient dans cet exercice. Ils lui imitaient les phases de la lune sur leurs traits blafards et la mine blanche quoique consternée de l'ami Pierrot.

Les notables et la foule suivaient avec étonnement cette pantomime dont le sens leur échappait. Ils furent rassurés lorsqu'ils entendirent le rire frais de la Choise qui tapait par jeu sur les compagnons avec ses grosses mains.

Néanmoins, il fallait savoir. Une sorte d'édile héla Simon de loin. Il palabrait jusque-là parmi d'autres, jouant avec la grosse médaille qui terminait son écharpe en bandoulière. On reconnaissait sa prééminence à ce qu'il était plus ventru que ses commensaux. Il s'avança de deux mètres, pas plus, et il attendit. Simon s'approcha circonspect et en voyant l'écharpe, il ôta son chapeau tromblon.

— Eh bien, monsieur, dit l'édile, que prétendez-vous faire avec ça ?

— Avec quoi ? dit Simon.

— Mais... Avec ça ! répéta l'édile en désignant le cachalot. Je suppose que puisque vous voilà avec une troupe, vous avez l'intention de faire quelque chose ?

— Oui, dit Simon. En tout cas le lever de là.

— Du tout du tout ! dit l'édile. Mes collègues et moi, nous étions précisément en train de délibérer qu'il fallait, et plus tôt que plus tard, creuser un trou sur place pour enterrer l'animal.

Simon remit son chapeau tromblon sur la tête et l'enfonça d'un coup de poing.

— Monsieur, dit-il, ce cachalot appartient à un honnête commerçant qui veut le faire empailler. Il m'a demandé de le convoyer et c'est ce que je vais faire.

La foule s'était amassée autour des deux hommes pour les entendre. Elle commençait à se ranger par des murmures approbateurs aux intentions de Simon. L'important était en effet d'enlever la charogne de là tout de suite afin que la ville de Fronsac retrouvât au plus tôt son arôme de frangipane.

S'il fallait creuser un trou, alors il y en avait pour huit jours et de plus, ils connaissaient leurs édiles, on risquait de réquisitionner les hommes valides pour y travailler.

Le notable allait faire valoir que l'ordre public était troublé et qu'au surplus la préfecture s'était rangée à son avis mais il n'eut pas le temps d'argumenter. Derrière lui, au milieu de la foule, une voix tranquille s'élevait pour dire :

— Et moi je suis d'avis qu'il faut rendre cette charogne au courant avant qu'elle nous empeste ! Que diable ! On est peut-être deux cents ! On prend des leviers, des espars et on la pousse ! Elle est à peine à deux mètres du grand courant. Y en a pas pour une demi-heure ! Dans une demi-heure on en est débarrassés !

C'était la voix de la démagogie appuyée sur la raison même et sur la facilité. L'orateur jouait sur le velours. Simon leva les yeux et le notable se retourna pour savoir qui se permettait de saper son autorité. Il se trouva devant un étranger monté sur un cheval de belle apparence en qui Simon reconnut tout de suite Jean Berne. « Voilà pourquoi, se dit-il tristement, Agnès m'a fait parler l'autre soir. »

Les compagnons l'avaient entendu aussi et reconnu. Ils laissèrent la Choise à son rire frais et vinrent se grouper autour de Simon.

— Il a raison ! crièrent dans la foule trois ou quatre voix.

Il y eut un écho approbateur parmi la multitude, d'autant que les premiers rayons du soleil touchaient maintenant le cachalot et que sur lui les mouches se levaient en longues draperies noires. Les édiles étaient prompts à épouser les émotions de la foule dès lors que leur légitimité n'était pas attaquée.

— Vous avez sans doute raison ! dit l'obèse à l'écharpe qui les coiffait tous.

Il fut récompensé de sa volte-face par une maigre ovation qui en disait long sur l'estime en laquelle jusqu'ici on le tenait.

Mais alors une autre voix s'éleva sous les platanes, une voix tonitruante comme celle d'un prédicateur et qui disait :

— Veto ! Je m'oppose ! Ah ! je savais bien, monsieur Chérubin, qu'une fois de plus vous alliez opiner en notre défaveur !

C'était une sorte de recteur flanqué de deux acolytes, tous trois de noir vêtus avec des paletots d'instituteur boutonnés jusqu'au cou. On ne les avait pas vus arriver par le chemin de halage, à cause de la brume du matin que le fleuve sécrétait depuis un moment. Ils venaient de Saint-Pantaléon, un village de mille âmes, à deux lieues de Fronsac en aval du fleuve. Ils étaient montés sur d'humbles bédoules tête basse qui disaient assez que leur bourg n'était pas riche. Ils expliquèrent qu'hier, lorsque le vent du nord s'était levé, il leur avait soudain apporté cette puanteur et que depuis, leurs berceaux et leurs chers disparus (ce furent leurs propres paroles) étaient sous les miasmes de cette terrible odeur et qu'ils ne le supportaient pas. Ils rappelaient au passage qu'ils avaient eu dix-huit morts lors du choléra et c'était à peine s'ils commençaient à ne plus les pleurer.

— Et maintenant, ajouta le porte-parole, vous venez nous dire que vous allez remettre le cachalot au fil de l'eau. Ignorez-vous — non vous ne l'ignorez pas ! — que le fleuve fait un coude devant Saint-Pantaléon et qu'avec la chance que nous avons, nous allons nous retrouver avec ce cadavre embossé dans nos roselières ? Pour toujours ! Nos enfants grandiront dans cette puanteur ! Car gigantesque telle que je la vois là, cette charogne mettra cinquante ans à pourrir ! Nos enfants ne sauront jamais ce qu'est l'odeur d'une simple rose !

Le représentant de Saint-Pantaléon se tut et renifla dans un mouchoir ce que la foule prit pour des sanglots. Il y eut un flottement de pitié sur cette multitude. Heureusement, Jean Berne avait l'âme démagogique et il savait comment on soigne une foule prise de pitié.

— Il y a dix mille habitants à Fronsac ! s'exclama-t-il. Combien y en a-t-il à Saint-Pantaléon ? A peine mille ! Selon l'aveu même de son représentant. Il convient que la minorité s'incline. C'est ça la démocratie.

— Il a raison ! crièrent encore trois ou quatre voix.

Le représentant de Saint-Pantaléon se dressa alors de toute sa courte hauteur sur les étriers de sa bédoule.

— Comment, monsieur Chérubin ! Vous vous rendriez complice de cet acte inqualifiable ? Vous donneriez votre caution à un tel déni de justice ? Un tel forfait arbitraire ?

— Mais bien sûr que non, monsieur Gaussan ! Mais...

Jean Berne comprit qu'il devait payer de sa personne s'il voulait arracher le morceau. Il se doutait bien que la foule était pour lui dans le fond et qu'il importait surtout de river son clou à ce trublion quitte à employer les grands moyens. Il poussa son cheval parmi les groupes dans l'intention d'aller affronter face à face le délégué sur sa bédoule. Celui-ci et ses acolytes, muets, sans mouchoir devant le nez et sans aucune grimace, avaient immobilisé leurs bêtes à dix mètres du cachalot, à côté de la carriole de Simon. Jean Berne se dirigea résolument vers eux.

— C'est vous monsieur qui êtes égo...

Il n'acheva jamais sa phrase car il fut pris d'un soudain éblouissement et il serait tombé de cheval si la troupe de Simon, qui s'apprêtait précisément à le désarçonner, ne s'était trouvée là à point nommé pour le cueillir au passage. Ils l'étendirent délicatement sur le pavé.

— On le fout à l'eau ? murmurèrent les Blanquets.

— Non. On le soigne, dit Simon.

« Si elle pouvait me voir ! se dit-il les larmes aux yeux. Même pas capable d'être méchant avec son amant ! »

Cependant Jean Berne revenait à lui et se mettait à hurler.

— Enlevez-moi de là ! Portez-moi plus loin !

Encore plus loin ! Je supporte pas ! Je peux pas supporter !

Il bondit sur ses pieds, fourra ses doigts dans son nez et s'enfuit à toutes jambes, laissant sa happelourde faire la belle parmi la foule.

— Il est fou ! Qu'est-ce qu'il lui prend ? dit le Nanand Piégut.

— Il lui prend qu'il t'a vu ! dirent les Blanquets. Tu ferais s'évanouir un gouvernement.

C'était faux naturellement. La vérité c'était que, pourvu d'un nez sensiblement plus important que celui de quiconque, Jean Berne avait en outre le malheur, par l'un de ces mystères dont la nature a le secret, que ses facultés olfactives fussent à la mesure de ces dimensions. En ce qui le concernait, l'expression populaire *en prendre plus avec le nez qu'avec un sabre*, n'était pas un vain mot.

Ce fut dès ce premier contact qu'il s'aperçut du handicap terrible qui allait le frapper dans cette bataille : il lui était impossible d'approcher le cachalot sans tomber en pâmoison.

La foule était désarçonnée par cette fuite de son héros. Les mouches s'attaquaient à elle en une navette allègre entre le cachalot et le quai. Beaucoup d'entre elles repues de sucs et de suints se prenaient ivres dans les chevelures, s'agglutinaient sur les bobos des enfants et des adultes. Il fallait aviser vite. M. Chérubin se torturait le menton en proie au doute et à la perplexité. Quant aux trois instituteurs protestants qui s'étaient faits l'emblème de la pauvreté de leur bourg, ils n'étaient pas loin de croire que Dieu s'était rangé de leur côté.

Alors Roderlans arriva, lentement, presque sur la pointe des pieds comme s'il craignait de déranger, exécutant, rarement, quelques tours de canne modestes. A l'hostellerie de la Louette où il s'était logé pour la nuit, il avait changé de linge et fait dépoussiérer son habit et ses souliers à boucles, de sorte qu'il était beaucoup plus convenable que tous ceux qui étaient là depuis l'aube, tirés inopinément de leur lit et mal préparés à l'improvisation. Les écharpes des édiles notamment commençaient à défraîchir et s'enroulant sur elles-mêmes, finissaient par avoir l'aspect de la corde à pendu.

Roderlans était aussi stoïque sur le chapitre de la pestilence, il l'ignorait superbement par amour pour Clorinde, mais maintenant que ses narines étaient dégagées, il en avait les larmes aux yeux. Néanmoins, courageusement (il savait la valeur de l'exemple auprès du peuple) il s'abstenait de porter à son nez un quelconque mouchoir. Il se présentait calme, paisible, avec tout l'extérieur ostensible de celui qui a beaucoup réfléchi. Il ôtait ses lorgnons pour les essuyer. Il disait :

— Mes amis, mes chers amis...

Sur le ton de la conversation et sans élever la voix, de sorte que pour l'entendre il fallait faire silence. Des chut impératifs fusaient parmi la foule, poussés par les mêmes qui, à deux reprises, quoique d'une manière contradictoire, avaient crié : « il a raison ! » d'abord quand Simon avait proposé de remorquer le cachalot vers l'amont, ensuite quand Jean Berne avait opiné qu'il valait mieux le laisser glisser au fil de l'eau.

Pendant cette passe d'armes, Roderlans qui arrivait s'était mêlé à la multitude. Il avait repéré les forts en gueule — ils se reconnaissent partout à leur mine basse — ils n'étaient pas plus de cinq ou six et Roderlans, en se faisant bien identifier, leur avait glissé à chacun dans la main une pièce de quarante sous. C'étaient eux précisément qui criaient chut, très impérativement.

— Mes amis, répéta Roderlans, écoutez-moi deux petites minutes puis vous pourrez rentrer chez vous prendre votre café qui doit bien vous manquer. Mes chers amis, dès que j'ai vu cette énorme source de pestilence, j'ai pensé que vous alliez être bien embêtés avec elle et il m'est venu à l'idée de l'acheter afin de vous en débarrasser.

Il y eut quatre ou cinq bravos discrets qui préparaient l'opinion et prouvaient à Roderlans qu'il n'avait pas distribué ses pièces en vain. Il se promenait maintenant librement de long en large devant le cachalot, les mains aux entournures du gilet ou bien utilisant sa canne pour souligner ses paroles.

— Mais ne croyez pas, dit-il, qu'agissant ainsi, je l'aie fait par pure philanthropie ! Que non pas ! Avec ça ! dit-il, désignant de sa canne le cachalot derrière lui, je vais faire du guano de poisson ! Et j'amenderai mes vignes de telle sorte qu'elles produiront deux fois plus !

— Du guano de poisson ! s'exclamèrent les trois instituteurs sur leurs bédoules.

Ils n'avaient pas pensé à ça. Eux aussi, à Saint-Pantaléon, ils avaient quantité de bons vignobles qui ne demandaient qu'à être amendés. Mais il était trop tard pour changer d'avis. Roderlans avait maintenant la foule à sa portée et qui tendait l'oreille pour saisir sa voix un peu faible. Il venait de poser sa main bien à plat et les doigts écartés sur sa chaîne de montre.

— Je suis un honnête commerçant ! protesta- t-il. Et je me suis assuré le concours de ces quelques valeureux garçons pour me permettre de vous délivrer de cette charogne. Aussi vous fais-je la promesse que si vous nous aidez à la désembourber...

Il consulta sa montre.

— Il est maintenant huit heures. A midi, je vous engage ma foi, vous en serez débarrassés !

Dès le mot *aidez* prononcé, Roderlans vit avec peine que la foule se clairsemait et que les gens par petits groupes s'en allaient vaquer à leurs affaires.

— Je donnerai ! s'écria Roderlans. Que dis-je ? Je donne !

Il éleva la main et sa voix se fit plus forte :

— Je donne vingt-cinq centimes par habitant à tous ceux qui voudront bien me prêter main-forte !

Il constata avec plaisir que ces simples mots arrêtaient la désertion, mais il avait lui aussi l'âme d'un démagogue et il savait qu'il lui fallait exonérer ses auditeurs de l'idée qu'ils acceptaient par esprit de lucre, ce qu'ils avaient d'abord refusé pour le seul bien de la communauté.

— Et ! renchérit-il. Je ferai un don de vingt francs pour le sou des écoles !

A cet instant il avisa parmi le peuple deux grands prêtres en rabat qui le regardaient avec des yeux démesurés par l'incrédulité tant ils n'en croyaient pas leurs sens.

— Et, ajouta-t-il précipitamment, j'en ferai autant pour les petits frères de la propagation de la foi !

C'étaient là de bons placements car à l'instant où il avait enfin vu le cachalot en plein jour, Roderlans s'était aperçu qu'il était embossé sur un lit de gravier et que si quinze chevaux suffisaient pour le tirer au fil de l'eau, en revanche pour le déséchouer, il y faudrait un grand concours de bras. Il y eut aux derniers mots de Roderlans une ovation un peu plus fournie que pour le notable tout à l'heure, lequel ne put dissimuler une petite grimace.

— Soit, monsieur, dit-il, nous allons vous aider. Mais comment s'y prendre d'après vous ?

Il était tout prêt, avec son gros ventre et son écharpe à médaille, à retrousser les manches s'il le fallait pour plaire au peuple et ses acolytes, au nombre de cinq ou six, en avaient déjà fait le geste.

Ce ne fut pas une petite affaire.

— Si on met les cordes autour de la tête, dit Simon, elles glisseront et le poisson nous échappera... Si on les met autour de la queue dans l'état où il est, elle risque de se détacher de lui. Je ne vois qu'un moyen, c'est de lui coincer un madrier au fond de la gueule et de laisser se refermer les dents dessus.

— Tu parles comme un livre, dit le Suzanne dégingandé. Comment on va lui ouvrir la gueule ? Rien que le dessus de sa mâchoire ça doit faire le poids de deux taureaux !

Ils virent alors que le dos du cachalot était caressé par les frondaisons d'un platane que le vent balançait. Ils levèrent les yeux. C'était bien d'un platane en effet qu'il s'agissait. Grand comme une cathédrale, debout à quelques mètres du rivage et qui devait boire là depuis peut-être deux cents ans. Il s'était tant gavé de l'eau du fleuve qu'il s'élevait jusqu'à plus de trente mètres. Il avait un tronc à défier l'embrassade de cinq hommes se tenant par la main. Ses branches basses et maîtresses étaient épaisses comme le poitrail des chevaux d'Amourdedieu. Elles lançaient leurs torsades horizontales jusqu'au milieu du fleuve.

On tira de la carriole les brayers que Simon y avait chargés. On défit l'un des rouleaux. On parvint, après bien des tentatives, à jeter un filin lesté d'une pierre par-dessus la branche horizontale dont les frondaisons caressaient le cachalot. On accrocha le toron de chanvre que l'on hissa et que l'on fit retomber. On eut ainsi un palan rudimentaire. Il ne restait plus qu'à fixer un autre filin sur la mâchoire du monstre et à l'accrocher à la corde de chanvre, ce qui permettrait de lui ouvrir la gueule et d'aller coincer un espar derrière la mâchoire. Ils s'aperçurent en faisant leurs préparatifs que l'odeur dégagée par le cadavre ne correspondait pas à l'état de la chair. La peau, quoique visqueuse, était trois fois plus épaisse que le cuir d'un bœuf fraîchement tanné. Il fallut user de pics et de barres à mine pour la percer et pratiquer des trous sous les os autour de quoi arrimer les filins. Les compagnons glissaient dangereusement pendant cet exercice. Au bout de cinq minutes, ils étaient oints des pieds à la tête et devenus insaisissables.

— C'est maintenant qu'il faudrait se battre ! dit le belliqueux Moscaallegra.

D'autant qu'ils étaient devenus puants comme des boucs. Après deux heures d'un travail acharné sous le regard de la foule vigilante, ils réussirent enfin à fixer le filin à la corde de chanvre. Ils avaient planté dans la mâchoire du monstre comme autant de hameçons, des esses qu'un boucher obligeant était allé chercher.

— S'il n'est pas trop pourri, ça tiendra ! dit Simon.

Avec des ahans cadencés, tout un concours de peuple empoigna alors la longue corde qui passait sur la branche maîtresse du platane.

Roderlans priait pour que la branche tînt bon et en même temps il observait les deux prêtres très intéressés qui suivaient l'opération et dont il soupçonnait qu'ils devaient prier aussi mais pour qu'elle cédât.

Dieu trancha pour Roderlans. On vit soudain dans un craquement de poutre qui s'affaisse s'ouvrir la gueule du denticète, ce qui fit frémir tout le monde. On arrima alors solidement la corde autour du tronc du platane. Les compagnons se ruèrent dans les quatre-vingts centimètres d'eau qui recouvraient le banc de gravier, pataugeant parmi le vrombissement assourdissant des mouches de toute espèce, pour aller voir de près cette chose que peu d'hommes pouvaient se flatter d'avoir contemplée en face : la gueule ouverte d'un cachalot. La Choise elle-même avait troussé ses cotillons et s'avançait elle aussi.

Ils virent une grotte violine qui reflétait la couleur des grands fonds et où l'odeur de la mer toute-puissante refusait encore de se retirer devant le grand ordre de la décomposition. L'enthousiasme des compagnons ne connaissait pas de bornes.

— Tu as vu, Choise ! Tu as déjà vu ça ? Regarde-moi cette langue ? Tu as déjà vu, toi, une langue de deux mètres de long ?

— Et ces dents ? Tu as vu ces dents ? On dirait celles d'un passe-partout !

— Sauf, dit Ermete Bozzi qui descendait d'un bûcheron piémontais, que les dents d'un passe-partout ça fait deux centimètres de pas et que celles-là elles en font au moins vingt !

— Au moins ! approuvèrent les trois Blanquets.

— Il en manque une devant ! dit Moscaallegra. Il a dû la refermer sur une tortue de mer qui la lui aura cassée. Ça va être bien pratique pour passer la corde.

Ils étaient tous penchés au bord de la gueule du

monstre pour contempler cette mâchoire en arc de cercle, dans le creux de laquelle on aurait pu loger une barrique de trois cents litres et où des dents menaçantes dardaient sous les reflets du soleil leurs poignards d'ivoire.

La Choise de nouveau éclatait en sanglots.

— Dire que c'est à cause de ça que mon pauvre Cyprien est mort !

Simon qui n'avait pas touché au cadavre, ayant à diriger la manœuvre, était le seul à pouvoir consoler la Choise, tous les autres étaient visqueux de graisse morte et n'osaient la toucher. Il s'y employa du mieux qu'il put et la ramena à la carriole.

— Attends-nous là, dit-il. Patiente ! Ce soir tu nous cuiras une soupe de *brégadéou*. On en aura tous bien besoin.

Le peuple de Fronsac faisait cercle à bonne distance pour contempler cette ouverture qui devait vomir les remugles de l'enfer et sur quoi se penchaient comme au rebord d'un puits ces sept créatures, vrais remèdes contre l'amour : les jambes torses de Simon, les blafardes faces de lune malade des Blanquets, la démarche dégingandée du stropiat Suzanne dit Rassemblement, la calvitie d'Ermete Bozzi si semblable à une tête scalpée, le tout aggravé par les colonnes d'écrouelles où s'engonçait le cou du Nanand Piégut et les tics à donner des frissons du remuant Moscaallegra tout fringant d'une vitalité suspecte venant de ce corps au thorax concave.

— Voilà ! dit Simon. Il s'agit d'aller coincer un espar derrière les dernières dents de la mâchoire.

Ça fera comme un hameçon. On va le préparer en fixant deux nœuds de corde à chaque bout. Après on les rajoutera aux deux cordes principales et il n'y aura plus qu'à laisser retomber la mâchoire supérieure. Il sera prêt à être tiré.

— Cette fois, dit Rassemblement, tu parles comme un général ! C'est toi qui vas rentrer là-dedans pour aller placer l'espar ?

— Non ! cria Moscaallegra. C'est moi ! Je suis le plus léger ! Et puis moi j'ai pas peur !

Il tiquait de plus belle par gloriole. Il frappait des deux mains sa poitrine creuse qui résonnait comme un tambour funèbre. Il avait déjà une jambe à l'intérieur de la gueule du monstre. Il s'apprêtait à y pénétrer tout entier.

— Attends ! dit Simon. On va quand même te passer un filin autour de la ceinture. Cette langue doit glisser comme une patinoire.

Ils eurent toutes les peines du monde à maintenir Moscaallegra durant cette opération tant il piaffait d'impatience à l'idée d'être le premier homme après Jonas à pénétrer dans l'antre du léviathan.

On lui passa l'espar, un grand levier de mélèze autour duquel on avait serré les deux extrémités d'un filin. Moscaallegra encordé s'avança sur la langue du cétacé. Elle était sous ses pieds comme un tapis de mousse dans la forêt où il s'enfonçait jusqu'aux chevilles. Pour aller mettre l'espar en place, il dut ramper sur cette langue. Quand il eut solidement coincé le levier derrière les dernières dents à l'aide d'une smille de haveur, il voulut célébrer son exploit en se dressant superbe sur le levier horizontal mais celui-ci, au contact de toutes les sécrétions qui tapissaient cette grotte, était devenu aussi fuyant qu'un savon mouillé. A peine Moscaallegra fut-il debout en équilibre, essayant d'arracher au palais de la bête quelque coquillage dont il était curieux, que la barre lui manqua sous les pieds et qu'il perdit l'équilibre.

En poussant un cri il disparut derrière l'espar dans les sombres profondeurs au-delà de la glotte qui conduisait à l'estomac du mammifère.

Assis contre les dents du cétacé, les pieds posés sur le rebord de ses babines, Ermete Bozzi était en train de rallumer sa pipe lorsque le filin qui le reliait à Moscaallegra le tira en arrière par la ceinture. Il bascula en hurlant sur la langue du cétacé et fut heureusement arrêté par l'espar contre lequel il se coinça.

Alors la foule qui murmurait de terreur assista à ce spectacle hallucinant : toute la troupe de Simon engloutie dans la gueule du monstre pour porter secours aux deux naufragés. Ils les virent batailler un bon moment, le torse entièrement engagé, les pieds gigotant dans le vide comme si le cachalot, quoique mort, était en train de les gober tous les six ensemble.

A grand-peine et à grands cris et à grande malédiction, ils finirent par tirer à l'air libre Ermete Bozzi le scalpé et Moscaallegra le présomptueux, mais celui-ci était inanimé. Ils le rapportèrent à bras-le-corps sur la berge. Ils le couchèrent sur le pavé. Autant il avait été remuant autant il était calme comme un mort.

— Il respire ! dit Suzanne.

Simon tira du fleuve un seau d'eau qu'il jeta sur Moscaallegra en guise de révulsif. Celui-ci s'ébroua et la première chose qu'il vit au-dessus de lui, le veillant avec sollicitude, ce furent les trognes conjuguées des trois Blanquets qui le flairaient sur toutes les coutures. Il hurla de terreur, ayant complètement oublié leurs têtes de cauchemar. Il essaya de leur échapper mais en vain. A trois ils le maintenaient solidement à terre et ils n'arrêtaient pas de humer son corps avec des mines soupçonneuses. Ils insistaient particulièrement sur ses cheveux comme s'ils avaient l'intention de les brouter et qu'ils ébouriffaient avec conscience.

— Levez-vous ! Ecartez-vous ! Foutez-lui la paix ! ordonna Simon.

— Il sent la pute ! s'exclamèrent les trois Blanquets ensemble.

Ils faisaient une grimace dégoûtée.

— Qu'est-ce que vous racontez ? dit Simon.

— Il est parfumé comme une femme de peu ! renchérit Ermete Bozzi sur un ton scandalisé.

Il y avait un grand concours de peuple autour de ce nouveau Jonas tiré hors de la gueule du léviathan. Tout Fronsac, ceux de la ville d'en face, les trois hommes noirs descendus de leurs bédoules, tout le monde voulait voir à partir de l'exclamation des Blanquets. Tout le monde voulait sentir. Ceux qui avaient le privilège d'être au premier rang respiraient cette odeur de seringa et de tubéreuse qui devenait de plus en plus lancinante à mesure que l'eau s'évaporait autour de Moscaallegra et que le soleil séchait ses vêtements.

D'abord, dans l'espoir d'échapper à la puanteur du cachalot, la foule se bouscula pour humer un peu de cet arôme subtil, de ces fragrances de jardin sous la lune, mais au bout de quelque quart d'heure le reflux autour de Moscaallegra fut aussi rapide que l'avait été l'empressement. Cet extraordinaire parfum entêtait à tel point que tous les témoins de ce prodige aspiraient en un monde où il n'y aurait jamais plus aucune odeur bonne ou mauvaise.

Dès qu'il l'eut flairé lui aussi — oh ! d'assez loin car le bougre était quand même hideusement graisseux — Roderlans dissimula une bouffée de joie et il dut se faire violence pour ne pas se signer en public tant il avait envie de rendre grâce. Il ne douta pas un seul instant que ce parfum qui auréolait Moscaallegra venait de l'intérieur du monstre et que c'était celui de l'ambre gris.

— Bon ! Eh bien maintenant au travail ! commanda-t-il. La journée n'est pas terminée et je ne vous paye pas aussi largement pour respirer des parfums qui n'existent que dans votre imagination.

Il prononça ces paroles à très haute voix car il venait de s'apercevoir que les édiles et les notables formaient groupe à l'écart et entraient en conciliabule. « Si l'incrédulité ne l'emporte pas chez eux, se disait Roderlans, ils vont bientôt comprendre qu'il y a anguille sous roche et que, somme toute, le cadavre de ce denticète ne les empeste pas autant à Fronsac que la populace le prétend. » Il convenait donc de le soustraire le plus vite possible à leurs supputations.

Heureusement, l'offre de cinq sous par tête qu'il avait promis à chacun contre un coup de main était restée en mémoire de la multitude et chacun avait hâte de les gagner.

— Il faut refermer tout de suite la gueule du cachalot, dit Roderlans à Simon, car il y a des risques de dispersion des miasmes.

Il lui avait parlé comme à l'oreille mais de manière à être entendu de quelques-uns qui puissent répercuter cette crainte.

Il n'y eut pas besoin d'encouragement pour inciter la foule à se suspendre de nouveau à la corde qui cernait la branche maîtresse du platane et cette fois de la laisser filer lentement.

Simon commanda la manœuvre et bientôt la gueule du monstre se trouva hermétiquement scellée sur les torons à huit duites que Simon avait achetés chez le chanvrier. C'était du câble solide, léger et qu'on pouvait dérouler largement puisque chaque rouleau en comportait vingt-cinq mètres et qu'il y en avait cinq.

Il ne restait plus maintenant qu'on avait arrimé les cordes autour du platane en leur laissant beaucoup de mou, qu'à déloger le denticète hors du banc de gravier où il s'était échoué en biais quand la balancelle poussée par un fort vent du sud avait dû le larguer sous peine de couler.

Roderlans fit sonner le sac de pièces de vingt-cinq centimes qu'il était allé échanger au bureau de l'octroi, en encourageant de la voix tous ceux qui étaient là et qui s'attroupaient comme chalands autour d'un bonimenteur. Il en était arrivé de nouveaux d'ailleurs, de toute part, hâves, déguenillés, aussi laids que la troupe de Simon et qui voyaient là un moyen de s'offrir peut-être une bouteille de ce vin des papes que, jusque-là, ils se contentaient de voir passer sous leur nez.

Les édiles même donnèrent des coups d'épaule, de même que les notables de Saint- Pantaléon. Ils furent cent cinquante, deux cents à patauger autour du monstre, à s'escrimer sur des leviers, à dégager à la pelle le gravier sous cette masse qui menaçait de basculer sur eux à chaque instant. Cela ne se fit pas sans cris, rires ni imprécations diverses. Le dénouement fut soudain. Tout d'un coup le cétacé roula sur lui-même et se retrouva dans son élément, flottant sur le fleuve au fil de l'eau. Il y eut une ovation de victoire chez le peuple. Les croquants se ruèrent sur Roderlans la main tendue mais la troupe de Simon constituait devant l'antiquaire un rempart de hideur qui tenait à distance les plus avides. Ce fut d'ailleurs eux qui distribuèrent ces pièces de peu de poids. Il en fallut trois cents pour contenter tout le monde. Quelques-uns essayèrent de passer deux fois mais les tanneurs de Terrebelle savaient reconnaître une physionomie scélérate et lorsqu'ils voyaient la même pour la deuxième fois devant eux ils avaient le coup de pied prompt à la sanction. Les édiles refusèrent noblement leur dîme mais

Roderlans voyait bien qu'ils méditaient encore sur le parfum extraordinaire que Moscaallegra rapportait de son séjour dans les entrailles du cachalot. En revanche, les trois délégués de Saint-Pantaléon s'excusèrent de devoir accepter humblement les cinq sous. La commune, dirent-ils, n'était pas riche et ils doutaient si elle leur rembourserait leurs frais.

Roderlans assista en personne à l'appareillage des chevaux d'Amourdedieu aux deux cordes de chanvre qui sortaient de la gueule du monstre. Cette opération se déroula dans la plus grande discipline avec la compétence et l'habileté des gens habitués aux chevaux et aux grands charrois.

La foule s'était aussitôt dispersée après cette épopée dont elle avait à entretenir ses petits-enfants jusqu'à la troisième génération. Il y eut cependant des gens qui furent interdits de lit conjugal durant de longues nuits tant ils s'étaient frottés avec conviction à la masse du cachalot et comme ils n'arrêtaient pas en revanche de parler de parfum de tubéreuse ils demeurèrent longtemps suspects.

Les édiles et autres notables se retirèrent toutefois lentement, sans empressement et comme à regret. Tandis que les compagnons arrimaient les boucles de chanvre autour des colliers de force des chevaux, ils rôdèrent avec des encouragements cauteleux autour de cette charogne énigmatique.

Ils avaient ôté de leur nez les tampons au benjoin qui les apparentaient aux médecins du Grand Siècle, ceux-là étant surtout destinés à convaincre la foule qu'en se portant au premier rang on s'exposait pour le bien du peuple à courir les plus graves dangers.

Parfois, ils se rapprochaient en catimini de Moscaallegra qui œuvrait efficacement à ses tâches. Ils le flairaient sur toutes les coutures. Ils le humaient tel un bouton de rose. Leur insistance révélait une telle gourmandise concupiscente que Moscaallegra fut à deux doigts de leur balancer son poing dans l'œil ou de leur arracher une touffe de barbe. Mais Roderlans avait donné l'ordre à Simon que quels que fussent les risques, il ne fallait répondre à aucune provocation.

Finalement, voyant qu'ils s'éternisaient sans raison apparente, Roderlans vint leur tendre une main qui congédiait.

— Bienvenue, messieurs ! leur dit-il en exécutant quelques tours de canne. Bienvenue ! Je crois que de plus urgentes tâches vous appellent ailleurs. Soyez tranquilles et fiez-vous à moi ! D'ici deux heures, avec l'aide du vent il n'y paraîtra plus et vous aurez retrouvé votre arôme de frangipane tant renommé !

En dépit de quoi ils s'éloignèrent en traînant les pieds. Ils avaient la mine aduste de gens qui viennent de traiter une mauvaise affaire.

Le bancal hilare qui s'était tenu à l'écart pendant toute la manœuvre reparut alors au côté de Roderlans.

— Bourgeois, lui dit-il, vous devriez presser le départ ! Ces élus ne savent pas comment ni de quoi ils ont été floués mais ils sont sûrs de l'avoir été. Plus vite vous partirez d'ici mieux ça vaudra.

— Je m'y emploie ! dit Roderlans.

Il appela Simon auquel il tendit un papier.

— Voilà, dit-il, je t'ai fait un plan avec les bivouacs où tu trouveras du foin pour les chevaux et du pain pour les hommes.

— Et l'avoine ? Vous avez pensé à l'avoine ?

— Bien sûr ! Pour qui me prends-tu ? Le prochain ravitaillement est à Trinquetaille, à dix heures d'ici, au bord d'une melonnière. Une grange avec la moitié de la toiture emportée, tu reconnaîtras : il y a un moulin à vent vermoulu à cent mètres de la grange. Tu es prêt ?

— Oui, dit Simon. Il ne vous reste plus qu'à donner l'ordre.

— Je vais avec vous ! offrit le bancal sardonique. En ce moment, par extraordinaire, on ne me réclame nulle part ! Je suis libre de m'amuser un peu.

Il vit que Simon esquissait un mouvement de contrariété.

— Ah ! Je ne mange ni ne bois ! protesta le bancal. Enfin... Rien qui ne soit mien ! Et je ne fatigue pas ! Toujours frais et dispos ! Et j'en ai ici !

Il se frappait le front d'un doigt présomptueux.

— Vous en aurez peut-être besoin ! ajouta-t-il.

Il était cette fois en pleine lumière et sauf qu'il avait l'air sardonique et que le valet du marquis de Luynes en revanche paraissait tristement désolé, on voyait bien que ces deux-là étaient jumeaux.

— Prends-le..., conseilla Roderlans à Simon. Des idées, tu peux en avoir besoin.

C'était un équipage de fière allure qui s'éloigna

finalement du quai de Fronsac à grand renfort d'ordres et de claquements de fouet. Convenablement harnachés de grelins et de chapelières par les industrieux compagnons, les quinze percherons arrachèrent à son inertie le cachalot et sa gueule semblable à une étrave, laquelle se mit lentement à diviser les eaux du fleuve.

Ils avaient planté le harpon de la Choise sur le dos du denticète auquel ils avaient arrimé Moscaallegra dont le parfum décidément les incommodait et ils avaient placé entre ses mains les commandes d'un gouvernail rudimentaire dont ils avaient appareillé la queue horizontale du cachalot pour le tenir, autant que possible, loin de la berge.

Ce fut seulement lorsque le sillage du cétacé se fut aplani sur le courant que Roderlans quitta les lieux. Il se hâtait vers l'hostellerie de la Louette où il comptait retrouver le voiturin loué à Terreplane pour assurer ses allées et venues. Grâce aux fructueuses affaires qu'il avait traitées, l'une avec les tapisseries d'Aubusson, l'autre avec le porte-cigares du consul, il se trouvait à la tête de plus de quatre cents louis qui ne devaient rien à Servane. Il accorda une pensée émue à sa belle-mère qui avait eu cette idée de mourir longuement, requérant ainsi les soins de sa fille unique pour tout le temps que durerait son agonie.

Cet argent lui était utile pour mener à bien l'expédition mais d'autre part, il comptait aussi s'accorder quelque largesse. La location du voiturin qui le posait à la hauteur du consul entrait dans cette politique. Mais aussi, il voulait y embarquer

Clorinde afin de lui montrer le fruit de ses travaux et lui poser une question.

Il trouva facilement le voiturin et son cocher qui mâchait sa chique avec philosophie en l'attendant, mais Clorinde était en ville, lui dit-on. On l'avait entendue s'enquérir du meilleur pâtissier du coin, où déguster une frangipane. On lui avait indiqué Bozonet. Roderlans la trouva là, qui s'empiffrait.

— Venez ! lui dit-il. Je vais vous montrer ce que je fais pour vous !

Il l'enleva dans le voiturin. L'espace y était si étroit qu'il sentait palpiter les seins de Clorinde sous le souffle de sa respiration. Son chapeau, ses falbalas, sa peau, tout était concentré dans cet habitacle de cuir moisi mais intime où Roderlans humait avec délices les parfums qu'elle traînait après soi. Il l'emmena jusqu'au pont de Fronsac, en amont de la ville où il y avait quantité de badauds et où il lui fit mettre pied à terre.

— Regardez ! dit-il.

En bas au loin et s'avançant sur le chemin de halage, il lui désignait les quinze chevaux d'Amourdedieu en plein effort et tête basse. Précédant la cavalcade venait Simon le fouet à l'épaule, le chapeau tromblon coquettement posé sur le côté à la Lacenaire et qui jouait le peu qu'il savait mais qu'il répétait à satiété sur son harmonica, de *Voi che sapete*. Au beau milieu du fleuve, montée par le minuscule Moscaallegra qui la maintenait fermement en ligne, il y avait cette masse noire, longue et tranquille comme un chaland, qui divisait les eaux du fleuve.

— Waterloo ! murmura Roderlans. Voyons, Clorinde ! Ne préférez-vous pas la paix à la guerre ? Est-ce que le spectacle que je vous offre ne vaut pas tous les Waterloo du monde ? Regardez cette majesté ! L'effort de ces chevaux, la diligence de ces hommes pacifiques et passionnés et ce gigantesque léviathan qui va se transformer en ferme Louis XIII !

Il l'éblouissait de tours de canne tout en parlant. Elle lui donna un coup d'éventail badin.

— Voyons, mon cher Telmon ! Cent mille hommes qui s'étripent contre ce spectacle idyllique ! Quelle commune mesure ? Et d'ailleurs, méditez bien ce que je vais vous dire : ce spectacle charmant, j'en conviens, je le vois de mes yeux ! Vous me le montrez crûment ! Tandis que Waterloo, mon sabreur, il me le suggérait, je ne l'ai jamais vu ! Je l'ai entendu raconter. Sentez-vous bien toute la différence ?

Elle ne pouvait lui préciser qu'il lui peignait le tableau de toutes ces horreurs en la chevauchant vaillamment. Mais en vérité elle écoutait Roderlans d'une oreille distraite. Elle n'avait d'attention que pour le chapeau tromblon de Simon.

— Vous devriez me présenter votre Phaéton ! dit-elle.

— Y songez-vous ? Toute la troupe sent le poisson pourri. Clorinde, je vais vous faire une confidence : savez-vous ce que recèle ce cachalot ?

— Mon Dieu ! s'exclama Clorinde. Epargnez-moi ces horreurs ! Et ne me faites pas dire : « Je donne ma langue au chat » car, peut-être, c'est vous qui me la donnerez quelque jour !

Elle le frappa d'un nouveau coup d'éventail.

— Vous êtes d'une savante cruauté ! lui reprocha-t-il.

Le mot n'était pas de lui. C'était le consul, l'autre soir, contant ses souffrances amoureuses qui avait utilisé ce terme.

Non, elle ne cherchait pas à savoir, Clorinde, ce que cachait le fabuleux animal. Légère et rapide, elle traversa la chaussée du pont car la troupe venait de disparaître dessous et elle voulait revoir Simon lorsque celui-ci reparaîtrait en amont. Roderlans était en train de prendre une nouvelle leçon de femme mais, comme de celle-ci il était amoureux, elle ne pouvait lui être d'aucun profit.

Le fleuve : il y avait eu bien des massacres sur ses rivages et sur ses ponts. Des tambours de bataillons qui la veille encore battaient la charge puis la chamade, avaient été culbutés dans son courant avec leurs servants en uniforme blanc, bleu, rouge ou noir. Maintenant, ce qu'il restait de cuir de leur ancienne splendeur était embossé jusqu'à pourrir parmi les lagunes de limon sans cesse mouvantes de ces îles du fleuve, que tentaient de recouvrir patiemment les herbes de la terre ferme.

Il avait brassé dans ses tourbillons, il n'y avait pas si longtemps, d'épaisses spirales de sang noir, combattants et chevaux mêlés, qu'il n'en finissait plus de laminer dans le patient délayement de ses flots glauques.

Maintenant, les grands manteaux rouges des cavaliers de l'Autriche et les corps bleus des grenadiers d'Empire avaient fini d'y valser lentement comme des nébuleuses. Maintenant, il ne sentait plus la poudre ni le sang mais l'ardoise mais le silex. L'odeur originelle de l'érosion comme s'il n'y avait plus d'hommes, avait repris tous ses droits.

C'était un grand fleuve pacifique qui traînait sur son horizon un ventre de ciel obèse de nuages blancs étagés à l'horizon nord ; un ciel plus vaste que le lit du cours d'eau et qui paraissait provisoirement s'accorder aux aspirations des riverains.

Simon voyait dans le ciel l'âme d'Agnès, son regard et ce sourire qu'il lui inventait, n'en ayant jamais été témoin. Curieusement, il ne lui prêtait pas de corps, en tout cas il n'y pensait jamais.

Il marchait en tête du convoi, jouant *Voi che sapete* sur son harmonica et comme il n'en avait entendu que deux ou trois mesures l'autre soir, il inventait à perte de mémoire des variations qu'il modulait sur la voix d'Agnès dont il lui avait suffi de l'enregistrer une seule fois pour en retenir toutes les intonations. Il nageait en pleine irréalité, presque irréel lui-même. Cheminant à ses côtés, le bancal sardonique s'intéressait à Simon en naturaliste. L'air que celui-ci jouait sur son harmonica lui en révélait plus sur le personnage que s'il se fût longuement confié. « Encore un, se dit-il avec sollicitude, dont le royaume n'est pas de ce monde. »

Derrière eux, les compagnons joyeux se jetaient en riant leurs laideurs à la tête. Celles-ci étaient toujours parmi eux sujet d'inépuisables plaisanteries. Ils n'avaient jamais été si heureux pour vingt sous par jour. A son poste de vigie,

Moscaallegra n'en finissait pas de chanter et de flairer complaisamment le parfum dont il s'enivrait.

Ils atteignirent au coucher du soleil la melonnière fraîchement arrosée que Roderlans leur avait assignée comme bivouac. La grange à moitié démolie et le moulin à vent vermoulu étaient bien là, plaignant leur ruine dans le vent du soir, mais autour il y avait deux escogriffes maigres comme des épouvantails qui faisaient les cent pas à la militaire, le bâton de merisier à l'épaule en guise de fusil.

Simon crut tout d'abord que c'étaient des gardiens postés là par l'antiquaire. Il envoya à leur rencontre les trois Blanquets sur les ornières du chemin tandis que les autres dételaient les chevaux et que Moscaallegra regagnait la terre ferme.

A la vue des trois Blanquets, les escogriffes se replièrent devant la grange le bâton haut.

— Beau diou ! Qu'ils sont laids ! s'exclamèrent-ils.

A mines patibulaires contre visages prêts à surmonter la hart, il ne pouvait pas y avoir d'amour perdu. Les escogriffes se miraient dans les faces adverses comme des chats soudain confrontés au miroir et ils chuintaient ainsi vers leur propre image avec des rides de haine.

Les Blanquets virent tout de suite qu'ils avaient saccagé et piétiné le sac de pain destiné à la nourriture de la troupe après l'avoir abondamment compissé et renversé par-dessus le contenu d'une bonbonne de vin rouge démantibulée dont les débris jonchaient le sol.

Les Blanquets à cette vue et sans un mot s'évanouirent ensemble et mordirent la poussière où ils demeurèrent inanimés au pied des escogriffes.

— Des capons ! crachèrent ces braves.

Et ils quittèrent leurs bâtons contre le mur de la grange pour venir distribuer des coups de pied dans le ventre aux vaincus. Mais ceux-ci roulant sur eux-mêmes crochetèrent les jambes de leurs adversaires et tirèrent de toutes leurs forces. Puis ils leur bondirent dessus à trois en leur jetant des poignées de poussière dans les yeux pour les aveugler et en leur mordant les membres à belles dents tels des molosses. Moscaallegra encore tout trempé et le Nanand Piégut accouraient à la rescousse. La vue des pains gâtés avait décuplé leur fureur. A eux cinq, ils maintenaient solidement au sol les escogriffes gigotant.

— Nanand ! commanda l'un des Blanquets. Embrasse-les !

On peut gouailler sur la laideur tant qu'on est debout et solidement assuré d'un gourdin mais lorsqu'on roule à son tour dans la poussière, qu'on y est vigoureusement maintenu, la laideur qui vous frôle n'est plus un sujet de dérision mais un sujet d'horreur.

Les deux victimes virent se pencher sur elles cette tête du Nanand Piégut avec ses écrouelles qui lui faisaient autour du cou la peau de lézard et ses furoncles embusqués sur ses joues parmi les poils de sa barbe noire. Quand, les lèvres gourmandes, le Nanand entreprit de les couvrir de baisers et de cajoler amoureusement leur visage, ils appelèrent leur mère à cor et à cri.

— Tiens ! Va lui porter ça à ta mère ! dit le Nanand.

Et il les embrassa tous les deux sur la bouche. Ils étaient déjà à vingt mètres du groupe et s'enfuyaient à toutes jambes qu'ils s'essuyaient encore le visage avec leurs deux mains assemblées.

Pendant ce temps, les cinq compagnons qui se tapaient sur les cuisses revenaient vers le bivouac avec des rires de triomphe.

— Oui, en attendant, dit le Suzanne dit Rassemblement, nous on a rien à bouffer !

— Faites-moi une corvée de bois, dit la Choise, je vous ferai une soupe de brégadéou !

Elle avait par précaution eu le temps d'enfourner dans la carriole un sac de farine de pois chiche et une palette de petit salé. « En cas de quelque chose », s'était-elle dit.

— Et rien à boire ! maugréa Suzanne.

Par chance, les escogriffes n'avaient pas eu l'idée de gâter le fourrage. Il était intact dans les bourras de jute.

Avant la tombée de la nuit, entre chien et loup, le bancal alla en éclaireur se faufiler parmi les fossés et les halliers. Ils allaient longer maintenant les vignobles du marquis de Luynes dont les terres, quoique hypothéquées, tenaient deux bonnes lieues au bord du fleuve.

Le bancal revint porteur de mauvaises nouvelles. Le bancal triste, son jumeau, l'âme damnée du marquis paraissait avoir fait merveille : au profond des haies ou couchées dans les ornes ou veillant sur les coteaux parmis les ceps, des silhouettes inquiétantes se défilaient dans la pénombre et s'embusquaient. On les eût prises d'abord pour des épouvantails.

— Oui, dit le bancal à Simon, il se trouve toujours des désœuvrés prêts à faire n'importe quoi pour quarante sous par jour et qui s'enthousiasment tout de suite si par surcroît il y a des coups à donner.

Il dit encore qu'ils couvraient les abords du fleuve sur tous les biens du marquis et qu'il avait vu entre leurs mains briller des faux sans manche dont ils comptaient probablement se servir pour couper les jarrets des chevaux.

La troupe serrée autour du feu écoutait ces paroles alarmantes avec attention.

— Je crois qu'on n'ira pas plus loin, dit Suzanne. D'abord, on est que sept et si le bancal...

— Je ne suis pas plus bancal que toi ! riposta l'autre qui avait sa fierté. Et je ramène ma patte folle trois fois plus vite que toi la tienne ! Et d'ailleurs avec moi on est huit pas sept !

— On est neuf ! dit paisiblement la Choise. Donnez-moi une poêle à frire tournée à l'envers ou même un simple gourdin et vous verrez si je suis une faible femme !

Couchée sur le flanc, le menton dans la main, ses gros yeux luisaient sous les flammes du feu. Elle les écoutait en réfléchissant, un brin d'herbe serré entre ses lèvres.

— Vous avez dit le marquis de Luynes ? dit-elle.

Pendant que les compagnons du cachalot préparaient ainsi leur première nuit à la belle étoile, Jean Berne méditait sur sa défaite en chevauchant vers Terreplane. Il avait décidé d'établir là, à l'auberge du Fourre-tout, son quartier général pour organiser la résistance contre l'avance du cachalot vers la folie de Roderlans.

Agnès l'avait bien prévenu :

— Si cet horrible David atteint La Chevillonne, mon père ne pourra pas lui refuser ma main. Et que voulez-vous que fasse une pauvre adolescente comme moi contre deux hommes bien décidés à la perdre, et dont l'un par surcroît est mon père ?

Jean Berne ignorait présentement où était Agnès. Il y avait bien longtemps que tous deux n'avaient pas parlé d'amour. Leur dernière entrevue n'avait été que pour envisager la lutte contre ce cachalot de malheur.

Il chevauchait à molle allure, sa happelourde ne supportant pas d'être brusquée et ralentissant au contraire si d'aventure il la gourmandait un peu. Il avait dû se résigner à ce trot solennel que la jument avait gagné dans son dernier emploi, au service d'un ecclésiastique dont elle tirait le carrosse.

Ainsi parvinrent-ils, l'un portant l'autre, à Terreplane alors que la nuit tombait. A l'auberge du Fourre-tout, le patron n'avait encore ranimé aucune loupiote par souci d'économie, aussi le feu, maintenu pour la soupe où elle bouillait dans un grand chaudron, était-il le seul éclairage qui révélât ici les têtes assemblées.

Jean Berne chercha à tâtons un banc où s'asseoir. Il commanda un champoreau pour se remettre un peu. Sa vie ordinaire lui manquait déjà. Terrebelle lui semblait au diable et le parfum de ses lavandes dont il humait de si grandes bouffées. Cette idée de parfum lui remit en mémoire sa déconvenue de la matinée. Heureusement, Agnès n'avait pas été là pour le voir. Il s'était évanoui comme une fillette à la seule odeur du cachalot. Il tâta son nez auquel c'était la première fois de sa vie qu'il avait quelque chose à reprocher. Alors il vit que deux individus s'étaient attablés face à lui et le regardaient fixement.

— Tu es de Terrebelle, dit l'un.

— Oui, dit Jean Berne, mais dis-moi vous.

— Tu es un copain de celui qui nous a lâchement attaqués l'autre jour.

— Non, dit Jean Berne, mais dis-moi vous.

Il tira à lui son portemanteau d'où dépassaient les crosses des pistolets d'arçon de l'évêque. « Si je dois me défendre, je serai propre ! se disait-il. Je n'ai jamais tiré un coup de pistolet de ma vie et d'ailleurs, ils ne sont pas chargés. » Néanmoins, la vue des pistolets fit que les interlocuteurs de Nasole marquèrent un temps d'arrêt.

— Comment est-il, celui qui vous a attaqués ? demanda Jean Berne.

— Un grand avec un chapeau tromblon, une carriole à bâche bleue et des méthodes déloyales pour combattre.

Jean Berne avait reconnu Simon David mais il n'en fit pas semblant.

— Non, dit-il en secouant la tête. Mais y en aurait un comme ça que je voudrais bien retrouver. On pourrait le chercher ensemble ?

— Si on le trouve nous, on le fout dans le fleuve ! Si vous êtes de cet avis, monsieur, on est prêt à vous suivre.

— Vous le foutrez où vous voudrez. Moi, pourvu qu'il n'avance plus !

Ils se poussèrent l'un contre l'autre avec des mines de corbeaux qui viennent de découvrir un champ de bataille.

— Mais, dirent-ils, monsieur, nous on a des frais.

— Cinq sous ! dit Jean Berne.

— A chacun ?

— Non. Pour tous les deux.

Il leur offrit quand même un pichet de vin avant de leur expliquer ce qu'il attendait d'eux. Tandis qu'il parlait bas, il entendit une voix qui sortait d'un coin d'ombre, lancinante et sur un ton de prêche. Il n'y avait pourtant autre chose dans le clair-obscur qu'un monticule noir encapuchonné qui ne remuait pas plus qu'un tas de chiffons. Mais devant cet informe paquet, un verre d'absinthe luisait aux lointaines lueurs du feu. Jean Berne prêta l'oreille.

— Et pourquoi, je vous le demande, disait

l'étrange voix, l'arche d'alliance ne serait-elle pas aussi à l'aise dans la carcasse d'un cachalot pourrissant qu'au-dessus d'un autel protégé ? Non mais je vous le demande, qui me prouvera le contraire ?

A force de s'habituer à l'obscurité, cisaillée de lueurs d'âtre, Jean Berne finit par reconnaître un moine sous une aumusse dans ce sac d'étoffe au haut bout de la table. Lorsque les éclats du feu s'avivaient un peu, on voyait le front du monial orné d'une bosse. Il la tâtait machinalement de temps à autre avec délicatesse.

— Justement ! dit Jean Berne aux deux acolytes. C'est d'un cachalot qu'il s'agit. Vous allez descendre jusqu'au fleuve et vous le suivrez en direction de Fronsac. Vous le découvrirez probablement au milieu de la nuit ou à l'aube, je ne sais pas à quelle vitesse ils vont. Mais vous reconnaîtrez l'odeur de loin ! Tout ce que je vous demande, c'est de couper l'amarre qui retient la bête à la terre. Pour le reste, ce que vous ferez de l'homme au chapeau tromblon, ça ne me regarde pas.

— Mais... Vous avez dit : « la vitesse à laquelle ils vont. » Il n'est donc pas seul l'homme ?

— Oh ils sont deux ! ou trois ! Et ils boitent bas, alors...

Ils tendirent la main et eurent leurs cinq sous séance tenante.

— Comptez sur nous, dirent-ils, nos intérêts sont les vôtres, alors !

Le second acolyte rit laidement en montrant ses dents gâtées.

— On vous rapportera le chapeau tromblon ! dit-il.

Tandis que ceux-là se retiraient sans bruit, Jean Berne respira profondément. Son odorat subtil le desservait pour la puanteur mais, en revanche, les bonnes odeurs l'avertissaient de loin. Il y avait des senteurs de sous-bois là-bas, au fond de la salle où vociféraient des êtres passionnés qui égrenaient des chiffres en langue étrangère, mais c'étaient des fragrances de forêt fermentée et de troncs martyrisés qui avaient perdu leur sève en s'écroulant au sol.

C'étaient quatre valets de flottage qui jouaient à la mora avec ardeur. L'odeur de forêt stagnait autour de leurs gilets en bataille et sur leurs mains poisseuses de résine. C'étaient des hommes des montagnes qui ne rêvaient que de remonter au plus vite au sein de leurs forêts. Cela se voyait à leurs regards absents. Ils pratiquaient ensemble, fût-ce seulement dans les chiffres qu'ils lançaient à voix forte, une langue qui invitait au voyage dans leurs montagnes, une langue qui affirmait que rien n'était plus beau que leur pays.

Jean Berne connaissait les règles de ces travailleurs. Ils arrimaient d'ordinaire leurs assemblages de troncs pour la nuit sur les îles disséminées au long du fleuve sur cette portion de son cours, afin de ne pas gêner le trafic qui se faisait sur la rive droite où existait cette sorte de chemin de halage, d'ailleurs toujours rudimentaire.

Si l'on pouvait amener ces braves à faire une exception, c'est-à-dire à venir arrimer leurs radeaux de ce côté du fleuve afin d'entraver l'avance du cachalot, ce serait aussi une bonne opération qui donnerait à Nasole le temps d'avoir d'autres idées. Il ne devait rien négliger car le temps pressait. Entre Fronsac et La Chevillonne, il n'y avait guère que trois jours à petites journées pour des chevaux de trait tels que les percherons d'Amourdedieu.

Il se leva et s'approcha des joueurs qui se partageaient la menue monnaie de leurs gains.

— Salut ! dit-il en s'attablant. Je peux vous faire gagner un peu plus si vous voulez.

Ils étaient flegmatiques et se ressemblaient tous, grands et forts, avec des muscles que comprimaient les manches trop étroites des chemises. Ils étaient tous affublés de moustaches tristes, plus ou moins longues, plus ou moins roussies par le tabac. Leurs yeux noirs poursuivaient des rêves imprécis mais où la privation de la chair quoique sournoisement réprimée devait occulter toute autre convoitise. Le grand air et l'odeur des forêts les avaient laissés tels qu'ils étaient : des hommes pleins d'hallucinations amoureuses, aux aguets d'un seul froissement de soie pourvu que ce fût celui d'une robe.

Ils secouèrent la tête aux propositions de Jean Berne et même l'un d'eux se toucha le front. Non, ils ne se voyaient pas entraver la circulation de quiconque sur le fleuve. Ils avaient bonne réputation et tenaient à la garder intacte.

— Et puis qu'est-ce que vous voulez qu'on fiche de vingt sous ou de quarante sous de plus ?

Dans ce métier de malheur, on n'a jamais le temps de les dépenser. Il faut chaque fois remonter vite à marches forcées, de jour et de nuit. Quand on arrive au pied des forêts, il y a toujours deux fois plus de troncs à flotter que la fois d'avant ! On est crevés du premier de l'an à la Saint-Sylvestre ! Le temps de s'arrêter pour, mettons, dépenser vos trois francs, on l'a jamais. On est payé au tronc d'arbre mais si on en descend pas assez, les patrons nous débauchent. Non ! Même pour cinq francs par jour !

Ils crachèrent à terre tous les quatre. Leurs visages se fermèrent.

— Non ! Votre combine ne nous convient pas !

Jean Berne comprit qu'il serait dangereux d'insister.

— Vous aussi, monsieur, vous courez après le léviathan ?

Jean Berne qui retournait à sa place vit que c'était le moine qui l'interpellait ainsi. C'était un frère verdâtre de froc et qui pour l'ensemble de sa personne avait assez la couleur de l'absinthe dont il semblait se soutenir. On voyait briller d'on ne savait quelle flamme mystique ses yeux de rapace au fond de l'aumusse.

Jean Berne allait répondre lorsque le moine se leva tout d'une pièce en faisant craquer ses jointures. Son froc flottait sur son immense maigreur, long à faire peur. On hésitait à croire que sous ce froc ce ne fût pas un simple squelette bien récuré de toute chair qui gesticulât ainsi. Il jeta son doigt étique en avant dans la direction de Jean Berne et il déclama :

— Vous n'obtiendrez jamais vos victoires que sur des hommes, alors que devrait vous importer, homme de peu de foi, d'être vainqueur ou vaincu ? Vos vainqueurs seront tous morts, et aussi dans le souvenir des peuples, dans pas plus de cent ans et vous aussi ! Et un homme mort ne ressemble jamais plus à un bourreau ou à une victime, à un grand de la terre ou à un petit, à un séducteur ou à un cocu ! Allez-vous essayer de distinguer parmi les charognes celui qui a trompé de celui qui l'a été ?

— Tais-toi, Savonarole ! grommela l'un des valets de radeaux.

Le patron béat écoutait cette diatribe le mégot mouillé collé au coin de sa lèvre violette tout en essuyant mollement un verre.

— Ayez pas crainte ! dit-il à Jean Berne. Ça lui prend de temps à autre. Il a sûrement quelque chose à vous communiquer mais il vous faut avoir patience. C'est son biais : il dit une parole sensée pour cent de divagation. C'est son biais ! Ayez patience !

Le moine abaissa le doigt et se rassit. Son corps craquait autant lorsqu'il se ramassait sur lui-même que lorsqu'il se déployait, démesuré.

— C'est donc vous monsieur, dit-il cette fois d'une voix naturelle, qui avez affaire avec les ravisseurs du léviathan ?

Jean Berne s'installa devant lui.

— J'ai parlé bas, dit-il.

— Oui, mais moi j'ai l'oreille fine. On parle bas aussi dans les confessionnaux.

— Le diable m'emporte, dit l'un des valets de

bois, si jamais je me confesse devant ce suppôt de Satan !

— L'oreille fine, répéta le moine, et « cachalot », ça me dit quelque chose.

Il raconta sa vie récente. Il avait été laissé pour mort dans un charnier à cholériques où l'on continuait à jeter sur lui par tombereaux entiers des cadavres à peine mourants qui lui déféquaient sur le visage leurs ultimes déjections. Au bout de quatre jours en cette promiscuité, dans ce trou qu'on n'avait pu combler faute de servants valides, il avait miraculeusement guéri et depuis, dit-il, toutes les abominables odeurs qui personnifient la mort étaient ses sœurs. Alors qu'il n'était jusque- là qu'un insignifiant petit frère, il lui était soudain venu le don du verbe sur l'antienne de saint Jean qui cite l'Ecclésiaste : *ce chien est à moi, disaient ces pauvres enfants.* Il prêchait inlassablement cette parole par les chemins creux, ouvrant brusquement la porte de toutes les pauvres chaumières pour la répandre ; il exhortait à renoncer aux biens périssables des gens qui n'avaient jamais rien eu.

Et c'est ainsi que chemin faisant, tel beau jour, il avait rencontré une puanteur beaucoup plus grandiose que celle du charnier. Elle émanait, et à peine en croyait-il ses yeux, de ce léviathan dont parlent les Ecritures. Il y avait des hommes devant munis de bâtons pour le défendre, mais la multitude était arrivée avec des bâtons beaucoup plus gros et en tout cas en nombre impressionnant. Il était là, conforté, électrisé par la puanteur du cachalot et il s'était remis naturellement à prêcher le néant de toute chose. Alors cette multitude l'avait empoigné pour le précipiter dans le même roncier où gisaient déjà les quatre gardiens, avec leurs bâtons en croix sur la figure. Plus tard, d'autres hommes étaient arrivés qui avaient arraché le léviathan sacré à son immobilité, ce que le frère n'approuvait nullement, disant qu'il eût fallu lui laisser tranquillement exhaler son odeur pour l'édification des pécheurs.

— Ainsi, dit-il, et en fonction de tout ce que je vous ai exposé, moi je peux grandement vous aider !

— Comment ? dit Jean Berne.

— Pour cinq sous par jour, je croiserai inlassablement sur les berges du fleuve, de village en village, de ferme en ferme ! J'ameuterai les populations. Je leur dirai que, sous la forme du léviathan, l'apocalypse approche. Ce qu'à Dieu ne plaise !

Il se pourléchait les babines. Voir l'apocalypse lui paraissait une perspective enivrante. Il cligna de l'œil, ce qui lui redonna instantanément une physionomie commune au regard de Jean Berne qui jusqu'alors le surveillait avec inquiétude.

— Le choléra n'est pas si loin, dit le moine. Il n'y a pas assez longtemps qu'ils en sont rescapés pour l'avoir oublié. Vos ennemis trouveront porte close, fourches levées, chiens lâchés !

Il se tâta le front. Jean Berne vit alors que ce qu'il avait pris pour une loupe, c'était une bosse de vilaine couleur et grosse comme un jaune d'œuf. Le moine la tâtait avec précaution tout en disant :

— Ils ont cru en m'assommant, tarir le verbe ! Ils n'ont fait qu'en ouvrir plus grand les vannes ! Tel que vous me voyez là, je suis prêt à expliquer la parole de Dieu sans m'interrompre de nuit ni de jour jusqu'à la fin de l'été !

— Voilà dix sous ! s'exclama Jean Berne subjugué. Demain ici même à la même heure vous en aurez autant.

— Je pars à l'instant ! dit le moine.

Il enfouit les dix sous dans les profondeurs de son froc mais il avait un compte à régler avec les descendeurs de bois qu'il alla apostropher.

— Et que feriez-vous, proclama-t-il, d'une virilité triomphante alors qu'une seule vérole, que dis-je ! que le moindre petit mal de dents ! que le seul rire d'une femme devant votre insuffisante dimension, suffirait à vous la faire tomber au plus bas ?

On entendit le bruit de bancs bousculés. Les quatre valets de portage renversèrent plutôt qu'ils ne les contournèrent les tables à tréteaux qui les séparaient du prédicant. Ils jetèrent en avant leurs huit mains formidables sur ce tas de maigreur enfroqué et l'extirpèrent du banc, qui se cramponnait désespérément à son absinthe. Ils allaient le maintenir debout à trois tandis que le quatrième à coups de pied dans le train le projetterait dehors jusqu'au ruisseau du bord du chemin.

Soudain ils suspendirent tous ces gestes désordonnés, abandonnant le moine à son absinthe.

Devant eux, une apparition incroyable venait de les transformer en statues de sel. Elle se dressait dans l'entrée, contre la nuit, éclairée par la lueur des flammes de l'âtre et d'autant plus irréelle. Elle se tenait droite et blonde dans son amazone verte strictement boutonnée et sous son coquet chapeau sur ses tresses bien sages.

— Agnès ! cria Jean Berne. Vous êtes folle de venir dans ce coupe-gorge !

Des grognements de protestation venant de toutes les tables de l'antre obscur saluèrent ces paroles désobligeantes.

Jean Berne empoignait le bras d'Agnès pour la ramener au-dehors, dans la cour, loin de l'atteinte de tous ces morts-d'amour comme on dit morts-de-faim.

— Aller offrir votre jeune innocence à leurs vilains regards ! reprocha Jean Berne. Vraiment, Agnès, vous n'êtes pas raisonnable.

— Il fallait que je vous parle ! Il y a nécessité absolue !

— Mais où êtes-vous ?

— Là ! Là en face. Au relais des Rivalles.

— Eh bien, retournez-y vite ! J'irai vous voir tout à l'heure.

Il ne lui lâcha le bras que lorsqu'elle eut traversé la route pour s'engager sous le portique de roses qui commandait l'entrée des Rivalles. Il contemplait avec plaisir la fière démarche d'Agnès qui s'éloignait nonchalamment sur la terrasse.

Il revint vers le Fourre-tout, chercha le moine des yeux mais celui-ci s'en allait déjà par les routes sur une bédoule aussi maigre que lui, en annonçant des temps horribles qui étaient de retour pour la purification des âmes. Les éclats de sa voix fusaient à travers la campagne qui dormait sous la lune.

Jean Berne allait détacher son cheval pour le mener boire à la fontaine et le rentrer à l'écurie, lorsqu'il entendit siffler doucement. Il se retourna. Les quatre valets de débardage se dressaient devant lui, en groupe compact. Il ne passait pas un rai de lumière entre leurs corps alignés. Jean Berne se rapprocha du portemanteau où étaient roulés les pistolets.

— Hé ! dirent-ils, le chasseur de cachalot !

Il ne répondit pas tout de suite et serra sa main droite sur la crosse de l'une des armes.

— Qu'est-ce qu'il y a, dit-il à la fin, pour votre service ?

— C'est... ta femme, cette beauté ?

— Non, c'est ma fiancée. Et il faut me dire vous !

Il avait laissé glisser le pistolet le long de sa cuisse de manière qu'il fût bien visible.

— Ne t'emballe pas ! Après tout c'est toi qui nous as demandé un service.

La sorte de chef qui les dépassait tous d'une tête et qui était le seul à parler s'était avancé d'un pas devant les autres.

— Tu nous as bien demandé de mettre des bâtons dans les roues à une bande de convoyeurs de cachalot ?

— Oui. Mais vous avez dit non.

— Eh bien qui sait ? Maintenant, peut-être qu'on dirait oui.

— Je ne donne toujours pas plus de vingt sous.

— On n'a toujours pas besoin d'argent.

— Vous avez besoin de quoi alors ?

— De voir ta fiancée !

— Nue ! précisèrent avec ensemble les trois qui étaient restés muets jusque-là.

— Vous pouvez courir !

Il leva le canon du pistolet. Il allait leur dire leurs quatre vérités. Peut-être allait-il leur tirer dessus tant, dans son indignation, il avait oublié que l'arme n'était pas chargée.

— Depuis quand, dit une voix derrière lui, prenez-vous des décisions pour moi ? Qui vous y a autorisé ? Vous deviez empêcher le cachalot de quitter Fronsac. Il est déjà devant le château de Luynes ! Mon père s'en est félicité devant moi tout à l'heure ! Vous voulez absolument que Simon David réussisse et que mon père me donne à lui ? Heureusement encore que je suis revenue sur mes pas ! Vous êtes toujours en train de faire des bourdes, mon pauvre Jean !

— Agnès ! s'écria Jean Berne. Est-ce que vous mesurez bien ce qu'ils demandent ?

— Oui. J'ai entendu.

Elle sortit de l'ombre de la happelourde pour se montrer tout entière sous le quinquet du réverbère qui signalait l'entrée du Fourre-tout. Elle se promena en les examinant sous le nez devant les quatre valets de halage. Ils étaient au garde-à-vous sous son regard, sans doute autant que devant le pistolet toujours braqué.

— Ainsi vous voulez me voir nue ? dit-elle.

Ils ne répondirent pas un mot. Le nez baissé, se raclant la gorge, creusant du pied la poussière, l'air sournois, ils étaient comme des tigres prêts à se jeter sur leur proie, mais le seul regard dominateur de cette fille aux yeux froids les faisait reculer malgré eux car ils avaient oublié le pistolet et Jean Berne. C'était une affaire entre elle et eux.

— Et après, dit-elle, vous ferez tout ce qu'on vous dira ?

Ils acquiescèrent de la tête avec un bel ensemble.

— Bien ! dit-elle. Attendez ici ! Dans un moment il viendra vous chercher. Venez, Jean ! Accompagnez-moi.

Il la suivit subjugué. Elle le conduisit jusqu'à la porte de sa chambre et là elle lui dit :

— Voilà, c'est ici ! C'est une grosse clé !

Elle la lui montra.

— C'est une grosse serrure, avec un gros trou ! J'enlèverai la clé et ils me verront par le trou de la serrure. Mais vous, je vous interdis d'en faire autant !

— Vous êtes folle, Agnès ! Si ces hommes vous voient nue ils enfonceront la porte ! Je ne pourrai rien faire d'autre que leur tirer dessus mes deux coups de pistolet, mais après...

— Cessez de me bassiner, avec vos pistolets. Il est visible à l'œil nu qu'ils ne sont pas chargés et vous les tenez comme quelqu'un qui va se boucher les oreilles sitôt qu'il les entendra !

— D'où vous vient, dit-il médusé, cette science des pistolets ?

— Mon parrain ne rêve que plaies et bosses. Chaque fois que je vais le voir il m'apprend à m'en servir. Allez ! Allez chercher vos rustres. Nous avons besoin d'eux. Nous sommes dans une situation désespérée. J'ai vu mon père tout à l'heure. Il est plein d'admiration pour Simon David. Il ne jure que par lui. Il dit, Dieu me pardonne ! qu'il est de sa race ! S'il réussit, il me donnera à lui, n'en doutez pas ! Il faudra alors que je me poignarde ou que je rentre au couvent !

— Vous n'aurez pas besoin de tout ça ! rétorqua Jean Berne. Si vous mettez ces hommes en état d'enfoncer votre porte, ils vous écartèleront !

Agnès haussa les épaules.

— Vous ne connaissez rien aux hommes ! dit-elle. Ils ont déjà peur de me voir nue ! Ils me prennent pour une apparition ! Quand ils s'apercevront que je suis vraiment une femme, ils seront déjà rentrés chez eux.

— Mais où avez-vous pris cette scandaleuse assurance ?

Elle le regarda hardiment.

— Dans mon amour pour vous, dit-elle.

Dans la grange, vautrés pêle-mêle (les trois Blanquets sous la même couverture) les compagnons de Simon vivaient un sommeil agité. Ils s'éveillaient brusquement, chacun à leur tour, les yeux écarquillés dans les ténèbres, humant au loin l'odeur du cachalot amarré au rivage et que Simon gardait en songeant à Agnès.

Cette énigme quoique morte et inerte avec ses vingt mètres de long (et encore : était-ce seulement vingt mètres ?), avec les six mètres de haut de son mufle leur imposait l'inquiétude. Leur nuit était peuplée de son intrusion imaginaire en des lieux qu'ils connaissaient bien. Ils étaient sans cesse occupés à la comparer à des immensités : la salle des Illustres dans le château qui servait de mairie à Terrebelle, le séchoir en galerie de la tannerie Rostre au bord du ravin des Couquières, les écuries d'Amourdedieu Tour-de-cou dont l'hiver la voûte se perdait dans un brouillard d'éloignement. A chaque comparaison l'avantage allait au poisson. Il aurait tout comblé de son énormité. Il n'était pas jusqu'à la nef de Saint-Sauveur qui ne leur parût trop petite pour lui. Ils rêvaient de l'abbé Cabre tournant autour de la bête pour lui donner l'absolution. Ils rêvaient que le Jean Laine, l'enfant de chœur mécréant, s'exténuait aux trousses de l'abbé Cabre en faisant dix fois, vingt fois, le tour du cachalot dans le grêle tintement de la sonnette du salut.

Devant ces hommes en proie à leurs rêves con fus passa la Choise sur la pointe des pieds. Elle les considéra l'un après l'autre à la faible lueur d'une allume, sans défense, abandonnés à leur misère et à leur laideur à laquelle elle était tant habituée qu'elle ne voyait plus que leur innocence. « Ils vont se battre, se dit-elle, ces pauvres petits ! Et pour vingt sous par jour ! Il faut empêcher ça si je peux ! »

En sortant de la grange, elle prêta l'oreille. Là-bas, au bord du fleuve, devant le cachalot qui se balançait au gré du courant au bout de ses amarres, veillait Simon au pied d'un saule. Il jouait tristement de l'harmonica et les sons qu'il en tirait n'exprimaient plus ni plaisir ni gouaille. Le Simon que la Choise avait connu si gai, l'amour le flétrissait comme une marque infamante.

« Si c'est ça l'amour ! songea la Choise. Heureusement que je suis restée vierge ! »

Elle leva les yeux. Là-haut, sur un tertre, brillait de toutes ses fenêtres le château de Luynes. La Choise abaissa sa capuche. La nuit d'août était humide au bord du fleuve. La Choise se hâtait sur le chemin pleine d'appréhension. Autour d'elle parfois, mussés sous les haies ou perchés dans les grands arbres, chuchotaient les guetteurs qui attendaient le jour pour s'attaquer à la troupe du cachalot.

Elle se mit à gravir à la hâte les cent quarante marches de l'escalier pour princes qui brillait tout blanc dans la nuit. Autrefois... Autrefois, c'était d'un seul élan que la fille de douze ans du maître de chais franchissait cet obstacle sans un souffle, sans un soupir. Aujourd'hui la masse ahanante de la Choise se comprimait la poitrine, s'arrêtait à chaque palier, la bouche ouverte, ronflant comme un phoque.

Elle était en nage lorsqu'elle atteignit la terrasse, devant la fontaine tarie où ondulait la statue de pierre du cachalot. Elle déposa sa limousine sur la balustrade. Avec son grand mouchoir à carreaux, elle s'épongea le front et assécha entre les mamelons de ses seins la rigole de transpiration qui y ruisselait. Alors elle considéra dans toute son étendue ce domaine qui lui avait été si familier.

— Il a encore vieilli ! se dit-elle à mi-voix.

Dans les fissures de l'aile inachevée, la graine de sureau qui s'y était autrefois ressemée était devenue un arbre. A l'angle d'une génoise s'ébréchaient quatre ou cinq tuiles en équilibre. Quelques panneaux de volets s'étaient aussi dégondés qui battaient dans le vide.

— Quarante ans ! se dit-elle à mi-voix. Quarante ans ? Enfin... presque.

L'étrange illumination de fête du château qui embrasait toutes les croisées l'étonnait mais lui parlait pourtant de quelque chose d'essentiel qu'elle avait oublié.

Elle s'avança résolument vers la porte récalcitrante. Elle l'avait connue docile et tournant sans bruit sur ses gonds. Mais les portes ne sont jamais plus libres en tout lieu qui menace ruine car les murs pèsent sur elles. La Choise n'en eut raison qu'en se tournant et en lui donnant un grand coup de derrière.

Elle entra. Rien n'avait changé. A peine si le parfum qui donnait autrefois mal de tête s'était atténué pour être maintenant agréable.

« C'est celui de ce pauvre Moscaallegra, se dit-elle, mais chez lui il est tout neuf et il pue ! »

Dans la pénombre de cet immense lieu, elle vit

le bancal qui ranimait des flambeaux sur les lampadophores devant le squelette du cachalot. La Choise frissonna.

« Jamais, se dit-elle, on ne m'aurait fait traverser cet endroit, on ne peut pas appeler ça une pièce, dans l'obscurité. Et mon père s'obstinait à m'y envoyer l'hiver, depuis les chais, pour venir coiffer la marquise qui avait de si beaux cheveux. Qu'est-ce que j'ai pu pleurer ! Qu'est-ce que j'ai pu avoir peur ! Avec ce squelette que je ne voyais pas mais que je savais être là, avec cet escalier où il y avait au coin une seule chandelle tant ils étaient pauvres ! »

Le bancal ne l'avait pas entendue pousser la porte car le vent, à peine perceptible au-dehors, soufflait ici au sortir des cheminées avec un bruit de meule écrasant des olives.

— Melchior ! cria la Choise.

Elle avait mis ses mains en porte-voix, connaissant l'immensité des corridors qui allaient répercuter son cri. Le bancal se retourna, ahuri. Qui pouvait se permettre d'appeler son maître par son prénom ? Il leva son chandelier et il vit cette grosse femme qui s'avançait. Il claudiqua vers elle résolument. Il la toisa quand il fut devant elle.

— Mon maître est « monsieur le marquis » ! dit-il.

— Alors c'est que son père est mort ! Il donnait l'ordre d'appeler tout le monde par son prénom sauf lui ! Il n'y avait qu'un seul marquis. Et toi, tu t'appelles Bazin ! Lève-toi de là, je veux voir ton maître !

Le bancal lui barra la route, le chandelier haut.

— L'immodestie de votre mise..., dit-il.

Puis il se tut. Il venait de reconnaître entre les mamelons de la Choise, au bout de trois rangées de verroteries, la croix de bois qu'autrefois feu le marquis avait donnée, en guise d'étrennes, à la fille de son maître de chais. Cette croix virevoltait sur elle-même en jetant de brefs éclairs de phare, semblant le menacer comme un instituteur menace d'une règle un élève récalcitrant. « Attention à ce que tu vas dire ! » semblait signifier cette croix.

— Melchior ! héla de nouveau la Choise à pleine voix.

On entendit un pas pressé qui descendait le grand escalier.

— Qui m'appelle avec cette voix ? dit le marquis.

Il venait d'apparaître en haut des marches, la main en visière, tâchant de distinguer, dans la danse des flammes sur les lampadophores qui formaient écran, cette silhouette indécise à laquelle le bancal semblait barrer le chemin. La Choise leva la tête vers le marquis en même temps que le bancal levait son chandelier.

— Aricie ! cria le marquis.

Il dévalait littéralement les marches, ayant oublié son âge. Il s'avançait les bras grands ouverts sous l'œil contrarié du bancal triste.

— Aricie ! répéta-t-il stupéfait.

Personne ne savait que la Choise s'appelait en réalité Aricie Robion.

— Comment m'avez-vous reconnue ? dit la Choise. J'ai pris trente kilos depuis le temps que vous m'aimiez !

— Vos yeux n'ont pas grossi ! dit le marquis.

Il la contemplait émerveillé. Tant était grand son amour pour elle que jamais ni dans la réalité ni dans son souvenir il ne s'était avisé qu'elle avait les prunelles de travers. Il avança les mains vers elle comme s'il s'attendait à les refermer sur un fantôme.

— Aricie ! répéta-t-il encore.

Il tomba à genoux devant la Choise. Il essaya de cerner son embonpoint entre ses bras. Il posa la tête sur son ventre.

— Il y a quarante ans que je t'attends ! gémit-il. Je suis comme un serpent qui vient de perdre sa mue dans l'herbe couchée. Quarante ans de désespoir viennent de tomber de moi !

— Je n'étais venue vous demander que votre charité, dit la Choise.

— Pourquoi m'as-tu préféré un rémouleur ?

— Vous étiez le fils du maître. Jamais je n'aurais osé lever les yeux sur vous et vous aviez vingt-neuf ans et moi quinze !

— Tu m'as réveillé d'un songe où tu étais déjà. De quelle charité parles-tu ?

— Je vous le dirais si nous étions seuls.

Le bancal, le chandelier haut, éclairait tant qu'il pouvait cette scène qu'il jugeait indécente car la Choise s'était prise à caresser la calvitie du vieillard à genoux.

— Viens ! dit le marquis.

Il tendit la main à la Choise en la relevant.

— Non ! Vous avez du monde.

— Du monde ? Non. Je suis seul depuis toujours.

— Mais alors ? Tous ces lampions, toutes ces fenêtres illuminées ?

— Viens ! Allons les éteindre ensemble.

Il enlaça ses doigts à ceux de la Choise. Ils commencèrent à gravir ensemble le grand escalier. Il y avait sur les murailles, à mesure qu'ils tournaient et que leur lumière tournait avec eux, de grands portraits où seuls les yeux, parfois, échappaient au goudron accumulé par le temps. Ces yeux d'ancêtres au regard égoïste toisaient au passage ce couple aux doigts enlacés.

Le palier faisait trente mètres de long avec des rais de lumière qui filtraient sous toutes les portes mal jointes comme si des messieurs et des dames s'apprêtaient derrière pour quelque bal de gala. Le marquis ouvrait la porte devant Aricie. Mais non : la pièce à chaque fois était sonore de vide. Il y avait des courtepointes de coton blanc sur des lits à ciel où personne depuis cent ans ne s'était plus allongé et qui étaient froids comme des tombeaux.

— Souffle les chandelles ! disait le marquis. Toutes ces clartés n'étaient que pour toi !

— Pour moi ? s'étonnait la Choise.

— Autrefois, t'en souviens-tu ? Tu avais peur de l'obscurité dans tous ces grands corridors, et ton père et le mien te forçaient à t'y diriger toute seule, à tâtons, pour aller porter les pots d'eau chaude. Et moi, je te sentais, de tous mes membres, trembler dans le noir. Alors, dès que j'ai été seul, j'ai tout éclairé dans l'espoir que, si tu passais, tu verrais ces lumières et qu'alors tu aimerais entrer.

— Jamais je n'aurais osé croire ! dit la Choise.

Elle le revoyait en habit blanc et l'épée au côté, poudré à frimas, avec cette perruque blanche qui ne le faisait pas plus vieux qu'aujourd'hui, mais ferme mais droit, mais distant, et même un peu gourmé. Elle l'aimait, bien sûr, à douze ans, mais comme un dieu pas comme un homme.

— Pourquoi es-tu partie avec cet aiguiseur de harpon ?

— Je voyais autour de moi tous vos faux cachalots, dit Aricie. Il m'avait promis de m'en montrer de vrais.

Ils arrivaient à la dernière chambre au fond du corridor.

— As-tu toujours peur de la nuit, Aricie ? demanda le marquis.

— Non. J'ai appris à l'aimer. Elle cache les misères.

Il lui ouvrit la porte et s'effaça pour la laisser entrer.

— C'est ma chambre, dit-il.

Elle entra naturellement. Il y avait trois chandeliers dans cette pièce aussi froide que les autres mais plus grande. Le lit, eût-on dit, n'avait plus été occupé depuis longtemps. Une sorte d'autel à niche que dominait un crucifix était comblé tel un berceau par un cachalot trois fois grand comme un nouveau-né. Il avait peut-être été en or autrefois. On l'avait remplacé par une reproduction en cuivre mais il brillait tout autant.

Entre cette idole et le prie-Dieu dressé devant elle, trois cierges sur un candélabre brûlaient avec des flammes rigides.

La Choise s'approcha de la fenêtre. Au-dessous d'elle, à perte de vue, brillait le fleuve sous la lune. Il y avait çà et là de pauvres loupiotes de villages et au loin les opulentes lumières de Fronsac. Elle aperçut aussi, minuscule et parce qu'elle savait son emplacement, le feu de bivouac devant la grange qu'entretenait Simon. Il y avait maintenant un siècle, lui semblait-il, qu'elle avait quitté cette vie. Le marquis s'approcha d'elle par-derrière. Il lui emprisonna les seins entre ses grandes mains.

— Je suis comme Dieu m'a faite ! dit-elle.

Elle lui remit ses mains à leur place et se tourna vers lui.

— Je ne venais que faire appel à votre charité et à votre bon sens.

— Fais appel à mon amour, dit le marquis. Il répondra.

— Votre amour ? répéta la Choise scandalisée. Dans l'état où je suis ?

— Le mien n'est pas meilleur, rétorqua le marquis. Et ce n'est pas parce que je suis maigre... Tu parlais de charité ? Je suis prêt à tout t'accorder. Parle !

— Je voudrais que vous envoyiez votre vilain boiteux donner des ordres à vos veilleurs qui sont embusqués un peu partout, pour qu'ils laissent passer le cachalot.

— C'était donc ça ! dit le marquis.

Il se détourna de la Choise. Il se mit à arpenter les allées de sa chambre, de la ruelle à la croisée, du lit à l'autel, en s'arrêtant longtemps pensif à contempler le fleuve.

« Je l'attaque dans sa religion, se dit la Choise. Il va dire non. Je ne suis pas assez armée. »

— Vous ne risquez rien, dit-elle. Il n'arrivera jamais à destination. Si vous pouviez voir les pauvres diables qui l'escortent, vous comprendriez. S'ils avaient jamais dû réussir quoi que ce soit dans leur vie, ils n'auraient pas la tête qu'ils ont. Avec vous ou sans vous, ils finiront par se heurter au destin. Le destin n'a que faire de votre coup de main.

Le marquis revint lentement vers l'autel au cachalot de cuivre. Il s'agenouilla sur le prie-Dieu et s'abîma mains jointes dans une longue méditation. La Choise caressait entre ses mains la croix pectorale au bout de ses bellures.

Le marquis se leva. De deux doigts en spatule, il étouffa l'une après l'autre la flamme des trois cierges. Il vint vers la Choise et lui serra les épaules en la regardant bien en face.

— Tes yeux n'ont pas changé ! dit-il. Tu promets ?

— Tout ce que vous voudrez, dit-elle, puisque mon état ne vous effraye pas.

— M'effrayer ? Il me...

Elle lui posa sa main en bâillon sur les lèvres.

— Chut ! dit-elle.

Il se détourna avec décision.

— Je vais donner des ordres ! dit-il.

Elle écouta, par la porte laissée entrebâillée, son

pas de jeune homme décroître rapide dans le corridor. Alors, une à une, elle commença à se débarrasser des pièces de son vêtement. Elle vit une armoire qu'elle ouvrit pour y faire disparaître prestement tous ses falbalas. Après quoi elle sauta dans le lit avec un cri d'horreur tant il était froid.

Elle avait hésité d'abord si elle éteindrait toutes les lumières. Elle savait la valeur de la nuit qui transcende toutes les formes mais elle avait beau peser cent kilos, elle savait aussi le pouvoir d'une nudité vive qui se dérobe au lit pour courir souffler ce qui reste de chandelle. Toutefois, elle ne conserva qu'un seul chandelier sur trois, le plus éloigné, puis elle attendit. Il revint très vite. Elle entendit avec une sorte de bonheur son pas plus rapide qu'à l'aller parcourir vers elle le grand corridor.

Lui aussi avait besoin de pénombre mais il montrait autant de dignité nu qu'habillé, ce qui est le propre des âmes habituées à considérer dans le plus grand calme leur défroque mortelle. Les cordes de ses muscles quoique distendues jouaient autour de ses os avec la même harmonie qu'en ses jeunes années. A le voir ainsi, de face, il monta à la gorge de la Choise une sensation qu'elle n'avait jamais connue.

— Voilà ! dit-il. J'ai fait ce que tu demandais.

Il grimpa dans le lit les mains en avant, mais alors, ainsi qu'elle se l'était promis, elle s'esquiva, vive et légère, pour se précipiter sur ce lointain candélabre où elle resta penchée trois secondes avant de souffler toutes les chandelles d'un seul coup.

— Aricie ! dit le marquis d'une voix rauque.

Elle fut dans ses bras sans un mot. Il connut le mystère de la chair qui sous les doigts qui la reconnaissent, se prête docilement à l'irréalité, quand la lumière, sa pire ennemie, ne l'asservit plus sous sa triste sincérité. Ainsi le marquis aidé par la nuit referma-t-il enfin les mains sur le corps d'Aricie Robion, celui qui enveloppait fièrement l'âme de la Choise en prairial an VII, quand elle dansait la capucine sous les lampions de la fête de la Nation, sur la terrasse, devant le cachalot fontaine qui crachait par les évents jusqu'à quinze mètres de hauteur la poussière de ses jets d'eau.

Et cette nuit-là comme les suivantes, les bateliers, les convoyeurs de coches d'eau, les valets de flottage, les pêcheurs d'aloses et de saumons, tous gens qui avaient l'habitude de se repérer sur les lumières de fête de ce château, durent chercher ailleurs pour s'orienter car jamais plus elles ne se rallumèrent.

Pendant ce temps au bord du fleuve, devant le cachalot immobile qui jouait sur ses aussières solidement arrimées, Simon au pied d'un saule s'efforçait de reconstituer l'air que chantait Agnès, l'autre soir, dans l'espoir de rivaliser avec Clorinde dans le cœur de Jean Berne. L'instant avait été trop fugitif et en dépit de la mémoire de l'amour, Simon errait d'un motif à l'autre sans parvenir à combler les lacunes de la mélodie.

Il était triste comme à l'ordinaire depuis qu'il

aimait Agnès. Il observait avec inquiétude, non loin parmi les vignes et les halliers, les rougeoiements de cigarettes que fumaient les veilleurs apostés par le marquis et qui attendaient le jour pour intervenir. Il songeait que s'il ne pouvait convoyer le cachalot jusqu'à La Chevillonne, ses espoirs d'épouser Agnès s'évanouiraient pour toujours. Dépité, il jeta dans l'herbe son instrument pour se prendre la tête dans les mains et s'abîmer dans sa rêverie.

Alors, tandis qu'il se laissait aller ainsi à ses pensées moroses, il entendit derrière lui les sons de l'harmonica. Quelqu'un qu'il ne pouvait voir, adossé de l'autre côté du tronc, jouait avec aisance l'air qu'il avait tant de mal à se remémorer. La brise qui soufflait de l'est emportait sous le vent la pestilence du cachalot, ce qui permettait à Simon de respirer tout près de lui, un léger parfum de femme. Son imagination en conçut à l'instant un rêve déraisonnable. Sans prendre le temps de se mettre debout, il se traîna à genoux pour faire le tour de l'arbre, persuadé qu'il allait se trouver face à face avec Agnès puisque c'était elle, l'autre soir, qui fredonnait cet air.

Il se trouva médusé à genoux devant une femme inconnue, en grande robe bleue et qui soufflait avec application dans l'instrument. Ses lèvres sensuelles se promenaient sur l'harmonica, ses doigts agiles se déliaient sur les trous. Simon ne put même pas voir le regard de l'inconnue. Elle avait les paupières closes. Pour cadencer le tempo de la musique, son corps ondulait gracieusement. Il ne vit même pas qu'elle était belle, tout à la déception que la réalité ne se fût pas pliée à son désir secret. Il avait fortement cru que nulle autre qu' Agnès ne pouvait fredonner cette chanson.

Clorinde n'osa ouvrir les yeux que lorsque l'air fut fini. Elle était arrivée venant de la route où elle avait laissé sous les osiers la vinaigrette qu'elle conduisait elle-même depuis qu'elle l'avait louée à Serguières l'autre jour. Elle n'avait pas eu à demander son chemin pour savoir où la troupe bivouaquait. Bien qu'il fût sous le vent, la présence du cachalot se signalait assez pour qu'on se guidât infailliblement sur son odeur.

Elle voulait parler à Simon comme elle l'eût fait avec n'importe quel homme pour le mettre en garde contre les dangers qui le guettaient et que précisément Agnès allait multiplier sous ses pas. Mais quand elle avait été à cinquante mètres de lui, elle l'avait entendu estropier *Voi che sapete* sur son harmonica.

D'abord elle avait eu envie de lui chanter cet air à pleine gorge mais elle s'était dit que la brume de la nuit qui fraîchissait au ras de l'herbe, en dépit du sol torride comme un four, allait lui assassiner son organe. Et même si elle résistait, elle allait réveiller la bande de Simon qui dormait dans la grange, à cinquante mètres de là. Ils allaient tous accourir, faire cercle, inquisiteurs et empressés, en tout cas rompant l'intimité.

Alors, elle avait vu luire dans l'herbe l'harmonica, abandonné par Simon. C'était un instrument de musique qui souffrait de ne pas coûter cher et dont, sous ce prétexte, il était du bel air de détester le son. Quand elle était enfant, en Piémont, Clorinde avait eu pour parrain un champion cristallier qui allait en montagne sans quitter cet instrument des dents. Alors qu'elle avait à peine cinq ans, il le lui avait fourré dans sa petite bouche.

— Joue ! lui avait-il dit. Fais comme moi : apprivoise la montagne !

Aussi l'instrument qui gisait dans l'herbe n'était-il pas pour l'effaroucher. Elle le déroba sans bruit, s'adossa contre le saule et commença de jouer.

La faible odeur de nicotine qu'elle perçut sous les lèvres quand elle emboucha l'harmonica lui reconstitua tout le visage que Simon devait avoir lorsqu'il improvisait seul dans la nature. Aussi ne fut-elle pas surprise lorsqu'elle le vit face à face, qui s'était traîné à genoux vers elle, venant de l'autre côté de l'arbre. C'était la première fois de sa vie qu'elle le voyait d'aussi près et, bien entendu, c'était à cette sorte de laideur qu'elle s'attendait.

La pénombre du clair de lune qui tombait à plomb leur faisait à l'un comme à l'autre, en rendant insondable le fond de leurs orbites, des masques de spectres. Le premier regard qu'ils échangèrent fut sans espoir pour Clorinde. Il exprimait chez Simon une visible déception.

« Il ne m'aimera jamais ! » se dit-elle.

Pourtant, il ne la quittait pas des yeux. Il buvait littéralement par tous les sens l'air qu'elle jouait.

Et quand la dernière pirouette se sublima dans l'espace sans laisser de traces, Clorinde tendit l'harmonica à Simon.

— Joue ! dit-elle.

Il emboucha avidement l'instrument et recommença l'air à son début. Au bout de deux mesures, Clorinde fit un grand geste du bras, le geste de biffer.

— Non ! C'est pas ça !

Elle lui reprit de force l'harmonica, rejoua le passage lentement, le lui rendit :

— Plus caressant ! dit-elle. C'est un aveu ! Sais-tu ce que c'est qu'un aveu ?

Une fois dix fois, l'harmonica passa de l'un à l'autre et cet échange de bouches dura très longtemps. Ce fut le seul baiser que Clorinde eut jamais de Simon par cet humble truchement. Chaque fois qu'elle le reprenait il était encore chaud des lèvres de l'homme.

— Eh bien voilà ! dit-elle à la fin, avec un sourire triste. Maintenant, vous pourriez presque m'accompagner.

— Merci, madame, dit Simon.

Il était toujours à genoux. Elle était toujours adossée à l'arbre. Elle savait pour en avoir tant écartés de sa route, comme négligemment, d'un revers d'éventail, qu'il y avait de par le monde assez d'hommes pour remplir une salle entière d'opéra qui auraient jeté de l'or à ses pieds, à seule fin de se trouver à genoux devant Clorinde Viguier, seuls avec elle, seuls dans la nuit, seuls et aimés d'elle. Eh bien non ! Il lui fallait tomber sur ce minable qui mourait d'amour pour une autre, une blonde fadasse. Elle eut envie de l'insulter, mais, cette nuit, elle avait l'âme trop tendre pour la colère.

— Je suis à Terreplane, dit-elle. Au relais des Rivalles. Venez. Je vous servirai d'espion. Il vous faudra tout savoir sur vos ennemis.

— Simon !

Le cri avait retenti tout proche dans la nuit. Il se répétait encore et encore. On entendait le bruit d'une course.

— Adieu ! dit Clorinde. Souvenez-vous : le relais des Rivalles.

Elle enjamba un ruisseau en retroussant sa robe. Simon la suivit des yeux qui se perdait dans l'ombre. Il allait porter l'harmonica à ses lèvres tant il avait hâte de retrouver son air, mais Moscaallegra lui sauta dessus.

— Viens ! cria-t-il. Viens vite ! Il y a les deux bancals qui se disputent !

Devant la grange sous une lanterne, guidé par Moscaallegra qui bondissait devant lui, Simon aperçut les compagnons massés autour d'un couple vociférant. C'étaient les bancals jumeaux face à face.

Descendant la mort dans l'âme pour donner aux veilleurs l'ordre de se disperser, le bancal triste n'avait pas pu résister au plaisir de venir insulter son frère. Il y avait vingt ans qu'il en avait envie. Depuis que le bancal sarcastique avait été chassé pour avoir été surpris en train de scier un morceau d'ambre gris sous la carcasse du cachalot.

— Ta pute de mère ! criait le triste.

— C'est aussi la tienne ! rispostait le sarcastique.

Ils en étaient aux aboiements. Leurs mâchoires identiques où manquaient les mêmes dents étaient à dix centimètres l'une de l'autre. Les compagnons hilares les contemplaient avec plaisir. C'était la première fois qu'ils pouvaient se repaître la vue avec des têtes plus laides que les leurs.

— Allez-y ! Tapez-vous sur la gueule ! encourageaient les trois Blanquets.

— C'est toi, criait le triste, qui as eu l'idée d'envoyer cette fée à notre marquis ?

— Quelle fée ?

Le bancal triste décrivit la Choise avec une précision clinique.

— Il est devenu encore plus fou qu'avant ! Mais cette fois c'est pour une femme. Il est couché avec une énorme matrone bien mûre qui fait plier le lit de son côté et qu'il appelle Aricie. Il croit qu'elle a douze ans ! C'est toi crapule, qui as inventé cette gueuse ?

Une ovation de cris de joie couvrit les cris de haine des jumeaux. Les compagnons avaient aisément reconnu la Choise dans la description du bancal triste, d'autant que celui-ci n'avait oublié ni la croix pectorale ni le triple tour de cou en verroterie ni la coquetterie dans l'œil. Ils n'en finissaient pas de se congratuler et de s'embrasser. La Choise faisait l'amour ! La Choise n'était plus vierge ! Ce voyage hasardeux n'aurait servi qu'à ça...

Ils dansaient autour de Simon une danse sauvage qui prenait ses racines très loin dans le temps, et le spectacle de leurs laideurs ajoutées, dans la pénombre du clair de lune, avait le pouvoir d'arrêter les vociférations des deux bancals qui contemplaient ces silhouettes maléfiques, dégingandées, avec une sorte de respect.

Simon finit par comprendre que le bancal triste avait parcouru les coteaux et les vignes pour donner aux veilleurs l'ordre de se disperser.

— Quand la Choise redescendra, dit Moscaallegra, on la fera tous danser pour la remercier de son sacrifice.

— Sacrifice ? dit Simon. Va savoir...

Mais la Choise ne redescendit jamais de ces hauteurs. Les planches en croix restèrent à Terrebelle sur la porte de son antre jusqu'à verdir, jusqu'à pourrir. Le marquis l'avait enfermée entre ses bras et il ne la rendit jamais.

C'était l'aube. Le fleuve était libre. Les chevaux bien nourris donnaient du collier avec vigueur. Fendant l'onde en une lenteur souveraine, le cachalot lardé d'oriflammes de mouches bleues paraissait toujours vivant.

Sur la queue du denticète, solidement arrimé au harpon de la Choise, le parfumé Moscaallegra donnait libre cours à son enthousiasme. Lui aussi, l'ayant entendu dans les roseaux, lui aussi, il chantait *Voi che sapete* tant bien que mal.

Sur leur piton ou à l'abri d'un dos de montagne ou à la faveur d'un tertre de safre, mais jamais à plat, les villages pimpants s'offraient au soleil levant. On eût dit qu'ils regardaient couler ce fleuve avec circonspection. Quand ils étaient assez proches ou que la lumière les révélait sous un certain jour, on distinguait un grand concours de peuple sur leurs remparts et les murets de leurs placettes.

Le convoi fut furtivement dépassé par un grand moine noir sur une bédoule qui leur parut de sinistre augure. Le bancal sarcastique en oublia son ironie.

— Misère ! gémit-il. Celui-là, je le connais ! S'il se mêle de prêcher, il va ameuter tout le pays contre nous !

Pourtant la voie était remarquablement libre. C'était un dimanche et l'on entendait rouler au loin des carrioles qui portaient des bandes joyeuses parties ripailler chez parents ou amis.

Un porte-coche fleuri descendait le courant à l'allure d'une procession. De la patache qui l'occupait on n'avait même pas dételé les chevaux qui mangeaient de l'avoine dans le sac suspendu à leur museau. C'était une patache des dimanches, couleur chantilly dorée au soleil, avec des lisérés d'or et des pompons blancs sur la tête des chevaux. Ce devait être même un coche de noces car les toilettes étaient claires et d'aussi loin paraissaient élégantes. Beaucoup moins d'hommes que de femmes s'agitaient sur le ponton autour de la voiture.

La laideur des convoyeurs ne devait pas se distinguer à cette distance, mais en revanche la vivacité de leurs gestes, la minceur de leur taille, devaient révéler leur jeunesse, aussi reçurent-ils nombre de baisers de loin venus que leur jetaient à pleines mains de jolies filles gantées qu'ils ne reverraient de leur vie.

Soudain les gens du coche gais et coquets se trouvèrent de face sous le vent du cachalot. L'odeur frappa les narines et les minois poudrés. Il y eut un grand mouvement de panique et tout le monde remonta précipitamment en voiture, le mouchoir devant le nez. Les compagnons se tapaient joyeusement sur les cuisses à ce spectacle. Il ne leur déplaisait pas que toute cette joie de vivre ait reçu chemin faisant la semonce de cette odeur de mort.

— Il commence à faire faim ! remarqua Suzanne aigrement.

Simon consulta la carte que Roderlans lui avait remise. Il y avait un bivouac prévu à une heure de là, dans les ruines d'une chapelle, mais quand ils l'atteignirent, ils durent se rendre à l'évidence. Le bivouac avait été pillé.

— Ça, c'est un coup du moine ! se lamenta le bancal.

— Ou de quelqu'un qui avait faim, dit Simon.

On voyait qu'on avait consommé sur place. Sous la margelle du puits où le grand panier avait été dissimulé, il ne restait que le contenant vide au bout de sa corde.

— Ça fait la deuxième fois ! dit Ermete Bozzi. Et on peut même pas se défendre, on voit jamais personne !

Jugeant que ce Bozzi avait la laideur la moins alarmante, Simon l'envoya avec la carriole à la recherche de nourriture dans l'un de ces villages accueillants que l'on voyait un peu partout.

— Je vais avec lui, dit le bancal, car ces gens qui nous regardent passer depuis les placettes ne me disent rien qui vaille.

Ils s'en allèrent par chemins et furent absents une partie de la journée. Au retour, ils donnèrent d'inquiétantes nouvelles. Une ferme les avait reçus à coups de fusil, un hameau les avait reçus à coups de pierre ; partout porte de bois et basses-cours désertées par les volailles mises sous clé dans les poulaillers et d'ailleurs, derrière les volets mi-clos, d'autres fusils devaient être à l'affût. Ils avaient eu beau faire sonner les écus remis par Simon, tout le monde avait fait la sourde oreille.

Quant aux villages, ceux qui avaient conservé leurs portes depuis le Moyen Age les avaient tournées sur leurs gonds rouillés depuis des siècles, pour les barricader avec de grosses pierres ; ceux qui les avaient brûlées depuis longtemps dans les cheminées les avaient remplacées par des sentinelles armées qui appuyaient leurs fusils prêts à tirer sur les parapets. Il n'y avait pas moyen de discuter. Et partout devant eux, plus loin ou plus près, ils avaient vu voler comme mouche sinistre le froc du moine sur sa bédoule qui chevauchait pour donner l'alerte.

A la fin, en rase campagne, ils avaient découvert le four fumant d'un boulanger-pâtissier qui faisait la sieste dans son pétrin. Ils l'avaient enfermé sous le couvercle lesté d'un sac de farine et ils avaient fait main basse sur la commande d'une noce : une pièce montée et six tourtes à la frangipane. Le pain du dimanche avait été entièrement vendu. Il n'en restait plus une miette.

Sauf la pièce montée trop voyante, ils rapportèrent ces piètres victuailles à l'équipe. Sept compagnons de fortune qui ont eu pour tout repas de la frangipane et rien à boire que de l'eau, ça ne fait pas très gai comme compagnie. Simon avait beau leur jouer de l'harmonica, cela ne les déridait pas, et il était inquiet. Il n'avait pas vu Roderlans de la journée alors que celui-ci l'avait assuré qu'il le suivrait au plus près pour le renseigner à tout moment sur les bivouacs et les arias possibles.

A plusieurs reprises, il alla jusqu'à la grand-route guetter l'antiquaire. A plusieurs reprises, il eut de l'espoir, mais Roderlans n'était pas le seul à monter comme un sac de clous et sitôt que le cavalier malhabile se rapprochait, Simon voyait son espoir déçu.

Au soir la troupe vit se profiler en silhouette sur le crépuscule une paire de gendarmes qui semblaient les attendre.

— Misère de misère ! gémit Suzanne. Il ne manquait plus que ceux-là !

Ermete Bozzi et le bancal avaient décroché de l'équipage sitôt qu'ils avaient repéré les uniformes et ils avaient été les premiers à le faire. Ils dirent qu'ils allaient prendre par le large des collines et qu'ils rejoindraient le convoi plus en avant. Ils ne pensaient pas que le boulanger ait été déjà délivré de son pétrin et que en tout cas il ait déjà pu donner l'alerte mais on ne sait jamais avec les gendarmes. Parfois le hasard les sert.

Les autres faisaient leur examen de conscience et craignaient terriblement les renvois de frangipane qui soudain les écœuraient. Si les gendarmes venaient les flairer de près, ils ne manqueraient pas de sentir cette étrange odeur d'amande amère qui peut dominer n'importe quelle puanteur.

— Ne craignez rien ! leur disait Simon. Nous n'avons rien à nous reprocher. Nous travaillons pour un honorable commerçant !

L'honorable commerçant avait fait jouer ses relations pour que le chargement de fourrage destiné aux percherons fût escorté par les gendarmes. Le préfet avait donné son aval. Il ne voyait qu'une seule chose : c'était que le convoi quittât son département. Après ce ne serait plus de sa compétence. Son collègue en amont du fleuve s'arrangerait comme il l'entendrait avec cette situation scabreuse.

— C'est vous le nommé Simon David ?

— C'est moi !

Il savait ce qu'il devait à l'autorité et il s'avança chapeau bas.

— Nous avons ordre, dit l'un des gendarmes, de vous remettre en main propre un chargement de foin que nous avons escorté. Il semble que vous n'êtes pas bien vus dans le pays.

Ils étaient rogues et peu bienveillants. On comprenait que, sans les ordres qui les maîtrisaient, ils auraient fourré toute la troupe en prison et la vue de ces physionomies, telles qu'on en distinguait parfois sur les chapiteaux des colonnes d'église, n'était pas faite pour les en dissuader.

— Où est-il, ce chargement ? demanda Simon soulagé.

— Là-bas, sous les saules, au bord du bief.

C'était une grande charrette bourrée de foin sous une bâche verte que surveillait un paisible paysan le fouet sur l'épaule. Il roulait tranquillement une cigarette et on voyait qu'il avait été convenablement payé et qu'il se souciait fort peu de tout le reste. Il le dit d'ailleurs.

— Il y en a beaucoup, dit-il à Simon, qui semblent vous en vouloir, c'est leur affaire. Moi, pourvu que je vende mon foin et qu'il me soit bien payé. Tenez ! Signez ici, bourgeois, que ça prouve que je vous ai bien livré. Il y a des fourches dans le chargement. Si vos hommes veulent bien s'y mettre !

— Et l'avoine ? demanda Simon inquiet.

— Ah ! s'exclama l'homme. Je vois que vous soignez vos bêtes ! Un homme qui soigne ses bêtes ça ne peut être qu'un brave homme ! Soyez rassuré le sac est attaché derrière. Vous aurez tout ce qu'il faut !

Plus tard la nuit était venue. Simon se promenait devant les croupes des chevaux qui mâchaient paisiblement leur fourrage. Il alla parler au sien qui le reçut d'un grand coup de tête amical.

Le fleuve s'écoulait sans bruit. Les compagnons dormaient le ventre plein car la charrette avait aussi apporté des victuailles et du vin. Tout était d'aplomb dans le monde mais pas dans le cœur de Simon. « Perdez tout espoir, avait dit Agnès, j'aime et je suis aimée. » Il poussa un gros soupir et se mit à jouer *Voi che sapete* sur son harmonica.

Si Roderlans avait manqué au rendez-vous avec Simon c'est que Roderlans surveillait sa fille. On ne peut être partout à la fois. Ecartelé entre ses rôles antagonistes d'amant potentiel de Clorinde et de père noble d'Agnès, ce pauvre homme était le théâtre de débats cornéliens perpétuels.

Il savait que Nasole avait élu domicile au Fourre-tout et qu'il n'y avait guère que la route à traverser pour pénétrer dans le cossu relais des Rivalles si fort fleuri de roses.

C'était aussi un supplice d'autre sorte que de se savoir si près de cette chambre où Clorinde veillait si tard, où il ne pouvait accéder tant que l'affaire de la ferme Louis XIII serait pendante entre eux.

Cela ne le dispensait pas de guetter à en être malade, chaque nuit, par la fenêtre si quelque suspect va-et-vient ne s'établissait pas entre le Fourre-tout et le relais. Parfois, il lui semblait entendre des cris de femme en joie et il sursautait imaginant qu'ils provenaient de la chambre d'Agnès. C'était à peine alors s'il songeait à Clorinde et encore moins aux compagnons du cachalot.

Il n'avait pu s'empêcher d'aller chapitrer Agnès chez elle dès le premier soir.

— Mais Agnès, ma chère enfant, est-ce que vous vous rendez bien compte de ce que vous êtes en train de faire ?

Elle lui avait répondu du tac au tac :

— Et vous ?

Elle avait arrangé coquettement son chapeau devant le miroir de la psyché et elle avait ajouté avec son joli sourire :

— Et d'ailleurs, je suis sous votre protection, n'est-il pas vrai ? Que peut-il m'arriver ? Je vous aurai simplement accompagné dans votre déplacement commercial.

— Avec l'argent de l'oncle Didon ! s'était-il exclamé.

— Qui peut savoir ça si vous ne le dites pas ?

Elle avait éclaté de rire.

— Mais c'est vrai qu'il vous en veut ! Il m'a dit : « Pour empoisonner l'existence de ton père tout ce que tu voudras, ma chérie ! D'abord, c'est un fieffé royaliste et, en plus, au partage de notre grand-mère, il m'a fait tort d'un service en vermeil. »

— Comment ! cria Roderlans. Il en a eu deux et moi un seul ! Je lui réglerai son affaire à celui-là ! Quant à vous Agnès, craignez le couvent !

— C'est ça ! Nous en discuterons devant ma mère lorsque nous serons de retour !

Roderlans préféra lui laisser le champ libre. Il sortit en claquant la porte et en exécutant avec sa canne des moulinets qui n'avaient plus rien de spirituel et dont aucun ne lui avait été enseigné par le consul. Il se demandait d'ailleurs quelle conduite eût tenue ce consul de si bon conseil en une telle circonstance. « Mais non ! se dit-il, que je suis bête ! Jamais il ne se serait mis dans ce cas, il avait le goût trop sûr ! »

Impulsivement, Agnès rouvrit la porte et lui cria à pleine gorge dans le couloir :

— Vive la République !

Les commis voyageurs, qui avaient tous, pour l'instant, la tripe royaliste, en eurent leur sommeil suffoqué.

« Quel solide timbre de soprano lyrique elle a, cette petite ! se dit Clorinde qui reconnut la voix d'Agnès. Si elle n'était pas si bête je lui donnerais des leçons. »

Elle reçut le lendemain, sous la roseraie, la visite de Roderlans qui venait lui faire part de ses préoccupations de père.

— Vous qui êtes femme, dit-il, ne pourriez-vous un peu la chapitrer ?

Elle lui rit au nez.

— Voyons, mon cher Telmon ! Vous qui parlez toujours d'amour. Il vous faut bien admettre qu'il existe pour tous !

— Mais ma fille !

— Mais votre fille aussi ! Allons, raisonnons : vous ne pouvez pas à la fois vous autoriser à songer à l'adultère et en même temps interdire à votre fille un amour qui, lui, est parfaitement légitime pour peu que vous y consentiez !

— Mais Nasole ! gémit Roderlans en levant sa canne au ciel.

Clorinde fit la grimace.

— Le fait est... Notez bien que peut-être elle en tirera quelque jouissance, encore que j'en doute. J'ai connu de ces sortes de nez.

— Donnez-moi un conseil, je vous en supplie !

— Vous devriez voir du côté de l'hôtesse. J'ai cru comprendre, rien qu'à la façon dont elle me jaugeait du regard que c'est une luronne prête à toute éventualité. Si vous pouviez lui faire un peu l'article pour Nasole et que celui-ci perdît la tête, peut-être que...

Il y courut. « Rien de tel, se disait-il, qu'un conseil de femme. »

L'hôtesse commençait à être pour lui une vieille connaissance. Il lui parla de Nasole avec les précautions d'usage et après un long préambule. Il promit de le lui montrer à la brune, quand il reviendrait d'expédition.

Elle secoua la tête.

— Pas la peine, dit-elle. Je l'ai un peu entrevu. C'est un grand pâle, avec des sourcils roux, des taches de son plein la figure, une lippe de pâtissier et un nez en aubergine.

— C'est ça ! dit Roderlans sidéré.

— Pas la peine ! répéta-t-elle. Celui-là, il a les bras pleins ! Et moi je ne partage que l'un après l'autre. Jamais en même temps.

— Les bras pleins ! gémit Roderlans. Et c'est de ma fille !

— Je crois pas ! dit l'hôtesse méprisante. Ce serait plutôt de l'autre, la brune, celle qui a des pieds ridiculement petits et qui remue le cul comme si elle portait monarque !

Cette hôtesse avait le don du signalement foudroyant.

— Clorinde ! cria Roderlans.

Il venait de recevoir en plein front cette certitude que Nasole avait osé lever les yeux sur Clorinde. Il agrippa le bras de l'hôtesse.

— Et elle ? dit-il haletant. Est-ce que...

— Ma foi ! dit l'hôtesse. Allez donc savoir ? Ça me paraît être une luronne toujours prête à toute éventualité.

A peine avait-il entendu cette consternante révélation que Roderlans vit apparaître tout courant le désœuvré qu'il avait commis pour suivre de loin le charroi du cachalot et venir lui rendre compte. Cet homme apportait la nouvelle que les convoyeurs étaient arrêtés sur le fleuve par des difficultés insurmontables.

L'aube s'était levée sale sur le fleuve. Des oiseaux silencieux en descendaient le cours en effleurant l'eau. Sur le courant d'été à l'étiage et quasi transparent, on apercevait parfois de raides brochets qui s'approchaient du cachalot, le flairaient, semblait-il puis s'en détournaient, dégoûtés, d'un coup de queue rageur. Au lever du jour une famille de castors avait fait aussi un tour de promenade autour de la gigantesque charogne, retroussant de longues moustaches sur leur dédain. Deux corbeaux en tapinois s'étaient perchés les ailes molles sur la tête du denticète pour tenter de lui piquer les yeux, mais ceux-ci étaient depuis longtemps chavirés.

Le fleuve clair était niellé d'arabesques d'eau boueuse qui se délayaient dans le courant limpide mais se reformaient inlassablement depuis l'amont en points d'interrogation qui s'effaçaient en spirales au gré des tourbillons nonchalants. En dépit des oiseaux ramageurs dans les bocages, le silence plus haut et plus profond régnait sur les lointains. Aux remparts et sur les murets des placettes il n'y avait plus personne. L'allégresse du dimanche avait fait place au désenchantement du lundi.

La veille, dans le panier des victuailles préparées à leur intention, Roderlans avait oublié de faire mettre du café moulu, de sorte que les compagnons avaient été contraints de se rincer le matin le gosier avec du vin rouge. Le vin rouge à l'aube par brumes et herbes mouillées, c'est une boisson qui rend triste. Ils étaient tristes, les hommes du convoi en incitant les percherons d'Amourdedieu à tirer en cadence. En outre ils avaient oublié maintenant depuis longtemps les remugles des tanneries de sorte qu'ils étaient imbibés par ceux du cachalot, lesquels les faisaient songer à la mort, ce qui ne leur convenait pas.

Ils avaient aussi un autre sujet de préoccupation. L'aventure les avait rendus ambitieux et les vingt sous par jour qu'ils pouvaient économiser puisqu'ils ne dépensaient rien les faisaient un peu rêver. « Si on pouvait en ajouter quarante, se disaient-ils, ça permettrait de s'acheter une souquenille et des groles neuves. » Mais cette prime ils ne la toucheraient que s'ils prenaient des coups. Or à part les deux escogriffes au début du voyage, avec lesquels ç'avait été un jeu d'enfant, ils n'avaient encore rencontré personne pour leur tenir tête. Ils rêvaient plaies et bosses. Simon qui les connaissait bien les avait prévenus :

— Si j'en prends seulement deux à se tabasser entre eux pour toucher la prime, je les fous au fleuve !

Ils se l'étaient tenu pour dit mais ils se promettaient bien que le premier être vivant qu'ils rencontreraient serait insulté de telle sorte qu'il serait bien forcé de relever le défi.

Ils furent exaucés vers une heure de l'après-midi alors que le soleil dardait d'aplomb, que les mouches autour du cachalot rendaient celui-ci à peu près invisible et qu'on espérait le prochain bouquet d'arbres qui se profilait déjà au lointain pour y faire la sieste.

Dans la buée scintillante au ras du courant, ils crurent d'abord que l'obstacle qu'ils discernaient n'était qu'un mirage. Il ne leur apparut pour réel qu'à force de s'en approcher. C'était l'un de ces radeaux en accordéon constitués de billes de mélèzes grossièrement assemblées par des tenons et des mortaises taillés à l'herminette et parmi lesquelles on avait enfoncé à la masse des chevilles de hêtre. Ces assemblages rudimentaires ondulaient d'ordinaire au fil de l'eau, plongeant et reparaissant, tels des serpents et le soir on les amarrait là-bas, de l'autre côté, aux chapelets d'îles hirsutes qui jalonnaient le fleuve sur plus de cinquante lieues. Mais celui que les compagnons découvraient sur leur route était parfaitement immobile et solidement arrimé aux bornes d'un ponceau qui couvrait une rigole. Il barrait le passage de telle sorte qu'il aurait fallu pour le contourner amener le cachalot jusqu'au milieu du courant. Ce qui était impossible vu le rudimentaire appareillage dont disposaient les convoyeurs.

A côté de ce ponceau, sur un confortable lit de dactyles couchés, quatre acolytes le chapeau sur le front et l'œil mi-clos se reposaient les bras en corbeille sous la nuque. Ils avaient tous aux lèvres un brin d'œnanthe qu'ils suçaient nonchalamment en regardant s'avancer la troupe.

Les compagnons avaient arrêté l'attelage à cinquante mètres en aval de l'obstacle et ils venaient aux nouvelles, de front, presque tête contre tête, afin de connaître la cause de cet encombrement.

Debout, ils contemplaient médusés les quatre forestiers vautrés dans l'herbe sèche et qui ne leur prêtaient même pas cas.

— Faudrait voir à vous lever du milieu, dit Suzanne.

Pour attirer leur attention, il titillait le chapeau de l'un des hommes avec le bout de son fouet. L'autre ne remuait même pas.

— Vous nous barrez le passage, dit Simon, ça ne vous ferait rien de vous lever du milieu ?

Alors ils bâillèrent ostensiblement tous les quatre.

— Fous-nous la paix ! dit l'un. Tu vois bien qu'on fait la sieste !

Et il se tourna sur le côté pour se rendormir. En tout cas, il ferma les yeux pour se replonger dans son rêve. Ce rêve était le même pour tous les quatre. Ils avaient encore l'imagination fleurie par ce qu'ils avaient vu au relais des Rivalles par le trou d'une serrure. Ils n'étaient pas près d'oublier le corps de cette fille de dix-sept ans qui se promenait nue en toute quiétude sur le parquet de sa chambre, si fort ciré qu'elle s'y reflétait, se coiffant et se décoiffant, tantôt tournant le dos à la porte et s'avançant à pas comptés vers le miroir, tantôt brusquement faisant volte-face et marchant vers la porte comme si elle allait brusquement l'ouvrir et tantôt s'asseyant devant sa psyché, nonchalamment de profil mais toujours les bras en corbeille au-dessus de sa tête afin de souligner la splendeur de ses seins.

Depuis que les forestiers avaient contemplé ce spectacle, ils étaient pleins de « cré nom d'un chien ! » qu'ils émettaient de temps à autre avec des accents bravaches et ils se promettaient de faire passer le goût du pain à cette effrontée si quelque jour ils la coinçaient au coin d'un bois.

Et ils étaient d'autant plus enclins à faire ses quatre volontés qu'elle leur avait fait passer ce message par Nasole la mort dans l'âme, que s'ils réussissaient à arrêter le convoi et à rendre le cachalot au fil de l'eau, ils auraient droit à un deuxième rince-l'œil.

Nasole était d'autant plus navré de cette promesse qu'elle lui avait répété à plusieurs reprises : « Faites bien attention, Jean ! Si jamais vous les imitez, s'il vous prend fantaisie de regarder vous aussi, je le saurai et je ne vous reverrai de ma vie ! »

Mais quant aux forestiers, ils étaient prêts à tout pour qu'elle tînt cette promesse et ce n'étaient pas quelques *marquemal*, quoique le fouet en main et hideux en effet, qui allaient les faire fuir.

Mais quant aux compagnons eux-mêmes, ils

tenaient enfin le moyen de gagner leurs quarante sous et ils n'étaient pas disposés à les laisser perdre.

Moscaallegra lui-même, en caleçon long, avait quitté le harpon où il était en permanence attaché. Il avait regagné la terre ferme grâce au filin réservé à cet effet et il s'avançait en courant pour prendre part à l'aubaine.

A celui qui s'était insolemment retourné, l'un des Blanquets allongea un coup de pied dans le train. L'homme alors se dressa sur les genoux puis se mit debout.

— Ah çà, c'est autre chose..., dit-il.

Il voulut saisir par le col le Blanquet coupable mais les deux autres lui mordirent cruellement les mains et sans lâcher prise. L'homme jura, récolta une ruade de soulier ferré sur le tibia, un coup labourant à l'aide des clous, un coup destiné à écorcher et à faire mal longtemps. Il écrasa son poing fermé sur le nez du Blanquet qu'il n'avait pas lâché, lequel incontinent souleva son genou vivement jusqu'au bas-ventre de l'homme qui hurla.

Alors, avec des regards endormis et des bâillements de lions dérangés, les trois autres forestiers s'ébrouèrent comme à contrecœur. C'étaient des mastodontes grands et gros comme des billes d'arbre et qui par surcroît conservaient en mémoire l'image d'Agnès en sa gracile nudité et la promesse de la revoir ainsi. Leur seul poids suffisait à affirmer leur force. Lorsqu'ils donnaient un coup de poing, un coup de pied, un coup de tête, ils avaient un quintal de chair derrière eux pour les assurer.

La troupe de Simon avait beau connaître quantité d'astuces déloyales dans le combat, la partie n'était pas égale. Les forestiers avaient des bras trop longs. Au bout d'un quart d'heure d'assaut, il y en avait à peine un qui se tenait le bas-ventre en décrivant des cercles rapides avec des hurlements de douleur alors que, du côté de Simon, l'un des Blanquets avait le nez tout noir, ce qui le différenciait des deux autres, le Nanand était tout barbouillé de pus, son arcade sourcilière où mûrissaient trois furoncles ayant éclaté sous le poing d'un forestier ; le Suzanne, dit Rassemblement, gisait désarticulé dans le lit de la rigole en contrebas du ponceau.

Pendant ce temps, les forestiers indemnes assenaient leurs poings fermés dans le tas de ce qui restait d'adversaires et faisaient mouche à tout coup. Ces plaies et bosses dont rêvaient les compagnons pour gagner leurs quarante sous, ils en avaient maintenant tout leur saoul.

Le bancal sarcastique qui suivait les choses de loin avait beau multiplier les signes de croix à l'envers, l'issue du combat n'en paraissait pas moins certaine. Et déjà, on avait pu apercevoir, boitillant, le forestier plié en deux par la douleur se trainer le tranchet ouvert à la main du côté de l'attelage, dans l'intention évidente de couper les torons qui reliaient le cachalot aux chevaux.

Simon qui le guettait abandonna le combat et sauta sur le dos de l'homme en lui cravatant le cou. L'autre se laissa tomber en arrière de tout son poids. Simon n'eut que le temps de sauter de côté. L'autre était de face maintenant arc-bouté sur ses grosses jambes, le tranchet dans la main. Et un contre un.

C'est alors qu'un hurlement inhumain retentit derrière eux, du côté de la bataille. Ils se retournèrent ensemble pour voir Moscaallegra qui gigotait sur le sol en distribuant des ruades tant à ses adversaires qu'à ses amis. La morve aux narines, il poussait des cris suraigus, se comprimant le ventre à deux mains. Comme son œil gauche avait écopé d'un coup de poing, son tic se donnait libre cours sur un rictus de borgne. En outre il semait autour de lui en tournant dans la poussière une série de larges pets tonitruants qui n'ajoutaient rien à la puanteur ambiante mais qui donnaient à réfléchir. Il bavait aussi, une bave jaunâtre où crevaient de grosses bulles autour de sa bouche. Les compagnons et les valets de flottage en demeuraient pétrifiés, les poings hauts.

Cravaté par un forestier qui l'étranglait à demi, Ermete Bozzi profita de cet intermède pour faire la poupée de son et se laisser glisser à terre comme mort. D'abord lentes puis de plus en plus rapides des convulsions le saisirent lui aussi accompagnées de ce même geste suspect de se presser les tripes à travers la peau du ventre. Seulement lui, il avait toujours des flux d'entrailles qui le prenaient au dépourvu le contraignant à poser culotte plusieurs fois par jour. C'était le résultat de son régime d'enfance dans les ergastules du roi de Sardaigne où les ragoûts étaient assaisonnés à l'huile de ricin. Et justement, le fait d'avoir été secoué comme un prunier pendant la bataille avait singulièrement rapproché la prochaine échéance. Il n'eut que le temps de défaire sa ceinture et de repousser son pantalon sous lui avant de déféquer abondamment, en désordre, en continuant à se rouler à terre dans la direction des forestiers qui reculèrent d'un bon mètre.

— Foutons le camp ! hurla Rassemblement. Ils ont le choléra !

Il se tira hors du ruisseau pour se ruer vers le groupe des chevaux paisibles qui chassaient les mouches à coups de queue. Il y eut un flottement parmi les compagnons mais un coup d'œil sur Ermete Bozzi et sur Moscaallegra suffit à les renseigner. Ils se jetèrent en se bousculant à la suite de Suzanne, même Simon, même le bancal sarcastique lequel pourtant, voici quelques années, avait traversé l'épidémie le sourire aux lèvres. Tous pensèrent que ça recommençait et qu'il ne restait plus, comme disait Suzanne, qu'à foutre le camp.

Le champ resta libre aux deux convulsionnaires embrenés. L'odeur de la brenne dominait d'ailleurs maintenant çà et là celle du cachalot. Devant eux, stupides d'étonnement, les poings faits bien inutiles, les forestiers commençaient à prendre conscience de la situation.

Ermete Bozzi tout empouacré avait réussi à se traîner à leurs pieds pour leur montrer en plein soleil son visage vert (lui aussi avait encaissé plusieurs horions qui mûrissaient doucement). Il retroussait ses lèvres sur ses dents serrées comme les branches d'un sécateur, lesquelles issaient hors des gencives rongées par l'érosion causée par le tanin.

Il est difficile de ne pas faire le rapprochement entre l'odeur du caca et le choléra dès lors qu'on a prononcé ce mot. Il est difficile de garder intacte en mémoire l'image d'une juvénile nudité dès lors que deux individus se tordent sur le sol, la bave aux lèvres et la brenne aux fesses, à trois pas de l'air que vous respirez.

Quoique d'esprit peu délié, les forestiers ne tardèrent pas à s'alarmer. L'un d'eux s'essuyait machinalement les lèvres que le Nanand tout suppurant avait réussi à lui embrasser. Les autres avaient été abondamment mordus et griffés par les trois Blanquets dont les dents et les ongles qu'ils gardaient longs et qu'ils limaient en pointe, constituaient les armes principales. Et soudain ces hommes inquiets virent les deux brenneux se tordre en avançant vers eux rapidement à la manière des chenilles arpenteuses. Ils restèrent là arqués, immobiles et proférant un bourdon de gros insecte qui parut bien, aux forestiers, ressembler à celui de leur grand- mère quand elle était à l'article de la mort.

Alors sans perdre de vue les moribonds au cas où ils se relèveraient pour venir les souiller, ils commencèrent à retraiter vers les bittes de pierre où ils avaient amarré leur radeau. Là, tâtonnant fébrilement sur les nœuds dont ils étaient si fiers, d'un commun accord, ils entreprirent de libérer le train de mélèzes. Celui qui avait un tranchet en main coupa même la corde pour aller plus vite. Ils se saisirent des gaffes qui séchaient dans l'herbe. La fille c'était bien beau. Ils n'accordèrent pas une pensée ni un regret, à ce régal de la voir à nouveau toute nue. Ils avaient connu le choléra. Ils commençaient à peine à se rassurer. La fille c'était bien beau mais la peur du choléra est une maîtresse qui n'a pas besoin de fouet pour se faire obéir.

Ils sautèrent sur le radeau tous les quatre ensemble. D'une vigoureuse poussée de leurs gaffes ils le détachèrent de la rive et d'un second effort ils le remirent au fil de l'eau. Il ne leur fallut pas trois minutes pour disparaître derrière le cachalot.

Le silence dont faisait partie le vrombissement des mouches autour de la charogne se remit à vibrer sur l'air de la plaine. Les compagnons en groupe compact s'étaient retranchés derrière la bâche bleue du chariot de Simon. Ils observaient au loin Moscaallegra et Ermete Bozzi arqués de la pointe des pieds à l'occiput et qui dans cette position ne bougeaient plus.

— Ils sont morts ? chuchota Suzanne.

Le mot parut avoir le don de faire se lever les deux puants personnages qui une fois debout se serrèrent la main.

— On les a eus ! dit Moscaallegra.

Il fit de grands signes vers le chariot.

— Accourez ! cria-t-il. Il n'y a pas plus de choléra que de beurre aux fesses !

On le congratula, on le porta en triomphe. Le bancal sarcastique voulut l'embrasser.

— Ah ! soupira-t-il, si j'avais de tels aides pour mes travaux !

Ermete Bozzi qui n'aimait pas ça fut sommé par ses compagnons, en dépit de leur enthousiasme, de se plonger entièrement au ruisseau et même on l'aida vigoureusement à se décrotter car on ne lui faisait guère confiance et on le surveilla étroitement tandis qu'il lavait ses braies et sa souquenille. Il gémissait tout nu et malingre dans l'eau tiédie par la canicule.

— Vous allez me le faire attraper pour de bon le choléra !

Pendant ce temps, le bancal était allé fourrager sous la bâche bleue de la carriole. Il y avait trouvé le grand carton à chapeau d'obsèques que Simon prêtait sur les foires aux veuves prises au dépourvu. Le bancal préleva deux faces à cette boîte. A l'aide d'un tison déniché sous un récent feu de bivouac, il écrivit sur chacune d'elles ce seul mot :

TROUSSE-GALANT

Après quoi, à l'aide de ficelles croisées, il suspendit au cou de Moscaallegra cet écriteau improvisé.

On jucha sur un percheron le héros de l'affaire, lequel, en dépit de tous ces arias, n'avait rien perdu de son parfum de tubéreuse. Tel un chevalier au milieu de ses pairs il dominait la cavalcade et son écriteau lui tenait lieu d'armure.

Le convoi se remit en route à bonne allure. On couvrit cet après-midi-là un grand nombre de lieues, dans une gaieté folle et beaucoup de congratulations louangeuses les uns envers les autres. On se montrait en s'esclaffant les traces des coups reçus, tout guillerets à l'idée des quarante sous qu'ils allaient rapporter à chacun. On faisait claquer les fouets par plaisir, loin il est vrai des percherons, lesquels ne s'en montraient pas autrement émus.

A la place de Moscaallegra on avait attaché au harpon car on l'avait jugé, en le flairant, encore sous l'influence de la brenne, le pauvre Ermete Bozzi qui était pourtant lui aussi le héros de l'affaire.

On avait interdit à Moscaallegra de casser les oreilles de la troupe avec *Voi che sapete.* Il devait se souvenir qu'il était moribond, tenir tête basse en toute occasion et ne pas oublier de se comprimer le ventre. Comme à l'ordinaire Moscaallegra en fit plus sur le chapitre qu'on ne lui en demandait. Chaque fois qu'on apercevait un croquant à l'horizon, il tombait littéralement de cheval et se remettait spontanément en acmé, ruant dans la poussière et poussant des cris lamentables. A chaque fois, le bancal avait juste le temps de lui retirer l'écriteau si utile pour renseigner le peuple sur la nature du mal.

On mit ainsi en déroute un colporteur sous un grand parapluie bleu, un missionnaire sommeillant que sa bédoule emporta au galop, deux amoureux main dans la main qui cherchaient un coin solitaire et ne le trouvaient pas.

On débusqua les deux escogriffes de Terreplane, séides de Jean Berne qui s'abscondaient dans les roseaux espérant sauter sur Simon par surprise et rendre le cachalot au courant. Ils voulaient surtout écraser sur son visage tous les furoncles du Nanand

Piégut coupable de les avoir embrassés sur la bouche. Ils emportaient à cet effet un sac de crottin dont ils comptaient bien, à la première occasion, coiffer la tête en fromage blanc de cet amateur de baisers. Ces téméraires aperçurent entre les roseaux l'écriteau aux grandes lettres noires qui claquait contre la poitrine osseuse de Moscaallegra avec un bruit de crécelle à lépreux. Ils savaient ce que le mot voulait dire. Devant lui il n'y avait plus ni amour-propre ni vindicte qui tînt. Ils tirèrent au large.

Mais la seule victoire qui comptât fut remportée sur un couple de gendarmes venus s'enquérir d'on ne sut jamais quoi car ils tournèrent bride en bon ordre en apprenant par l'écriteau ce dont il s'agissait.

Ainsi sur la large voie libre du cours d'eau d'où les barques de pêcheurs elles-mêmes étaient passées sur l'autre rive, le cachalot avançait seul, laissant derrière lui un sillage en forme de flèche qui n'en finissait pas de trembler sous la lumière aveuglante du soleil.

Les compagnons se remémoraient les uns devant les autres de vieilles chansons grivoises complètement ineptes et faisaient retentir l'air de leur exubérance dès qu'ils se savaient seuls. En revanche, à la moindre apparition d'une silhouette à l'horizon, ils faisaient silence et prenaient tous cet air sournois (mis à la mode durant l'épidémie) de ceux qui accompagnent un cholérique et craignent à tout instant pour leur vie.

En somme, il n'y avait d'un peu inquiétant que ces vastes points d'interrogation, eau sale sur fond limpide, que traînait le fleuve dans son courant et qui se délayaient avant d'être effacés au gré des tourbillons.

Par la bouche de Clorinde, Agnès apprit sous la charmille des Rivalles, parmi la profusion des roses, la fuite de ses héros.

— Votre père, lui dit-elle, vient de m'en faire part à l'instant ! Il était au comble de la joie !

Des larmes spontanées — pleurer était son arme favorite — jaillirent des beaux yeux d'Agnès.

— Tant de sacrifice ! dit-elle.

— Effectivement ! Vous montrer nue devant quatre croquants hirsutes, par amour pour un homme, si vous êtes vraiment ce que vous croyez être, ça a dû vous coûter !

— Vous m'espionnez ! cria Agnès.

— Allons donc ! Ma porte est dans le même corridor que la vôtre, à deux chambres de distance. Quand j'ai entendu trembler le parquet sous leurs pas de reîtres — c'était leur façon à eux de marcher — j'ai bien cru, ma parole ! qu'on venait me chercher pour me guillotiner !

— Plût au ciel ! siffla Agnès.

Clorinde ne tint pas compte de cette impertinence et poursuivit :

— Il fallait absolument que je sorte pour voir. J'ai entrouvert ma porte sans bruit et dans la pénombre qu'il faisait, j'ai vu : ces quatre hommes qui se penchaient alternativement sur votre serrure. J'ai d'abord voulu m'écrier et puis j'ai vu votre... fiancé muni d'un gros gourdin et qui surveillait l'opération le bâton haut, afin, probablement, qu'ils ne se ruassent point contre votre chambranle !

Clorinde renifla d'un air dégoûté.

— Ah, ma chère, mes compliments ! Ils ahanaient comme porcs en besogne devant ce trou de serrure. Il fallait voir comme ils se passaient la langue sur les lèvres !

Agnès se couvrit le visage à deux mains. Il y avait une question qu'en dépit de son désarroi et de sa colère, il lui fallait absolument poser. Clorinde la devança.

— Non ! dit-elle. Rassurez-vous ! Lui, il n'a pas regardé.

Elle posa sa main sur le bras d'Agnès.

— Pour ce trait d'héroïsme, dit-elle, souffrez que l'on vous aime !

— Et moi je vous déteste ! cria Agnès en tapant du pied.

— A cause de Nasole ? dit Clorinde apitoyée.

— Je vous défends de l'appeler ainsi !

— Il l'est pourtant ! La malice publique ne se trompe jamais.

Elle tourna le dos à la jeune fille puis revint vers elle car elle ne se résolvait pas à l'abandonner à elle-même.

— Ma foi, dit-elle d'un ton léger, vous avez voulu jouer à lady Godiva et ça n'a pas marché.

Elle vit qu'Agnès se redressait, tournait le dos, s'apprêtait à briser là.

— Restez ! dit Clorinde. Vous êtes-vous aperçue que, au fond, nous poursuivons le même but ?

— Lequel ?

— Que le cachalot retourne à la mer.

— Comme je ne connais pas vos motifs, comme je ne sais pas pourquoi vous êtes ici, permettez-moi de ne pas vous croire.

— Allez ! Assoyez-vous là, sur ce banc, et écoutez-moi. Après tout, vous avez assez grandi depuis deux jours pour qu'on vous dise la vérité. Votre père m'aime. Enfin... Il me veut dans son lit pour bien se persuader qu'à Terrebelle il est un homme qui compte. Moi, ma foi, j'aurais bien voulu mais sous certaines conditions. Bref. Je lui ai demandé de m'acheter un petit domaine, seulement il ne dispose pas seul de l'argent.

— Heureusement ! soupira Agnès.

— Enfin voilà ! Pour se le procurer, il a inventé je ne sais quel stratagème dans lequel entre ce cachalot dont j'ignore ce qu'il veut faire.

— En tirer de l'ambre gris. Vous savez ce que c'est ?

— Non. Et ça ne m'importe pas. Vous ai-je assez bien fait comprendre la situation ?

— Oh ! à merveille ! ironisa Agnès. C'est très clair ! Et je ne vois pas en quoi nos intérêts convergent. Mon père me sacrifie à votre caprice ! Pour vous complaire, il m'a promise à ce va-nu-pieds s'il lui rapportait le cachalot à La Chevillone !

— Et vous n'en voulez pas ?

— Pour rien au monde ! Je préférerais me faire

nonne, me poignarder ! Il m'aime, paraît-il. Etre aimée d'une telle laideur c'est intolérable, c'est une insulte !

— Eh bien ! Moi j'en veux, figurez-vous ! Et je ne veux pas que vous me l'abîmiez ! Vous allez faire tout ce que vous pourrez pour l'empêcher d'atteindre La Chevillonne. Vous avez déjà fait lever devant lui un Savonarole de carnaval qui ameute les campagnes après lui, vous n'avez pas hésité à violenter votre pudeur pour obtenir de le faire mettre à mal par quatre convoyeurs de troncs, lesquels présentement ne doivent plus vivre que dans l'espoir de vous rencontrer au coin d'un bois.

— Je parie que vous l'avez dit à mon père !

Clorinde aspira une large bouffée d'air.

— Ne pariez pas ! Vous allez me donner envie de le faire !

Elle était hors d'elle et il lui fallait se contraindre à ce qu'il n'y parût pas.

— L'ennui avec vous c'est que vous êtes sans cesse en train de planter des banderilles ! dit-elle à Agnès.

— Pardonnez-moi ! Mais je ne crois pas que vous soyez mon alliée !

— Je le suis par force ! Nous avons les mêmes intérêts. Or, dans votre détermination à faire échouer l'entreprise, vous allez susciter devant les pas de Simon des difficultés telles qu'il finira par y risquer sa vie dans l'espoir de vous obtenir. Avez-vous remarqué que c'est un héros ?

— Décidément, vous l'aimez ! ricana Agnès.

— Oui, décidément, je l'aime ! Je ne veux pas

que vous me l'abîmiez. En revanche, je me moque comme d'une guigne que ce cachalot atteigne La Chevillonne. Je n'ai plus envie de ma ferme Louis XIII !

— A votre aise ! Aimez-le tout votre saoul et plaise à Dieu qu'il m'oublie dans vos bras !

— Ah ! vous ne savez pas ce que c'est qu'aimer ! Vous croyez que, dans mon cas, c'est une activité d'alcôve et, dans le vôtre, que ça consiste à se déformer le corps en faisant des enfants. Mais non, ce n'est pas ça ! Tenez, apprenez comment j'aimerai Simon : Je l'assiérai tout seul dans des loges de velours rouge, ou noir comme à Venise, avec du linge blanc, un habit bien sanglé et la barbe bien romantique. Et tout le temps que je chanterai, je m'efforcerai de le regarder à travers les feux de la rampe ! Lui dire que je ne chante que pour lui. Toutes les femmes du royaume me l'envieront. Et comme c'est un homme fidèle, elles ne pourront pas me le prendre.

— A quoi tend tout ceci ?

— Je l'attirerai dans ma chambre. Une nuit. Quand ils passeront devant Terreplane. Vous guetterez mes fenêtres. J'aurai abondamment pourvu de vin ses coéquipiers. Je me promènerai deux fois de long en large en levant haut un chandelier. Vous saurez qu'il est là. Aidée de votre fiancé, vous pourrez aller tranquillement trancher les filins qui retiennent le cachalot au rivage. Et tout sera dit !

Agnès secoua la tête.

— Jamais vous ne réussirez, toute seule, à

retenir Simon. Il ne vous aime pas. C'est moi qu'il aime. Il n'a d'yeux que pour moi. Il faut que je m'occupe de lui moi-même, avec mes armes. Les vôtres n'y suffiront jamais.

Si Clorinde avait été chez elle, elle se serait jetée sur la porte pour l'ouvrir toute grande devant Agnès et la chasser. Mais dehors, sous la charmille, elle ne pouvait que lui tenir tête ou lui abandonner la place. « Mais pourquoi ai-je tant d'amitié pour elle ? » se disait-elle exaspérée. Elle lui demanda doucement :

— Voulez-vous que je vous dise pourquoi vous le haïssez si fort ?

— Vous le savez : parce qu'il est laid ! Je ressens son amour comme une flétrissure.

— Vous l'aimez ! dit Clorinde.

— Il faut absolument, persifla Agnès, que vous vous rassuriez sur la qualité de ce dont vous avez envie.

— Vous l'aimez ! répéta Clorinde. Ecoutez- moi bien : dans quinze ans, vous vous souviendrez de mes paroles. Quand vous aurez atteint la plénitude de la femme qui sait enfin ce qu'elle attend de l'amour. Quinze ans ? Dix ans peut-être !

Elle lui effleura le front de l'index.

— Vous vous souviendrez de mes paroles. Et naturellement il sera trop tard. Il est toujours trop tard lorsqu'on regrette.

Agnès lui planta son regard froid entre les deux yeux et dit :

— Restez là un jour ou deux. Et vous verrez si je l'aime !

Pendant ce temps sur le fleuve, la troupe de Simon David avançait sous la canicule. Les mouches en voiles épais étaient maintenant tonitruantes autour du convoi. Elles ne faisaient plus de distinction entre la charogne et les vivants. La transpiration des chevaux et des hommes les attirait tout autant que les sucs de la pourriture. Elles allaient joyeusement de l'une aux autres et ne semblaient pas avoir de préférence.

Sous la chaleur scintillante on ne voyait rien du pays que les cimiers des peupliers et les clochers des églises. Les lointains des montagnes dissimulaient leurs contours sous une brume horizontale qui montait jusqu'aux deux tiers du ciel.

Maintenant qu'ils avaient leur content de plaies et bosses (ils en arboraient chacun au moins deux ou trois) qui mûrissaient doucement au soleil en prenant des couleurs olivâtres, les compagnons ne chantaient plus. Les mouches aidant, ils n'étaient pas loin de croire à cette épidémie qu'ils avaient inventée.

Le désert se creusait devant eux. Ils avaient bien aperçu l'espion de Roderlans perché sur un âne mais celui-ci avait rapidement disparu après la péripétie du radeau.

Il n'y avait d'un peu insolite que le reflux plus dur du courant contre la tête du cachalot et les muscles des percherons plus saillants sous l'effort, apparemment, alors que, jusqu'à présent, ils semblaient ne pas sentir le poids qu'ils traînaient.

Il semblait aussi que les diverses embarcations qui glissaient au fil de l'eau allaient plus vite qu'à l'ordinaire. Ils virent notamment et sans aucun plaisir passer un vaste corbillard attelé de deux chevaux à plumets et enseveli sous les dahlias. Il était arrimé sur une marie-salope vermoulue qui devait avoir connu des temps meilleurs. Quatre croque-morts à l'avant y jouaient joyeusement aux cartes, ce qui laissait supposer que le de cujus n'était pas encore accompagné de sa famille.

Les trois Blanquets hochèrent la tête à cette vue.

— Tu viendras pas dire ! augurèrent-ils. Un corbillard lancé au galop, ça ne présage rien de bon.

Et d'ailleurs lorsqu'ils croisèrent le cachalot qui les bénit de son odeur, les croque-morts qui s'y connaissaient en la matière se levèrent tous les quatre ensemble pour se signer devant lui. La mort sous les aspects d'un cadavre à peine grand comme un homme et raisonnablement enfermé entre quatre planches, à la rigueur ils pouvaient encore en rire mais vingt mille kilos de viande en putréfaction, ça les mettait au garde-à-vous.

Les Blanquets inquiets regardèrent longtemps fuir cette marie-salope funèbre qui allait on ne sait où en caracolant gaiement, semblait-il, sur la houle du fleuve. Le bancal goguenard devait avoir quelque lumière là-dessus car Simon surprit, sur ses lèvres minces où le jus d'une chique s'asséchait rarement, un sourire en coin qui n'était pas de mise.

Ils avançaient sur la terre brûlée, c'est-à-dire qu'il n'y avait âme qui vive ni dans les champs ni dans les fermes ni aux remparts des villages. Plus personne ne regardait passer le convoi.

Ils longèrent des carrières de sable où des tombereaux chargés avaient été hâtivement dételés et les chevaux emmenés ailleurs. Ils découvrirent des jardins à bastidon où la chaise dépaillée était peut-être encore chaude devant la porte hâtivement close et où les plants de haricots repliaient leurs feuilles en chauve-souris tant ils avaient besoin d'être irrigués.

Ailleurs, plus loin, un estaminet à tonnelle portait une pancarte sur ses volets verts barricadés en croix comme ceux de la Choise. Les feuilles de l'ampélopsis jonchaient les tables de marbre.

— On aurait pourtant bien eu besoin de boire un coup ! dit Suzanne.

Ils avaient maintenant les poches sonnantes des quelques francs que Simon leur avait répartis et ils brûlaient de les dépenser. Ils rêvaient de danse, de tournées offertes, de popularité gagnée à bon compte.

— A quoi bon, bougonna Ermete Bozzi, avoir du quibus si on peut rien en faire ?

Ils découvrirent aussi au sommet d'un mamelon, et cela leur parut un pendant funeste au présage du corbillard trop rapide, une chapelle rogatoire portes béantes sur un chœur noir constellé de cierges. Cette obscurité fleurie de lumières incrustées comme un noyau dur sur l'aveuglante clarté du jour les fit frissonner. Il devait y avoir ici, récemment, des gens venus implorer leur saint pour la pluie car il était encore là, en buste, posé à l'entrée du sanctuaire sur un brancard que soutenaient des tréteaux.

— On dirait qu'on nous fuit ! maugréa Suzanne.

On avait bien l'impression en effet qu'une foule avait piétiné l'herbe autour de l'édifice et qu'elle s'était égaillée en désordre à l'apparition du cachalot à l'horizon.

— On en a trop fait avec notre choléra, dit Simon. On va se trouver devant des barricades.

Mais ils eurent aussi à compter avec la charité et l'abnégation. Au tournant d'un bois d'yeuses, ils se heurtèrent presque de front contre une escouade de pénitents encagoulés de blanc qui jouaient de la sonnette et dont on voyait les yeux apeurés par les trous des cagoules. Ils avaient sous les robes hâtivement enfilées des souliers à clous de paysans et de maçons empoussiérés par la sécheresse des chemins. Ils portaient des boîtes d'onguent mais aussi, les épaules de quelques-uns d'entre eux étaient chargées comme de croix par des bêches à creuser les fosses dont le tranchant luisait au soleil.

— Nous sommes les frères de Saint-Laurent-sur-le-Gril, annoncèrent-ils, et nous sommes venus par chemin depuis Hauteverge que vous voyez là-haut afin de panser les plaies de vos malades.

Moscaallegra était déjà dans la poussière à se rouler et à se tordre. Les pénitents lavèrent ce souffrant à grande eau du fleuve, vigoureusement, pour la rémission de ses péchés, derrière et parties honteuses compris. Puis ils appliquèrent quelque orviétan sur le ventre de Moscaallegra. Ils avaient aussi de bonne eau-de-vie en plus de l'arnica et les compagnons en profitèrent tous pour faire panser leurs plaies tant bien que mal. Les mains des pénitents tremblaient quelque peu en nettoyant les furoncles du Nanand Piégut mais ils tenaient bon et faisaient leur office.

Ils leur dirent en s'en allant qu'ils ne manquent pas de compter toujours sur la miséricorde divine et l'intercession du saint grillé, puis ils les encensèrent de signes de croix. On sentait qu'ils se savaient le meilleur gré du monde pour leur courage et leur bonne volonté, néanmoins, lorsqu'ils tournèrent le dos, plusieurs se tenaient déjà le ventre d'appréhension.

Quand cette escouade de bonnes âmes disparut à l'horizon en complaignant des miserere, le soleil qu'on pouvait regarder en face à travers les buées du soir allait disparaître au sommet d'un coteau couvert de vignes en bon ordre.

Simon consulta le papier que Roderlans lui avait fait tenir le matin par son espion. Il indiquait le bivouac dans les ruines d'une tuilerie qu'une cheminée de fabrique permettrait de reconnaître. Les pénitents avaient parlé de Hauteverge, c'était précisément sur ce territoire que s'élevait la fabrique. Quand ils la virent, au découvert de la colline-vignoble, la nuit était déjà au ras du sol. Ils arrimèrent le cachalot et dételèrent les percherons, le tout avec des exclamations de souffrance car les plaies et les bosses commençaient à raidir leurs membres.

La tuilerie était encore visible à l'horizon a cause de sa cheminée mais il y avait pour l'atteindre un long bout de chemin charretier dont les ornières serpentaient à travers les parcelles, sous les saules et les peupliers-trembles. Le cheval et la carriole de Simon, celle-ci entièrement vidée pour y entasser le foin, s'y engagèrent et Simon prit les rênes avec Moscaallegra à côté de lui. Ils parcoururent cinq cents mètres ainsi. La nuit était maintenant close. Il n'y avait devant eux aucune lumière sauf, sur leur droite, un rougeoiement insolite qui pulsait dans la nuit comme un cyclope clignant de l'œil.

— Regarde ! cria Moscaallegra. C'est du côté de la cheminée !

— Merde ! gémit Simon. C'est la tuilerie qui brûle !

Il sauta à terre et s'élança au galop sur le chemin.

— Qu'est-ce que tu fais ? cria Moscaallegra.

Il attacha la bride du cheval à un arbre et s'élança à la poursuite de Simon.

La fabrique n'avait plus ni portes ni fenêtres. Elle était désaffectée depuis longtemps. Dans la cour une épaisse fumée blanche s'amoncelait au ras du sol. Elle se déversait depuis la porte charretière béante d'un séchoir à brique au fond duquel les flammes courtes d'un incendie s'échappaient des balles de foin en bon ordre que Roderlans y avait fait entreposer.

— Les fumiers ! cria Moscaallegra. Ils ont mis le feu au fourrage !

Il vit que Simon prenait son élan. Il voulut étendre le bras pour le retenir mais l'autre courait déjà vers le bâtiment de toute la vitesse de ses jambes torses.

— Tu es momo ! cria Moscaallegra. On va griller tous les deux là-dedans !

Il le suivit pourtant. La grange vomissait une avalanche de fumée blanche impénétrable à l'œil. Les deux hommes s'y enfoncèrent à l'aveuglette.

— Simon ! gémit Moscaallegra. On va griller tous les deux je te dis !

Mais il ne se résignait pas à l'abandonner.

— L'avoine ! commanda Simon. Il faut sauver l'avoine ! Cherche ! C'est deux sacs blancs !

A la lueur des flammes qui s'étouffaient puis soudain fusaient en longues langues rouges jusqu'au plafond, ils venaient d'apercevoir les fameux sacs. Ils se chargèrent chacun d'un sur les épaules et toussant et suffoquant regagnèrent l'air libre.

— Et la popote ? cria Moscaallegra. Qu'est-ce qu'on va bouffer ?

Il mit bas son sac et voulut retourner en courant vers la fournaise. Simon lui fit un croc-en-jambe. Ils roulèrent tous les deux sous la fumée.

— Laisse ! dit Simon. C'est trop tard.

Il aida son compagnon à se relever.

— Tu aurais quand même pu sauver la popote d'abord ! lui reprocha Moscaallegra.

Simon fit signe que non en reprenant son fardeau.

— Non, dit-il. Nous on peut marcher sans manger. On sait pourquoi. Les chevaux non.

— Le foin est foutu ! dit Moscaallegra. Qu'est-ce qu'on peut faire avec quatre-vingts kilos d'avoine ?

— Le foin, dit Simon, ils peuvent brouter les talus. Mais ce sont des chevaux qui marchent à l'amitié. Amourdedieu les a élevés comme ça. S'ils ont le foin et pas l'avoine, ils seront nourris mais ils n'auront pas l'amitié. Et ils refuseront d'avancer.

Moscaallegra exténué venait de déposer son fardeau sur le plancher de la carriole.

— Et alors ? dit-il. Et les Blanquets ? Et l'Ermete ? Et le Rassemblement ? Tu crois qu'ils vont avancer si tu les nourris pas ?

Sous le fanal de la carriole, Simon vit que son compagnon était devenu roux de sourcils et de cheveux. Il se passa les mains sur la tête et toucha du crin rêche et crépu à la place de sa chevelure ordinaire. Il devait avoir lui aussi cet aspect hérissé et peu engageant. Seul, le parfum de tubéreuse qu'exhalait le corps de Moscaallegra avait résisté à tout.

Ils revinrent au bivouac sans un mot. L'équipe s'apprêtait à leur faire fête. Elle avait déjà préparé le feu et même éparpillé les braises pour faire chauffer la popote. Ils apprirent avec peine la triste vérité. A cause de leurs contusions et de leurs membres fatigués qui commençaient à raidir, ils avaient froid en dépit du vent chaud qui montait de l'ouest. Ils touchaient au fond de leur poche les pièces qui leur auraient permis en tout pays civilisé d'étancher leur soif et d'assouvir leur faim. Mais non, ils étaient là dans la puanteur de cette charogne et pour rien car, demain, les chevaux mal nourris refuseraient d'avancer. Ils se disaient ces choses les uns aux autres en mangeant des pastèques pour la confiture qu'ils étaient allés dérober dans un champ. Personne n'avait jamais mangé ça ! Il fallait un kilo de sucre par kilo de fruit pour rendre comestibles ces énormes melons d'eau. Et eux ils étaient là croquant même les graines, dans l'espoir d'avoir un peu moins faim. Ils commençaient à critiquer Simon qui les avait entraînés dans cette méchante affaire.

Le bancal se tenait à l'écart, un peu hautain. C'était vrai : il ne mangeait ni ne buvait sauf du vin rouge dont il avait toujours une vaste fiasque suspendue à la ceinture, qui lui battait la cuisse et dont on ne savait où il la remplissait.

— Simon ! Viens un peu ici, dit-il.

Simon s'approcha de lui.

— Dis-moi, lui confia le bancal, ce coin je le connais. De l'autre côté de la fabrique, plus loin, il y a une grosse ferme.

— Et alors ?

— Alors, devant, il y a un gros hangar à fourrage, toujours plein. C'est assez loin d'ici. Plus d'un kilomètre. Quand on arrivera avec la carriole, ils seront tous couchés. On pourra prendre ce qu'on voudra. On y va ?

— Ça ne me plaît pas. Jusqu'ici, à part les pastèques, on n'a à peu près rien volé.

— Parlons pas, Simon, de voler ! On fera comme pour le pâtissier : lui on lui a laissé le prix des frangipanes à côté du sac de farine sous lequel on l'avait enfermé. Ceux-là, on mettra l'argent sous la pierre du seuil, là où ils cachent la clé de la maison.

— Allons-y alors, soupira Simon.

Il faisait tourner bride à la carriole lorsqu'ils virent accourir Moscaallegra qui voulait être de toutes. Ils naviguèrent plus d'une heure dans la campagne noire. Là-bas, l'incendie de la fabrique s'éteignait faute de combustible. Les flammes n'avaient pu entamer les solives et seul le foin avait dû se consumer.

— J'entends une musique ! s'exclama Moscaallegra.

— Tais-toi tu déparles ! dit Simon.

— Il ne déparle pas, dit le bancal. Je l'entends aussi.

Le prochain surplomb du chemin leur révéla des lumières de fête. Ils s'avancèrent prudemment à pied, tenant le cheval par la bride et menant la carriole, tant que possible hors les ornières, sur l'herbe des bas-côtés.

C'était une ferme qu'ils voyaient. Un quadrilatère de bâtiments enfermait le vide d'une cour illuminée par des girandoles de lanternes vénitiennes qui se balançaient sous la brise. Il y avait aussi, pour éclairer la scène, de grands brasiers sous des marmites de festin, lesquelles devaient ordinairement servir à nourrir les cochons.

Toutes les fenêtres des bâtiments étaient illuminées par des lampadophores qui dressaient leurs bras rigides derrière les vitres. Des cyprès d'Italie dépassaient les toitures et reflétaient, plus noirs que la nuit, les lueurs des deux ou trois brasiers silencieux nourris de sarments de vigne et où tournaient des batteries de broches garnies de volailles rutilantes.

Sur l'aire d'envol d'un colombier, des pigeons désorientés par ce jour insolite renvoyaient à grands coups d'ailes leurs femelles au nid. Parfois, l'un d'entre eux s'envolait en hésitant et retombait aussitôt après s'être heurté aux proches ténèbres.

Les trois acolytes avaient laissé la carriole au pied d'un mûrier. Ils s'étaient avancés courbés en deux jusqu'à l'angle d'un mur orbe qui leur masquait la scène. Ils retenaient leur souffle. Maintenant ils entendaient bien l'aigre bruit de moulin à café d'une vielle mal accordée, le crincrin d'un violon et les coups sourds d'une baguette sur la peau d'un tambourin. Une flûte grêle parfois venait soutenir l'ensemble. Les trois hommes d'un commun accord couvrirent en rampant les derniers mètres qui les séparaient de la lumière.

Dans le cratère de clarté ménagé entre les corps de bâtiment, c'était une riche noce compassée qui mangeait, buvait et dansait avec raison et sans excès. Ils devaient être cinquante ou soixante tant hommes que femmes mais plus d'hommes que de femmes. Il y avait aussi quelques enfants sans appétit qui jouaient aux cachettes sous les tables au lieu de manger. Il n'y avait pas beaucoup de bruit pour tant de monde mais il est vrai que les assiettes étaient fumantes sur des viandes en sauce et des parts de gratin doré où s'escrimaient couteaux et fourchettes.

— Les fumiers ! proféra Moscaallegra qui salivait abondamment.

Rien qu'à leur mine et à leur mise, on aurait pu deviner chaque rôle de cette belle cérémonie. Le père notamment, on serait allé tout de suite à lui en l'appelant « maître » comme on désigne ici celui à qui tout appartient, êtres et terres. Il se tenait pourtant modestement en bout de table. C'était un homme à moustache et petits yeux où l'on sentait la vigilance permanente, sans laquelle il n'y a pas de fortune, présente en toutes ses mimiques et en tous ses gestes toujours mesurés.

A son air apeuré, songeant à la prochaine nuit de sa fille dont elle craignait, hélas, qu'elle ne fût semblable à celle où elle l'avait engendrée, on devinait la mère, de marbre, réservée, les lèvres minces et qui souriait petitement. Elle portait en sautoir une grosse croix d'or de fidélité suspendue à un cordon noir de peu de prix.

Le marié était vermeil. La mariée avait l'air rêveur lorsqu'elle ne se surveillait pas pour sourire à pleines dents d'un bonheur éclatant. Un frère puîné de l'épousée qui avait les mêmes petits yeux que son père, on eût dit que mâchant sa pintade au sang, c'était du verjus qu'il déglutissait péniblement. Une cadette farouche qui ressemblait à sa mère avalait ses lèvres en observant sa sœur.

En revanche, il y avait des oncles, des tantes et des cousins cousines et des neveux et nièces, apparemment moins riches que leurs hôtes (leurs atours sentaient la naphtaline et devaient servir depuis des lustres en toute occasion) qui s'en donnaient à cœur joie avec la danse et la boustifaille, s'adressant à verres levés d'éclatantes santés et à leur affaire sans arrière-pensée comme si être de noce avait toujours été leur unique souci.

Tout cela était bel et bon mais pour des gens maintenus à plat ventre par la nécessité, les yeux au ras de l'herbe, les lueurs des feux qui cisaillaient l'ombre sous les supports des tables présentaient des choses un tout autre aspect.

On avait installé des prolonges de tombereaux à vendange pour que le chêne (qui meublait toute la maison) ne fût pas absent de cette fête et rappelât la richesse des hôtes. On avait soutenu l'ensemble avec des roues basses de chariot et des chambrières en forme de bâton pour sourcier, lesquelles étaient moins instables et tenaient moins de place que de simples tréteaux.

Le couvert avait été dressé en fer à cheval afin que tout le monde pût assister à la cuisson des plats, s'étaler largement à l'aise les jambes bien étendues et ne pas perdre de vue la mariée et son cortège de noce. Devant ce fer à cheval symbolique, le coffre de mariage hissé sur une charrette bleue laissait déborder ses richesses offertes. Tout à l'heure, il serait emporté tel quel chez l'heureux élu.

Parce qu'elles n'étaient pas assez larges pour les prolonges, on n'avait laissé pendre les nappes que du côté des convives, de sorte que pour le trio à plat ventre qui contemplait le spectacle, d'hallucinantes vérités se faisaient jour entre ce qui se passait sur les nappes et ce qui se tramait dessous.

Il va sans dire que l'attitude de la plupart des invités et des membres de la famille était correcte en haut comme en bas du décor. Mais pour une vingtaine d'entre eux, les choses en allaient tout autrement.

On avait imprudemment entremêlé mariés et filles et garçons d'honneur pour tresser ainsi une guirlande de jeunesse au centre du fer à cheval et les dessous de cette compagnie révélaient tous les regrets du monde.

On comprenait par exemple pourquoi le *novi* paraissait si vermeil. Il avait sur son genou la cuisse presque tout entière de la demoiselle d'honneur dont on l'avait flanqué et si la mariée avait l'air rêveur, c'était que son voisin lui tapotait la main sous la nappe et ce beau geste signifiait si bien « patience » qu'il n'était besoin d'aucune parole pour le confirmer.

C'étaient là les choses les plus voyantes mais il en existait d'autres aussi regrettables. Le père aux petits yeux avait pour cavalière une belle-sœur opulente et fardée qui portait sur la joue une mouche assassine, soulignant ainsi qu'elle venait de la ville. Elle se tenait bien droite et à distance de son beau-frère mais sous la nappe elle avait collé son mollet à jupe retroussée contre le pantalon noir du maître et elle lui imposait sur ses souliers cirés un pied dont elle avait envoyé dinguer la chaussure.

Tout cela tenait de l'idylle mais la cadette farouche qui regardait si intensément sa sœur aiguisait furtivement sur sa paume le couteau dont elle s'aidait pour décortiquer sa volaille. Quant au puîné qui mâchait du verjus, il ne pouvait s'empêcher de temps à autre de dissimuler ses mains sous la nappe pour faire le geste de les crisper sur quelque gorge imaginaire avec une haine très concentrée.

Les branches latérales du fer à cheval, pour être moins instructives, ne manquaient pourtant pas de charme. Certains cousins cousines se caressaient tout simplement les uns les autres après s'être allés échauffer en quelque gigue au son des instruments qui accéléraient de plus en plus la cadence. Mais on sentait bien chez ceux-là la certitude de se retrouver bientôt pour des rencontres plus absorbantes et qu'ils s'efforçaient seulement de tuer le temps où ils s'ennuyaient. Au haut bout d'une table aussi, comme posés là par hasard et ne faisant presque pas partie de la cérémonie, deux jeunes gens entrecroisaient leurs doigts à l'abri des prolonges. Ils étaient étrangement blonds parmi cette assemblée de bruns aux favoris noirs, aux chignons sombres. Mais ceux-là ne trichaient pas. A leurs mains croisées correspondaient leurs yeux. Ils se regardaient hardiment.

— Les cochons ! jura Moscaallegra à voix basse.

Il avait cependant enregistré avidement l'ensemble du spectacle. Il cracha de mépris sur le côté.

— Ah ! je ne suis pas de ton avis ! chuchota le bancal. Voilà bien l'une de ces assemblées telles que je les aime !

Et lorsque bien plus tard Moscaallegra racontait la scène à ses petits-enfants, à quelque veillée de Noël, en attendant que la volaille soit cuite, il ne manquait jamais d'ajouter, parlant du bancal :

— Et il se pourléchait les babines en disant ça, ce vieux porc !

— Ils sont là jusqu'au jour..., soupira Simon.

Il n'éprouvait qu'indifférence pour les charmes de la vie si fort étalés sous son regard. Il n'avait d'imagination que par rapport à Agnès, encore qu'il ne pensât jamais à son corps. C'était à sa tête qu'il en avait, à ses tresses blondes, à ses yeux bleus. C'était tout.

Son attention se concentrait sur le hangar à foin qui fermait tout un côté du quadrilatère et faisait face au corps de logis principal. En dépit des arômes exquis de cuisine qui flottaient dans l'air tiède, c'était l'odeur de la grange, faite de luzerne, d'esparcet, de pezotte et de trèfle qui dominait, pour Simon, toutes les odeurs de la nuit. Mais ce hangar était éclairé jusqu'au fond par les girandoles et les reflets des brasiers.

— Pour aller se servir là-dedans, moustier ! dit Simon.

— Peut-être pas, ricana le bancal. Peut-être pas ! Ils sont tangents entre la nature et Dieu, entre le bien et le mal. Il suffirait peut-être d'un petit coup de pouce pour...

Il achevait sa phrase par un geste qui imitait l'explosion d'une poudrière.

Il s'esclaffait et jubilait sans se lasser de suivre sous la nappe les jeux de mains jeux de vilains qui s'y tramaient.

Il s'avisa qu'il n'y avait pas de bouteilles sur les tables mais seulement des pichets. Son regard aigu discerna sur la droite un berceau de feuillage, une sorte de grotte artificielle ménagée sous une profusion de branches de laurier et de rameaux de seringa. Ce réduit était éclairé de l'intérieur et recevait la visite incessante d'une noria de fidèles, le verre ou le pichet en main. C'était la fontaine d'eau qu'on avait pour la circonstance et selon l'usage, transformée en fontaine à vin.

On était dans un pays où le vignoble est roi et où il fait riche. Et l'on sentait bien que le soin qu'on avait pris pour donner à cette fontaine l'aspect d'un sanctuaire, c'était pour souligner que le maître y devait son assise et le domaine sa réputation.

Nul, semblait-il, même pas les enfants parfois, ne se dispensait de se lever le verre en main pour aller le remplir ainsi que celui de sa cavalière et tous faisaient un détour pour passer ostensiblement derrière la chaise du maître afin que celui-ci s'aperçût bien qu'on honorait son vin.

Le bancal se souleva sur le coude. D'une poche de sa souquenille, il tira une boîte à mouches historiée sur son couvercle d'un marquis et d'une marquise qui dansaient le rigodon. C'était une boîte de bonne taille quoique plate. Le bancal l'ouvrit avec précaution. Elle contenait une poudre grise qui répandait une odeur de rat. Le bancal fit la grimace.

— Pour soixante, grogna-t-il, ce doit être à peine suffisant.

Il tâta la fiasque à sa ceinture. Il la secoua. Elle était à demi pleine.

— Tiens-moi ça droit ! commanda-t-il à Moscaallegra.

Il défit le bouchon de la gourde et avec précaution il y fit glisser tout le contenu de la boîte à mouches.

— Secoue bien ! dit-il à Moscaallegra.

Moscaallegra baratta la fiasque avec conviction.

— Maintenant...

Le bancal fit signe de retraiter vers l'ombre. Quand ils furent au pied du mûrier où ils avaient laissé l'attelage, il leur dit :

— Voilà ce qu'on va faire : toi Simon, tu restes là jusqu'à ce qu'on revienne. Et toi, dit-il se tournant vers Moscaallegra, tu me suis ! Et fais-toi encore plus mince que d'habitude !

— Ce sera facile ! ricana Moscaallegra. Avec ce qu'on mange en ce moment !

Le bancal l'entraîna en rasant le mur du hangar jusque de l'autre côté de la cour. Ils s'empêtrèrent un peu parmi des machines rouillées et des tonneaux défoncés qui pourrissaient là depuis longtemps mais une lueur diffuse sous la bâche de la grotte verte les guidait vers leur but. C'était une bâche d'alambic qu'on avait dressée sur des bigues derrière la fontaine. Elle protégeait deux barriques de deux cents litres, l'une sur son ber avec sa chantepleure fermée qui gouttait doucement dans une seille de bois laquelle devait servir à alimenter de temps à autre la seconde barrique. Celle-ci avait été hissée sur des tréteaux en croix et surplombait le pilier de la fontaine. Un système ingénieux fait d'un tuyau de faible calibre et d'un bout de roseau rigide suppléait au mascaron dont on avait coupé le débit. Par cet orifice, un filet de vin rouge coulait sans bruit et sans arrêt.

La clarté qui venait de la cour était sans cesse obscurcie par l'ombre de l'un des convives qui s'approchait de la fontaine pour remplir son verre. C'était une procession ininterrompue de soiffards qui rendaient bruyamment hommage au maître des lieux. Une estrade basse élevée le long des flancs de la barrique permettait de temps à autre d'en parfaire le niveau.

— Viens ! dit le bancal.

Moscaallegra le suivit sur le praticable. Le bancal souleva la bonde découpée dans une douve au sommet de la barrique. Il avança son nez curieusement bilobé à l'extrémité. Il huma avec délices le contenu du muid.

— Le vin des papes ! s'exclama-t-il. Il ne se fout pas de ses invités !

Il plongea presque la tête par l'orifice de la bonde.

— Une des meilleures années depuis cent ans ! apprécia-t-il en connaisseur. Je comprends pourquoi ils font procession.

Chaque fois qu'une ombre s'approchait de la fontaine, il se baissait pour ne pas être vu, au cas où l'invité eût l'idée de lever la tête.

— Passe-moi la fiasque !

Moscaallegra obéit. Il vivait dans les transes que quelqu'un s'aventurât sous la bâche pour vérifier le niveau du muid.

— Si ce n'est pas malheureux ! geignait le bancal. Etre obligé de gâter un vin pareil simplement parce qu'on aime le genre humain !

Il secoua une dernière fois le contenu de sa gourde et, par la bonde ouverte, il la vida toute glougloutante dans le muid aux trois quarts plein.

— Petit ! appela-t-il à voix basse. Prends ce bâton qui est là-bas et touille-moi ça ! Touille ! Touille bien, que ça se mélange !

Moscaallegra touillait tant qu'il pouvait sans perdre de vue l'entrée de la bâche.

— N'aie pas crainte ! dit le bancal. Touille ! Touille bien ! Tu es avec moi ! S'il doit t'arriver quelque chose ce sera quand tu ne seras plus avec moi !

— Vous les avez empoisonnés ? dit Moscaallegra

— Empoisonnés ? Quelle idée ! Au contraire : je leur ai fait un immense plaisir ! Un grand grand plaisir ! Celui qu'ils préfèrent à tous !

— Quoi ? demanda Moscaallegra.

Le bancal se pencha à son oreille.

— La liberté ! souffla-t-il.

Il retourna sa fiasque pour l'égoutter sur le sol. Ensuite, il ouvrit la chantepleure du second tonneau et rinça le récipient à plusieurs reprises en le secouant énergiquement.

— Je n'ai pas besoin d'être libre moi ! grommelait-il. Libre, je le suis déjà assez comme ça !

Il flaira soigneusement la gourde avant de se décider à la remplir pour de bon. Après quoi, il enfonça le bouchon d'un coup sec avec satisfaction.

— Voilà ! dit-il. Et maintenant viens ! Allons attendre le résultat.

Ils retournèrent sans bruit vers Simon.

— Venez ! dit le bancal tout guilleret. Maintenant on va se rincer l'œil !

— Qu'est-ce que vous leur avez fait ? demanda Simon inquiet.

— Je leur ai administré un adjuvant

— Mais où avez-vous pris ça ?

— Oh ! Ce sont des choses, dit le bancal, qu'on a toujours sur soi plus ou moins quand on fait profession d'aimer les autres.

Il les entraîna à plat ventre vers les hautes herbes à travers quoi, tout à l'heure, ils observaient les convives au ras du sol.

— Ça va peut-être être un peu long, dit le bancal, mais je crois que vous allez assister à un spectacle assez extraordinaire.

Il leur fallut patienter près d'une heure mais alors l'atmosphère se modifia insensiblement sous leurs yeux et à leurs oreilles.

Cela commença par les musiciens lesquels étaient le plus fréquemment appelés à renouveler leur verre, ayant le gosier sec à force de jouer et de chanter et les deux qui tenaient les instruments à cordes, à force de s'escrimer sur leur rouet ou leur archet. La musique s'arrêta. Un, deux puis tous les instruments se turent.

— Regardez ! chuchota le bancal.

Le vielleux, le violoniste, le flûtiste et le joueur de tambourin s'avançaient vers les filles de ferme qui s'occupaient des broches et des marmites à porc pleines de bœuf en daube. Ces luronnes aussi couraient fréquemment à la fontaine rouge à cause de la chaleur des foyers. Elle lâchèrent leurs longues fourchettes et leurs louches. Moscaallegra épouvanté vit dardés vers elles les premiers sexes érigés, sauf le sien, qu'il eût jamais contemplés de sa vie.

En même temps, des choses insolites se précisèrent sous la table. Des mains jusque-là inertes sur les jambes d'autrui ou, en tout cas, peu actives, tâtonnèrent vers des proies plus intimes. Un grand cri fusa soulignant le changement radical où le dessus de la table eut enfin sa part. Il signalait l'attitude de la demoiselle d'honneur qui tout à l'heure déjà avait posé une cuisse préhensive sur celles du marié.

— Marguerite ! Tu te tiens mal ! lui avait de loin crié sa mère qui ne pouvait rien voir mais savait à quoi s'en tenir.

Cette fois, cette femme de bien eut la confirmation de ses craintes car Marguerite bascula d'un siège à l'autre et en un clin d'œil se jucha à califourchon sur les genoux de son voisin.

Ce grand cri douloureux on ne sut jamais si ce fut la mariée qui le poussa devant ce spectacle car à partir de là aussi, et simultanément, on entendit tomber en arrière des chaises renversées et il y eut dès lors toutes sortes de cris et d'exclamations.

— Cours ! commanda le bancal à Simon. Ramène la carriole au coin du hangar ! Dans cinq minutes, personne ne s'occupera plus de nous !

Simon obéit.

— Regarde, Simon ! cria Moscaallegra en pure perte.

Il désignait devant lui, du côté du maître des lieux, l'opulente cousine aux mouches assassines qui délaissant la jambe de son cavalier se dressait soudain. Elle se dirigeait d'un pas ferme, tenant en main son paquet de jupes, vers la mère inquiète de cette Marguerite à cheval sur le marié et là, lui saisissant la tête par le chignon, elle la renversait en arrière pour l'embrasser sauvagement à pleine bouche.

Le bancal commençait à se trémousser étrangement et à s'esclaffer en se tapant sur les cuisses. Il vérifia derrière lui que Simon avait bien amené la carriole.

— Allez-y ! dit-il. Allons-y !

Il se jeta en avant vers le hangar suivi de Moscaallegra et puis de Simon. Il y avait des fourches en poirier fichées dans le foin. Ils en empoignèrent chacun une et commencèrent leur navette entre le hangar et la carriole.

— Bourre ! Bourre ! criait le bancal en aplatissant chaque fourchée. Même pleine la carriole, ce sera juste !

Il avait raison : personne ne leur prêtait attention. Des personnages haletants passaient à deux mètres d'eux sans les voir, les mains et le sexe dardés vers quelque victime ardemment consentante. En vérité, il se commettait maintenant des offenses terribles contre la morale et le bon goût, mais les trois acolytes n'en avaient cure. Ils n'avaient d'attention que pour mener leur tâche à bien : nourrir les chevaux d'Amourdedieu coûte que coûte.

Ils ne s'attachèrent pas à vérifier si s'étaient accouplés ensemble ceux qui tout à l'heure aiguisaient leurs genoux les uns contre les autres. Pas plus qu'ils ne s'assurèrent que la mariée (c'était improbable) se trouvait bien dans les mains qu'il fallait. Il leur sembla pourtant à un moment qu'elle était poursuivie par trois hommes dont un sien oncle (reconnaissable à sa cocarde) lequel n'était pas le moins ardent à la courser.

Néanmoins, ils ne pouvaient ignorer totalement ce qui se passait autour d'eux. Ponctué de mamelons et de creux moelleux semblables aux vallons d'un lit gigantesque, le foin réparti sous les arcades sur plus de quinze mètres de long offrait un refuge propice à tous ces gens ivres de s'ébattre.

Entre deux fourchées, Simon se voila la face. Dans le foin sec à proximité, un garçon de douze ans en culotte courte mais rabattue sur les chaussettes et son amie d'enfance en organdi rose s'initiaient avec vigueur aux charmes de la vie. Ils avaient des bonheurs d'adulte peints sur leurs visages aux yeux fermés.

Ils faillirent, tant ceux-ci étaient ensevelis dans le fourrage, blesser d'un coup de fourche un couple enchevêtré. C'était la maîtresse des lieux, tout à l'heure tant anxieuse pour sa fille et qui maintenant fermait aussi les yeux avec l'un des deux garçons blonds du bout de table, celui-ci momentanément parjure à ses goûts. Le bancal voyant cela en avait, à force de ricaner, les gencives apparentes.

« Il n'avait jamais l'air si heureux, dit plus tard Moscaallegra, que lorsque tout se détraquait de par le monde. »

— Et pourtant ! disait le bancal. Ils en ont à peine pris ! A peine ! Vous pensez : une tabatière pour soixante ! Fallait-il qu'ils soient heureusement disposés !

Il travaillait avec entrain, la fourche haute. Il la plantait dans le fourrage avec une décision meurtrière qui trahissait une longue habitude et la soulevait chaque fois plus lourde avec une dextérité que ne possédaient ni Simon ni Moscaallegra et une vigueur que l'on n'eût pas attendue de ce chétif boiteux.

Ils bourrèrent la carriole en toute hâte. De toute façon, la ration serait un peu maigre pour les quinze percherons.

— Heureusement qu'on a sauvé l'avoine ! dit Simon.

— Il n'en va pas plus ! dit Moscaallegra.

Ils balancèrent les fourches dans la grange sans s'attarder aux visions qu'elle offrait.

— Courez ! dit Simon. Prends le hongre par la bride !

Il se précipita vers la place où était le maître tout à l'heure, qui avait laissé en plan sa pipe et la blague à tabac. Dans l'assiette torchée soigneusement et laissée propre, Simon balança cinq écus qui sonnèrent étrangement sur la faïence. Il ne voulait pas qu'on puisse dire qu'il avait une fois volé du foin à quelqu'un. Il s'enfuit à toutes jambes, avec des yeux qui ne voulaient pas voir, de ce coin de terre où régnait maintenant un si grand désordre.

Ils firent cinq cents mètres dans la nuit noire et ils entendirent alors un concert de récriminations et de paroles véhémentes qui troublaient le silence et paraissaient venir à leur rencontre.

— C'est la voix d'Ermete ! dit Moscaallegra.

Il reconnaissait l'accent piémontais de son ami et son débit litanique qu'il pouvait soutenir pendant deux minutes sans reprendre haleine.

— Il n'est pas seul ! dit Simon inquiet.

Bientôt une plage du chemin qui brillait sous le clair de lune leur montra agglutinés tous ensemble les trois Blanquets, Rassemblement, le

Nanand Piégut et Ermete Bozzi qui se plaignaient en avançant très vite.

— Qu'est-ce qu'il est arrivé ? leur demanda Simon.

— Rien ! Qu'est-ce que tu veux qu'il arrive ? On crève de faim ! dit Suzanne.

Sur l'air qui venait de l'est, portée par la fumée des brasiers, ils avaient flairé l'odeur de ripaille à travers même la puanteur du cachalot. Pour des ventres affamés la distance ne compte pas. L'intuition supplée largement au sens olfactif. Ils accouraient pleins d'espoir. Ils allaient même de plus en plus vite à mesure que le parfum de plus en plus présent des viandes et des jus les tirait en avant.

— Vous avez laissé l'attelage tout seul ? leur cria Simon.

— On a faim ! bramèrent les trois Blanquets ensemble. Et d'abord, ton cachalot, il peut monter la garde tout seul !

Simon abandonna le hongre au bancal et à Moscaallegra et se mit à courir vers le fleuve. Il avait le pressentiment d'un malheur.

Les autres le regardèrent courir avec étonnement puis ils reprirent leur route en toute hâte, à la trace des odeurs comme une meute de chiens de chasse.

— Attention ! leur cria le bancal. J'ai versé de la poudre de cantharide dans la barrique !

— Fous-la-toi où je pense ! lui crièrent- ils.

Ils riaient bruyamment. Ils étaient ivres de faim. Ils sentaient la bombance au bout du chemin. Plus rien ne pouvait les arrêter.

Ils arrivèrent devant les girandoles l'esprit peu préparé. Et d'ailleurs s'avançant à plat ventre (ce qui pour Rassemblement faisait encore une bosse énorme tant il était peu pliable) la première chose qu'ils virent ce furent les soupières de bœuf en daube lesquelles, malheureusement, trémulaient sur les tables au rythme des couples gigotants qui s'empoignaient entre les assiettes.

— O fan ! s'exclamèrent-ils tous ensemble.

— Ça peut foutre ? commenta Ermete. Regardez pas et mangez !

Il fut le seul à pouvoir rafler quelques quignons et deux pilons de volaille qui traînaient à côté des fesses étiques d'un garçon écrasé sous les seins d'une cuisinière en bonnet de guipure. Il avait la tête dans une corbeille à pain.

A l'instant où Ermete faisait main basse sur ces maigres reliefs, les compagnons virent surgir du corps de maison un groupe d'une dizaine d'hommes vociférants, les yeux hors de la tête et qui cherchaient partout manifestement à qui s'en prendre car, comme il advient souvent en ces cas-là, il n'y avait pas assez de femelles pour tous les mâles. Et d'ailleurs l'aberration érotique dont ils étaient victimes les rendait peu lucides sur l'objet de leurs désirs imprécis.

Ils découvrirent ces inconnus qui lançaient leurs mains avides sur leurs nourritures. Ils crurent que c'étaient aux femmes déjà si rares qu'ils en avaient et puis à l'instant leur objectif érotique changea d'objet et de sexe. Ils se ruèrent sur les compagnons lesquels s'aperçurent aussitôt avec terreur que ces énergumènes tenaient en main leur pénis prêt à servir et anormalement tumescent.

— Foutons le camp ! crièrent ensemble les trois Blanquets. C'est nous qu'ils veulent !

Ils n'avaient jamais eu peur de leur vie. C'était la première fois et c'était une peur bien précise car ces furieux dépoitraillés et débraguettés qui n'avaient pas trouvé preneur, soit qu'ils eussent été trop lents à s'y mettre, soit que la drogue eût été ingérée plus tard dans le vin qu'ils avaient bu, étaient maintenant bien conscients d'avoir été frustrés et le ténesme qui leur présentait fête de tout orifice se trouvait conforté par leur fureur d'avoir été spoliés par des étrangers. D'ailleurs à leur troupe piétinante s'étaient jointes maintenant quatre ou cinq femmes aussi vociférantes qu'eux et qu'on avait rebutées de toute part, tant, en dépit de la cantharide, elles étaient inconsommables.

C'était aux trousses des compagnons du cachalot que cette petite troupe se ruait sur le chemin éclairé par la lune. Les trois Blanquets, Ermete Bozzi, le grand Suzanne et le Nanand aux écrouelles, n'avaient que leur peur pour les pousser en avant. Ils n'avaient pas assouvi leur faim, ils étaient plutôt faibles de constitution, ils avaient à faire à une troupe résolue qui avait fait litière de tous ses préjugés. Le Suzanne désarticulé n'avait jamais ramené aussi vite ses membres dans le bon axe.

— Retournons-nous ! cria Ermete Bozzi. Montrons-leur nos gueules ! En les voyant ils foutront le camp !

— Tais-toi et cours ! lui répondit le Nanand. Tu sais pas ce que c'est la cantharide ! J'en ai pris une fois, ça a failli m'arracher les couilles ! J'avais plus de peau tellement je bandais ! J'aurais enfilé le trou d'une souricière !

Il disait ces abominations en fonçant dans la nuit claire, précédant tout le monde.

— Ils nous auront culbutés avant d'avoir vu nos têtes ! renchérit Suzanne.

Ils faiblissaient. La seule chose qui maintenait leurs poursuivants à distance c'était que, pour ces derniers, il était difficile de courir encombrés d'un pénis en telle érection. Néanmoins, la distance diminuait entre les deux groupes car les femmes avaient pris la tête et les amis de Simon avaient déjà sur le visage la sueur de l'angoisse.

D'un lavoir fumant comme une soupière dont ils longeaient le mur, leur vint le salut. Il s'en échappait les vociférations de lavandières qui tapaient sur le monde entier à coups de langue et de battoir. A en juger par le tapage, elles devaient être nombreuses en bas dessous, à la lueur fumeuse de deux ou trois quinquets, à s'encourager à force d'histoires pour supporter le labeur écrasant que représente une lessive d'été de vingt-quatre draps par famille. Douze paires de draps. C'était l'usage. Celle qui n'en eût *coulé* que onze paires serait passée pour pauvre ou simulatrice. Elles avaient beau avoir des bras comme des bielles de moulin à foulon, elles n'en étaient pas moins des femmes aux seins sensibles. Aussi devait-il s'échapper de cet antre, au tremblement des falots, parmi la buée, une étrange *odore di femmina* saturée de cendre chaude. La vapeur du lessif devait la véhiculer jusqu'au chemin car la horde des affamés d'amour, abandonnant la poursuite des tâcherons, bifurqua brusquement vers le chemin creux qui descendait au lavoir.

Les lavandières avaient toutes le battoir haut quand elles virent surgir ces excités et les quatre femmes ne l'étaient pas moins, qui avaient de longs ongles mal taillés.

Les occupantes du lavoir étaient toutes des gaillardes entre trente et quarante ans qui n'avaient jamais rien attendu de la vie que des coups à vous abasourdir et auxquels il fallait répondre du tac au tac, aussi étaient-elles toujours sur le qui-vive. Elles n'avaient jamais non plus trouvé dans le lit conjugal de quoi imaginer que cette saleté, obligatoire si l'on voulait avoir des enfants, pouvait parfois s'accompagner de joie. En conséquence, il y avait eu grande bataille autour des lessives, à coups de battoir, de poing, de genou dans les parties basses, mais aussi de draps mouillés torsadés en forme de matraque et qui estourbissaient autant que les battoirs.

Il y eut un mort : un vieillard parmi les assaillants qui attrapa une congestion pulmonaire en chutant dans l'eau froide. Il y eut aussi nombre de parties basses tuméfiées dont on reconnut les propriétaires à ce que, durant plusieurs jours, ils s'aidèrent d'une canne pour marcher.

Ce drame intestin se passa sans bruit. Il y eut bien le matin même une descente de gendarmes sous le lavoir à cause de ce mort qui ballottait sur le ventre dans l'eau claire du rinçoir. On le rapporta à la ferme où entre-temps chacun s'était ingénié à effacer les traces du désordre. C'était un oncle à héritage. Bateau ! On dit qu'il avait le vin triste. On dit qu'il était allé se noyer au lavoir parce qu'il ne se consolait pas d'avoir perdu sa femme et que cette noce lui avait remis en mémoire les siennes d'autrefois.

Il restait à dix heures du matin de quoi faire faire ribote à un peloton de gendarmes. Ceux-là, en service sans l'être, résistèrent une demi-heure durant puis ils s'attablèrent, sans façon. Aucun des éclopés ne se plaignit jamais.

Il n'y eut que les mariés pour se regarder en chien de faïence jusqu'à leur premier enfant. Lorsqu'il naquit, il avait du père les oreilles en paravent. Tout rentra dans l'ordre.

Agnès éclata en sanglots.

— Ah ! je vois bien, s'écria-t-elle, que vous ne m'aimez pas ! Il suffit d'une odeur de poisson pas frais pour vous faire m'oublier ! Que serait-ce si j'étais en danger de mort ?

Ils se tenaient derrière un rideau de trembles, tous deux à cheval. Ils observaient le fleuve à cent mètres de là qui moutonnait sous la lune, la masse noire du cachalot et devant, non loin des chevaux entravés entre les arbres, la lueur mourante du feu de bivouac abandonné par toute l'équipe.

— C'est le moment ! avait dit Agnès à Nasole.

Tenez ! Prenez ce couteau ! Ma mère l'a fait affûter chez Chambellan, le boucher. Avec ça vous trancherez les amarres d'un seul coup !

C'était alors que Nasole lui avait avoué piteusement sa mésaventure de Fronsac et qu'il craignait bien de tomber en pâmoison de nouveau, s'il s'aventurait dans les parages du cachalot.

Entre ses larmes qui ne tarissaient pas, Agnès répétait « vous ne m'aimez pas » et Jean Berne lui protestait que si.

— Tenez ! lui dit-elle en reniflant un dernier sanglot. Prouvez-le-moi !

Elle ôtait de son cou son écharpe qu'elle lui tendait en lui disant :

— Tenez ! Elle est pleine de mon parfum. Serrez-la autour de votre nez ! Elle vous servira de talisman. Mais, de grâce, faites vite ! Jamais nous ne retrouverons si belle occasion !

Nasole mit pied à terre et s'avança sans entrain vers la berge du fleuve. Le silence ni la solitude ne lui disaient rien qui vaille. Ce calme sentait le traquenard. Pourtant tout se présentait bien. Un souffle dans les trembles qui ressemblait déjà au vent d'automne protégeait l'environ de la terrible odeur. Nasole avait noué solidement sur ses narines le foulard d'Agnès qui faisait de son nez une sorte d'œuf de Pâques muni de sa faveur.

Là-bas, sous le clair de lune, se balançait le poisson gigantesque sur la houle du fleuve. Les filins qui le retenaient au rivage scintillaient doucement eux aussi. Allons ! ce n'était qu'un mauvais moment à passer et qui sait, après, si l'émotion et la joie aidant, Agnès ne lui ouvrirait pas la porte de sa chambre ? Plein d'entrain à cette idée Nasole se mit à courir vers le rivage.

Simon courait à perdre haleine sur ses jambes torses. Il n'avait qu'une idée en tête : le cachalot était seul, sans défense, livré à tous ces ennemis qui voulaient le pousser au fil de l'eau. Lorsqu'il le vit de loin briller au clair de lune, il fut un peu rassuré mais il ne ralentit pas. Lorsqu'il atteignit le feu de bivouac où rougeoyaient les braises, il vit l'éclair d'une lame au pied du chêne et il discerna une ombre qui se déplaçait vers les filins. Il s'en approcha sans bruit.

Jean Berne était penché sur les nœuds des amarres et il saisissait l'un des torons de la main gauche pour le sectionner. Simon lui donna un grand coup de pied au derrière. Jean Berne s'affala en avant.

— Debout ! dit Simon.

Ils se trouvèrent face à face : l'un, le nez enrubanné d'amarante, l'autre, le nez épaté. Le couteau avait roulé au-delà de l'herbe, ricochant sur les galets d'un gué. Jean Berne attaqua le premier, stimulé par le parfum d'Agnès qui imprégnait le foulard. Il voulut soulever de terre son adversaire moins grand que lui mais Simon leva très haut la jambe et son pied heurta la pommette de Jean Berne, lequel lui saisit la cheville et l'entraîna dans sa chute.

Enlacés, ils roulèrent depuis l'herbe jusqu'au banc de galets et de là, toujours solidement empoignés, jusque dans l'eau, où ils se relevèrent.

Ils étaient face à face, les mains ouvertes, légèrement ployés en avant et dansant comme des singes ridicules, entravés par l'eau qui roulait autour de leurs jambes. Ils étaient animés l'un contre l'autre d'une haine d'amant, de propriétaire, une haine de chats sur le faîte d'une muraille.

Ils tournaient dans l'eau lumineuse sous la lune tentant de s'affermir pour attendre l'assaut de l'adversaire, mais le courant sournois et raide déplaçait l'alluvion sous leurs pieds et les déséquilibrait. Ils avaient le plus grand mal à tenir debout. La terre si immobile sur la berge, là au fond du fleuve, elle dansait étrangement. Simon fit un pas en avant et tomba dans un trou. Jean Berne se jeta sur lui. Ils furent entraînés sur le banc de gravier qui plongeait vers l'aval. Jean Berne sauta hors de l'eau pour mieux assurer sa prise. Il se laissa choir de tout son poids sur Simon qui commençait à se relever. Il le maintint solidement sous l'eau ne sachant encore s'il allait le noyer. Simon lui avait empoigné les parties basses et il les serrait comme dans un étau. Jean Berne ouvrit la bouche pour hurler, alors le foulard d'Agnès, mis à mal par la bataille, se déplaça sur son nez et il prit de plein fouet dans les narines la puanteur du cachalot. Simon sentit que son adversaire mollissait et devenait inconsistant comme une poupée de son, il en profita pour le projeter loin de lui dans le courant. Il se redressa. Il vit Jean Berne inerte qui s'en allait immobile, bras ballants, au fil de l'eau. Il avait déjà dérivé sur deux mètres. Encore une seconde et le mouvement du fleuve le conduirait vers les tourbillons qui creusaient leurs spirales jusqu'à la rive d'en face.

« Elle l'aime ! » se dit Simon. Il plongea pour le lui sauver. Il l'empoigna par le col de la chemise. Il n'avait déjà plus pied. Il dut le ramener en nageant péniblement jusqu'au banc de gravier. Là, il le roula jusqu'à la berge et le déposa sur l'herbe.

— Brave cachalot ! dit-il.

L'odeur de la charogne régnait souveraine sur le vent qui avait tourné. Le foulard d'Agnès s'était détaché du nez de Jean Berne et Simon le rapportait aussi, pauvre chose trempée, méconnaissable mais que le garçon serrait entre ses doigts avec ferveur.

A genoux dans l'eau, exténué, penché sur son rival, il reprenait lentement haleine lorsqu'il comprit que quelqu'un le regardait. Il leva les yeux. Agnès était debout devant lui, allongée par le clair de lune, le visage partie d'ombre et partie de lumière au gré des feuillages mouvants. Il lui tendit le foulard sans un mot.

— Vous pouvez le garder ! dit Agnès. C'est tout ce que vous aurez jamais de moi.

Simon se redressa péniblement. Il regarda Agnès comme un cheval regarde son maître qui vient de lui donner un coup de soulier ferré dans le canon. Il sortit son tranchet de la poche et le tendit ouvert à Agnès.

— Tenez, dit-il, allez vous-même couper les amarres, ainsi vous serez complètement rassurée.

Agnès avança vivement la main puis elle la retira comme si elle se brûlait.

— Pour qui me prenez-vous ? dit-elle. Je n'ai

que faire de votre bonté ! Ce que je veux je l'obtiens de moi-même, par mes propres moyens !

Le regard de Simon qui la dévisageait ne changea pas d'expression devant ce mépris et Agnès put le distinguer très bien pour s'en souvenir très longtemps.

— Pourquoi me détestez-vous ? dit-il.

— Parce que vous êtes laid ! s'exclama Agnès spontanément.

Simon contempla à ses pieds Nasole qui commençait à reprendre ses esprits mais dont le nez faisait encore triste mine. Il songea à Clorinde qui l'aguichait avec son propre harmonica. Il songea à l'hôtesse du relais des Rivalles à qui il avait dû fermer sa porte. Il se dit que c'était une drôle de chose que la vie, que c'était une drôle de chose que les femmes, et il comprit à la fin combien il serait agréable aux yeux de Dieu que de se lasser de l'une et des autres.

Quand les compagnons revinrent vers le campement après leur escapade, le ventre toujours aussi creux, ils trouvèrent Simon allongé dans l'herbe et qui pleurait à gros sanglots.

« Parce que vous êtes laid ! »

Cette sentence avait terrassé le sensible Simon. Il avait beau croire le savoir, le miroir d'Agnès en lui crachant la vérité au visage lui avait appris qu'on peut tout connaître de sa richesse ou de sa pauvreté interne mais jamais rien de son aspect physique tant que quelqu'un ne vous a pas clairement dessiné.

— Qu'est-ce qu'il a ? s'inquiéta Rassemblement.

Moscaallegra et le bancal revenaient d'éparpiller le foin devant les chevaux. Ils n'avaient pas assisté à la bataille.

— Il est trempé ! remarqua Moscaallegra.

— Il pleure comme quelqu'un qui a entendu de mauvaises raisons sur son compte, dit l'un des Blanquets.

Ils étaient à genoux en cercle autour de leur ami et ils l'effleuraient maladroitement de leurs mains tant dans leur vie, ils avaient été peu préparés à ce rôle de consolateurs dont ils avaient si souvent eu besoin pour eux-mêmes.

— Laissez-le-moi ! dit une voix douce. Moi je vais le bercer.

Les trois Blanquets avaient déjà ranimé le feu de bivouac pour faire chauffer un galet du fleuve et le poser sur l'estomac de Simon. C'était ainsi durant le peu de temps où ils avaient eu une mère qu'on avait guéri tous leurs chagrins.

A la lueur de ce feu, tous levant la tête crurent qu'une fée s'avançait. Ça n'était pas tant sa beauté qui les mettait au garde-à-vous, c'était qu'elle portait au bras un panier recouvert d'une serviette blanche d'où dépassait le col de trois bouteilles et qui parlait tout seul.

— Et délivrez-moi de ce panier encombrant. Il est affreusement lourd !

Le bancal s'empressa le premier au-devant de la fée. Clorinde eut un haut-le-corps en le voyant. Elle l'avait rencontré en effigie sur toutes les scènes d'Europe. Elle le toisa avec hauteur et sans ciller devant son regard ambigu.

— Tiens ! dit-elle. Vous êtes encore là vous ? Je vous croyais mort depuis que nos siècles sont éclairés !

— Je l'étais, je l'étais ! plaisanta le bancal. Mais vous savez, c'est ennuyeux à la fin d'être mort !

Les compagnons écoutaient cet échange de persiflages, le sourcil haut levé d'incompréhension. Pourtant un frisson de panique les parcourait à contempler cette confrontation entre la fée délicieuse qui leur apportait à manger et ce bancal si efficace pour détraquer les rouages du monde.

Ils percevaient vaguement qu'entre ces deux êtres et eux flottait une épaisseur de mystère qui ne les concernait que parce qu'ils étaient témoins.

— Allez ! commanda Clorinde. Allez vous restaurer ! Laissez-moi seule avec lui !

Elle s'assit souplement dans l'herbe. Avec d'infinies précautions elle installa doucement ses jambes en coussin sous la tête de Simon. Elle imposa ses mains sur la chevelure mouillée et les laissa complètement immobiles. Elle s'efforçait d'être vide de désir et de sentiment. Elle contemplait le fleuve devant elle, le regard fixe.

Voici donc vers quoi avait tendu sa nuit : elle allait mélancoliquement se coucher lorsqu'elle avait vu Roderlans assis sur un ployant dans la pénombre du grand corridor à l'étage du relais. Il était tout pâle et sans son apprêt bourgeois habituel. Au bout de son bras, sa canne d'apparat ne semblait plus connaître aucun tour.

— C'est mal, lui avait-elle dit malicieusement, de veiller devant la porte de ma chambre.

— Hélas ! soupira l'antiquaire. Ce n'est pas devant la vôtre. C'est devant celle de ma fille afin qu'elle n'y entre que seule !

Si la mine de Roderlans n'eût été aussi pathétique, Clorinde lui aurait ri au nez mais son visage devait être assez expressif pour que Roderlans comprît qu'elle se contraignait.

— Ah cruelle ! dit-il. Qui me forcez à tant de tours !

Il geignit :

— Je ne sais plus où pendre la lumière ! Agnès m'a appris tantôt qu'avec l'aide de son sigisbée elle a incendié le dépôt de fourrage que j'avais fait préparer pour les bêtes et qu'elle a gâté le dîner des hommes. A l'heure actuelle je ne sais même pas où ils sont ! Mon espion est ivre-mort à cause d'une noce où il s'est laissé inviter. Entre Hauteverge et Terreplane sans doute, puisque c'était par là le dernier bivouac. Actuellement, je devrais être en train de les chercher avec un panier de victuailles que je leur ai fait préparer par l'hôtesse.

Il se leva avec agitation et fit faire à sa canne un tour désespéré.

— Mais le moyen je vous le demande ! s'écria-t-il. D'avoir la tête à ses affaires quand on craint que tout à l'heure votre propre fille n'entre dans sa chambre en y attirant un homme !

— Le fait est..., dit Clorinde. Lorsqu'on a une âme de père aussi bien trempée.

— Elle est si faible, si vulnérable, si fragile !

pleurnicha Roderlans. Et lui ! Avec son gros nez !

— Ah ne m'en parlez pas ! soupira Clorinde.

Elle eut un instant la tentation, tant elle était curieuse de la nature humaine, de prendre Roderlans par la main et de l'entraîner vers sa propre chambre afin de savoir jusqu'à quel point il continuerait à jouer les pères nobles. Mais elle s'était juré d'être fidèle à Simon.

« Le voici le prétexte qui me manquait, se dit-elle. Car j'ai besoin d'un prétexte. Je suis aussi désarmée par la froideur de Simon que devant celle du public de la Scala les soirs où il a décidé d'être méchant ! »

— Si cela peut vous rassurer, dit-elle à Roderlans, faites-moi atteler ma voiture et j'irai moi, porter vos victuailles aux hommes. Ainsi vous pourrez jouer votre rôle de père tout votre saoul !

C'est ainsi qu'elle s'était trouvée avec la tête de Simon sanglotant posée sur les genoux. Elle n'aurait jamais cru que des yeux d'homme puissent verser d'aussi abondantes larmes. Elle en avait les cuisses toutes mouillées à travers le tissu de sa robe.

Elle ne prononça pas une parole et ne risqua aucun geste tant qu'il demeura ainsi prostré et secoué de sanglots. Mais il n'est si grand chagrin qui ne finisse par rendre les pupilles cuisantes et intolérable l'irritation des paupières. Simon se frotta vigoureusement les yeux à poings fermés. Il s'aperçut alors qu'il avait la tête sur la robe parfumée d'une femme et que ce n'était pas Agnès.

A la combustion de son corps de vingt ans, aidée par le vent de la nuit d'août qui soufflait encore torride au ras de l'herbe, ses vêtements avaient séché et ne gardaient plus que l'odeur du fleuve.

Il se mit sur son séant brusquement. Clorinde haussa les mains pour qu'il n'eût pas l'impression qu'elle le retenait.

— Vous devez avoir faim, dit-elle. Allez vite manger et boire.

Simon se fouillait avec désespoir.

— J'ai perdu mon harmonica ! dit-il.

— J'en ai un dans mes bagages, dit Clorinde. Je vous le donnerai.

— Oh non ! dit Simon. Le 24 août, c'est la foire à Terrebelle, j'en achèterai un bon marché, je ne saurais pas jouer sur un cher !

— On n'est que le 5. Vous ne pouvez pas rester jusque-là sans jouer. J'aime, ajouta-t-elle timidement, vous entendre jouer.

— Agnès déteste ça. Elle dit que c'est vulgaire.

Il regardait intensément Clorinde non parce qu'elle était une femme mais parce qu'elle pouvait porter sur lui un jugement. Comme il eût questionné le Nanand Piégut ou le célèbre Suzanne, s'il avait osé, il brûlait de demander à Clorinde : « Est-ce que vous me trouvez vraiment si laid que ça ? »

— Vous n'avez vraiment pas faim ? demanda-t-elle.

— Non merci. Ni soif. Merci de leur avoir apporté à manger.

— Alors je vais vous laisser dormir.

— Je n'ai pas sommeil non plus.

— Alors je vais vous laisser seul.

— Vous ne me gênez pas non plus. Et merci. Je ne suis pas capable d'autre chose mais merci.

La lune qui était au zénith ne sculptait de leur visage que les arêtes et les méplats. De sorte que tout ce qui en faisait la vie était absorbé par l'ombre. Ils avaient beau se scruter, ils ne distinguaient pas le charme de leur regard.

— Puisque vous ne voulez ni manger ni dormir, dit Clorinde, acceptez-vous qu'on vous raconte une histoire ?

Elle s'était levée pour s'éloigner un peu de lui afin que sa personne ne fût plus qu'une silhouette dans la nuit et sa parole qu'une confidence.

— J'aimais un homme très laid, dit-elle. Il avait reçu un coup de sabre en travers du visage. La couture qu'on lui avait faite se voyait du front au menton. Quand il était agité par quelque émotion, cette crevasse devenait rose puis violette. Jamais pourtant je n'ai cessé de le regarder en face et vous allez voir jusqu'à quel point...

Elle parla longuement du Russe haut de sept pieds que son amant avait provoqué en duel.

— C'était un homme méthodique, dit-elle. Quand il l'a eu tué, il lui a découpé la tête et il me l'a apportée dans un sac. Il m'a dit que c'était la coutume chez lui à Nijni-Novgorod. J'ai fait l'amour avec lui. Je lui ai planté mon poignard dans le ventre et je l'ai laissé de manière qu'il ne meure pas tout de suite, qu'il ait le temps de me voir tirer du sac la tête de mon amant pour la placer entre mes cuisses. Voilà ce que j'ai fait. Voilà ce que je suis. Et vous venez me parler de cette pauvre Agnès !

Elle se mit debout, épousseta la robe.

— Cet amour, dit-elle, m'a fait perdre cinq ans, deux pour le consommer et trois pour l'oublier. Maintenant j'ai envie d'installer quelqu'un dans ma vie comme dans une loge. J'ai envie de quelqu'un de beau, que je puisse regarder avec fierté pendant que je chante, quelqu'un que tout le monde m'envie ! Tout le monde m'enviera, Simon ! Vous aurez une belle barbe ronde, un habit bien sanglé, un catleya à la boutonnière. Je vous donnerai de l'esprit. Vous serez cinglant et moqueur. Je vous apprendrai à faire l'amour !

Il ne répondit pas. Elle s'approcha de lui allongé dans l'herbe à plat dos. Il dormait les bras en croix.

« Je vieillis » ! se dit-elle.

— Reprenez votre panier, madame, il est vide !

Elle se retourna pour toiser l'importun. C'était le bancal qui dans l'ombre souriait à pleines dents.

— N'ayez aucune crainte, dit-il, Agnès ne l'aura pas non plus.

Il porta la main en cornet à son oreille et leva le doigt pour attirer l'attention de Clorinde.

— Ecoutez, dit-il.

Il y avait sur le silence de la nuit un murmure désapprobateur qui semblait provenir d'une foule lointaine. C'était le fleuve qu'on entendait couler.

Agnès était entrée dans sa chambre en toisant son père assoupi sur son ployant et en claquant la porte afin de le réveiller.

Debout devant son armoire à glace elle soutenait sans faiblir mais sans complaisance le reflet de son regard. Elle était le théâtre d'un mystère qui la médusait. « Pourquoi, se disait-elle, n'ai-je pas accepté ce qu'il m'offrait ? A l'heure qu'il est tout serait dit ! »

Elle se remémorait sa longue chevauchée depuis Terrebelle ; l'énergie qu'il lui avait fallu déployer pour aiguillonner sans cesse — et sans rien lui accorder — le mol Jean Berne toujours prêt à la prendre dans ses bras au lieu d'agir ; la grange où elle-même avait mis le feu ; sa nudité accordée à ces croquants qui maintenant devaient la voir nue partout ; les larmes — qu'elle ne lui pardonnerait jamais — qu'elle avait dû tirer d'elle pour inciter Nasole à aller trancher les amarres qui retenaient le cachalot à la terre.

Tant de peines, tant d'humiliations supportées, tant d'entorses à son orgueil, tant de tâches exténuantes pour en arriver à faire assaut de grandeur d'âme avec Simon. Encore maintenant, le regard fixé sur son reflet, son premier mouvement la soulevait encore : « Surtout ne rien devoir ! Et surtout pas à lui ! »

Il fallait pourtant empêcher le cachalot de dépasser Terreplane. Agnès savait comme Simon qu'au-delà de Terreplane, il n'y avait plus que quinze lieues à couvrir au long desquelles non seulement Roderlans mais aussi Simon ne comptaient que des amis.

« Ne rien devoir qu'à moi ! » se dit Agnès. Elle ressortit bruyamment afin que son père n'en ignorât rien. Il était toujours prostré sur son ployant, la tête touchant la poitrine, la jambe roide d'ankylose tendue en avant pour équilibrer sa pose, au bout le soulier à boucles maintenant terni par la poussière des chemins. Inutile et sans esprit dès lors qu'il ne l'animait plus, la canne offerte par le consul lui biffait le travers du corps comme pour nier qu'il eût une existence. Il avait vraiment l'air d'un pauvre homme. Il ne réagit même pas au passage d'Agnès.

Armée de son air outragé, de sa démarche en coup de fouet (elle avait toujours l'air de cingler quelqu'un d'une cravache invisible), Agnès traversa la terrasse des Rivalles déserte et obscure et seulement livrée aux caprices du clair de lune à travers les guirlandes de roses. Elle frémissait encore sous l'humiliation que Simon lui avait fait subir en lui tendant son couteau ouvert.

Une rumeur au rythme lent et chargée de

tristesse accompagnait la nuit. C'était le fleuve, augmenté de toutes les eaux nouvelles que lui drainaient ses affluents, lesquels depuis trois jours se gonflaient sous cinq cents kilomètres d'orages continus.

C'était le moment où, son panier vide à la main, Clorinde regagnait sa chambre, tourmentée par la poignante obsession de son nouvel amour.

Elle vit de loin Agnès traverser la route entre les Rivalles et l'écurie du Fourre-tout. Elle la vit s'enfoncer sous la voûte noire. « Tant mieux, se dit-elle. Elle va faire l'amour avec son Nasole. Ça l'attendrira ! » Mais aussitôt sa vieille expérience en ce qui concernait la passion lui souffla qu'on ne va pas vers un amant l'air martial et la démarche raide. « Elle va lui parler ! se dit-elle. Elle est encore en train de manigancer quelque chose ! » Elle la suivit.

Sous le fanal suspendu aux solives qui répandait une lumière huilée, Clorinde vit s'abattre à genoux dans le foin la combative Agnès, le chapeau en bataille. Dissimulée derrière un pilier chargé de harnais, elle la vit secouer d'importance ce pauvre homme qui dormait comme Simon : les bras en croix lui aussi.

— Réveillez-vous ! commanda-t-elle.

— Je suis épuisé ! gémit Nasole. Laissez-moi dormir je vous en supplie !

Il était enseveli dans le foin à quelques mètres de sa happelourde au port de tête orgueilleux en bête comme il l'était en femme chez Agnès.

— Ne laissez pas seul ce superbe animal ! lui

avait conseillé le patron. Ce que je vous en dis c'est pour votre bien puisque moi je perdrai la chambre que je ne vous louerai pas. Mais mon auberge est peu sûre : les hommes montés sont rares et légion ceux qui voudraient l'être. Dormez à l'écurie !

C'est pourquoi il était là, dans le foin, les reins rompus. Qu'Agnès lui promenât ses seins à un pan du visage ne lui faisait ni chaud ni froid.

Cramponnée à ses vêtements encore humides, à la suite de la bataille avec Simon, elle le secouait comme un prunier, pour le forcer à reprendre conscience.

— Réveillez-vous ! ordonna-t-elle encore. Vous dormirez bien assez quand vous serez mort ! Est-ce que je dors moi ?

— Ah ça non ! bâilla Jean Berne.

Il se frottait les yeux de ses deux poings fermés de part et d'autre de son triste nez.

— Ça y est ? Vous êtes au fait ? dit Agnès. Est-ce que vous vous rendez compte que demain c'est notre dernière chance ? Si nous laissons dépasser Terreplane au cachalot, ce sera fini, et mon père me donnera à cet horrible Simon David ! Et moi je me tuerai ou j'entrerai au couvent ! Je ne sais pas encore.

Elle se garda de lui avouer que tout à l'heure elle avait eu un moyen radical d'échapper à ces tristes lendemains mais que, par orgueil, elle ne l'avait pas saisi.

— Allons, Agnès ! dit faiblement Nasole. Vous connaissez quelqu'un qui puisse vous obliger à agir contre votre volonté ?

— Ah ! on voit bien que vous avez perdu vos

parents depuis longtemps ! Vous avez oublié de quoi ils sont capables ! Est-ce que je suis certaine que même ma mère ne s'engouera pas du souffleur d'harmonica ? La sienne s'est bien engouée de mon père à cause de ses rubans !

Nasole s'était assis sur son séant et il écoutait résigné cette voix énergique et bien timbrée qui lui dictait ce qu'elle attendait de lui et le poussait à l'action.

— Vous avez bien une paire de pistolets n'est-ce pas ? disait Agnès.

— Ou... i, avoua Nasole, mais seigneur que prétendez-vous que j'en fasse ?

— Des pistolets c'est fait pour servir. Oh ! rassurez-vous ! Avec toutes les précautions d'usage.

— Ils ne sont pas chargés et je ne sais pas les armer.

— Moi je sais ! Mon parrain Didon m'a appris. Avez-vous la poire à poudre ? Les amorces ?

— Tout est dans mes fontes, dit Nasole faiblement.

— Quant à ce que nous allons faire, la providence m'a éclairée tout à l'heure : il faut que je tombe amoureuse de Simon.

— Agnès !

— Enfin que je fasse semblant. Ce soir, quand ils arriveront au pont de Terreplane, là, juste en face, j'irai à lui, je me jetterai dans ses bras ! C'est ça qui sera le plus difficile ! me jeter dans ses bras... Mais ces choses-là sont à ce prix.

— Il ne vous croira pas ! Vous lui avez dit qu'il était laid !

— Ah vous avez entendu ça vous ?

— Oui. En revenant à moi.

— Eh bien si, il me croira ! Si vous l'aviez vu quand je lui ai dit de garder mon foulard. Je ne voyais pas ses yeux — je ne me suis jamais souciée de regarder ses yeux — mais son menton en galoche en tremblait d'émotion. Si, il me croira. Il trouvera tout naturel que j'aie changé d'avis. Il mettra ça sur le compte de la versatilité féminine. Il est si bête ! Mon Dieu qu'on est bête lorsqu'on est amoureux !

— Mais... Et nous ? dit Jean Berne sidéré.

— Nous ce n'est pas la même chose : c'est pour la bonne cause. C'est pour fonder une famille et avoir des enfants.

Cette sentence de mort qui tombait sur l'amour, des lèvres de cette fille de dix-sept ans, il sembla qu'elle arrêtait la rumeur du fleuve qu'on n'entendait plus. Il sembla à Clorinde qu'elle faisait vaciller la faible flamme du fanal qui éclairait tant bien que mal cette scène de tendresse. Même le cheval au port noble, il sembla qu'il pointait les oreilles et s'arrêtait soudain de tirer son foin hors du râtelier.

— Bref ! reprit Agnès. Je me jetterai donc à son cou. Il faudra bien prendre nos mesures. A cet instant vous arriverez. Alors je crierai comme s'il voulait me violenter. Il me faudra faire très attention et provoquer du désordre dans mes vêtements car je le connais, sitôt qu'il m'entendra crier, il me lâchera. Il faudra que je m'agrippe, tout en criant, solidement à lui. Alors, au moment que j'aurai réussi à me dégager, c'est-à-dire où j'aurai choisi de m'écarter, vous lui tirerez dessus.

— Je lui tirerai dessus ! s'écria Jean Berne consterné.

— Oui ! Oh ne vous inquiétez pas ! Je dirai qu'il s'est jeté sur moi et que vous avez tiré pour me sauver. La chose sera d'autant plus plausible que la veille vous vous serez colleté avec lui et que vous aurez eu le dessous. D'où la nécessité pour vous d'être armé. Ne craignez rien. Ce Simon n'a qu'un vieux père pour le défendre et celui-ci mourra probablement de chagrin. Personne ne vous attaquera. Vous vous en tirerez les mains nettes. Ah ! Encore un détail : si vous pouviez vous arranger pour m'envoyer à moi aussi un peu de plomb dans le gras du bras, ce serait parfait. Je ferai en sorte de me tenir dans la trajectoire.

Nasole accablé était à genoux dans le foin, la tête inclinée. On aurait pu croire qu'il priait.

— Vous comprenez, dit Agnès, je ne veux pas finir comme ma mère : être appareillée à un homme que je n'aurai pas choisi.

— Il m'a sauvé de la noyade, murmura Nasole, il m'a rapporté à vos pieds comme un terre-neuve. Vous avez été témoin de tout cela et moi j'irais...

Agnès éclata en sanglots.

— Ah voici encore une preuve que vous ne m'aimez pas ! hoqueta-t-elle. Vous allez jusqu'à préférer la vie de ce va-nu-pieds à la mienne !

Clorinde derrière son pilier oscillait entre l'horreur et l'admiration la plus vive. « Elle est capable de me le tuer, se dit-elle, et de garder la conscience tranquille ! »

— Où sont vos armes ? dit Agnès en ravalant ses sanglots.

D'une main mourante qui abandonnait, Nasole lui indiqua le cheval et l'écrin à pistolets qui dépassait des fontes. Il était retombé les bras en croix, brisé de fatigue, d'émotion, de panique, n'ayant qu'une idée en tête : se rendormir puisque l'amour réel lui-même consistait en un tel cauchemar.

— Je vous donne jusqu'à demain midi pour vous remettre. Ensuite veillez ! Quand vous verrez arriver le cachalot, venez jusqu'à ma chambre. Et ne nourrissez aucun espoir, mon père est en faction devant ma porte. Frappez, je sortirai. Je vous remettrai le pistolet chargé. Suivez-moi de loin ! Quand vous me verrez entre les bras de Simon, agissez !

Elle avait ouvert l'écrin, s'était emparée d'une des deux armes et de tous les délicats accessoires qui en feraient, convenablement préparée, une machine à tuer. Elle glissa dans son aumônière la poire à poudre, la boîte d'amorces et même l'écouvillon. L'arme elle-même, quoique de taille modeste, n'y aurait pas tenu.

C'était un pistolet d'évêque à la crosse capitonnée de velours afin de ne pas irriter la main qui le braquerait et, grâce à cette précaution, Agnès avait pu le blottir entre ses seins.

Elle passa en coup de vent à côté de Clorinde raide d'horreur derrière son pilier. Celle-ci faillit l'arrêter en lui posant sa main sur l'épaule mais elle réfléchit qu'il valait mieux dissimuler et peser. Elle avait une arme : elle savait ce que manigançait Agnès. Il suffirait de bien prendre ses mesures pour la faire échouer. Clorinde la laissa donc partir et regagna sa chambre.

Depuis qu'il avait atteint les roselières au bord de son lit pour s'infiltrer en elles entre les rhizomes enchevêtrés ; depuis qu'il s'était enroulé autour des troncs de saules dont les branches souples fustigeaient maintenant le courant ; depuis qu'il avait soulevé pour les emporter les troncs morts échoués sur ses gravières lors de sa dernière grande crue, cinquante ans auparavant, le fleuve commençait à s'entendre.

Depuis hier, les flotteurs de bois avaient arrimé leurs radeaux aux arbres des îles. Ils observaient le débit du courant avec des grimaces de mauvais augure. Ils ne riaient plus entre eux, ne ricanaient plus en observant au loin le cachalot qui soulevait des colonnes d'eau à mesure qu'il avançait. Parfois sur le chevauchement inégal des vagues, il paraissait étrangement vivant à la lumière noire du ciel.

Quand ces flotteurs de bois allaient prendre des nouvelles du fleuve sur ses berges, ils découvraient toujours quelque barque de pêcheur qui flottait retournée comme une crêpe au bout de son aussière, tressautant aux gifles des vagues. Il y en avait maintenant des dizaines au fil de l'eau qui claquaient ainsi en chevauchant les crêtes d'écume en une musique de clique martiale. Les radeaux de troncs assemblés cognaient en un soulèvement sourd, se gondolaient en accordéon sur toute leur surface sous ce tremblement d'eau du fleuve qui respirait sous eux. Sa respiration les prenait en enfilade, éclatait à leur extrémité en un violent vomissement d'écume.

Les flotteurs plusieurs fois par jour vérifiaient les amarres et supputaient la solidité des troncs autour desquels ils les avaient enroulées. Parfois, ils appuyaient la main contre l'écorce et la retiraient vivement parce qu'ils la sentaient vibrer. Ils observaient le courant noir qui glissait, eût-on dit, sans bruit, parce que son tumulte était inaudible pour ceux qui se trouvaient tout près du fleuve. Et c'était dans ces moments-là que les valets de flottage, sous prétexte de se gratter le crâne, soulevaient leur chapeau cabossé en un geste de déférence comme si le fleuve eût été un personnage qu'il fallait respecter craintivement.

Des mariniers aux flotteurs de bois, des cochers de messageries aux pêcheurs d'aloses, le fleuve avait balayé tous ceux qui l'utilisaient. Un mouvement irrésistible convulsait son lit en révolution où des cordes d'agrégats arrachés aux étroits des montagnes se délayaient au fond des gués avec ce bruit de foule en marche qui marmonne sa révolte. Il brassait en ce travail presque palpable un mortier gras, épais et gonflé de telle sorte que si l'on s'allongeait à plat ventre, on voyait l'eau et le limon lever comme de la pâte à pain, à ne pas apercevoir l'autre rive.

— Simon ! Les chevaux fatiguent ! cria Rassemblement en faisant claquer son fouet.

— Oïe ! Qu'est-ce que tu veux qu'ils fatiguent ! A quinze ! Pour tirer ça ?

— Je te dis qu'ils fatiguent ! J'ai été chez les carriers un temps. Quand ils chargeaient trop les fardiers, ça donnait ça !

Défilant en claudiquant le long de l'attelage, il désignait les énormes cuisses des percherons.

— Regarde ! disait-il. Tu vois la forme de leurs muscles qui se dessinent à chaque pas ? Et regarde : au lieu de poser la sole bien à plat, ils attaquent avec la pince ! Tout ça, ça veut dire qu'ils fatiguent !

Simon se tourna avec inquiétude du côté du cachalot. La tête du denticète fendait le courant avec un bruit rageur d'étoffe qui se déchire. Le rouleau qui se reformait inlassablement devant elle la submergeait parfois. Attaché à son harpon, Ermete dégoulinait stoïquement sous la douche et s'il tenait fermement l'espar-gouvernail, c'était simplement parce qu'il avait l'habitude de souffrir.

— Et ça va s'aggraver ! dirent les trois Blanquets.

Ils désignaient le ciel devant eux.

— Il faut dépasser Terreplane ! dit Simon. Coûte que coûte ! Si on doit s'arrêter à Terreplane, avec la réputation qu'ils nous font ici, il va y avoir une émeute et nous n'en serons pas les bons marchands !

Rassemblement désigna le fleuve.

— Regarde ! dit-il. Il n'y a plus que nous. Tous ceux qui connaissent le fleuve l'ont déserté.

— Tant pis ! dit Simon. On continue ! Il faut dépasser Terreplane. Après on s'arrêtera.

Il se disait que Nasole devait avoir maintenant levé une armée devant lui. C'était la dernière chance de l'amoureux d'Agnès. Après Terreplane on entrerait sur un territoire où Roderlans n'avait que des amis, des clients ou des obligés et où l'aventure ne serait plus qu'une promenade triomphale, et il n'y aurait plus que quinze lieues à couvrir pour être à La Chevillonne. Il fallait donc dépasser Terreplane pour être tranquille.

Simon se porta en tête du convoi. Il savait comment encourager des chevaux qui fatiguent. Il se plaça entre les deux percherons de tête, il prit le bridon de chacun dans une main et il commença de leur parler.

A mesure qu'ils avançaient vers Terreplane, une muraille de nuages qui faisait la nuit close sous elle à trois heures de l'après-midi, se dressait jusqu'au milieu du ciel où elle déferlait vers l'ouest. Terreplane et ses remparts soulignant tout ce noir étaient blêmes comme le spectre d'une ville.

L'orage qui occupait tous les défilés de montagnes depuis des jours avait fini par rouler jusqu'à cette plaine, s'étalant sur elle, noir et blanc, tel un habit de veuve.

L'équipage se trouva devant le pont de Terreplane vers quatre heures.

Le courant se vomissait par les cinq arches avec un bruit d'enfer. Il giflait durement les piles contre lesquelles il refluait.

— Simon ! cria Rassemblement. On n'ira pas plus loin. Jamais l'attelage ne franchira le pont. D'abord l'eau couvre déjà le chemin de halage. Tu risques que les chevaux soient emportés !

Simon hocha la tête. Il contempla le jaillissement d'eau compacte qui roulait irrésistible à la sortie des arches.

— Non, dit-il. On n'ira pas plus loin.

L'équipage s'était aventuré sous un arbre dont le feuillage faisait la nuit. Le tronc était court, énorme. C'était un chêne qui avait profité du fleuve pour s'établir solidement depuis des siècles. Il était armé de branches épaisses qui ressemblaient aux andouillers d'un cerf gigantesque. C'était un point d'ancrage idéal. Simon regarda autour de lui. C'était précisément l'endroit où Roderlans avait interdit de s'arrêter. C'était à la hauteur du Fourre-tout et, au-delà, du relais des Rivalles. Mais Roderlans n'avait pas prévu la crue du fleuve. Il était devenu impossible de faire franchir une arche du pont par l'attelage sous peine de catastrophe.

Les compagnons eurent déjà beaucoup de mal pour dételer après avoir enroulé un tourniquet entier de corde autour du tronc de l'arbre. Ils travaillèrent une heure pour arrimer le cachalot à la berge et ils durent se mettre à quatre pour tirer Ermete qui s'était solidement encordé, depuis sa place au gouvernail jusqu'à la terre ferme.

Il crachait, toussait, bavait et les yeux lui sortaient de la tête.

— Tu me feras pas remonter sur ton putain de poisson pour tout l'or du monde ! proféra-t-il. Tu iras, toi qui y tiens tant !

Il fixait méchamment Simon avec ses yeux injectés de sang. Sa calvitie était devenue violette. Simon lui tapait sur l'épaule pour le réconforter.

— Oui, dit-il. Demain je prendrai ta place.

Il regarda le ciel.

— Couvrez les chevaux ! dit-il.

Ils ruisselaient tous de transpiration. Simon regarda autour de lui, désorienté. Ces lieux lui étaient pourtant familiers et c'était à peine s'il se souvenait les avoir joyeusement hantés avec son Gamin qui était là-bas, tête basse, regrettant l'écurie. Il avait pourtant monté ici même son éventaire léger où il suspendait tant de chapeaux pour belles dames et beaux messieurs.

Ç'avait été le foirail de Terreplane tout bruissant de cris, d'appels à voix perçante, de limonaires et de mendiants joueurs de vielle. Aujourd'hui c'était un désert noir : douze platanes échevelés sous le souffle d'un vent silencieux et un lavoir couvert où l'eau savonneuse des lavandières achevait sa course dans le courant clair du rinçoir.

Là-haut, sur le rempart à la hauteur du pont, quatre ou cinq personnages curieux regardaient le spectacle des hommes et des chevaux qui attendaient l'orage.

L'orage, tout le monde l'attendait. Il n'était

pour l'heure qu'un prélude lointain embusqué parmi les crevasses de nuages troués d'éclairs foireux comme les flammèches d'un feu qui refuse de prendre et qu'on n'entendait pas détoner.

L'orage : il grommelle, il s'en va, il revient, il feule, il rend malade à force d'inquiéter, à force d'être suspendu interminablement au gré des courants d'air. Au bout d'une heure, de deux heures, de trois heures, les plus équilibrés, *ceux qui ne font pas attention à ça*, ont le corps saturé d'électricité et ils se sentent misérablement incorporés à de la terre et à ses caprices, être traversés par eux, être leurs jouets. En dépit des défenses accumulées : maison, meubles, souvenirs, amour même qu'en désespoir de cause on s'est mis à faire, rien ne console, rien n'absout, rien ne rassure. On attend. Le monde n'est plus qu'une action suspendue. Et quand on est laids, pauvres et sales, à peine abrités sous le couvert d'un lavoir obscur, à écarquiller les yeux et à ne rien faire, à jeun qui plus est et ne sachant quand et si l'on mangera encore, c'est alors qu'on aurait besoin de grandes consolations.

Les compagnons pensaient tous amèrement à la Choise qui les avait honteusement laissés choir pour courir vers le bonheur.

Simon faisait la navette entre le lavoir et l'arbre où le cachalot était amarré. Autour de lui les brayers qui liaient la bête au rivage étaient bandés comme des cordes d'arc. On les entendait grincer chaque fois que l'énorme masse du denticète était soulevée par un rouleau du courant expulsé hors d'un tourbillon.

Simon avait la mine de plus en plus inquiète.

— Oh David ! Joue-nous un air d'harmonica ! C'est bien le moment !

— Je l'ai perdu, avoua piteusement Simon.

— Alors ça, c'est la fin de tout ! dit Moscaallegra.

Il n'avait plus, et ses compagnons avec lui, que son étrange parfum, lequel résistait à tout, pour faire un peu fête. Le bancal roulait des yeux de lièvre. Le grommellement encore lointain de l'orage lui rappelait trop nombre de batailles où jamais il n'avait eu le dernier mot.

— La fin de tout ! répéta-t-il en écho.

— Chut ! Ecoutez ! dit Rassemblement.

On n'entendit plus d'abord que leurs respirations et puis soudain, distinctement, mariées à la grande rumeur du fleuve, ils perçurent au lointain les notes grêles de l'instrument qui jouait *Voi che sapete*.

Clorinde guettait l'arrivée de la troupe depuis sa fenêtre. Le fleuve qui jusqu'alors souriait aux hommes et leur donnait des idées de beauté, le fleuve biffait le paysage d'un long trait menaçant et couleur de cadavre, pour trois mètres d'eau de plus dont il s'était engraissé.

Sur lui il faisait presque nuit, une nuit irréelle que constellaient des éclairs qui se produisaient très loin vers le nord et qui illuminaient pourtant la pergola de roses sous les croisées de Clorinde où chaque fleur tremblait au vent.

Ce fut dans ce clair-obscur que le convoi déboucha du chemin de halage avec ses hommes dégingandés et gesticulants, ses quinze percherons qui tiraient du col à la croupe en un effort cadencé de tous leurs muscles et là-bas, plus noir que le fleuve et que le ciel, la masse du cachalot qui paraissait vivant tant le courant le malmenait. Son avance soulevait des gerbes d'eau hautes de plusieurs mètres. Parfois, il semblait que ses évents projetaient des jets de vapeur dans l'espace.

« Ils n'iront pas plus loin ! » se dit Clorinde.

On voyait bien, d'ici, que bêtes et hommes étaient exténués.

Quand ils arrivèrent sous le chêne et qu'ils firent halte, Clorinde put suivre leur manœuvre pour arrimer la charogne à l'arbre et libérer les chevaux. Elle les vit couvrir les percherons et enfin, quand les premières gouttes de pluie commencèrent à cheminer dans la poussière, elle les vit, cahin-caha, jetés l'un contre l'autre par la fatigue, faire retraite vers le lavoir obscur où ils disparurent tous.

« Maintenant, se dit-elle, qu'ils vont s'arrêter d'agir, ils vont penser à l'inutilité de ce qu'ils viennent de faire, à la vanité de tant d'efforts. La tristesse et la mélancolie vont les gagner. C'est maintenant qu'ils vont avoir besoin de consolation. »

Dans l'espoir de le lui donner, elle avait posé l'harmonica dont elle avait parlé à Simon, sur l'appui de la cheminée. Elle alla le chercher. Elle ouvrit la fenêtre. Elle se mit à jouer *Voi che sapete*. « Il viendra, se disait-elle. Il doit avoir besoin de musique. »

Agnès, par la fenêtre de sa chambre, vit arriver le convoi sous les remparts de Terreplane. Ce n'était pas une fille que l'état du ciel ou de la terre pouvait émouvoir. Comme le commun des mortels, elle ne les regardait jamais. Elle ne savait pas qu'ils existaient, elle se déplaçait sous lui et sur elle dans la plus totale indifférence à leur égard.

Tout à l'heure, elle avait ouvert sa porte sans bruit pour vérifier si son père était toujours là. Le ployant était vide. Roderlans devait avoir traversé la route pour donner ordre au bivouac de sa troupe.

Agnès consulta le morbier qui battait à côté de la cheminée. Dans un moment, il lui faudrait être prête à jouer la comédie de l'amour, puis celle de la vertu outragée. Elle s'entraînait mentalement à ces métamorphoses non sans quelque plaisir. Parfois, elle jetait un coup d'œil sur le pistolet maintenant convenablement chargé par ses soins. Rassurée par cette présence, elle se rapprocha de la croisée pour suivre le mouvement de la troupe.

Elle entendit alors avec surprise qu'on jouait de l'harmonica non loin de là et ce n'était pas Simon qui jouait. Dans le silence écrasant qui habitait seul l'atmosphère, les notes de cette mélodie ingénue interdirent Agnès un court instant. Mais c'était une fille qui savait écarter d'elle le superflu. Elle chassa la tendresse qui envahissait son âme. « S'il fallait s'arrêter aux chansons ! » se dit-elle.

Elle vit Simon sortir du lavoir, traverser le pré et la route. Il avait les yeux levés vers la façade et vivement Agnès rabattit le mystère mais elle ne cessa pas sous cet abri d'observer Simon. C'était la première fois qu'elle le voyait aussi bien. Il avait une tête de brave homme sous son ridicule chapeau tromblon, une de ces têtes naïves qui ne voient le mal nulle part et qui n'y croient jamais quelque preuve qu'on leur assène.

— Dieu qu'il est laid ! se dit Agnès à haute voix. Comment vais-je avoir le courage ?

Elle ferma les yeux pour se redonner du cœur en évoquant Jean Berne. Ce n'était pourtant pas vers sa fenêtre que pour une fois Simon regardait. Agnès le vit parler sans pouvoir entendre. Elle comprit qu'il s'adressait à Clorinde, à trois chambres plus loin. Elle aurait bien voulu savoir, tout de même, ce qu'il avait à demander à cette particulière, mais elle ne pouvait ouvrir la croisée sous peine d'attirer l'attention de Simon, ce qu'elle ne voulait pas. Elle ne pourrait si leurs regards se rencontraient que le toiser avec le même mépris qu'elle lui avait toujours témoigné. Cela cadrerait mal tout à l'heure quand elle aurait à se jeter dans les bras de Simon en simulant la passion. Elle demeura pourtant anxieuse de ce qui se disait de bas en haut entre cet homme et cette femme dont elle n'entendait pas les paroles.

Quand Simon se trouva sous la fenêtre de Clorinde, celle-ci s'accoudait à l'appui, délicieusement tendre dans sa robe bleue, la bouche et les lèvres attentives à bien jouer l'air qu'elle avait commencé. Simon ôta respectueusement son chapeau. Elle, en se balançant gracieusement, ne quittait pas des yeux ce visage honnête et sans malice dont elle se promettait l'amour.

Son regard était empreint de tout ce que quinze ans de théâtre lui avaient enseigné dans l'art d'enchaîner les âmes Ce charme avait agi sur des dizaines de milliers de spectateurs qui l'avaient portée en triomphe sur les marches des grands opéras. Etait-il juste que ce pauvre diable aux jambes torses n'y fût pas sensible ? Elle voyait bien que tandis qu'il lui parlait, ses yeux le tiraient irrésistiblement vers la fenêtre d'Agnès, fermée un peu plus loin. Et que disait-il d'ailleurs ?

— Madame, excusez-moi de vous déranger, mais la nuit dernière vous m'avez promis de me prêter votre harmonica.

Clorinde ne répondit pas avant d'avoir fini son air car cela lui donnait le temps de faire montre de tout son charme devant Simon. Quand la dernière note se tut, il y eut pour lui couper la parole un tonnerre souverain qui annonçait une autre sorte de représentation. Clorinde dut attendre qu'il ait fini de rouler.

— Viens le chercher ! dit-elle.

— Vous ne pouvez pas me l'envoyer ? pria Simon. C'est pour encourager mes amis. Ils en ont bien besoin.

Clorinde comme en hésitant considéra l'instrument.

— Non ! décida-t-elle. Il est vieux. Il est fragile. Viens le chercher !

Le premier coup de tonnerre réveilla Nasole en sursaut. Depuis son entretien avec Agnès, il ne cessait de somnoler ou de dormir, enseveli dans le foin, perclus de douleurs diverses gagnées à courir les routes et à se battre. D'ordinaire, il ne chevauchait jamais si longtemps, aussi la selle lui avait-elle horriblement tanné les fesses. Une ampoule à l'entrecuisse le mettait au supplice. En outre, c'était un homme d'habitude, sybarite et accommodant et il bramait littéralement après ses aises perdues. Il consulta sa montre. Il était plus de trois heures. Il allait falloir rejoindre Agnès qui faisait feu des quatre fers. A la voir ainsi en pleine action, Nasole commençait à trouver moins de charme aux grands biens et aux grandes espérances qu'elle apporterait à son mari.

Il vacilla et retomba dans le foin. Il venait de se rappeler brusquement qu'elle lui avait commandé de tuer un homme.

— Et après, moi, gémit-il, comment je ferai pour dormir ?

Mais s'il n'allait pas la retrouver dans sa chambre où elle lui remettrait le pistolet, chargé avait-elle précisé, elle viendrait jusqu'ici le secouer jusqu'à ce qu'il se mette en marche. Il valait mieux lui obéir tout de suite quoique la mort dans l'âme.

Entre le Fourre-tout et les Rivalles la pluie commençait à piétiner la route lorsqu'il sortit. Un tonnerre haut dans le ciel ricochait de nuage en nuage. Un éclair coiffa la roseraie des Rivalles, égaya une minute cette façade faite pour la joie des yeux mais qui cet après-midi-là avait épousé les ténèbres du ciel. Nasole souleva le rideau de perles qui protégeait la grande entrée. Tout y était un peu obscur parmi les plantes vertes, et les bonnes odeurs depuis longtemps embusquées entre les cuisines et le vestibule stagnaient prometteuses, parlant de soupers fins et de banquets fraternels.

« Et moi, je vais tuer un homme, se disait Nasole. Un homme qui ne m'a rien fait. Si ! Qui m'a sauvé la vie ! »

Il était au comble du désarroi. Il avait les jambes en coton. Il s'arrêta indécis au pied de l'escalier à tapis. Alors, sur la gauche, dans l'enfilade des corridors qui menaient des cuisines aux salles à manger, il vit dans la pénombre s'avancer une femme qui avait coincé une pile d'assiettes propres entre ses seins.

Elle marchait vivement tout à son affaire d'aller ranger son fardeau en quelque bahut.

— Madame ! appela Jean Berne.

— Mon Dieu ! dit-elle. Vous m'avez fait peur !

Elle leva la tête. Elle vit ce nez, lequel concentrait sur lui le peu de lumière que renvoyait une croisée lointaine. Elle n'en croyait pas ses yeux. Elle l'avait déjà vu en plein air ce nez, assez pour décrire le personnage à Roderlans l'autre jour, mais le distinguer ainsi dans le clair-obscur l'appareillait de tout un mystère qui l'affriandait. Elle dressa avec précaution ses assiettes sur une crédence. Elle poussa un grand soupir et dit :

— Je ne sais pas comment vous êtes vous, mais moi, cet orage qui n'éclate pas, ça me bouleverse !

Elle ne mentait pas. L'orage imminent, la nuit à trois heures après midi, l'apparition de ce grand diable au grand nez et aux grands pieds, tout concourait à la désorienter. Elle sentait autour de son nombril se creuser ce vide insidieux qui préludait chez elle à la passion.

— Je cherche, dit Nasole, l'appartement de Mlle Roderlans.

Il le connaissait fort bien pour avoir veillé devant, le bâton haut, lors de l'épisode des forestiers mais aujourd'hui il n'avait pas le courage d'y marcher seul.

« Elle en a de la chance, celle-là », pensa l'hôtesse.

— Venez, dit-elle. Je vais vous y conduire. Mes corridors sont pleins de détours.

Elle le précéda sur le tapis de l'escalier. L'imposte dans le tournant des marches était maintenant fréquemment illuminée par des éclats de foudre. L'hôtesse montait devant Nasole lui parlant naturellement, le visage un peu tourné vers lui.

— Nous avons de la chance, dit-elle, sans ces éclairs, il aurait fallu allumer la lampe à pétrole. Ou alors on risquait de se bousculer !

Elle eut un petit rire. Il la voyait de profil. Elle avait des lèvres minces mais des joues opulentes à multiples fossettes. Son nez lui aussi était caractéristique. Il était partagé au bout par un petit fossé, ce qui le rendait impertinent et ses ailes étaient incurvées, la chair vers le haut, comme pour mieux engranger les senteurs.

Il sembla à Nasole que l'ascension de cet escalier était à la fois interminable et trop courte. Cette action de suivre l'hôtesse ramenait un peu de légèreté dans son cœur oppressé. Il était dans le sillage de fragrances complexes où s'alliaient une odeur de femme brune, des arômes de pâtisserie fine et le parfum de la pergola qui ombrageait la terrasse.

Quand il atteignit le palier, Nasole sans force se laissa choir sur la première marche de la seconde volée.

— Madame ! dit-il, à bout de souffle.

Il ne savait pas exactement ce qui lui coupait les jambes. Etait-ce la perspective de se trouver face à face avec Agnès et qu'elle lui tendît le pistolet au lieu de lui ouvrir les bras ? Il y avait si longtemps qu'elle ne lui avait plus permis seulement de lui caresser les mains ; ou bien était-ce d'avoir monté tout cet étage lentement, les yeux fixés sur le balancement de l'hôtesse qui le précédait tenant à pleines mains, afin de ne pas en balayer les marches, sa robe d'apparat qu'elle mettait pour le service ?

En vérité, il en avait assez d'être énergique, assez d'être héroïque, assez de laisser Agnès le guider par les épineux chemins de l'amour chevaleresque, pour lequel il n'avait aucun goût. Il aspirait de toute sa nonchalance naturelle à un lent et mol érotisme qui le mènerait interminablement aux portes de la volupté sans qu'il l'atteignît jamais. Il y avait aussi quatre longues nuits qu'il n'avait plus couché dans un lit.

— Madame ! répéta-t-il.

L'hôtesse qui marchait déjà dans le corridor s'arrêta net et revint sur ses pas. Elle vit tout de suite que Jean Berne avait besoin de sa sollicitude.

— Mon Dieu, mon pauvre homme ! Mais qu'est-ce qu'il vous arrive ? Vous avez l'air tout retourné !

— Si vous saviez, dit-il, ce qui m'attend dans cette chambre, vous le seriez autant que moi !

Au bout de son bras qu'il avait passé par-dessus la rampe pour se retenir, sa main mollement faisait l'aile d'oiseau blessé. Il avait le nez bas et ne regardait pas l'hôtesse. Il était là, recroquevillé sur la première marche du second étage. Elle avança doucement la main vers lui.

— Venez, mon pauvre homme, dit-elle. Venez me raconter un peu tout ça ! Ça vous soulagera. J'ai justement un peu de temps. Le coup de feu est passé !

Pour guider Simon vers elle quand il apparaîtrait au bout du couloir, Clorinde avait entrebâillé sa porte, ce qui lui permit de voir tourner au coin de l'escalier du second étage l'hôtesse virevoltante et souple et Jean Berne un peu ployé sur lui-même, qui lui emboîtait le pas. Elle ne prit pas acte tout de suite de cette étrangeté mais elle s'en souvint opportunément un peu plus tard, quand tout pour elle eut chaviré dans l'horreur.

Quand elle vit Simon arriver au fond du couloir sombre, avec ses vingt ans, sa naïveté et ses jambes torses, Clorinde poussa un soupir de soulagement. Elle avait eu grand-peur, ombrageux comme il l'était, qu'il ne lui faussât compagnie. Il arrivait vite au contraire. Ses pas ne faisaient aucun bruit sur le tapis. Il ôta devant elle son chapeau tromblon et il dit :

— Excusez-moi, madame, mais l'autre nuit, je vous remercie de votre aide, vous m'avez promis de me prêter un harmonica parce que j'avais perdu le mien. Alors si vous pouvez...

— Bien sûr, dit Clorinde, entrez !

Elle s'effaça devant la porte ouverte.

— Excusez-moi, madame, mais je suis sale, j'ai mauvaise odeur. Donnez-moi seulement l'harmonica et je m'en irai. Je vous le rendrai demain avant de repartir.

— L'autre nuit au bord de l'eau quand vous pleuriez, dit Clorinde doucement, vous ne sentiez pas meilleur, vous n'étiez pas plus propre. Jouez-moi au moins un air. Tenez : celui que vous avez si vite appris, l'autre nuit.

— Excusez-moi, madame, mais ce n'est pas pour moi. Ce sont mes compagnons. Ils ont besoin de m'entendre jouer. C'est aussi pour ça que je suis pressé.

— Et si moi aussi j'avais besoin de vous entendre jouer ?

— Je ne joue pas bien, madame, vous le savez bien. Et puis eux ils sont pauvres. Ils n'ont que ça.

— Est-ce que j'ai l'air d'avoir autre chose ?

Elle lui tourna brusquement le dos et s'avança dans la pièce en se tordant les mains, laissant Simon debout dans le corridor et la porte grande ouverte. Elle savait qu'il ne l'aimait pas puisqu'il aimait Agnès. Mais elle avait l'intuition qu'il faisait partie de ces hommes, peu nombreux, qui sont frappés de pitié devant n'importe quel être vivant pourvu qu'ils le voient souffrir.

Simon crut que Clorinde souffrait et qu'il ne pouvait la laisser ainsi. Il entra donc. Elle lui tournait obstinément le dos. Il crut que ses épaules étaient secouées de sanglots. Il se souvenait aussi que l'autre soir, elle s'était offerte à le consoler et qu'elle y avait probablement froissé sa belle robe.

— Excusez-moi, dit-il, eux ils sont seuls.

— Moi aussi ! exhala Clorinde en un sanglot réprimé. Tenez, il est sur la tablette de la cheminée, votre harmonica. Prenez-le. Emportez-le. Allez vite égayer votre troupe !

Elle usait de cette voix brisée qu'il lui était si facile de prendre et qui la rendait si pathétique. Simon au garde-à-vous derrière elle ne partait plus. Il avait compassion.

— Fermez la porte ! renifla Clorinde.

Elle avait porté à ses yeux un mouchoir minuscule qu'elle n'avait jamais utilisé que sur scène.

— Je ne veux pas me donner en spectacle ! Fermez la porte.

Simon obéit machinalement. Pour la première fois de sa vie il voyait une chambre habillée par une femme. Elle avait disposé un seul vase de fleurs sur une commode. Elle avait évacué tous les bibelots dont les meubles étaient encombrés et enfermé dans un cagibi les chromos qui *faisaient joli* sur les murs.

Dans la pièce ainsi mise à nue, il ne restait plus qu'elle et lui et la croisée où, bien en face, à cent mètres de là, l'arbre au feuillage tordu par la tempête retenait le cachalot qui ballottait au bout de ses amarres. Vue d'ici, sous le ciel noir, l'énorme dépouille dansait comme un fétu de paille sur l'écume des tourbillons.

La pluie commençait à peine. Seules, quelques gouttes soulevaient sur le foirail des fleurs soudaines de poussière qui explosaient en tiges sans matière pour former des prairies blanches sitôt effacées. L'orage suspendu entre ciel et terre grommelait, flairait l'air à hauteur des hommes, semblait-il, jouant sur les nerfs des êtres. Une étrange angoisse étreignait Simon debout sur le tapis, à trois pas de Clorinde. Il lui sembla qu'il devait tout de suite quitter cette chambre, quitter cette femme. Le fleuve l'appelait d'une étrange rumeur tendre qu'il n'avait jamais entendue. Il voyait ce chêne qui prospérait là depuis des siècles et il lui semblait qu'il lui faisait signe, qu'il l'attendait. Il se saisit prestement de l'harmonica et marcha rapidement vers la sortie.

— Merci, madame ! dit-il précipitamment. Je vous le rendrai demain.

— Simon, dit Clorinde calmement, si tu sors d'ici, dans une heure tu seras mort !

Il lui semblait plus simple de lui dire cette vérité en le tutoyant. Elle se retourna. Il portait bien serré autour du cou le foulard qu'Agnès lui avait laissé la veille.

— Si elle avait pu, dit Clorinde, elle t'aurait étranglé avec ce foulard. Ecoute-moi ! Après, tu partiras si tu le veux absolument, mais au moins tu seras averti.

Elle lui conta, en chuchotant comme ils l'avaient fait, ce que Nasole et Agnès s'étaient dit à l'écurie du Fourre-tout, la nuit précédente. Elle n'omit rien, même pas le : « Il n'a qu'un vieux père pour le défendre. Il mourra probablement de chagrin. » Mais pendant tout le temps qu'elle parla, Simon se figura seulement les deux amants face à face et se tenant par les mains.

— Ils ont rendez-vous tout à l'heure près du lavoir. C'est elle qui aura préparé le pistolet. Elle te sautera au cou. Elle fera tout pour que tu la prennes dans tes bras. Puis elle se mettra à crier et Nasole te tuera pour la sauver de toi.

Elle ignorait qu'avec ces paroles elle lui éclairait tout le ciel. Il aurait Agnès contre sa poitrine, fût-ce les deux dernières secondes de sa vie. Il n'en demandait pas plus à l'avenir. Il haussa des épaules lasses.

— Vous savez, dit-il, je ne tiens plus tellement à ma vie !

Il tournait le dos. Il emportait l'harmonica. Il avait presque la main sur le bouton de la porte.

Clorinde se jeta en avant, le bouscula, donna prestement à la serrure deux tours de clé et s'enfonça celle-ci entre les seins. « Il n'osera pas venir la chercher jusque-là. Et s'il l'ose, que Dieu ne me pardonne pas si je ne réussis pas à le faire changer d'idée ! »

— Mais moi si ! s'écria-t-elle. Moi, je t'aime ! Et je veux que tu vives !

— Vous m'aimez ? dit Simon abasourdi.

— Oui ! Ecoute ! Le lieutenant de la Garde que j'aimais, il me préférait une blanchisseuse de seize ans. Le Russe de sept pieds n'a jamais existé. Il n'est pas mort en duel ! C'est moi qui l'ai tué. Avec ça !

Elle souleva sa robe et ses jupes. La gaine en cuir d'alezan était collée contre sa cuisse rose et Simon, s'il n'avait pas été ébloui par la blondeur lointaine d'Agnès, eût collé ses lèvres, pour commencer, contre le poignard adorable. Mais, longtemps formé à la contemplation par la solitude des routes, Simon préférait le rêve à la réalité.

— C'était en Italie, dit Clorinde. Un homme amoureux fou de ma voix me mit dans une calèche et me fit partir pour la France à rideaux fermés et à bride abattue.

Simon était aux écoutes lointaines de cette mort qu'elle lui avait promise tout à l'heure. Il ne restait plus à Clorinde qu'une seule arme pour le retenir. La nuit allait bientôt tomber avec le paroxysme de l'orage. Il lui fallait gagner du temps coûte que coûte. Elle saisit le bras de Simon avec force.

— Attends ! dit-elle. Je vais t'apprendre ce que je suis ! Assieds-toi ! De toute façon tu ne peux sortir d'ici qu'en me passant sur le corps ! Alors, profite !

Tout à coup Simon eut les oreilles assourdies par un cri d'amour et de vengeance qui ne cessait de s'amplifier, qui ne cessait de varier à l'infini mais qui plafonnait dans l'indignation, la colère et la passion exclusive, qui clamait ses droits sur toutes sortes de variations, en une langue que Simon comprenait à peine.

Jamais aucun directeur d'opéra n'avait eu à croiser les doigts derrière son dos lorsque Clorinde entrait en scène. Elle avait une voix d'airain qui pouvait faire frémir tous les sens en les effleurant à peine mais qui n'était jamais aussi à l'aise que dans l'imprécation de la passion vengeresse.

La voix n'était pas seule du reste pour exprimer tout un feu d'artifice de sentiments contradictoires. Clorinde portait la folie amoureuse dans ses yeux fixes. Elle ne cessait pas d'aller et venir parmi la chambre. Ses petits poings se serraient ou se détendaient dans la supplication. Ses pieds menus s'en prenaient au tapis pour l'écraser comme le monstre dont elle célébrait en même temps la trahison et la passion qu'elle lui conservait.

Tout le relais était en révolution car la voix de Clorinde en comblait les trois étages, sans laisser à quiconque le loisir de l'ignorer. Tout ce que l'auberge comptait de mâles s'était massé au pied de l'escalier, bouche bée. Le cuisinier se découvrait de sa toque, le marmiton serrait convulsivement la taravelle à touiller l'auge des pieds et paquets pour éviter qu'ils n'attrapent.

Ils écoutaient cette voix d'airain que seuls accompagnaient le fleuve et les prémices de l'orage. Trois commis voyageurs qui faisaient mine d'être blasés en avaient ôté le londrès de la bouche ainsi que les doigts satisfaits des entournures du gilet. Ils avaient de larges fronts plats contre quoi s'escrimaient en vain les sentiments les plus purs. Afin de cacher leur alarme, ils se poussaient du coude, ils se gaussaient.

— Qu'est-ce que c'est ? disaient-ils. Qu'est-ce que c'est que ces cris d'écorché ? C'est de la musique ça ? Je te demande un peu !

— C'est simplement l'air de Doña Elvira au premier acte de *Don Giovanni*, répondait une voix calme derrière eux.

Les commis voyageurs se retournèrent piqués, dans l'intention de toiser l'importun avec insistance et de ne pas remercier quelqu'un qui savait mieux qu'eux. Ils trouvèrent le jeune visage mélancolique du colonel de hussards arrêté par l'amour dans ce relais pour gens heureux. Il avait simplement, depuis la veille, changé contre un plumet noir le plumet blanc de son shako. Les commis voyageurs avaient appris à vivre depuis bien longtemps. Ils remarquèrent que le hussard portait au flanc un fourreau qui dissimulait mal un sabre dont la poignée était passablement usée, d'où ils conclurent qu'il avait probablement beaucoup servi. Ils se doutaient aussi que la présence prolongée (il sortait en trombe à chaque arrivée de courrier) de ce militaire dans cet hôtel, cachait une histoire d'amour. On ne titille pas la susceptibilité d'un colonel de hussards qui se bat avec son chagrin d'amour. Il ne doit avoir que trop tendance à biffer l'air à grands coups de sabre pour qu'on évite de lui fournir l'occasion de piquer de la chair.

Ils levèrent donc tous leur chapeau avec ensemble, en signe de remerciement puis ils ne quittèrent plus des yeux l'étage d'où descendait la voix. Tous ces mâles écoutaient passer en courbant l'échine, le souffle de Mozart au service de la vindicte passionnée de Doña Elvira. Pour un peu, ils eussent porté la main à leur braguette de crainte que le cri de vengeance désespéré de cette femme ne leur tenaillât le sexe.

— Elle a une voix à vous arracher les yeux ! dit le marmiton tout tremblant.

Il n'y avait pas d'orchestre. Le fleuve et l'orage en tenaient lieu. Il était furieux, celui-ci, que quelqu'un osât couvrir sa voix et il commençait à le faire savoir.

L'hôtesse avait toutes les peines du monde pour empêcher Nasole de s'endormir entre ses bras. Elle reposait d'ordinaire en sybarite sur un matelas de vingt-cinq kilos de laine et retenu par trente flots qu'elle refaisait elle-même tous les ans, aidée de ses servantes. Mais elle ne laissait à personne le soin de carder la laine à la main, ce qu'elle accomplissait avec amour. Or il y avait maintenant trois nuits que Nasole couchait au hasard des granges à foin. Il ne dédaignait pas les charmes de l'hôtesse, mais le matelas était souvent le plus fort. Il s'y vautrait avec délices.

Dès que le chant de Clorinde retentit dans la chambre qui était juste au-dessous de la sienne, l'hôtesse se leva, nue comme elle était et sortit dans le corridor. La cage du grand escalier réverbérait la voix jusqu'à la verrière du plafond.

L'hôtesse joignit les mains. « Mon Dieu ! se dit-elle. Si j'avais un tel organe, je m'offrirais le duc d'Aumale ! »

Agnès regarda le morbier pour la dixième fois. Maintenant, Jean Berne avait une demi-heure de retard. Par le temps qui courait dehors, il ferait trop nuit d'ici peu pour pouvoir viser un homme. Elle entendait elle aussi la voix de Clorinde avec un petit sourire de dédain. « Elle doit être en train de charmer mon père ! » se disait-elle. Elle ne savait pas que cet air se déposait dans un coin de sa mémoire et que chaque fois qu'elle songerait à ses dix-sept ans et à cette journée, il viendrait à la surface de son souvenir et qu'il la forcerait à le fredonner.

Elle regarda par la fenêtre. Il faisait maintenant si noir dans la chambre que seuls les éclairs permettaient de voir l'heure. Agnès perçut un bruit continu, souverain, dont on n'imaginait pas qu'il pût s'amplifier encore et qui pourtant grossissait de minute en minute. Les grêlons s'attaquèrent aux rebords des fenêtres, tapèrent contre les vitres sans ménagement. Agnès à la lueur d'un éclair vit le pistolet sur la console de la cheminée. Elle s'en empara, le glissa dans l'échancrure de sa robe et telle qu'elle était, elle sortit. Il faisait nuit.

Comme autrefois elle ne quittait pas des yeux le chef d'orchestre maître de son tempo, Clorinde ne perdait pas de vue Simon debout au milieu de la pièce, lequel, au-delà de la croisée, ne perdait pas de vue le fleuve, le chêne et le cachalot. Maintenant l'orage était déclaré. Les tonnerres parvenaient à couvrir la voix de Clorinde. Le déversement des grêlons lui faisait un accompagnement de cataclysme. Elle savait bien au fond d'elle-même que la partie était perdue et qu'il avait choisi.

Que faire contre un homme qui n'a plus besoin que des deux secondes de bonheur que va lui accorder la femme qu'il aime avant de le faire mourir ? Simon, les yeux fixes, essayait de deviner l'endroit où soudain Agnès allait se dresser sur sa route et lui dire qu'elle l'aimait. Il se préparait à rentrer heureux dans l'éternité pour ces seules paroles, et ni Clorinde ni Mozart n'y pouvaient rien.

Ou bien peut-être même avait-il oublié Agnès, tant il avait pris l'habitude d'asservir son âme, ses aises et ses désirs à sa conscience d'honnête homme, de bon camarade, de bon ouvrier. Il n'avait peut-être d'yeux et d'oreilles que pour le cachalot avec lequel il devait atteindre La Chevillonne, alors que le traîner jusqu'à Terreplane lui avait donné déjà tant de mal. Il le voyait parmi les vagues du fleuve danser sur le courant en faisant claquer ses amarres. Il se dit qu'elles n'allaient pas résister.

Les éclairs illuminaient le grand chêne à travers ses frondaisons épaisses jusqu'à les rendre transparentes. A chaque coup de tonnerre chaque fois un peu plus proche, Simon serrait les poings. Un appel formidable lui parvenait de l'extérieur qui rendait dérisoire le chant de Clorinde.

Et soudain, Simon vit la foudre immobile s'accrocher à l'arbre. Il y a un instant où la foudre est immobile, et cette immobilité n'est perceptible que pour l'œil de l'homme qui est certain de l'enregistrer pour la dernière fois.

Simon se rua vers la fenêtre, l'ouvrit et sauta dans le vide. Il traversa la pergola de rosiers touffus qui le déchirèrent cruellement au passage avec leurs épines mais il se reçut sur la terre meuble sain et sauf.

Agnès l'attendait, trempée, sous un platane. Il allait passer devant elle sans la voir. Elle tira sur lui au jugé, sans réfléchir, comme on tire un lapin. Le pistolet fit entendre un bruit ridicule de jouet d'enfant. Simon s'immobilisa médusé. Ils durent s'apercevoir, peut-être se fixer au fond des yeux à travers le déluge des grêlons. Les trombes d'eau avaient lavé Agnès de sa beauté et Simon de sa laideur. La foudre qui n'arrêtait pas d'aveugler, affublait les formes humaines de corps d'épouvantail, de têtes de spectres. Elle les rendait insignifiantes, uniformes, déjà sans trace dans l'univers.

Simon reprit sa course comme une flèche. Il passa devant le lavoir. Les compagnons sortirent tous sous le déluge. Ils dirent qu'ils l'avaient tous bien vu foncer vers le chêne que la foudre frappait encore deux fois. Trois attaques, ce n'était pas de trop pour mettre bas cet arbre gigantesque.

Ils dirent qu'ils s'étaient précipités à la suite de Simon pour le retenir mais ils dirent que seul le bancal (et ils dirent qu'il ne boitait plus) avait été assez véloce pour l'atteindre. Que voulait faire Simon ? Ils dirent qu'ils l'avaient vu s'arc-bouter sur les grelins des amarres, aidé du seul bancal étroit d'épaules qui s'arc-boutait lui aussi avec l'énergie du désespoir.

Les compagnons dirent encore qu'ils s'étaient tous jetés en avant mais qu'à ce moment-là, ils avaient entendu le vacarme assourdissant de l'arbre qui s'abîmait dans le courant. Alors, ils s'étaient tous immobilisés au garde-à-vous pour laisser passer la mort.

Clorinde échevelée se rua hors de la chambre, dévala l'escalier (« elle volait », dirent les témoins), traversa le groupe d'hommes qui l'écoutaient jusqu'alors et qui n'en étaient pas encore revenus.

Dehors, le déluge l'accueillit sans qu'elle ralentît. Le fleuve, là-bas, ayant perdu l'arbre qui le masquait était maintenant blême et nu. Clorinde poussa un long cri. On la vit descendre jusqu'à la berge, chercher à se jeter, les bras écartés ou bien se pressant le front à deux mains et toujours hurlante. Elle se retourna soudain, hagarde, avec une tête de Gorgone. Jamais les compagnons n'osèrent risquer vers elle un geste de compassion.

Elle découvrit Agnès, au pied du platane, délavée mais toujours aussi altière en dépit de ses cheveux plats qui lui dégoulinaient dans le cou. Clorinde se précipita sur elle et lui arracha le pistolet qu'elle jeta au loin.

— Venez ! ordonna-t-elle.

Elle avait tiré de sa gaine hors de ses jupes vivement troussées le poignard qui depuis longtemps n'avait plus servi. Elle le pointait sur Agnès.

— Non ! cria Agnès sur le même ton.

— Venez ou je vous tue !

Avec une force décuplée par la fureur, Clorinde fit virevolter Agnès devant elle et lui appliqua le poignard contre le flanc.

— Marchez ! commanda-t-elle.

L'une précédant l'autre, elles regagnèrent l'hôtel au pas de charge. Elles traversèrent le vestibule où les hommes médusés avaient eu à peine le temps de se retourner. Ils ne risquèrent pas un mouvement. Seul le colonel de hussards emboîta le pas à cet étrange couple lorsqu'il s'engagea dans l'escalier.

— Montez, criait Clorinde. J'ai de plus en plus envie de frapper ! Ne me tentez pas !

Elle ne s'arrêta pas au premier étage. Elle poussa Agnès vers le palier du second. Là-haut, l'hôtesse avait orné le corridor devant sa chambre avec une carpette rouge et deux pots d'aspidistras rehaussés par les ganses d'une faveur bleue. On savait ainsi qu'elle était la patronne.

Dès qu'elle avait surpris Agnès le pistolet en main, Clorinde s'était souvenue d'avoir vu Nasole serrer l'hôtesse de près. Arrivée devant cette chambre et le poignard toujours pointé, elle tourna le bouton de la serrure. S'il avait résisté, tant sa fureur balayait les obstacles, elle aurait enfoncé la porte. Il ne résista pas. D'un coup de pied, Clorinde fit claquer le battant contre le mur. Elle saisit Agnès au collet et la jeta littéralement à l'intérieur de la pièce.

— Tenez ! cria-t-elle. Salope ! Et maintenant souffrez, vous aussi !

Elle tira avec violence le battant sur elle. Elle s'agenouilla sur la carpette. Comme une petite fille mise au piquet, la tête dans le creux de son bras appuyé contre le mur, elle hoquetait :

— Simon ! Simon !

Le colonel de hussards qui la vit ainsi s'éloigna sur la pointe des bottes. Qu'aurait-il pu lui dire, d'ailleurs, qui pût la consoler, lui qui déjà était inconsolable ?

Le fleuve emporta dans son élan furieux l'arbre de trois cents ans, le cachalot lié à lui par ses filins et, dans les frondaisons de l'arbre, enchevêtrés parmi ses branches brisées, les corps de Simon et du bancal, les bouches béantes, les yeux ouverts. Ils étaient maintenant solidaires de cette danse en tourbillons qui jetait le courant d'une rive à l'autre en décapant jusqu'à la roche ces rivages riants aux courbes molles.

Le poids et la masse de ces épaves rassemblèrent dans leur orbite tout ce qui flottait désemparé et faible sur les vagues couleur de silex. L'ensemble fonça sur un des radeaux arrimés par les flotteurs de bois et dont les amarres ne résistèrent pas au choc. C'était maintenant un bélier de plus de soixante mètres de large qui descendait le fleuve, compact, solidifié par la pression des tourbillons qui l'avaient modelé. Parfois, gravitant parmi cette nébuleuse solide, apparaissait, plongeant ou jaillissant hors de l'eau, la tête du cachalot ou parfois sa queue. Les deux morts eux aussi, les caprices du courant et des gués les projetaient à califourchon sur les branches maîtresses du chêne comme s'ils dirigeaient la manœuvre.

Les gens de Fronsac qui suivaient les progrès de la crue avec inquiétude mais que la nuit et l'orage avaient chassés vers leurs maisons, entendirent un choc qu'ils n'oublièrent de leur vie et qui sonna sous tous les murs de la ville. C'était la masse du cachalot et de l'arbre qui emportait une arche du pont.

Le corps de Simon ne fut jamais retrouvé ni non plus, il va sans dire, celui du bancal.

Clorinde rentra à Terrebelle portant le chapeau tromblon de Simon qu'il avait laissé avec l'harmonica sur l'appui de la cheminée.

Elle reçut quelques jours plus tard ensemble, comme elle l'avait exigé, Roderlans et Amourdedieu. Elle était en grand deuil, son corps froissait la moire de sa robe en un crissement funèbre. Son éventail lui-même était noir. Sa beauté était comme le fleuve maintenant tranquille : le nouveau malheur qui meublait ses souvenirs était déjà devenu invisible, aucun trait de son visage n'en conservait la trace.

Quand ils avaient traversé de conserve le jardin aux beaux massifs, les deux amoureux avaient vu stationnés et semblant philosopher ensemble un grand coche de voyage et un fourgon chargé de bagages.

— Voilà ! leur dit-elle. Je pars. Je m'en vais ! Je vais reprendre mon métier là où je l'ai laissé. Je vous remercie pour tous vos soins. Et ne faites pas cette tête-là ! Vous me faites pouffer de rire tous les deux avec votre amour ! Pour aimer, il faut avoir appris. Avez-vous appris ? Non mais je vous le demande : avez-vous appris ? Une seule fois dans votre vie avez-vous été malheureux jusqu'à oublier votre vanité blessée ?

Elle fit face à Roderlans pour lui caresser le bras. Il avait l'air, dans son habit bleu, d'un élève studieux qui ne demande qu'à bien faire mais que nul ne veut enseigner. Il avait toutefois laissé sa canne au porte-parapluies. Il n'avait plus le goût d'en faire des tours. Il allait entrer maintenant dans la longue période de l'amour triste, que le léger consul s'était bien gardé de lui laisser prévoir.

— Vous vous contenterez de Servane, mon cher ! lui dit Clorinde.

Elle se tourna vers Amourdedieu et lui donna sur l'épaule le dernier coup d'éventail qu'il dut recevoir de sa vie et dont il conserva toujours la nostalgie.

— Et vous de votre nourrice ! ajouta-t-elle.

Elle consacra tout un mois de représentations à La Fenice de Venise pour élever à Simon David un obélisque en marbre de Carrare à la mesure de son regret, avec le nom en grosses lettres repoussées qui se voyait de loin par-dessus le mur du cimetière, afin qu'Agnès ne le perdît jamais de vue. Elle emporta le chapeau tromblon qu'elle mettait sous cloche dans sa loge et qu'elle embrassait au moins une fois, les larmes aux yeux, quand elle allait entrer en scène.

Si l'on a une grande force de caractère ce n'est pas une blessure d'amour-propre qui peut vous détourner de vos desseins. Bien sûr, projetée avec violence dans cette chambre par la fureur de Clorinde, Agnès avait cru mourir en voyant l'hôtesse soudainement dressée et ramenant en vain un peu de linge sur son opulente poitrine. Mais découvrant Nasole ronflant à poings fermés à côté de cette femme expéditive, elle avait pu aussi se raisonner et se persuader que l'hôtesse avait entraîné ce pauvre homme dans son lit en profitant de sa fatigue.

Ce fut d'ailleurs ce qu'il lui dit, sitôt qu'elle l'eut secoué d'importance et qu'il eut reconnu les lieux.

Agnès à cette époque-là n'était pas encore en âge de souffrir beaucoup. Les noces furent ce qu'elles devaient être et la vie ce qu'Agnès en attendait : les enfants, la mort des parents, les premières rides.

Jean Berne devint vite tranquille dans cette existence sans incidents notables et ne toucha plus à Agnès qu'aux fêtes carillonnées. Un an, trois ans, cinq ans, Agnès devait oublier la sentence de mort prononcée par Clorinde contre son amour. Et puis un jour, une belle nuit d'août à fenêtre ouverte, le nez de Jean Berne qui miroitait innocemment au clair de lune lui apparut enfin dans sa vérité. Ainsi livré à l'impiété des jeux de lumière, il était du plus haut comique. Agnès éclata d'un rire inextinguible qui tua net sa passion.

Ce fut à peu près à cette époque qu'elle changea d'aspect. De longiligne et vive qu'elle était à dix-sept ans, elle devint opulente et langoureuse et fut atteinte d'un peu d'embonpoint qui ajoutait à son attrait.

Parfois la nuit, à partir de cet âge, Agnès s'éveillait en sursaut et prêtait l'oreille au silence. Sous le mur du jardin parmi les bignonias, le son humble d'un harmonica paraissait s'estomper au lointain. Elle acheta la partition de *Don Giovanni* et quand elle avait la chance d'être seule, ou seulement avec ses enfants, elle chantait à pleine voix l'air de Doña Elvira qu'elle jugeait à sa mesure.

Un jour, elle franchit la porte du cimetière avec sa troisième fille qui venait de fêter ses quatre ans. L'enfant avait cueilli un petit bouquet de pâquerettes dans les prés. La tenant par la main, Agnès l'amena jusque devant l'obélisque érigé pour Simon par les soins de Clorinde qui venait de mourir.

— Donne ! dit Agnès.

Elle prit le bouquet de pâquerettes et le déposa délicatement sur le socle de la stèle comme si le marbre eût été de la chair. Elle s'accroupit devant sa fille et la regarda dans les yeux.

— Tu ne diras à personne, chuchota-t-elle, ni à papa, qu'on a mis des fleurs sur la tombe du monsieur.

La fillette avait les yeux d'Agnès, mais pas son regard quand celle-ci avait dix-sept ans ; il semblait qu'elle avait pu lui transmettre celui qui s'était assombri chez elle, en quarante ans d'existence. Alors, quand elle l'amenait dans les parages, c'était un endroit très ensoleillé, la petite cueillait n'importe quoi : des fleurs, des feuilles, des baies d'églantier, parfois des plumes d'oiseau venant de quelque hécatombe et elle disait à sa mère :

— Viens ! On va fleurir la tombe du monsieur.

Ainsi par la douce mélancolie d'un amour qu'elle avait dédaigné, vint à Agnès cet air rêveur qui finit par la rendre adorable. Et comme il faut des nourritures à la bonne santé, un notaire, homme d'esprit, comprit ce qu'elle refrénait si jalousement en elle. Il mit trois ans à fracturer son âme et lorsqu'elle fut à sa merci, il lui dit :

— Eh bien ! Ma chère, je vous tire ma révérence. Il ne vous reste plus qu'à trouver un amant.

Elle lui écrivit trois jours plus tard : « C'est vous que je veux. » Il lui objecta : « J'ai soixante ans. » Elle lui répondit : « Tant pis. » Alors il vint.

Ce qu'elle n'avait jamais voulu — et avec quelle hauteur ! — accepter de son mari afin qu'à aucun prix il ne pût soupçonner sa vraie nature, elle l'exigeait de son amant avec une fureur érotique qui mettait les bouchées doubles pour rattraper le temps perdu. Mais elle savait bien que, dans sa vie, ce notaire était dérisoire en dépit du plaisir qu'elle tirait de lui. L'amour amer lui restait à vivre.

Nasole mourut jeune. Agnès mourut très âgée. Au souvenir du notaire elle haussait les épaules. Il lui fallait se concentrer à l'extrême pour se souvenir de Nasole vivant qu'elle avait pourtant si fort aimé. Elle n'avait pas même besoin de fermer les yeux pour revoir aussitôt Simon qu'elle avait si fort haï.

Jusqu'à la fin, à pas menus, s'aidant d'une canne, elle porta au pied de l'obélisque de petits bouquets de n'importe quoi. Une fois, une fois seulement, les yeux levés vers le nom, après s'être assurée qu'elle était bien seule, elle murmura :

— Je te demande pardon.

Le seul bénéficiaire de l'aventure fut le minable Moscaallegra. Il épousa une fille curieuse de son parfum qui faiblissait à peine d'année en année et ses enfants ne furent pas trop laids.

Roderlans l'embaucha à La Chevillonne comme palefrenier. Parfois, sous prétexte de le conseiller, il se promenait avec lui entre la folie et les écuries. Il se plaçait sous le vent pour humer à son aise cet étrange parfum. C'était tout ce qui lui restait de Clorinde. C'était tout ce que lui avait laissé ce temps où il rêvait encore.

La Choise ne regagna jamais son trou. Le marquis de Luynes épousa Aricie Robion et ordonna qu'elle fût alignée, une fois morte, à côté de lui parmi les Luynes, telle une dame de haut parage.

C'est à peu près tout. Il y a cependant encore un détail infime. Cent ans plus tard, les petits-fils d'Agnès, établis à Paris rue Bonaparte, vendirent à quelque étranger le porte-cigares acheté jadis au consul de France par leur aïeul.

L'inscription :

La Contessina T.
à Stendhal Milanese

n'avait pu être effacée et l'objet pour cette raison était resté pour compte. Ces antiquaires avisés y joignirent la canne dont Roderlans avait fait tant de tours. Ils tirèrent cinquante mille francs de l'ensemble.

Mais ceci n'ajoute rien à l'histoire du pauvre Simon David.

DU MÊME AUTEUR

Aux Éditions Denoël

LA MAISON ASSASSINÉE.
LES COURRIERS DE LA MORT.
LA NAINE.
L'AMANT DU POIVRE D'ÂNE.
LE MYSTÈRE DE SÉRAPHIN MONGE.
POUR SALUER GIONO.
LES SECRETS DE LAVIOLETTE.
PÉRIPLE D'UN CACHALOT.
LA FOLIE FORCALQUIER.
LES ROMANS DE MA PROVENCE *(album)*.

Aux Éditions Gallimard

Dans la collection Folio

LE SANG DES ATRIDES, n° 2119.
LE SECRET DES ANDRÔNES, n° 1829.
LE TOMBEAU D'HÉLIOS, n° 2210.
LES CHARBONNIERS DE LA MORT, n° 1906.
LA MAISON ASSASSINÉE, n° 1659.
LES COURRIERS DE LA MORT, n° 1986.
LE MYSTÈRE DE SÉRAPHIN MONGE, n° 2352.
LE COMMISSAIRE DANS LA TRUFFIÈRE, n° 2223.
L'AMANT DU POIVRE D'ÂNE, n° 2317.

POUR SALUER GIONO, n° 2448.

LES SECRETS DE LAVIOLETTE, n° 2521.

LA NAINE, n° 2585.

PÉRIPLE D'UN CACHALOT, n° 2722.

LA FOLIE FORCALQUIER, n° 2950.

Aux Éditions Fayard

LES ENQUÊTES DU COMMISSAIRE LAVIOLETTE.

Aux Éditions du Chêne

LES PROMENADES DE JEAN GIONO *(album)*.

Aux Éditions Alpes de Lumière

LA BIASSE DE MON PÈRE.

COLLECTION FOLIO

Dernières parutions

2655.	Fédor Dostoïevski	*Les Frères Karamazov.*
2656.	Fédor Dostoïevski	*L'Idiot.*
2657.	Lewis Carroll	*Alice au pays des merveilles. De l'autre côté du miroir.*
2658.	Marcel Proust	*Le Côté de Guermantes.*
2659.	Honoré de Balzac	*Le Colonel Chabert.*
2660.	Léon Tolstoï	*Anna Karénine.*
2661.	Fédor Dostoïevski	*Crime et châtiment.*
2662.	Philippe Le Guillou	*La rumeur du soleil.*
2663.	Sempé-Goscinny	*Le petit Nicolas et les copains.*
2664.	Sempé-Goscinny	*Les vacances du petit Nicolas.*
2665.	Sempé-Goscinny	*Les récrés du petit Nicolas.*
2666.	Sempé-Goscinny	*Le petit Nicolas a des ennuis.*
2667.	Emmanuèle Bernheim	*Un couple.*
2668.	Richard Bohringer	*Le bord intime des rivières.*
2669.	Daniel Boulanger	*Ursacq.*
2670.	Louis Calaferte	*Droit de cité.*
2671.	Pierre Charras	*Marthe jusqu'au soir.*
2672.	Ya Ding	*Le Cercle du Petit Ciel.*
2673.	Joseph Hansen	*Les mouettes volent bas.*
2674.	Agustina Izquierdo	*L'amour pur.*
2675.	Agustina Izquierdo	*Un souvenir indécent.*
2677.	Philippe Labro	*Quinze ans.*
2678.	Stéphane Mallarmé	*Lettres sur la poésie.*
2679.	Philippe Beaussant	*Le biographe.*

2680. Christian Bobin — *Souveraineté du vide* suivi de *Lettres d'or.*
2681. Christian Bobin — *Le Très-Bas.*
2682. Frédéric Boyer — *Des choses idiotes et douces.*
2683. Remo Forlani — *Valentin tout seul.*
2684. Thierry Jonquet — *Mygale.*
2685. Dominique Rolin — *Deux femmes un soir.*
2686. Isaac Bashevis Singer — *Le certificat.*
2687. Philippe Sollers — *Le Secret.*
2688. Bernard Tirtiaux — *Le passeur de lumière.*
2689. Fénelon — *Les Aventures de Télémaque.*
2690. Robert Bober — *Quoi de neuf sur la guerre?*
2691. Ray Bradbury — *La baleine de Dublin.*
2692. Didier Daeninckx — *Le der des ders.*
2693. Annie Ernaux — *Journal du dehors.*
2694. Knut Hamsun — *Rosa.*
2695. Yachar Kemal — *Tu écraseras le serpent.*
2696. Joseph Kessel — *La steppe rouge.*
2697. Yukio Mishima — *L'école de la chair.*
2698. Pascal Quignard — *Le nom sur le bout de la langue.*
2699. Jacques Sternberg — *Histoires à mourir de vous.*
2701. Calvin — *Œuvres choisies.*
2702. Milan Kundera — *L'art du roman.*
2703. Milan Kundera — *Les testaments trahis.*
2704. Rachid Boudjedra — *Timimoun.*
2705. Robert Bresson — *Notes sur le cinématographe.*
2706. Raphaël Confiant — *Ravines du devant-jour.*
2707. Robin Cook — *Les mois d'avril sont meurtriers.*
2708. Philippe Djian — *Sotos.*
2710. Gabriel Matzneff — *La prunelle de mes yeux.*
2711. Angelo Rinaldi — *Les jours ne s'en vont pas longtemps.*
2712. Henri Pierre Roché — *Deux Anglaises et le continent.*
2714. Collectif — *Dom Carlos* et autres nouvelles françaises du XVIIe siècle.
2715. François-Marie Banier — *La tête la première.*
2716. Julian Barnes — *Le porc-épic.*
2717. Jean-Paul Demure — *Aix abrupto.*
2718. William Faulkner — *Le gambit du cavalier.*
2719. Pierrette Fleutiaux — *Sauvée!*
2720. Jean Genet — *Un captif amoureux.*

2721.	Jean Giono	*Provence.*
2722.	Pierre Magnan	*Périple d'un cachalot.*
2723.	Félicien Marceau	*La terrasse de Lucrezia.*
2724.	Daniel Pennac	*Comme un roman.*
2725.	Joseph Conrad	*L'Agent secret.*
2726.	Jorge Amado	*La terre aux fruits d'or.*
2727.	Karen Blixen	*Ombres sur la prairie.*
2728.	Nicolas Bréhal	*Les corps célestes.*
2729.	Jack Couffer	*Le rat qui rit.*
2730.	Romain Gary	*La danse de Gengis Cohn.*
2731.	André Gide	*Voyage au Congo* suivi de *Le retour du Tchad.*
2733.	Ian McEwan	*L'enfant volé.*
2734.	Jean-Marie Rouart	*Le goût du malheur.*
2735.	Sempé	*Âmes sœurs.*
2736.	Émile Zola	*Lourdes.*
2737.	Louis-Ferdinand Céline	*Féerie pour une autre fois.*
2738.	Henry de Montherlant	*La Rose de sable.*
2739.	Vivant Denon Jean-François de Bastide	*Point de lendemain,* suivi de *La Petite Maison.*
2740.	William Styron	*Le choix de Sophie.*
2741.	Emmanuèle Bernheim	*Sa femme.*
2742.	Maryse Condé	*Les derniers rois mages.*
2743.	Gérard Delteil	*Chili con carne.*
2744.	Édouard Glissant	*Tout-monde.*
2745.	Bernard Lamarche-Vadel	*Vétérinaires.*
2746.	J.M.G. Le Clézio	*Diego et Frida.*
2747.	Jack London	*L'amour de la vie.*
2748.	Bharati Mukherjee	*Jasmine.*
2749.	Jean-Noël Pancrazi	*Le silence des passions.*
2750.	Alina Reyes	*Quand tu aimes, il faut partir.*
2751.	Mika Waltari	*Un inconnu vint à la ferme.*
2752.	Alain Bosquet	*Les solitudes.*
2753.	Jean Daniel	*L'ami anglais.*
2754.	Marguerite Duras	*Écrire.*
2755.	Marguerite Duras	*Outside.*
2756.	Amos Oz	*Mon Michaël.*
2757.	René-Victor Pilhes	*La position de Philidor.*
2758.	Danièle Sallenave	*Les portes de Gubbio.*
2759.	Philippe Sollers	*PARADIS 2.*
2760.	Mustapha Tlili	*La rage aux tripes.*

2761.	Anne Wiazemsky	*Canines.*
2762.	Jules et Edmond de Goncourt	*Manette Salomon.*
2763.	Philippe Beaussant	*Héloïse.*
2764.	Daniel Boulanger	*Les jeux du tour de ville.*
2765.	Didier Daeninckx	*En marge.*
2766.	Sylvie Germain	*Immensités.*
2767.	Witold Gombrowicz	*Journal I (1953-1958).*
2768.	Witold Gombrowicz	*Journal II (1959-1969).*
2769.	Gustaw Herling	*Un monde à part.*
2770.	Hermann Hesse	*Fiançailles.*
2771.	Arto Paasilinna	*Le fils du dieu de l'Orage.*
2772.	Gilbert Sinoué	*La fille du Nil.*
2773.	Charles Williams	*Bye-bye, bayou!*
2774.	Avraham B. Yehoshua	*Monsieur Mani.*
2775.	Anonyme	*Les Mille et Une Nuits III (contes choisis).*
2776.	Jean-Jacques Rousseau	*Les Confessions.*
2777.	Pascal	*Les Pensées.*
2778.	Lesage	*Gil Blas.*
2779.	Victor Hugo	*Les Misérables I.*
2780.	Victor Hugo	*Les Misérables II.*
2781.	Dostoïevski	*Les Démons (Les Possédés).*
2782.	Guy de Maupassant	*Boule de suif* et autres nouvelles.
2783.	Guy de Maupassant	*La Maison Tellier. Une partie de campagne* et autres nouvelles.
2784.	Witold Gombrowicz	*La pornographie.*
2785.	Marcel Aymé	*Le vaurien.*
2786.	Louis-Ferdinand Céline	*Entretiens avec le Professeur Y.*
2787.	Didier Daeninckx	*Le bourreau et son double.*
2788.	Guy Debord	*La Société du Spectacle.*
2789.	William Faulkner	*Les larrons.*
2790.	Élisabeth Gille	*Le crabe sur la banquette arrière.*
2791.	Louis Martin-Chauffier	*L'homme et la bête.*
2792.	Kenzaburô Ôé	*Dites-nous comment survivre à notre folie.*
2793.	Jacques Réda	*L'herbe des talus.*
2794.	Roger Vrigny	*Accident de parcours.*
2795.	Blaise Cendrars	*Le Lotissement du ciel.*
2796.	Alexandre Pouchkine	*Eugène Onéguine.*
2797.	Pierre Assouline	*Simenon.*

2798. Frédéric H. Fajardie *Bleu de méthylène.*
2799. Diane de Margerie *La volière* suivi de *Duplicités.*
2800. François Nourissier *Mauvais genre.*
2801. Jean d'Ormesson *La Douane de mer.*
2802. Amos Oz *Un juste repos.*
2803. Philip Roth *Tromperie.*
2804. Jean-Paul Sartre *L'engrenage.*
2805. Jean-Paul Sartre *Les jeux sont faits.*
2806. Charles Sorel *Histoire comique de Francion.*
2807. Chico Buarque *Embrouille.*
2808. Ya Ding *La jeune fille Tong.*
2809. Hervé Guibert *Le Paradis.*
2810. Martín Luis Guzmán *L'ombre du Caudillo.*
2811. Peter Handke *Essai sur la fatigue.*
2812. Philippe Labro *Un début à Paris.*
2813. Michel Mohrt *L'ours des Adirondacks.*
2814. N. Scott Momaday *La maison de l'aube.*
2815. Banana Yoshimoto *Kitchen.*
2816. Virginia Woolf *Vers le phare.*
2817. Honoré de Balzac *Sarrasine.*
2818. Alexandre Dumas *Vingt ans après.*
2819. Christian Bobin *L'inespérée.*
2820. Christian Bobin *Isabelle Bruges.*
2821. Louis Calaferte *C'est la guerre.*
2822. Louis Calaferte *Rosa mystica.*
2823. Jean-Paul Demure *Découpe sombre.*
2824. Lawrence Durrell *L'ombre infinie de César.*
2825. Mircea Eliade *Les dix-neuf roses.*
2826. Roger Grenier *Le Pierrot noir.*
2827. David McNeil *Tous les bars de Zanzibar.*
2828. René Frégni *Le voleur d'innocence.*
2829. Louvet de Couvray *Les Amours du chevalier de Faublas.*
2830. James Joyce *Ulysse.*
2831. François-Régis Bastide *L'homme au désir d'amour lointain.*
2832. Thomas Bernhard *L'origine.*
2833. Daniel Boulanger *Les noces du merle.*
2834. Michel del Castillo *Rue des Archives.*
2835. Pierre Drieu la Rochelle *Une femme à sa fenêtre.*
2836. Joseph Kessel *Dames de Californie.*

2837.	Patrick Mosconi	*La nuit apache.*
2838.	Marguerite Yourcenar	*Conte bleu.*
2839.	Pascal Quignard	*Le sexe et l'effroi.*
2840.	Guy de Maupassant	*L'Inutile Beauté.*
2841.	Kôbô Abé	*Rendez-vous secret.*
2842.	Nicolas Bouvier	*Le poisson-scorpion.*
2843.	Patrick Chamoiseau	*Chemin-d'école.*
2844.	Patrick Chamoiseau	*Antan d'enfance.*
2845.	Philippe Djian	*Assassins.*
2846.	Lawrence Durrell	*Le Carrousel sicilien.*
2847.	Jean-Marie Laclavetine	*Le rouge et le blanc.*
2848.	D.H. Lawrence	*Kangourou.*
2849.	Francine Prose	*Les petits miracles.*
2850.	Jean-Jacques Sempé	*Insondables mystères.*
2851.	Béatrix Beck	*Des accommodements avec le ciel.*
2852.	Herman Melville	*Moby Dick.*
2853.	Jean-Claude Brisville	*Beaumarchais, l'insolent.*
2854.	James Baldwin	*Face à l'homme blanc.*
2855.	James Baldwin	*La prochaine fois, le feu.*
2856.	W.-R. Burnett	*Rien dans les manches.*
2857.	Michel Déon	*Un déjeuner de soleil.*
2858.	Michel Déon	*Le jeune homme vert.*
2859.	Philippe Le Guillou	*Le passage de l'Aulne.*
2860.	Claude Brami	*Mon amie d'enfance.*
2861.	Serge Brussolo	*La moisson d'hiver.*
2862.	René de Ceccatty	*L'accompagnement.*
2863.	Jerome Charyn	*Les filles de Maria.*
2864.	Paule Constant	*La fille du Gobernator.*
2865.	Didier Daeninckx	*Un château en Bohême.*
2866.	Christian Giudicelli	*Quartiers d'Italie.*
2867.	Isabelle Jarry	*L'archange perdu.*
2868.	Marie Nimier	*La caresse.*
2869.	Arto Paasilinna	*La forêt des renards pendus.*
2870.	Jorge Semprun	*L'écriture ou la vie.*
2871.	Tito Topin	*Piano barjo.*
2872.	Michel Del Castillo	*Tanguy.*
2873.	Huysmans	*En Route.*
2874.	James M. Cain	*Le bluffeur.*
2875.	Réjean Ducharme	*Va savoir.*
2876.	Mathieu Lindon	*Champion du monde.*

2877. Robert Littell	*Le sphinx de Sibérie.*
2878. Claude Roy	*Les rencontres des jours 1992-1993.*
2879. Danièle Sallenave	*Les trois minutes du diable.*
2880. Philippe Sollers	*La Guerre du Goût.*
2881. Michel Tournier	*Le pied de la lettre.*
2882. Michel Tournier	*Le miroir des idées.*
2883. Andreï Makine	*Confession d'un porte-drapeau déchu.*
2884. Andreï Makine	*La fille d'un héros de l'Union soviétique.*
2885. Andreï Makine	*Au temps du fleuve Amour.*
2886. John Updike	*La Parfaite Épouse.*
2887. Daniel Defoe	*Robinson Crusoé.*
2888. Philippe Beaussant	*L'archéologue.*
2889. Pierre Bergounioux	*Miette.*
2890. Pierrette Fleutiaux	*Allons-nous être heureux ?*
2891. Remo Forlani	*La déglingue.*
2892. Joe Gores	*Inconnue au bataillon.*
2893. Félicien Marceau	*Les ingénus.*
2894. Ian McEwan	*Les chiens noirs.*
2895. Pierre Michon	*Vies minuscules.*
2896. Susan Minot	*La vie secrète de Lilian Eliot.*
2897. Orhan Pamuk	*Le livre noir.*
2898. William Styron	*Un matin de Virginie.*
2899. Claudine Vegh	*Je ne lui ai pas dit au revoir.*
2900. Robert Walser	*Le brigand.*
2901. Grimm	*Nouveaux contes.*
2902. Chrétien de Troyes	*Lancelot ou Le chevalier de la charrette.*
2903. Herman Melville	*Bartleby, le scribe.*
2904. Jerome Charyn	*Isaac le mystérieux.*
2905. Guy Debord	*Commentaires sur la société du spectacle.*
2906. Guy Debord	*Potlatch* (1954-1957).
2907. Karen Blixen	*Les chevaux fantômes* et autres contes.
2908. Emmanuel Carrère	*La classe de neige.*
2909. James Crumley	*Un pour marquer la cadence.*
2910. Anne Cuneo	*Le trajet d'une rivière.*
2911. John Dos Passos	*L'initiation d'un homme : 1917.*

2912. Alexandre Jardin — *L'île des Gauchers.*
2913. Jean Rolin — *Zones.*
2914. Jorge Semprun — *L'Algarabie.*
2915. Junichirô Tanizaki — *Le chat, son maître et ses deux maîtresses.*
2916. Bernard Tirtiaux — *Les sept couleurs du vent.*
2917. H.G. Wells — *L'île du docteur Moreau.*
2918. Alphonse Daudet — *Tartarin sur les Alpes.*
2919. Albert Camus — *Discours de Suède.*
2921. Chester Himes — *Regrets sans repentir.*
2922. Paula Jacques — *La descente au paradis.*
2923. Sibylle Lacan — *Un père.*
2924. Kenzaburô Ôé — *Une existence tranquille.*
2925. Jean-Noël Pancrazi — *Madame Arnoul.*
2926. Ernest Pépin — *L'Homme-au-Bâton.*
2927. Antoine de Saint-Exupéry — *Lettres à sa mère.*
2928. Mario Vargas Llosa — *Le poisson dans l'eau.*
2929. Arthur de Gobineau — *Les Pléiades.*
2930. Alex Abella — *Le Massacre des Saints.*
2932. Thomas Bernhard — *Oui.*
2933. Gérard Macé — *Le dernier des Égyptiens.*
2934. Andreï Makine — *Le testament français.*
2935. N. Scott Momaday — *Le Chemin de la Montagne de Pluie.*
2936. Maurice Rheims — *Les forêts d'argent.*
2937. Philip Roth — *Opération Shylock.*
2938. Philippe Sollers — *Le Cavalier du Louvre. Vivant Denon.*
2939. Giovanni Verga — *Les Malavoglia.*
2941. Christophe Bourdin — *Le fil.*
2942. Guy de Maupassant — *Yvette.*
2943. Simone de Beauvoir — *L'Amérique au jour le jour, 1947.*
2944. Victor Hugo — *Choses vues, 1830-1848.*
2945. Victor Hugo — *Choses vues, 1849-1885.*
2946. Carlos Fuentes — *L'oranger.*
2947. Roger Grenier — *Regardez la neige qui tombe.*
2948. Charles Juliet — *Lambeaux.*
2949. J.M.G. Le Clézio — *Voyage à Rodrigues.*
2950. Pierre Magnan — *La Folie Forcalquier.*
2951. Amoz Oz — *Toucher l'eau, toucher le vent.*

2952.	Jean-Marie Rouart	*Morny, un voluptueux au pouvoir.*
2953.	Pierre Salinger	*De mémoire.*
2954.	Shi Nai-an	*Au bord de l'eau I.*
2955.	Shi Nai-an	*Au bord de l'eau II.*
2956.	Marivaux	*La Vie de Marianne.*
2957.	Kent Anderson	*Sympathy for the Devil.*
2958.	André Malraux	*Espoir — Sierra de Teruel.*
2959.	Christian Bobin	*La folle allure.*
2960.	Nicolas Bréhal	*Le parfait amour.*
2961.	Serge Brussolo	*Hurlemort.*
2962.	Hervé Guibert	*La piqûre d'amour et autres textes.*
2963.	Ernest Hemingway	*Le chaud et le froid.*
2964.	James Joyce	*Finnegans Wake.*
2965.	Gilbert Sinoué	*Le Livre de saphir.*
2966.	Junichirô Tanizaki	*Quatre sœurs.*
2967.	Jeroen Brouwers	*Rouge décanté.*
2968.	Forrest Carter	*Pleure, Geronimo.*

Composition Pure Tech Corporation
et impression Bussière Camedan Imprimeries
à Saint-Amand (Cher), le 2 juin 1997.
Dépôt légal : juin 1997.
1er dépôt légal dans la collection : mai 1995.
Numéro d'imprimeur : 1/1430.
ISBN 2-07-039326-7./Imprimé en France.

82717